The Spring Bride
by Anne Gracie

突然の恋は春の嵐のように

アン・グレイシー
細田利江子・訳

ラズベリーブックス

昔、少女時代と青春時代を過ごした北ウェールズを案内してくれた
ウィニー・ソールズベリー（旧姓ウィリアムズ）を偲《しの》んで。

そしていつものように、執筆仲間である友人たちに感謝します。

突然の恋は春の嵐のように

主な登場人物

ジェイン・チャンス……………………チャンス姉妹のひとり。

ザカリー（ザック）・ブラック………イギリス政府のスパイ。貴族。

キャンベリー卿……………………………裕福な貴族。ジェインに結婚を申しこむ。

ギルバート（ギル）・ラドクリフ……ザックの親友。

アビゲイル（アビー）・デイヴナム…チャンス姉妹のひとり。ジェインの実の姉。

ダマリス・モンクトン＝クームズ……チャンス姉妹のひとり。

デイジー……………………………………チャンス姉妹のひとり。

ベアトリス・デイヴナム………………先代のデイヴナム男爵夫人。

セシリー……………………………………ザックの継母。先代ウェインフィールド伯爵の後妻。

プロローグ

「結婚して幸せになれるかどうかなんて、まったく運次第ですもの」

――ジェイン・オースティン『高慢と偏見』

一八〇五年、ロンドン

「お姫さまになった夜のことを話して、お母さま」

「ほんとうにお姫さまになったんじゃなくて、お姫さまみたいな気分になったのよ」ジェインの姉、アビーが訂正した。

ジェインは気にしなかった。お姫さまはお姫さまだ。「お母さま、話してったら」

母はほほえんだ。「もう聞き飽きたんじゃなくて？」

ジェインは首を横に振った。

「仕方がないわね……あれはわたしがちょうど十八になった年だった。その年の社交シーズンでいちばん盛大な舞踏会が催されたの。公爵さまや伯爵さまはもちろん、皇太子殿下までいらしていたわ」

「それで、なにを着ていったの、お母さま？」

「よく知っているはずよ。これまで数えきれないほど話したんだから」

「お母さま！」

「はいはい。バラ色の、それは美しいシルクのガウンを着たわ。歩くと、水がほとばしるようにシュッシュッと音がするの」

「それから、薄絹の羽織り物も——ねえ、そうでしょう？」ジェインが先を促す。

「薄絹の羽織り物に縫いつけられたたくさんの小さなクリスタルが、光を受けて——」

「ダイヤモンドを散らしたみたいにきらきらしてた」ジェインがしまいまで言った。

「ほら、わたしよりよく憶えている」

「つづけて。お母さまは髪に——」

「ピンク色の真珠とダイヤモンドをあしらった、このうえなく美しい髪飾りを付けていたわ——もちろん作りものの宝石だったけれど。でも——」

「階段をおりていったら、みんなが振り向いて——」ジェインはダイヤモンドもどきのことなど聞きたくなかった。母がはめている金の結婚指輪を除いて、宝飾品は一度も見たことがなかったが、お姫さまが身につけているならダイヤモンドに決まっている。

「そのとおりよ、小さなお姫さま。ピンク色のきらびやかなドレスに身を包んだわたしを、みんなが振り向いたの」母は笑ったが、笑い声は咳《せき》に変わり、しまいにハンカチを口に押し当てて、ぐったりと枕にもたれた。

アビーは母に水を飲ませると、その手にきれいなハンカチを握らせた。ハンカチに付いた血を父に気づかれないように、汚れたハンカチをいつもこっそり洗っている。

しばらくして、ジェインが尋ねた。「お母さまは、どうしてもうお姫さまじゃないの？」

「あら、いまもお姫さまよ」母は目を開けると、無言で痛ましげな表情を浮かべている父をジェインの頭越しに見た。「その晩わたしは、あなたたちのお父さまと出会って恋に落ちたの。いまも、これからもずっと、お父さまはわたしの王子さまよ」母は父にほほえんだ。

ジェインにはわかった。母はたしかにお姫さまだった。ほほえみを浮かべた母は、ふたたび美しさを取り戻している――だれかが内側にろうそくをぽっと灯したように。

「きみはわたしのお姫さまだ……これからもずっと」父は声を詰まらせると、母の髪を掻《か》きあげ、額にキスした。

ジェインは父を心から愛していたが、彼が王子さまでないことは理解していた。王子さまはお城で暮らしているものだ。いやなにおいのする古びた狭苦しい部屋でなく。

母はほかのだれかと結婚するはずだった――ほんとうにお城で暮らしているような裕福なだれかと。父もほかの女性と結婚することになっていたが、母と出会い、恋に落ちた。愛し合っていたふたりは、駆け落ちするしかなかった。たがいの両親が、違う相手と結婚させたがっていたから――裕福な相手と。

だからジェインとアビーは、もうじき十二歳と六歳になるのに、祖父母に会ったことが一度もない。彼らがいまも怒っているからだ。父と母は勘当され、身ひとつで家を追いだされた。お金がないのはそのせいだ。父は精いっぱい努力したが、満足な暮らしができたためしは一度もなかった……。

母がいまもお姫さまなら、こんなにも顔色が悪く、痩《や》せ衰えて、悲しげではなかったはずだ。父も怒りと悲しみで顔をゆがめることはなかっただろう。母がお姫さまならジェインとアビーもやはりお姫さまで、みんな一緒にお城で暮らしていただろう――壁の裏をネズミが走りまわっているような、寒くて暗い小部屋ではなく。お城ではだれも凍えないし、空腹になることも、怖い思いをすることもない。

「大きくなったら、わたしもお姫さまになる」ジェインはきっぱり言った。「ピンク色のきらきらしたドレスを着て、ダイヤモンドをつけて、それから――」

「ジェイニー、そんなのは夢のまた夢よ」アビーがたしなめた。

「ううん、お姫さまになるの！」

「そうとも、なにを着ていようと、おまえはいつだってわたしの小さなお姫さまだ」父がジェインを抱きあげてくるくるまわったので、全員が笑った。

だが、ジェインは本気だった。父に抱かれたまま、彼女は薄汚い小部屋を見まわした。母は弱々しくベッドに横たわり、アビーは洗濯ずみのハンカチを持って母の傍らに跪《ひざまず》いている。こんな生活がいつまでもつづくわけはない。母に生き写しだと、みんなに言われるくらいだから、自分だってお姫さまになれるはずだ。とにかく、お城で暮らしている王子さまを見つけなくては。

1

当然ながら、裕福な男性にふさわしくて、なおかつ美しい女性の数はそれほど多くない。

――ジェイン・オースティン『マンスフィールド・パーク』

一八一七年三月、ロンドン、メイフェア

「おいしかったわ、アビー。ごちそうさま」バークレー・スクエアを歩きながら、ジェインは姉の腕をぎゅっと握りしめた。「アイスクリームをいただくのに、十八年も待たなくてはならなかったなんて」

アビーは笑った。「この数カ月で遅れを取り戻したわね――ガンターのお店で、まだ味見していないアイスクリームがあったかしら?」

「もうないわ」ジェインは正直に答えた。「どの味がいちばん好きか、まだ決めかねているけれど」

アビーはまた笑った。「まだ夏にもなっていないのに」

いまはようやく春になったばかりだ。広場のプラタナスは芽吹きはじめたばかりだし、スノードロップの花もまだぽつぽつとしか咲いていない。

ジェインは姉の腕をもう一度ぎゅっと握りしめた。「アイスクリームでもなんでもいいの。

お姉さまとふたりで遅れを取り戻せたのがうれしいのよ。ダマリスとデイジーは大好きだけれど……わかるでしょう？　たまには――」

アビーはうなずいた。「たまにはほんとうのきょうだいと過ごしたいときもあるわよね。わたしだってそうだもの」そこでちらりとジェインを見た。「もうすぐ社交シーズンだから心配なの？　はじめての舞踏会が、その――十日後に迫っているから？」

「二週間後よ」ジェインは訂正した。「それに、心配なんてしていないわ――それほどでも」かぶりを振ってつづけた。「そうね、いい意味で緊張しているというのかしら。正直言って、待ちきれない気分。ピルベリー養育院にいたときは、灰色と茶色の綾織り《サージ》の服を着て、夢見ることもなかった――いいえ、お母さまがしていたように、着飾って舞踏会やパーティに出かけたり、明け方までダンスしたり、お芝居や演奏会やピクニックに出かけたりすることは夢見ていたわ。でも、ほんとうにそうなるなんて考えたこともなかった。いつかこんな日が来るなんて……」ジェインはアビーを抱きしめると、その場でくるりとまわった。「もう、いても立ってもいられない気分よ、アビー。つくづく幸運だと思うわ」

「わたしたちは幸運だった」アビーは少し生真面目な表情になった。「それも四人揃って。もしもレディ・ベアトリスがいらっしゃらなかったら――」

「そうね。でもレディ・ベアトリスはわたしたちのおかげで命拾いしたとおっしゃっているし、それはまあそのとおりでしょう。なにより、レディ・ベアトリスはわたしたちと同じくらい、いまの生活を楽しんでらっしゃるわ。わたしたちがほんとうの姪だったら、もっと喜ばれたでしょうけれど」

アビーは笑った。「わたしの結婚相手がレディ・ベアトリスの甥でよかったわね。おかげでレディ・ベアトリスの姪という肩書きも、あながち嘘《うそ》ではなくなったわ」

「『とんでもない！　それとこれとはなんの関係もありませんよ。わたしは、姪がほしかったからそうしたの』」ジェインがレディ・ベアトリスの口まねをして、ふたりは声をあげて笑った。

アビーはふたたび妹と腕を組んで歩きだした。「ああ、ジェイン。いまはほんとうに幸せよ。夢見たこともないくらい。あなたにはまだわからないでしょうけれど、結婚生活って……」そこまで言うと、ほうっとため息をついて顔を赤らめた。「でも、すぐわかるようになるわ。素敵な男性と知り合って――来週の舞踏会でめぐりあうかも――そして、まっさかさまに恋に落ちて――」

「ダマリスとフレディはもう着いていると思う？」

アビーはさっとジェインを見て、話題が変わったことを受け入れることにした。「最後に届いた手紙には、今日か明日ロンドンに到着するとあったから……そうね、もう着いているかも」

「よかった。早く会いたいわ。ヴェネツィアから来た手紙に、美しいスケッチが何枚か添えられていたの。いつかあんな場所に行ける日が来るのかしら」

「ジェイン――」

ジェインは恋に落ちる話などしたくなかった。近ごろアビーが口にすることといったら、そのことばかりだ。「気をつけて」ジェインがアビーを引っ張ると、二頭立て二輪馬車《カーリクル》がふたりの脇を勢いよく通り過ぎていった。「ここは田舎じゃないのよ、アビー――ロンドンでは馬車が行き交っていることを忘れないで」ふたりは通りを渡ると、ジェインとデイジーがいまも暮らしているレディ・ベアトリスの屋敷の石段をのぼった。

アビーと結婚したマックスは、角のタウンハウスを借りると、デイジーとジェインも一緒に住んではどうかと提案したが、レディ・ベアトリスに即座に却下された。「わたしから娘たちを取りあげるつもり？　アビーとダマリスをあなたとフレディに取られただけでも充分なのに。近ごろの新婚夫婦ときたら――ふたりきりで過ごしたくないの？」レディ・ベアトリスはそう言って、柄付き眼鏡越しにじろりと甥をにらみつけた。

アビーとマックスはそれ以上食いさがらなかった。フレディも気を利かせて、バークレー・スクエアから歩いてすぐのところに、社交シーズン用のタウンハウスを借りている。ジェインが呼び鈴を鳴らさないうちに、玄関のドアが音もなく開いた。白い手袋をはめた執事のフェザビーが、人差し指を唇に当てて後ろにさがり、ふたりを通した。

階段を半分ほどのぼったところにデイジーが腰をおろしていたので、ジェインはわけを聞こうとした。「デイジー？――」

「しーっ！」デイジーが大げさな身ぶりで静かにするように合図したので、ジェインとアビーは顔を見合わせた。どうしたのかしら？

フェザビーが人差し指を唇に押し当てたまま、客間を指し示した。ドアが少しだけ開いていて、話し声が漏れてくる。レディ・ベアトリスと男性の来訪者の声。とくに珍しいことではない。ではなぜ、デイジーとフェザビーはこんなふうに振る舞うのだろう。

「いったい――」

ジェインが口を開くと、デイジーはまたもや「しーっ」と小声で言って、ジェインを手招きした。

ジェインは戸惑いながらもうなずいた。来訪者から見えないようにドアの前に立ったフェザビーの前を通り抜けて、ジェインとアビーは急いで階段をのぼった。

「どうしたの？」ジェインはひそひそ声で尋ねた。

「ここに座って、聞き耳を立てて！」デイジーはジェインを引っ張った。「あんたの話をしてる」

ジェインは腰をおろし、アビーもそうした。そして三人で階段の手すりに体を押しつけて、客間から聞こえてくる声に耳を澄ませた。

だれだかわからないが、来訪者の男性は自分自身のことについて話していた。「もちろんわたしの一族や暮らしぶりについてはご存じでしょう、レディ・ベアトリス。従って、わたしにその資格があることも――」

資格ですって？「なんの話？」ジェインはささやいた。

「あんたに結婚を申しこみたいんだって」デイジーがささやき返した。

「わたしに?」ジェインはデイジーをまじまじと見た。「どなたなの?」

「キャンベリー卿」

ジェインはきょとんとした。「どなただったかしら」

「キャンベリー卿だってば。文学同好会に何度か来たことがある」

ジェインはやはりかぶりを振った。

「ぽっちゃりした小男で、歳は三十三かそこら。しゃれ者で、頭が薄くなりかけてる」デイジーがなけなしの髪を櫛《くし》で梳《と》かすまねをするのを見て、ジェインはようやくキャンベリー卿を思い出した。

でも、なぜ? なにかの間違いに決まっている。結婚など申しこまれるはずがない。キャンベリー卿とは、ろくに言葉も交わしたことがないのだから。ジェインはさらに客間の会話に耳をそばだてた。

だがそのとき、客間の前をさりげなくうろうろしていたフェザビーが、急いで合図を送ってきた。キャンベリー卿の声が大きくなる。「ではまた明日お会いしましょう、レディ・ベアトリス。楽しみにしています」

これから帰るらしい。ジェインたちは見つからないように、急いで階段をのぼった。

踊り場までのぼったところで、ジェインは手すり越しにそろそろと下階をのぞきこんだ。ちらりと見えたのは、ピンク色のてかてかした頭頂部だった。その部分を覆うように、まばらな金髪が櫛で丁寧に梳かしつけてある。フェザビーは彼に、帽子と上着とステッキを渡した。

キャンベリー卿が外に出て玄関のドアが閉まると、ジェインは止めていた息を吐きだした。

フェザビーは上階にちらりと目をやると、レディ・ベアトリスがいるほうに返事をした。

「はい、奥さま。ミス・デイジーとご一緒に、ミス・ジェインとレディ・デイヴナムもおいでです。お呼びしましょうか?」ジェインたちは急いで階段をおりた。

「お茶をお持ちしましょうか、奥さま?」三人が客間に入ると、フェザビーが尋ねた。

レディ・ベアトリスはうなずいた。「それと、わたしにはもっと強い飲み物をちょうだい」フェザビーがお辞儀をしてさがると、レディ・ベアトリスは柄付き眼鏡を取りだしてジェインをじろりと見た。「ほんとうに、あなたにはびっくりさせられるわ」

ジェインは戸惑った。「わたしのことですか?」

レディ・ベアトリスは顔をしかめた。「こんなことになるとは思わなかったの?」

「なんのことだか、わたしにはさっぱり――」ジェインはデイジーをちらりと見た。「デイジーから、キャンベリー卿がいらしたと聞きました。わたしに――結婚を申しこむために」

レディ・ベアトリスはうなずいた。「耳はたしかなようね。とはいえ、盗み聞きをしていいとは思いませんけれど」

デイジーは悪びれずににんまりした。「早耳のこつです」

「まったく……」レディ・ベアトリスはかぶりを振って、燃えるような色の巻き毛を揺らした。「でも、実はそのとおりなの」彼女はジェインに向きなおった。「キャンベリー卿が、あなたに正式に結婚を申しこんできたわ」

　では、デイジーの言うとおりだったのだ。ジェインは唖然としてレディ・ベアトリスを見返した。「でも……キャンベリー卿と言葉を交わしたときのことを思いだそうとしたが、憶えているのはごくありふれた会話だけ——天気のことや、クリームケーキに目がないことを話したくらいだ。

「その調子では、あなたもその方のことをよく知らないようね」アビーが口を挟んだ。「キャンベリー男爵はとても裕福な方なの。それでいて俗っぽいところがない。とても洗練された美意識をおもちだわ」

「そうは言っても、申し分ないお話ですよ」レディ・ベアトリスが言った。

　従僕のウィリアムが、大きなお茶のポットと、ケーキやお菓子を盛った皿を運んできた。つづいてフェザビーが、ブランデーのデカンタを持ってくる。彼はレディ・ベアトリスに言われたとおりにお茶を注いだ——お茶よりブランデーを多めに入れて。

　あとはアビーがめいめいのカップにミルクを少々入れてお茶を注いだ。ティーカップにスプーンが当たる音がする以外は、静かなひとときが流れた。

「それで、なんてお返事なさったんです？」ウィリアムとフェザビーがさがるなり、ジェインは尋ねた。

「もちろん、あなたが決めることだと答えましたよ」

「とんでもない」アビーが言った。「それではまるで、ジェインならそんな不躾《ぶしつけ》な申し出でも考えると言わんばかりじゃありませんか。裕福で、爵位もある。でも、だからといって、キャンベリー卿はお付き合いもせずに結婚を申しこめると思っていらっしゃるのかしら？」

彼女はそう言うと、ジェインを見た。

ジェインは黙りこくったままだ。

「たしかに、とんでもないお話かもしれませんけどね」いっとき間を置いて、レディ・ベアトリスが言った。「でも、あなたの妹にとっては大当たりのくじを引いたようなものですよ。ここ十年というもの、キャンベリーの気を引こうと躍起《やっき》になっている娘は山ほどいるというのに――まあ、あなたは知らないでしょうけれど――社交シーズンがはじまりもしないうちに、その当人から結婚を申しこまれるなんて！」

レディ・ベアトリスはブランデー入りのお茶を飲みほすと、今度はお茶だけ注ぐようにアビーに合図した。「キャンベリーになんと返事するにせよ、ジェイン、あなたが話題をさらうのはたしかね。今年はどんな社交シーズンになるかしら！　あなたたちのうち、ふたりがもう幸せな結婚をしているのに、今度はジェインにいいお話が舞いこむなんて――それも、よりによってキャンベリーから」

「どんな方なんでしょうか？」ジェインが尋ねた。

不意に沈黙がおりた。

アビーは慌ててティーポットを置くと、妹に向きなおった。「まさか真剣に考えようとしているんじゃないでしょうね、ジェイン。その方のことを知りもしないのに――そう言っていたでしょう」

「だからレディ・ベアトリスに伺っているの」ジェインは静かに応じた。「どんな方なのか――」そう言って、アビーをさっと見た。「わたしにも知る権利はあるはずよ」

アビーは唇を噛《か》んだ。「ええ、もちろん」

レディ・ベアトリスはティーカップを持ちあげると、ジェインをじっと見つめた。「言うまでもなく名門の一族で――ノルマン征服のころからつづいている、由緒正しい家柄ですよ。わたし自身、あの子の洗礼式に出たはずだわ」彼女はお茶をひと口飲むと顔をしかめて、ブランデーを足すようにアビーに身ぶりで伝えた。

「キャンベリーの人柄については、悪い話は聞かないわね。おばのドーラ――レディ・エンベリーが、わたしの文学同好会にときどき顔を出しているわ。大柄で、広場の向かいに住んでいる方よ。よく紫のドレスを着ていて――あれとは違う色合いの紫が似合うと言ったのに――しゃべりだしたら止まらない、キャンキャンうるさい小型犬をぞろぞろ飼っている方」

「ああ、あの方ですか」ジェインは思い出した。公園でその犬たちを見かけて、撫でたことがある。

レディ・ベアトリスはつづけた。「ドーラに言わせると、かわいい甥のエドウィン――キャンベリー――は、非の打ちどころのない好青年で……ドーラが寂しがらない程度にまめに会いに来るとか――キャンベリーの両親は数年前に亡くなっているの――でも、だからといって必要以上にべったりした間柄ではない。ときには、あのいまいましい犬たちを散歩に連れだしてくれることもあるそうよ」彼女はかぶりを振った。「キャンベリーについては、本人の話を聞くかぎり、美しいものの収集を生きがいにしているようね。〝美の専門家〟だと、自分で言っていたわ」

そして、鼻を鳴らしてつづけた。「現に、ジェイン――あなたのことだって、おおむねそんなふうに考えている――美しいものばかりを集めた住まいの総仕上げに、美しい妻がほしいそうよ。あの人の住まいはわたしの知るかぎり三カ所あって、ロンドンの屋敷と、田舎の館――つまりキャンベリー城のほかに――」

「キャンベリー城？」ジェインが繰り返した。

「ええ、それは豪壮な住まいですよ。それから、摂政皇太子殿下の離宮があるブライトンに別荘がひとつ――キャンベリーは皇太子殿下の取り巻きのひとりですからね」

「それはご立派ですこと！　でも、キャンベリー卿がどなたの取り巻きのひとりなのか、お屋敷をいくつ所有してらっしゃるのか、おばさまにどれほどかわいがられているのか、そんなことはどうでもいいんです」アビーが勢いこんで口を挟んだ。「ろくにお付き合いもせずに結婚を申しこむような――自分の〝美しい収集品〟にジェインを加えたいと望むような男性より――まったく、そんな話は聞いたこともないわ――そんな男性より、ジェインにはもっとふさわしい方がいるはずです。どうしてキャンベリー卿にそう伝えてくださらなかったんでしょうか？」

レディ・ベアトリスは曖昧《あいまい》に肩をすくめた。「結婚するかしないか決めるのは、わたしではなく、ジェインですからね。キャンベリーは明日の三時にあなたに会いに来るそうよ、ジェイン」

「そうですか。それならジェインから直接お伝えできますね」アビーはジェインに向きなおった。「きっぱりおことわりすればいいわ。そんな傲慢な男性は！」

ジェインはなにも言わなかった。動揺して、考えがまとまらない。たしかに、ふさわしい男性から結婚を申しこまれるだろうとは思って――いや、願っていた。でも、社交シーズンがはじまりもしないうちにそうなるとは夢にも思わなかった。それも、ろくに言葉を交わしたこともない――城を所有しているほど裕福な男性から申しこまれるなんて。

「ジェイン？」アビーが眉をひそめた。「おことわりするんでしょう？」

ジェインはなおも答えなかった。どうしたらいいのかしら？　みんなの視線を感じる。

「あなたがいつも望んでいたのは、まさにそういうことだったでしょう？」しまいに、レディ・ベアトリスが口を開いた。「――裕福な男性と、申し分ない結婚をすることだった」

「でも、それは昔の話です」アビーが言った。「わたしたちが極貧で、絶望のどん底にいたころはたしかにそうでした。あのころはわたしたちのだれだって、屋根があるところにいられて次の食事の当てがあるなら、見ず知らずの男性とも結婚したでしょう」

「そして、安全が保証されるなら」ジェインが付けくわえた。

「そのとおり。でも、いまはまったく違います。いまはなんの不足もありません。そしてダマリスとわたしは結婚して、それは幸せに……だれも想像しなかったほど幸せに暮らしています」アビーは感きわまって声を詰まらせた。

その点はたしかだった。アビーは愛と喜びに満たされて輝いている。クリスマスの後、フレディと共にヴェネツィアへ新婚旅行に出発したダマリスもそうだった。

アビーはつづけた。「いまはもう、愛のない結婚をわざわざする必要はないんです。ジェインのお披露目の準備は万端整っていますわ。これから数カ月のうちに、ジェインは大勢の若くて素敵な男性と出会うでしょう。そのうちのだれかと恋に落ちて、想像したこともないほど幸せになるに違いありません」

ジェインはほほえんだ。アビーが考えていることは手に取るようにわかる。自分と同じように、妹にも手に入れてほしいのだ――心から望んでいるものすべてを。だが、ジェインはそうは思わなかった。

「キャンベリー卿は優しい方でしょうか？」ジェインはレディ・ベアトリスに尋ねた。彼がおばの犬たちを散歩させているのを見かけたときは、優しそうな人に思えた。犬好きなら、いい人かもしれない。

「ジェイン、まさか真面目に考えようとしているんじゃないでしょうね」アビーは戸惑いをあらわにした。

「どうしていけないの？　これは真面目なお話なのよ」

「でも――」

「アビー」レディ・ベアトリスがいさめるように言った。

「でも、ジェインはキャンベリー卿の申し出を考えようとしているんですよ。おわかりになりませんか?」アビーは妹に向きなおった。「愛はどこにあるの、ジェイン? 愛してもいない方と結婚なんてできないわ。とうてい無理。愛し合うことが――愛されることがどんなに素晴らしいか、あなたにはわからないのよ」

ジェインはすっと息をのんで目を逸《そ》らした。

アビーはその様子をじっと見ていたが、やがて言葉をやわらげてつづけた。「ねえ、なにもいますぐ決めることはないわ。ふさわしい男性と知り合って恋に落ちる時間はたっぷりあるもの。いまに見てなさい、大勢の男性が先を争ってあなたに求婚しようとするから。そうでしょう、レディ・ベアトリス? ひとたび社交シーズンがはじまったら、ジェインはなんとか気を引こうとする男性に囲まれて、身動きも取れなくなると思いませんか?」

ジェインはなおも口をきかなかった。男性に囲まれて身動きも取れなくなるなんて、考えただけでぞっとする。男性は、いつもなにかを求めているような気がした――なにを求めているのか、見当もつかない。彼らが思い浮かべているのは、ほんとうのジェイン・チャンスとは違う女性――この顔にふさわしい別のだれかのように思えてならなかった。

男性から口々に話しかけられるようなところには行きたくなかった。いまの望みはただひとつ――安全な場所で、心安らかに暮らすことだけ。

以前は社交シーズンが楽しみでならなかった。きれいなドレスを着て、舞踏会や夜会や演奏会に繰りだす――養育院で、古着か年上の子たちのおさがりばかり着て十二年過ごしたら、そんな世界に憧れて当然だ。そして、若くて素敵な男性と次々とダンスをする――それ以上のことはほとんど考えていなかった。

たしかに、そうしたことすべてが結婚を目的としていることはわかっているし、もちろん結婚したいと思っている。子どもを授かりたいなら結婚しなくてはならない。そしてジェインは、なにより子どもがほしいと思っていた。

けれどもそうした夢は、まだぼんやりしていた。いまはふさわしい素敵な男性と知り合い、その人に結婚を申しこまれたら承諾して、社交シーズンの終わりに結婚すると、なんとなく思っているだけだ。

そして、そこから人生が――自分の人生がはじまる。夫がいて、わが家があって、できたらすぐに赤ん坊を授かりたい。ほしいのはそれだけ――自分の家と、子どもたち。そしてもちろん、夫がいなければその夢は実現しない。

けれども、大勢の男性に囲まれて……じろじろ見られて……いっせいに話しかけられるなんて……。

「ジェイン――」アビーがまたもや口を開くと、レディ・ベアトリスがさっと手をあげて制した。

「いいかげんになさい、アビー！　あなたが妹のためを思っているのはわかってますよ――わたしたちみんながそう。でも、これはジェインが決めることで、この子には考える時間が必要なの。気持ちを落ち着けて考える時間が」

アビーは申し訳なさそうにほほえんだ。「ええ、おっしゃるとおりですわ。ごめんなさい、ジェイン」彼女は立ちあがると、妹を抱きしめた。「あなたにああしろこうしろと指図するつもりはなかったの。姉の悪い癖ね――あなたがもう十八で、すっかり大人になっていることをときどき忘れてしまう。あなたならきっと正しい判断をするはずだわ」

ジェインは姉を抱きしめながら、複雑な思いを説明せずにすんでほっとしていた。

「わたしはそろそろお暇《いとま》するわ」アビーが言った。「マックスと四時に待ち合わせすることになっているの。もう遅れているから」彼女はジェインにキスした。「早まったことはしないでね」

「ええ、そのつもりよ」

デイジーも立ちあがった。「あたしも仕事があるから行くよ。二階に来る、ジェイン?」

ジェインはうなずいた。「少ししたら行くわ」その前に、レディ・ベアトリスとふたりきりで話したかった。

アビーはみんなを抱きしめて別れを告げ、デイジーは二階に戻った。ジェインはふたたび腰をおろして、レディ・ベアトリスと向き合った。彼女がしばらく黙りこんで頭のなかを整理するあいだ、レディ・ベアトリスは〝お茶〟を飲み、アーモンド・ラングドシャをかじった。

「――こんなことははじめてなものですから」しまいにジェインが口を開いた。「少し気が動転してしまって。明日まで待っていただいても?」

「ええ、かまいませんよ。キャンベリーに答えを急かされるかもしれないけれど、困ったらわたしに言ってちょうだい。お相手がどなただろうと、あなたに急いで決めさせるつもりはありませんからね。あなたの一生を左右する重大な決断ですもの。納得のいくまで考えればいいわ」

「でも、キャンベリー卿が明日またいらしたら……」

「もう少し時間が必要だと言ってやりなさい。男性は待たせておけばいいの——これまでにも、何度となく言い聞かせたはずよ。男性は生まれながらの狩人で、持っていないものをほしがるものなの。手に入れるのがむずかしいものほど、その価値は高くなる。待たせて、やきもきさせるのはゲームの一部なのよ」

ジェインは戸惑いの表情を浮かべた。「ゲームだなんて、わたしは……」

レディ・ベアトリスは手を伸ばして、ジェインの手を軽く叩いた。「わかっていますよ。こうしたことは、一から十まで真剣勝負ですものね。だから、時間をかけてじっくり考えたほうがいいわ。たとえキャンベリーからの求婚をことわって、そのことが表沙汰になったとしても、あなたの評判に傷がつくことはありませんよ」

「そんな……わたしはだれにも話さないつもりで——」

「あら、だれが〝話す〟と言いました？」レディ・ベアトリスは優雅に肩をすくめた。「この手の話は、なにかのはずみで外に漏れるものなの——どうやって漏れるのかは想像もつきませんけどね。でも、これだけはたしか。社交シーズンがはじまりもしないうちにキャンベリーから結婚を申しこまれたことが世間に知られたとしても、あなたにとって不利になることはひとつもない」彼女はにんまりした。「年ごろの娘たちは――その母親たちも含めて、ひとり残らず悔しがるでしょうね。キャンベリーの気を引こうと躍起になって、しくじった娘たちが何人いたことか……。ですから、あなたがキャンベリーからの申込みを承諾しなくても、それは勝ち誇っていいことなんですよ」

レディ・ベアトリスはくっくっと笑うと、ジェインの心配そうな表情を見て真顔に戻った。「でも、急かすつもりはありませんからね。すべてはあなた次第。キャンベリーと結婚したくなければそう伝えなさい。まだ気持ちが決まらないなら、もうしばらく考えさせてほしいと言うだけでいいんですよ」

「でも、お待たせしたら、キャンベリー卿の気が変わってしまうかも……」

レディ・ベアトリスはじろりとジェインを見た。「かもしれないわね。そうなったらがっかりかしら？」

ジェインは唇を嚙んだ。問題はそこのところだ――わからない。

2

「たいていの場合そうなんだけれど、ハリエット、結婚を承諾しようか迷うようなら、その申し出はことわるべきなのよ」

――ジェイン・オースティン『エマ』

「あああ、もうくったくた」デイジーは伸びをしてうめいた。彼女とジェインは寝仕度をしているところだった。

「『そんな言い方をして、お里が知れますよ、デイジー』」ジェインがレディ・ベアトリスのまねをして言った。「むこうを向いて。背中の紐《ひも》をほどくから」

デイジーは笑って、ジェインに背を向けた。「あたしったら、ぜったいレディには聞こえないよね。しゃれた店をやっていくなら、だれか人を見つけないと――もちろん、店をもてるならだけど」

「あなたならお店をもてるわよ」ジェインは請け合った。「今日はずいぶん仕事をこなしたじゃない。服がふたそろいもできあがったわ」

デイジーはかぶりを振った。「そうなんだけど、やることはまだ山積みだよ」ため息をついてどさりとベッドに腰をおろした。「正直言って、どうしたらやっていけるのか見当もつかない」

「ポリーとジニーに手伝ってもらっても？」レディ・ベアトリスの許可を得て、ふたりのメイドが毎日午後になると作業を手伝ってくれる。

デイジーはうなずいた。「それでもさ。だから、ちょっと分をわきまえないことをしているのかもしれないと思って」

「そんなことないわ」ジェインはデイジーを抱きしめた。「いまは疲れているだけよ」

デイジーの夢は、しゃれた婦人服の――上流階級向けの仕立屋になることだ。そのために、ジェインのお披露目用の衣装すべてと、アビーの服をほとんど、そしてダマリスの服を何着か仕立てることで、社交シーズンの話題をさらう計画だった。ダマリスの服だけ少ないのは、フレディとダマリスが新婚旅行でパリに立ち寄るからだ。ダマリスは申し訳なさそうに書いてよこした――フレディがこのうえなく美しいドレスを数着と、豪華なペリース（婦人用の丈の長い上着）を二着買うと言って譲らないの。夫の楽しみを奪うのは気が咎《とが》めるわ。どうか気を損ねないで。

デイジーはジェインに、気を損ねるどころかほっとしたと打ち明けた――社交シーズン用の服を三人分仕立てるのは、予想以上に大変だった。デイジーがデザインを考えて布を裁ち、体に合わせて調整し、細かい刺繍《ししゅう》をする一方で、ジェインとメイドの二人、ポリーとジニーが作業を手伝う。縫ったりまつったりはジェインとポリーの担当で、細かい針仕事が得意なジニーは、デイジーではこなしきれない刺繍の担当だ。アビーもできるかぎり手を貸してくれる。

それでも、大仕事には変わりなかった。

これほどやることが多いとはだれも思っていなかった。しかも、こんなに場所を取るなんて。

デイジーとジェインが同じ寝室で寝起きしているのはそういうわけだった。デイジーの寝室は、ありとあらゆる製作段階の服に、作りかけのドレスをピンで留めたトルソー、生地のロールに型紙やピン、編んだ紐、ビーズにレース、房飾り、その他もろもろの材料で足の踏み場もない。〝あたしのきらびやかな部屋〟とデイジーは呼んでいたが、とうとう寝床までドレスの材料で埋めつくされて、ベッドと私物をジェインの部屋に移す羽目になってしまった。

でも、ジェインはそのほうがくつろげると思った。大部屋でほかの女の子たちと一緒に寝起きする生活が長かったので、はじめてレディ・ベアトリスの屋敷で暮らすようになって自分の部屋がもてたときはたしかにうれしかったが、デイジーと同じ部屋で、一日の出来事を話しながら眠りにつくほうがやはり楽しい。それに、着替えを手伝ってもらえるのも、メイドを呼ばずにすむので便利だった。

「でも、あたしのことはいいんだ」デイジーが言った。「あの〝うす髪撫《な》でつけ卿〟のことをどうするか決めた？」

ジェインはドレスを頭から脱いだ。「ううん、まだ決めてない」

デイジーは眉をひそめた。「まさか結婚するつもりじゃないだろうね。どんな人か知りもしないで」

ジェインはため息をついた。「そうね」でも、あっさりことわるつもりはなかった。名門の一族で、しかも裕福。悪い噂ひとつなく、動物に優しくて、おばにもまめに尽くす人。心配するような理由はひとつもない。

それに、キャンベリー卿は城を所有している。ああ、子どもじみた愚かな夢はとっくに捨てたはずなのに……もし明日「はい」と返事をしたら……。

デイジーはジェインのコルセットの紐に手を伸ばした。「これから恋をするってアビーに言われたときのあんたの顔――」彼女はしゃべりながら、鏡に映ったジェインの顔をちらりと見た。「そうそう、そういう顔をしてた。ねえ、どうしていい男とめぐりあって恋に落ちるのがそんなにおもしろくないの？」

「恋に落ちるのは素敵なことだと思うわ」ジェインは心許なげに言った。「でも――」

「ああ、こんなにきつく結んで！　……それで、なにが問題なのさ？　売春宿にいたことじゃないだろう？　だって、べつに触られるとか、そんなことはなにもなかったんだし」四人が出会ったのはそこだった――ジェインとダマリスがさらわれて売春宿に売り飛ばされ、そこでメイドとして働いていたデイジーが、アビーと協力してふたりを助けだしたのだ。

「ううん、そうじゃなくて……そんなに単純なことじゃないの。いきなり会って恋に落ちるなんて無理よ。その方がふさわしい人かたしかめないと」

いっとき間を置いて、デイジーが言った。「つまり、お金持ちかどうかってこと？」ジェインはため息をついた。「いやな考え方かもしれないけれど、あなたならわかるはずよ、デイジー。わたしみたいに、レディ・ベアトリスが親切心からくださる小遣い以外に自分のお金を持たない娘は、裕福な男性と結婚しなくてはならないの。その……ほしいものがあるなら」

「ほしいものって――きれいなドレス？　宝石？　夜ごとのパーティ？　なんなの？」

「子どもよ」

「子ども？」デイジーは姿見に映るジェインをまじまじと見た。「ジェイン、それなら相手は裕福でなくたって――」

「いいえ、そんなことない」ジェインは貧しい家庭で子どもが生まれたらどうなるか、いやというほど知っていた。自分の子どもたちにそんな生活をさせるくらいなら、死んだほうがましだ。「望ましい男性と恋に落ちる運命を信じるより、もつべきものをもっている男性を選ぶほうが理にかなっているわ」

そのうえおばに親切で犬好きの男性なら、悪くない相手ではないだろうか。

ジェインはつづけた。「愛を信じるのは、木の葉が運命を風まかせにするようなものよ。どこにたどりつくか見当もつかない。だから、恋に身を委ねるつもりはないわ。相手を慎重に見きわめて、そのうえで恋に落ちるの」

「そうはいかないよ」デイジーは訳知り顔でかぶりを振った。「とくにあんたはね。その時が来たら、恋をせずにはいられなくなる。アビーやダマリスがそうだったように——あのふたりだって、恋に落ちるなんて思ってもいなかったんだから。さあ、脱いでいいよ」

ジェインはコルセットとペチコートを脱いだ。「まさか。人は恋に落ちるかどうかを、頭で考えて決めているのよ」

デイジーは鼻を鳴らした。

「嘘じゃないわ——ただ、そうしていることに自分では気づかないだけ」ジェインはシュミーズを脱いでナイトガウンを頭からかぶった。「傍で見ていたからわかるわ。まず、『この人がそうなの？　それとも違う人かしら？』と考える。それから、その人を好きになれない理由を探すの。もしくは、どんなに素晴らしい人か、いいことばかり思いつこうとする」

ジェインはベッドに潜りこんだ。「そして、恋に落ちるかどうか決めるの」

現実には、親の決めた相手と結婚して、あとから愛を育む男女は大勢いる。結婚した後でそうなるだけの話だ。ふたりが最善を尽くそうと決めているなら。

デイジーもベッドに潜った。「そんなふうに考える人もいるかもしれないけどさ。あんたは違うよ」

「どうして？　わたしは、冷淡で計算高い女かもしれない。だとしても、野心をもって悪いことはひとつもないわ。あなただって、仕事のことになったらそうなるはずよ」

「そうだね。でも、野心をもつことと恋をすることはまるで違う。あたしはしたたかだ。貧民窟で育って、成功をつかむためにはどうしたらいいか心得てるし、実際そうするつもりでいる。上流階級の娘だってそうさ。ほとんどが鼻息荒くして、いちばん金持ちの男を見つけて結婚にもちこもうとしている。でも、あんたは違う——あんたは心底優しい人だからね」

「そんなことない！」ジェインはむきになって言い返した。

デイジーは笑った。「それじゃ、わが身の危険も顧みずにダマリスを連れて売春宿から逃げだしたのはだれ？——それでも違うって言える？」

ジェインは眉をひそめた。「それはまた別の話よ。ダマリスは、あのおぞましい競売でわたしを助けてくれたんだもの。そんな人を置いていくなんてできなかった」

「それに、あんたは母猫と子猫を——それもノミだらけのを持ち帰ってきた。レディ・ベアトリスになんて言われるか考えもしないで。そのおかげで、あたしたち全員が追いだされてもおかしくなかった」

「あれは猫たちがいた建物が壊されることになって、放っておいたらみんな死んでしまうのが目に見えていたからよ。それに、ノミは取りのぞいて——」

「それに、あんたが小銭をどうしているか、みんな知ってるんだから」

「そんなことは関係な——」

「自分はこのうえないお人好しだって、いいかげんに認めたらどう？　あたしが思うに、あんたは上流階級でだれよりもがまんのならない男と出会って、まっさかさまに恋に落ちるはずだよ」

「そんなわけないでしょう！」ジェインは自分でも意外なほどたじろいでいた。

「あのね、これはどうしようもないことなの——アビーやダマリスがそうだったようにね。それに、あんたほど愛し愛されるために生まれてきた人はいない。ごちゃごちゃ言うのは勝手だけれど、そのうち愛のほうがあんたを見つけるさ。さあ、もう寝よう。明日は昼までにしなけりゃならない仕事が山ほどあるんだから。ろうそくを消すのはそっちの番だよ」

ジェインはろうそくを吹き消すと、ふたたびベッドに戻った。

——あんたは上流階級でだれよりもがまんのならない男と出会って、まっさかさまに恋に落ちるはずだよ。

そんなことにはならない。けっして。

「ジェイン！　ジェイン！　起きて！」だれかが肩を乱暴に揺さぶっていた。

「なに——」ジェインはぱっと起きあがって、きょろきょろとあたりを見まわした。心臓がどくどく脈打っている。

「またうなされてた」デイジーがジェインのベッドに腰掛けていた。「今夜も悪い夢を見たんだね」

ぱちぱちと目をしばたたくと、ようやく頭のなかがはっきりしてきた。窓に目をやると、カーテンがかすかに揺れて、夜明け前の灰色の光がかすかに差しこんでいた。

「大丈夫そう？」デイジーが尋ねた。

ジェインはうなずいた。「ありがとう、デイジー」さっき見たのはいつもと同じ夢だった。

デイジーは動かなかった。「最近、よくうなされてるね。泣いたり、大声を出したりしてる」

「ごめんなさい。あなたを起こすつもりはないんだけれど――」ジェインはためらいがちに尋ねた。「なんて言ってた？」

「言葉にならないことをえんえん口走って……のたうちまわったり、わめいたりしてた。でも、それはいいんだ。前から言ってるだろう、冷えるせいだって。夜気に当たるのが体によくないことくらい、だれだって知ってる。それなのに、窓を開けて眠りたいって言い張るんだから」

「窓を閉めて寝たくないの」

デイジーはベッドからおりると、つかつかと窓に近づいた。「そう、そりゃ残念。窓はもう閉めるからね。外はとんでもなく寒いし、針仕事ができる明るさになるまで、あと一時間あるもの。もう少し寝とかないと」そう言うと、カーテンを開けてうっとりとにおいを吸いこんだ。「ああ、東風だ。わかる？　東風が吹くと、いつもパン屋からにおいが漂ってくる。この世でいちばんいいにおいだよ」

ジェインはぞっとした。

「いいにおい。おなかが空いてくる」デイジーはもう一度深々と吸いこむと、窓を閉めてカーテンを引き、ベッドに潜りこんだ。「……変なの」

「なにが？」

「どうも東風が吹いているときにうなされているみたいなんだ。それじゃおやすみ《ナイト》」デイジーはそこで笑った。「明け方に二度寝するときはなんて言うのかな」

「おやすみ《ナイト》。ありがとう、デイジー」ジェインは温かい上掛けのなかに潜りこんだが、もう眠れないのはわかっていた。悪夢を見たときはいつもそうだ。

どんな夢を見るのか、デイジーに聞かれたことは一度もなかった。だれにでもおぞましい記憶はあるとわかっているのだ。「よくあることさ」と、デイジーはいつか言っていた。「あたしたちは危ういところを切り抜けてきた。生きているかわりに悪い夢を見るんだよ」

そう考えると気が楽になる。うなされているときは怖いけれど、ほんとうに危害を加えられることはない。

なにより、生きながらえることができたのだから。

一八〇四年、ロンドン

ドアを叩く音がした。それも乱暴に三回。叩くたびにドアが揺れた。「出てくるんだ、ちびの嬢ちゃん！　ここを開けてくれ！」

沈黙。ジェインは動かなかった。それに、自分は〝ちびの嬢ちゃん〟じゃない。六歳の女の子だ。

「ここにいるのはわかってるんだぞ、嬢ちゃん」

ジェインはろくに息もできなかった。

「お菓子がひと袋ある。ここを開けてくれたらあげよう」

お菓子？　ジェインはお菓子が大好きだった。そんなものは、これまで数えるほどしか食べたことがない。それでもジェインは動かなかった。お菓子を持っていても、大家のモリスンさんは怖い人だ。

それに、だれが来ても開けてはいけないとアビーから言われていた。開けていいのはアビーだけ。

廊下にいるモリスンさんが声を低めた。だれかが一緒にいるらしい。ジェインはドアに忍び寄って耳を押しつけた。

「ここにいるのはわかってるんだ。それもひとりで――上の娘はパン屋で働いていて、当分帰ってこない」

「なら、そのドアをさっさと開けろ。いつまでも待ってられねえ」

ジェインは凍りついた。この低い声なら知っている。あの……あの男。ジェインはぶるぶる震えだした。前にさらおうとした男だ。ああ、アビーはどこ？　ジェインは怯えるあまりこぶしを嚙んでドアを見つめた。

表の通りではじめて腕をつかまれたときは、すぐ近くにいたアビーが引き戻してくれた。男はそのまま立ち去った。

二度目は通りでほかの子どもたちと遊んでいるときだった。見たことのない男の子がオレンジを食べながら近づいてきて、ひと切れくれたのだ。そのおいしかったこと――とても甘くて、果汁たっぷりだった。そうしたら男の子が言った。ただで子どもにオレンジをくれる人が、そこの角を曲がったところにいるよ。

角を曲がったところにいたのは、あの男だった——ジェインを待っていたのだ。男はジェインの頭に袋をかぶせた。ジェインがわめいて、ほかの子どもたち——母は宿なしの子どもたちだと言っていたが、ジェインにとっては友達だった——がいっせいに駆けつけてその男に飛びついてくれなかったら、さらわれていただろう。男が手を離したので、ジェインは母のいる安全な家に駆け戻った。

でも、母は死んでしまった。いまはひとりだ。

ふたたびドアを叩く音がした。今度はさっきより穏やかな音。モリスンさんは猫撫で声で話しているけれど、怒っているのがわかる。「さあ、いい子にするんだ、ちびの嬢ちゃん。わたしのことは知ってるだろう。怖いことはなにもない」

鍵穴がきしみながらまわる音がして、取っ手が動いた。ジェインは蛇でも見るような目でそれを見つめた。先月、母の言いつけでアビーがドアに掛けがねを取りつけたことをモリスンさんは知らない。掛けがねはもつだろうか？

ドアはガタガタいったが開かなかった。モリスンさんが悪態をついている。

人さらいの男は、母が生きているときにも来たことがあった。モリスンさんが家賃のことで来たと思った母は、戸棚に隠れるようにジェインに言った。扉を閉めたまま、動かないで——なにが聞こえても、ママに呼ばれるまで出てきてはだめ。

戸口に来たのはたしかにモリスンさんだったが、人さらいの男も一緒だった。ジェインは戸棚の扉の隙間から様子をうかがった。男が話すのが聞こえた。ジェインにいい仕事の口がある。いい家に住めるし、食べ物にもたっぷりありつける仕事だ。十ポンド払うと男は言った――十ポンドも！　だが母は怒りだし、咳きこみながら言った――出ていって、ふたりの娘のどちらにも指一本触れたら許さない。だが男は、もうひとりはいらない、ほしいのはジェインだけだと言った。

男はさらに、あんたはどうせ永くないんだから、遅かれ早かれジェインはこっちのものになると言った。自分でなければ、ほかのだれかが連れていくはずだ。それなりのところに出せば、ジェインには大金の価値がつくのだから。それにいま娘を売れば薬を買えるし、もうひとりの娘を食べさせることもできる。

母は男を人でなし呼ばわりすると、出ていけと言った。娘たちに近づかないで！　声を荒らげると母の咳はひどくなり、しまいに咳きこむばかりになったのを見て、男はせせら笑った。

だが母が血を吐き、それが体にかかると、男は毒づいて後ずさった。

母が血を吐くと人はみな怖がるが、ジェインとアビーは慣れていた。男が出ていくと、ジェインは布きれと水を張った鉢を運び、小さな青い瓶に入っている液体を数滴母に飲ませた。ほどなく母の咳はおさまった。

男がなぜアビーでなく自分をほしがるのか、ジェインが尋ねたのはそのときだった。アビーのほうがたくましくてまめに動けるし、頭だってずっといい。十二歳で、読み書き以外にもいろいろなことができる――だから、もうパン屋で働いているくらいだ。ジェインはまだ六歳で、なにをするにも上手にできない。

「どうしてなの、お母さま？」ジェインは尋ねた。「どうしてさっきの人は、アビーでなくわたしをほしがっていたの？」

母は痩せ細った白い手でジェインの両頬を挟むと、悲しそうに言った。「それはあなたが美しいからよ、ジェイン。あなたは美しいの」

それから母は、あの男はとてもずる賢くて、悪い人間なのだと言った。だからあなたは気をつけて、あの男に近づかないようにするのよ。わたしがいないときはかならずアビーと一緒にいて、ふらふらと外には出ていかないこと。

その母は先週亡くなった。ジェインは姉と一緒に働こうとしたが、それはかなわなかった。アビーの雇い主は言った。ジェインのような小さい子どもをパン屋で働かせるわけにはいかない、邪魔だし足手まといになるから――アビーがそんなことはないとどんなに言っても無駄だった。だからアビーが仕事に行っているあいだ、ジェインは狭い部屋でひとりぼっちで過ごすようになった。外の通りで遊ぶよりそのほうが安全だからとアビーに言われて。

ジェインは少しも安心できなかった。少なくとも、通りならほかの子どもたちがいるのに。

ドアがふたたびガタガタいった。「すぐに開けるんだ！」モリスンさんがどなった。「さっさとぶち破ろうぜ」あの声。「修理代なら出すからよ」

ジェインは必死であたりを見まわした。隠れる場所などない。戸棚は間違いなく調べられるだろうし、このドア以外に逃げ道もない。窓ガラスはずいぶん前に割れて、板を打ちつけてある。

窓！　この前の夏、アビーは部屋に外の空気を入れようと、板に打ちつけた釘を数本緩めていた――ドン！　音がしてドアが震え、板のなかほどにひびが入った。

ジェインは窓に飛びついた。震える指で、緩んだ釘をなんとかはずした。板が一枚ぶらさがって、狭い隙間ができた。明るい外が見える。

ドン！　ドアがメリメリいう音が聞こえたが、ジェインは振り向かずに、急いで隙間に潜りこんだ。とても狭い。

とうとうドアが破れた。怒鳴り声と足音が聞こえる。

ジェインは死に物狂いで身をよじった。服が破れる。片足をつかまれたが蹴飛ばして、片方の靴をなくしたまま舗道にどさりと落ちた。

「戻ってこい、ちび野郎！」大家が怒鳴ったが、ジェインはもたもたしなかった。

起きあがって、走りに走った。呼吸が苦しいのも、靴が片方しかないのも、脇腹が痛いのもかまわず、ひたすら走りつづけてパン屋の裏口にまわると、小麦粉だらけの大きなエプロンをつけたアビーがいた。ジェインは姉に飛びついた。「ああ、アビー、アビー、アビー！」

アビーは妹を抱きしめた。「どうしたの、ジェイン？　こんなところで……それに、靴はどこ？」

ジェインは震えながら、たどたどしく声を絞りだした。「あの人が来たの、アビー――あの人――モリスンさんと一緒に……。言われたとおりにドアは開けなかったけど……モリスンさんがドンドン叩いて、あの人がドアを破れって言ったの。それで……」ジェインは声を詰まらせて泣きだした。

「いい子ね……もう大丈夫よ」アビーは妹をなだめた。「ここにいればもう大丈夫」

「……窓から逃げたの」ジェインは残ったほうの靴を見おろして、ぶるっと身震いした。「そのとき片方の足をつかまれて、靴を取られたの、アビー……あの人に靴を取られた」

「そうね、でもあなたはつかまらなかった」アビーは力強く言った。「あなたさえ無事ならいいのよ」

「あの家には戻れない、アビー。あの人はモリスンさんにお金を渡してる」

「――小さい子どもが、こんなところでなにをしているんだ？」どら声が響いた。「連れてくるなと言っただろう！」それは赤ら顔でひげ面の、太ったパン屋のあるじだった。

「ここで待ってて」アビーはさかさにしたバケツにジェインを座らせると、急いであるじに駆け寄った。ふたりが何を話しているのかジェインには聞こえなかった。あるじはしかめ面で、ジェインにちらちらと目をやっている。

アビーが戻ってくると、ジェインは言った。「戻るのはいやよ、アビー。あの人が――」

「しーっ。仕事が終わったら、わたしがうちに行くわ。必要なものを取ってくる」

「わたしはどうすればいいの？」ジェインは怯えたようにパン屋のあるじに目をやった。

「昼間は物置き場にいていいって」アビーは答えた。

「物置き場にはネズミが出るって言ってたじゃない」ジェインはネズミを怖がっていた。もっと小さかったころに噛まれたことがあって、まだ傷跡が残っている。

「ネズミよけに猫が二匹と小さな犬が一匹いるの」アビーは言った。「それならいいでしょう？」

ジェインはうなずいた。ネズミ以外の動物なら大好きだ。

「おなかは空いてる？」

ジェインはまたうなずいた。おなかならいつだって空いている。

「ほかほかの丸パンを持ってきてあげる」アビーは丸パンを取ってくると、ジェインに渡した。パン屋で働いていちばんいいのはこういうところだ。それに、固くなったパンをいつも持ち帰れる。ふたりがふだん食べているのは、たいていそんなパンだった。

「アビー、これからどこに住むの？」

短い間があった。アビーは熱いオーブンからパンのトレイを出しているあるじにちらりと目をやった。

「物置小屋の小麦袋の上で、ひと晩かふた晩なら眠ってもいいそうよ――どこか住むところが見つかるまで。心配しないで、なんとかなるわ。手紙を何通か書くから。いつまでもこんなふうにはしていられないもの」

「お母さまみたいに？」母はよく手紙を書いていたが、返事が来たことは一度もなかった。

アビーはため息をついた。「わかってる。でも、ほかにどうしようもないでしょう？」

ジェインはベッドの上で丸くなって、過去を思い出していた。

早まったことはしないでと、アビーは言っていた。

でも、アビーと自分は違う。評判がよくて、名家の出身で、裕福な男性からの申込みを承諾するのを、アビーは〝早まったこと〟だと思っている——その男性をよく知らないというだけで。愛していないというだけで。

母と父が亡くなったときアビーはもう十二歳だったから、ふたりが幸せだったころのことをはっきり憶えているし、愛も信じている。そしてアビーは運にも恵まれていた。

だがジェインは、両親が生きていたころのことをほとんど憶えていない。憶えているのは飢えと、寒さと、不安。そして恐怖。ジェインはほとんどいつも、家族のいないところでひとりぼっちだった。

愛を信じる？　愛にめぐり会えると思う？

母と父は——ふたりの人生がどんな結末を迎えたか、考えてみたらいい。どうしようもなくなった父は、追い剝《は》ぎを働こうとして撃ち殺された。咳の病気に苦しんでいた母は衰弱して、十二歳と六歳の子どもを貧困と孤独のなかに置き去りにして逝《い》ってしまった。

ジェインとアビーがいま貧しい暮らしをせずにすんでいるのは、運がよかったからに過ぎない。

ダマリスとデイジー……そしてレディ・ベアトリス……たまたまつづいた幸運な出来事の数々。でも、いつまでも運を頼りにするわけにはいかない。

カーテンの隙間から薄いピンク色の曙光《しょこう》が差しこんでいるのを見て、ジェインは温かい上掛けにしっかりくるまった。そう、早まったことは一切しないつもりだ。

3

「ああ、リジー！　愛のない結婚なんて、しないほうがましだわ」

――ジェイン・オースティン『高慢と偏見』

キャンベリー卿は三時ぴったりに到着した。

時間に正確なのは好ましいことだとジェインは思った。キャンベリー卿は礼儀作法を重んじるらしい。そして小さなことではあるけれど、約束を守る人だ。挨拶をすませて客間に腰を落ち着けるまで、ジェインは彼を注意深く観察した。

キャンベリー卿は腰まわりがややふくよかな体つきをしている。身長は彼女より数インチ高いくらいで、威圧されるような印象は受けない。そして服装には一分の隙もなかった。淡い黄褐色のしみひとつないブリーチズに、ぴかぴかの黒いブーツ。優雅だが大げさでない形に結ばれた首巻き。上着は一流の仕立屋で作らせたものだ。髪は薄くなった頭頂部が隠れるように撫でつけられ、ポマードで固めてある。〝うす髪撫でつけ卿〟――ジェインはデイジーがつけたあだ名を思い出さないようにした。髪の毛が薄くなりつつあるのは本人のせいではない。

形ばかりのやりとりがすみ、キャンベリーが飲み物をことわると、レディ・ベアトリスはジェインを残して部屋を離れた。ジェインはそわそわと膝《ひざ》の上のスカートのしわを伸ばした。

「相変わらず美しい」キャンベリーは満足げにほほえんだ。「長年社交界にいて、あなたほど非の打ちどころのない女性は見たことがない——ほんとうだとも。この目に狂いはない」彼は両手で枠を作ると、その枠を動かしながらジェインの顔を眺めた。「どの角度から見ても完璧だ」

ジェインは顔を赤らめて礼を言った。容姿についてあれこれほめられると、いつも落ち着かない気分になる。「おばさまの犬を散歩させてらっしゃいましたね」

「ああ、犬は好きだ」

「わたしもです。猫もお好きですか?」

「嫌いじゃないが、飼ってはいない。くしゃみが出るものでね」

「そうですか……」

いっとき間を置いて、キャンベリーが言った。「先週、こちらの文学同好会に顔を出して、あなたの朗読を聞かせてもらった」

「ええ、憶えています」

「わたしはあまり本を読まないんだ。退屈でね」

「まあ……」

「だが、澄んだ声だった。あなたの声を聞くぶんにはかまわない」

「ありがとうございます」沈黙。ジェインには言うべきことが思い浮かばなかった。キャンベリー卿のほんとうの目的を知っている以上、ありふれた訪問のふりをするのはむずかしい。内心では、おかしなくらいどぎまぎしていた。

「あなたの後見人は、わたしがここに来た目的を伝えたのかな？」

つまり、まわりくどいことや恋愛ごっこはなし。単純明快な約束事でないふりをする必要もないのだ。ジェインは少し気が楽になった。「ええ、伺っています」レディ・ベアトリスは正式な後見人ではないが、この際そんなことは関係ない。

するとキャンベリーは、昨日階段の上で盗み聞きしたのとほとんど同じ話をはじめた。

それからキャンベリーは、自分が結婚相手としていかにふさわしいか熱弁を振るった。昨日レディ・ベアトリスに話したときと違って、所有する三つの屋敷とその領地について、ことこまかに説明している。まるで、彼だけでなく屋敷とも結婚するのだと言わんばかりに。ジェインは礼儀正しく耳を傾けた。長年かけて集めてきた美しい収集品に、美しい妻を加えたい――彼はさらに、さりげなく付けくわえた――そしていずれは、美しい子どもたちも授かりたい。当然、跡取りは必要だ。

でもその考えには一理あるとジェインは思った。どのみち自分は〝わが家〟がほしくて結婚するのだから。

ちょっと引っかかるけれど、キャンベリー卿といて落ち着かない気分になることはなかった。じっと見つめられても、たいていの男性から見つめられたときに感じるような、こちらが不安になってしまうような例のまなざしは感じられない。たとえるなら、生身の人間でなく、絵画か彫像として見られているような気分。

キャンベリーはひととおり話し終えると、いっときためらって、おもむろに床に片膝をついた。「ミス・チャンス、わたしの妻になっていただけませんか？」

ジェインはすっと息を吸いこんだ。とうとうこのときが来た。ただ「はい」と応じるだけで、未来は保証される——子どもたちをもつ夢も含めて。

でも、まだ返事をする気にはなれなかった。キャンベリー卿はこちらに取り入るために、偽りの愛を誓ったりしなかった。その正直な行動には報いなければならない。

どうやら、結局〝早まったこと〟をすることになりそうだった。

「どうかお掛けください、キャンベリー卿」気がつくとそう言っていた。「とても光栄なお申し出ですが、お返事をする前にいくつか申しあげておかなくてはならないことがあります」

キャンベリーは怪訝《けげん》そうに表情を曇らせると、膝をついた姿勢から苦もなく立ちあがり、ブリーチズをはたいてふたたび腰をおろした。

「このたびのお申し出には感謝しています」ジェインは言った。「とても光栄に存じますわ」

「しかし？」

「ですが、そのようなお申し出をなさる前に、わたしのことで知っていただかなくてはならないことがあるのです」キャンベリーはますます眉をひそめた。ジェインはわずかに震える声でつづけた。「先ほどあなたは、ミス・チャンスに妻になってほしいとおっしゃいました。

でもわたしは……わたしは、そもそもミス・チャンスではありません。〝チャンス〟というのは、偽名――わたしたち姉妹に危害を加えようとした悪人から逃げているときに、みんなで思いついた名前なんです。ほんとうの名前は、ジェイン・チャントリーといいます」

キャンベリーは表情を変えなかった。「ハートフォードシャーのチャントリー家か」

彼が質問のつもりで言ったのかわからなかったが、ジェインはそう受けとることにした。

「そういうことになります。ただ姉のアビーとわたしは、父方の一族とやりとりしたことが一度もなくて……」ハートフォードシャーのチャントリー家は、アビーやジェインが生まれて父がそのことを手紙で知らせたときも、父が殺されたことを母が知らせたときも、母が亡くなって妹とふたりきりで貧しい暮らしをしていると十二歳のアビーが書き送ったときも、一度として返事をくれたことがなかった。助けの手を差しのべてくれたことも、関心を示してくれたことも一切ない。

「わたしたちは、母方の一族であるダルリンプル家とも関わりをもったことがありません。両親はわたしが六歳のときに亡くなり、アビーとわたしは養育院に入ったんです」

「養育院？」

ジェインは顔をあげた。「はい、〈困窮した上流階級の子女のためのピルベリー養育院〉です。そこに十二年お世話になりました」

キャンベリーは砂色の眉をつりあげた。「すると、〝シャンサロット侯爵〟というのは……？」

ジェインはたじろいだ。「あれはレディ・ベアトリスの作り話なんです。それがみなさんの関心を集めて、いつの間にか事実として受け入れられてしまった……。あえて否定すれば、レディ・ベアトリスがきまりの悪い思いをなさるでしょう。そう思って、そのままにしてしまいました。わたしたちがいまここにいるのは、ひとえにレディ・ベアトリスのおかげなんです。そんな方にご迷惑をかけるわけにはいきませんから」もっとも、レディ・ベアトリスが多少ともきまりの悪い思いをするとは思えなかったが。

レディ・ベアトリスがある晩餐会で披露した姪たちの荒唐無稽《こうとうむけい》な身の上話は、甥のマックスに面食らわせるためのでっちあげだった。だれも真面目に受けとるとは思っていなかった作り話が世間に広まって、レディ・ベアトリスは大喜びしたものだ。

キャンベリーは困惑して言った。「すると、レディ・ベアトリスは――」

「大切な方です。でも、わたしたちと血のつながりはありません」

「しかし、あなたの姉はレディ・ベアトリスの甥と結婚している。彼はそうしたことを知っているのか？」

「ええ」

キャンベリーはジェインを見つめたまま椅子の背にもたれた。「なるほど。では、ほかのきょうだいは？」

「同じく大切な友人ですが、ふたりともアビーやわたしと血のつながりはありません。けれども、わたしたちはきょうだいになることを誓ったんです。なにがあろうとその誓いを撤回するつもりはありません」ジェインはきっぱり言った。

「よくわかった」

いいえ、わかっていない。最悪のところはこれからだ。ジェインは深々と息を吸いこむと、スカートのしわを伸ばした。手が震えている。「わたしたちが出会った経緯をお話ししなくてはなりません。ですがその前に、だれにも口外しないと紳士として約束していただけますか。これからお話しすることは、わたしひとりの秘密ではないものですから」

キャンベリー卿は彼女をじっと見つめていたが、やがてうなずき、だれにも口外しないと約束した。

ジェインは彼を見ずに、声をひそめて話した。ピルベリー養育院を出たまさにその日に、薬を盛られて何者かに拉致されたこと。目が覚めたら売春宿にいたこと。同じようにさらわれてきたダマリスが、薬草の煎じ薬を飲ませてくれたおかげで気分が悪くなって、処女の競売で売り飛ばされずにすんだこと。

売春宿でメイドとして働いていたデイジーが、アビーの助けを借りてふたりを逃がしてくれたこと。そのせいで、アビーが家庭教師の仕事を失う羽目になってしまったこと。四人で姉妹になることを誓って助け合ってきたこと。そしてどうやって――レディ・ベアトリスに招かれて――彼女の姪として暮らすようになったか。

ひととおり話し終えたあともキャンベリーがなにも言わなかったので、ジェインは不安になった。なにを考えているのか――険しい表情を浮かべたままだ。だがしまいに、彼は口を開いてコニャックを頼んだ。

ジェインは呼び鈴を鳴らしてフェザビーを呼び、コニャックが運ばれてくるのを待って言った。「しばらく席をはずしたほうがよろしいでしょうか、キャンベリー卿？　受け入れがたい話ばかりでしたもの、お察ししますわ」

キャンベリーはコニャックを飲みほすと、グラスを置いてジェインをじっと見つめた。

「いまも生娘《きむすめ》なのかね？」

単刀直入に聞かれて少したじろいだが、ジェインは落ち着いて答えた。「はい。ダマリスもわたしも、売春宿で妙なことはされていません」そして、顔を赤くして付けくわえた。

「競売では裸同然の格好で人前に立たされましたが、顔は見られなかったと思います」

「ふむ」キャンベリーはさっきより少なめにコニャックを注ぐと、ひと口含んで考え深げにジェインを見た。「顔を赤らめているところも美しい」

ジェインは目をしばたたいた。それだけ？「ここまでお話しした以上、結婚の申込みは取りさげられるものと存じますが……」

「ふむ……なんだって？　いいや、むしろあなたの正直な人となりに心を動かされた。そうしたことを告白するとは思っていなかったものだから」

「告白？」

「さっき聞いた話のほとんどは、すでにわたし自身も知っていることだった。まず、イタリア人の侯爵の話だが――」あっけにとられているジェインに、キャンベリーは説明した。

「人に調べさせて、作り話だとわかった。あなたがレディ・ベアトリスの姪でないことや、姉妹を名乗る娘たちと血がつながっていないことも。チャントリー家やダルリンプル家についても知っている」彼は眉をひそめてつづけた。「だが、売春宿のことは知らなかった。率直に言って、いまわしい話だ」

「わたしにとっても、いまわしい出来事でした」ジェインは消え入るような声で応じた。

キャンベリーはしばらく黙りこくっていたが、やがて口を開いた。「だが、傷ひとつない生娘であることに変わりはないわけだ。そして美しい。さらに良家の生まれだ――そうでなければ申しこまなかった――チャントリー家もダルリンプル家も、ともに名門の誉れ高い一族だからな」

ジェインはそうは思わなかった。孤児になったふたりの幼い姉妹を、両親が駆け落ちしたというだけで見捨てるような一族だ。敬意を払う気も、家族と呼ぶ気もない。だが彼女はなにも言わずに、慎重に尋ねた。

「つまり、結婚の申込みは取り消さないおつもりですか？」

「あなたに決めたのは、良家の血筋で、非の打ちどころのない容姿の持ち主だからだ。その事実は変わらない。それに、あなたの正直な告白もうれしかったことを付けくわえておこう――美しい女性が正直な心根の持ち主とは、うれしい驚きだった」キャンベリーはコニャックを飲みほし、グラスを置いた。「だから、結婚の申込みは取り消さないつもりだ」

そう言うと、キャンベリーはポケットから小さな箱を取りだし、蓋を開けてダイヤモンドめてもらうと、ジェインは丁寧に礼を言った。とても重い指輪だ。
まだ慣れていないせいだと、ジェインは自分に言い聞かせた。
の指輪を見せた。ジェインの好みより大きくて、派手な装飾が施されている。彼に指輪をは

キャンベリーが帰ると、ジェインはレディ・ベアトリスにことの次第を打ち明けた。老婦人は眉をひそめた。「もう承諾したの？　わたしはあの人が帰る前に呼んでもらうつもりだったんですよ。夫婦財産契約《セトルメンツ》について、あの人と話しておきたかったのに……。まったく、油断のならない男だわ！」

「そのことでしたら、わたしがお話ししました」ジェインは言った。夫婦財産契約は、将来の安定した生活を保証するきわめて重要な取り決めだ。夫に先立たれた場合に備えて、妻や子どもたちが経済的にも、その他のことでも困らないようにする。こうした取り決めがなければ、身ひとつで取り残されてしまいかねない。

レディ・ベアトリスは口元をほころばせた。「あらそうだったの？」だがすぐ真顔に戻った。「でも、あなたがそんなことで頭を悩ませることはないと言われたでしょう。男性はわたしたち女性を、おつむの足りない飾り物だと思いこんでいますからね」

ジェインはほほえんだ。そんなことは想定ずみだ。「キャンベリー卿には、満足のいく取り決めとなるように、デイヴナム卿と話し合いをしていただくのが条件だと申しあげました。それなら問題ないだろうと……なにしろマックスは義理の兄ですから」

「それに、あれほどのやり手もいない」レディ・ベアトリスはにっこりした。「あなたも隅に置けないわね。うまくさばいたものだわ。きっとマックスは張りきって、将来あなたがけっして困らないようにしてくれるでしょう。正直言って驚いたわ。あなたがそんなに――」

「がめつい？」

「いいえ」レディ・ベアトリスはむっとした。「わたしは、〝現実的〟だと言いたかったの。自分や子どもたちの生活を保証してもらうのが、がめついこととは思わないわ。たいていの娘は恋するあまりのぼせあがって、将来のことをちらりとも考えないものですよ」

「わかっています。母がそうでしたから」

いっとき間を置いて、レディ・ベアトリスはジェインの手をそっと叩いた。「ええ、そうだった。だからしっかりしているのね」それから、明るい表情になってつづけた。「それで、いつ結婚を公表するつもり？」

「夫婦財産契約への署名がすんだらすぐに公表したいということだったので承諾しました。夏になる前に結婚なさりたいそうです」

「春のうちに？」レディ・ベアトリスはほっそりと整えた眉をつりあげた。「まあ、あなたに夢中なのね」

「いいえ、そうは思いません」この件は、なにからなにまであまりにも静かで、あまりにもすみやかだった。事務的と言っていい。ジェインはそこのところに、どういうわけかなによりも安堵《あんど》を覚えていた。

彼女は指輪を見せた。

レディ・ベアトリスは指輪をじっくりあらためると、しまいにうなずいた。「驚いたわ、なにもかもちゃんとわかっているじゃないの。かわいらしいあなたに、そんな分別が備わっているとは夢にも思わなかったわ」そして、ジェインを抱き寄せた。「あなたを誇りに思いますよ、ジェイン。キャンベリーから、それも社交シーズンがはじまりもしないうちに結婚を申しこまれるなんて！　ほかの娘たちがどんなにくやしがるか、いまから楽しみだわ」レディ・ベアトリスはくっくっと笑った。


ジェインはそれからすぐにデイジーに打ち明け、ほかの家族にも夕食の席で話した。新婚のダマリスとフレディが到着して楽しい再会の集いとなった夕食には、家族全員が――家族の親しい友人であるミスター・パトリック・フリンも含めて顔を揃えていた。

婚約を決めたことについては、予想どおり、抗議の声が――とりわけアビーからあがったが、心の準備はできていた。断固とした態度を貫き、説明も一切しない。結婚を決めた理由を話したら、だれよりもアビーが動揺して、自分を責めてしまうはずだから。そんなことはしてほしくなかった。

レディ・ベアトリスは――そして意外なことに、フリンとマックスとデイジーも彼女の決意を支持して、ジェインの人生だからジェインが決めることだとアビーをなだめてくれた。

ダマリスは反論めいたことをなにも言わずに、ただジェインをぎゅっと抱きしめて幸せを願った。フレディはお祝いを述べると、キャンベリーは地味な男だが、夫としては充分満足できるはずだと言った。そしてアビーは、これ以上反対すれば妹との溝が広がるだけだと考えなおしたのだろう、ジェインを抱きしめ、目に涙を浮かべてありとあらゆる幸せを願った。

その夜ジェインは、ベッドのなかで上掛けにしっかりくるまりながら考えた。とうとう夢がかなった。名家出身の、裕福でまっとうな男性と結婚する――。

これでもう、恋に落ちる危険はなくなった。

4

「失礼ですが、そのような耳に心地よい言葉はその場で思いつかれるのですか？　それともあらかじめ考えてこられるのですか？」

――ジェイン・オースティン『高慢と偏見』

「ラドクリフさま？」官庁街《ホワイトホール》の一隅にひっそりとあるギルバート・ラドクリフの執務室を、事務員がのぞきこんでいた。ザカリー・ブラックは彼がびくびくしながら取り次ぐのを見て、少しおかしくなった。それほど危険人物に見えるのだろうか？

「ああ、エヴァンズ。どうした？」ギルバートの忙しそうな声が聞こえた。

「ラドクリフさまにお会いしたいという者が来ております」エヴァンズは声を低めた。「『会わせろ』と申しているんですが、その……」

「なんだ？」

「流浪の者《ロマ》なんです」

「ロマ？」

「はい、ラドクリフさま。汚れた、むさ苦しい身なりをしております。出ていくように言おうとしたところ、ラドクリフさまのお名前を口にして、自分に会いたいはずだ、ノーという答えは受け入れないなどと申しまして」エヴァンズは疑わしげに付けくわえた。「ご命令とあらば追いだしますが、これが並外れた大男で……少々手こずるのではないかと……」

「むさ苦しい身なりの男だと？　通しなさい。わたしが相手をしよう」

エヴァンズはザックを振り向くと、一歩後ずさって彼を通した。「せいぜい気をつけるんだな。ラドクリフさまは紳士だが、ふざけた輩《やから》は容赦しないお方だ」

ザックは彼に片目をつぶると、すたすたと執務室に入り、粗野な訛《なま》り丸だしでしゃべりだした。「ある旦那からよ、ギルバート・ラドグリフってお偉いさんにことづてを頼まれたんだが――あんたかい？　じかに伝えろとさ。金貨一枚くれると言われたぜ」

ギルバートは椅子の背にもたれて、男を見据えた。黒っぽいひげに覆われた顎《あご》。どことなく異国風の着古された服に、泥まみれのブーツ。色あせた刺繡が施された風変わりなムートンのコート。そしてなにより、片耳に金の小さな耳飾りをはめている。「金貨だと？　おまえのようなならず者にか？」

「そうとも」ザックはじりじりと近づいた。「金貨と引き換えだ」

ギルバートは顔をしかめた。「ひどいにおいだ……家畜小屋で寝起きしているのか？」

ザックは唇をぴくつかせたが、頼みこむような口調になってつづけた。「はるばる遠くから来たんだぜ」

「――人を呼んでそのごろつきを追いだしましょうか？」戸口からエヴァンズの声がした。

「いや結構」ギルバートは手を振った。「お茶とカップをふたつ頼む」

エヴァンズは目を丸くした。「お茶ですか？」

「それとクッキーもだ」ザックは期待を込めて口を挟んだ。「ジンジャー・クッキーはあるか？」

エヴァンズは彼をじろりとにらみつけたが、ギルバートはうなずいた。「ああ、クッキーも頼む――ジンジャー・クッキーがあればそれを。それと、出ていくときにドアを閉めてくれないか」エヴァンズがさがるのを待って、ギルバートはかぶりを振った。「おそらく、きみがスプーンでも盗むと思ってるんだろう」

ザックは不機嫌そうに彼を見た。「言っておくが、ギル、スプーンなんぞ――ここ何週間も盗んでいないぞ」

ギルは笑った。そして立ちあがり、勢いよく窓を開けた。「羊くさいのはわかっているんだろうな」

ザックはにんまりした。「ああ、このにおいか」彼はみすぼらしいムートンのコートを誇らしげに指さした。長年着つづけたせいで薄汚れて、かつて色鮮やかだった刺繍が色あせている。加えて、コートの縁の細かく縮れた脂っぽい羊毛が、羊《シープ》のにおいをかすかに漂わせていた。「雨が降ったせいだ。濡れると、〝オー・デ・シープ〟がぷんぷんにおう。だが乾けばほとんどわからない」

「いまはひどいもんだ」

「ひどい？　よくもそんなことを……。言っておくが、このコートは二シリングしたんだぞ。

二シリングも！」

ギルはぶるっと身震いした。「その猫の毛皮のベストは？　弁明の余地なしだぞ」

ザックはいとおしそうにベストを撫でた。「身の毛のよだつような代物だろう？」

ギルはあきらめたようにかぶりを振った。「学生のころ、しゃれ者として鳴らしていたきみが……。危うく気づかないところだった」そう言うと、彼は片手を差しだした。「また会えて、こんなにうれしいことはないぞ、アダ――」

ザックはさえぎった。「その名前はもう使っていない」少し間をおいて、静かに付けくわえた。「この十二年、おれの名はザカリー・ブラックだった。これから変える理由もない。きみはどうなんだ、ギル？」ふたりは握手した。

「わたしの書きつけを受けとったんだな。来てくれたのはうれしいが、なぜロマの格好をしているんだ？」

「国境を越えるには、こうするのがいちばん楽だからさ」ザックは答えた。「ロマに目を光らせるやつはいない。集団で旅をしているならなおさらだ――実際そうしてきた」そしてギルの表情に気づいて付けくわえた。「子どものころ、ロマたちと遊んで過ごしたおかげだ。いまや一族のひとりとして認められている。それがいま、大いに役に立っているんだ」

「例の証拠は手に入れたのか？」

ザックは答えるかわりに内ポケットからぼろぼろの油布の包みを取りだし、ギルの机に放った。室内がしんと静まりかえるなか、ギルは包みを開けて、なかに入っていた書類にじっくりと目を通した。

ザックがギルの書きつけ――人から人へと手渡されて薄汚れた、ねじった紙切れ――を受けとったのは二週間前だった。例の証拠を直接持ってくるように、しかもザックがイギリスに戻ることがどうしても必要だとある。その有無を言わさぬ書きぶりから、ザックはハンガリーで画策していた政治的な陰謀を現地の人々にまかせ、一路ロンドンを目指した。

この八年というもの、ザックの人生はそんな書きつけ――毎度ギルの筆跡で、ザックだけが理解できる暗号で書かれている――に支配されてきた。ホワイトホールの近衛騎兵連隊本部にあるみすぼらしい一室から飛んだ指令が、国王陛下と祖国のために大陸のどこかで活動しているザックに伝えられる。

帰国するのは十二年ぶりだった。なにがあったのだろう。

エヴァンズがお茶とクッキーを運んできて、無言で盆を置いた。そしてザックをちらりと見て怪訝そうに主人の顔に目をやったが、ギルは目の前の書類に集中していてなにも言わない。ザックが片目をつぶってクッキーに手を伸ばすと、エヴァンズはしぶしぶ出ていった。

ザックは自分でお茶を注ぐと、砂糖をふたつ入れてじっくりと味わった。イギリスの紅茶だ。何年ぶりだろう？　二杯目を注ぎ、四枚目のジンジャークッキーをかじっているところで、ギルがようやく顔をあげた。「上々だ。われわれの予想どおりじゃないか。こちらにはもう証拠がある。どうやって手に入れたのかは聞かないが――」

「そいつはいい。おれも話すつもりはないからな。だがギル、ひとつ教えてもらいたいんだが、なぜおれに直接持ってこさせた？　その書類なら、いつものやり方で簡単に渡せるだろう。これまでと同様、おれの仲間は信頼できる。おれがイギリスに戻る必要はなかったはずだ」

ギルはポットに手を伸ばして自分のお茶を注いだ。「それがあるんだ」

「父が死んだからか？　数カ月前に聞いたが、だからといってなにも違いは――」

「違いはあるさ。またイギリスで暮らしたいなら」

ザックは眉をひそめた。「どういう意味だ？」またイギリスで暮らしたいかと言われると、正直なところわからない。

ギルはミルクと砂糖をお茶に入れてかき混ぜた。「ある噂を聞いた」

「いつもどおり、早耳だな」

「詳しいことはわからない――いや、わたしが根も葉もない噂をおまえに流すような男じゃないことはわかっているだろう――とにかく、スミス、エントウィッスル＆クロンビー法律事務所に行ってくれないか」

ザックは眉をつりあげた。「うちの顧問弁護士に会えというのか？」

ギルはうなずいた。「そこで説明されるはずだ。それから、これが必要になるかもしれない」彼は引きだしから色あせた大きな封筒を取りだすと、ザックに渡した。「言っておくが、アダ――ザック、わたしなら時間を無駄にしない」

その封筒は、十二年前にザック自身が預けたものだった。なんのためにそうしたのか、自分でもよくわからない。彼は封筒をひっくり返した。封印はそのままだ。「そんなに重要なことなのか？」

ギルはうなずいた。「泊まるところはあるのか？」

「こんな格好でパルトニーに泊まれると思うか？」ザックはギルの顔を見て笑った。パルトニーはロンドンでいちばん高級なホテルだ。「この服しかないんだ。イギリスにいるのは一日か二日だと思っていたから」

ギルはため息をついた。「それなら、わたしのところに泊まったらいい。うちの住所を知らせておこう」彼はなにやらカードに書きつけると、ザックに渡した。「これをうちの者に見せるんだ。わたしのひげ剃り道具と、まともな服を貸してくれる」それから、旧友をじろりと見た。「そのぞっとするようなコートと、とりわけ——」猫の毛皮のベストに目をやって、ふたたび身震いした。「——そのいまわしい代物は、わたしの目に触れないようにしろ。いいな？」

ザックは残念そうにかぶりを振った。「ギルバート、ギルバート。きみは猫が好きだったはずだが」

「そうとも。だから言ってるんだ」

ザックは笑った。


スミス、エントウィッスル&クロンビー法律事務所の事務員は、ザックの身なりを見てもエヴァンズほど顔色を変えなかった。まともな依頼人なら名刺を事務員に渡すものだが、ザックはこの八年というもの、名刺はおろか、身分を示すものはなにひとつ持ち歩いていない。ロマもスパイもそんなものは持たないからだ。さらに、この件の詳細がわかるまでは、なんの説明もしないつもりだった――とりわけ、この横柄な事務員には。

「スミスはいるか？」

事務員がドアのひとつにちらりと目をやったので、そこが執務室だとわかった。「おまえのような輩にはお会いにならない」

「そこにいるんだな？　よし」事務員が止める間もなく、ザックは彼をよけていちばん右側の部屋に入り、後ろ手にドアを閉めてしっかりと掛けがねをかけた。

部屋の奥にある机の向こうで、三十がらみだが髪が灰色になりかけている痩せぎすの男が、不機嫌そうに立ちあがった。「どういうつもりだね？」

「申し訳ありません、スミスさま」ドアの外から事務員の声がした。「この者を止められませんでした」

「あんたがスミスか？」ザックはもっと年配の男がいるものと思っていた。

「そのとおりだ。しかし――」

「ああ、息子のほうか。あんたの父親がいるものと思って来たんだが、もう引退したんだな」ザックはいちばん座り心地のよさそうな椅子に腰をおろした。

「おい――」

事務員がドアの取っ手をガチャガチャ動かして叫ぶのが聞こえた。「警吏《けいり》を呼びましょうか、スミスさま？」

「おれならそんなことはしない」ザックはスミスに穏やかに言った。「そんなことをしたら少々厄介なことになるぞ。とくにあんたにとっては」そして、椅子の背にもたれて脚を組んだ。事務員が声を張りあげてドアを叩いているのはわかっているが、そんなことはこの際どうでもいい。

スミスは不安をあらわにした。

「スミスさま？」事務員がまた叫んだ。「人を呼びましょうか？」

「いや、その必要はない、グリッグズ」スミスが返事をした。

ドアの外がいっとき静かになった。「ほんとうによろしいので？」

「ほんとうだとも」

とてもそうは見えなくて、ザックは思わず笑いそうになった。

スミスはふと思い出したように表情を変えると、机の上に身を乗りだした。「前に会ったことは？」

「一度だけ。ずいぶん昔だ。おれの名は、ザカリー・ブラック」

スミスはかぶりを振った。「人の名前はよく憶えているほうだが、ザカリー・ブラックという名に聞きおぼえはない」

「最後に会ったとき、あんたの髪はまだ黒かった」

スミスは髪の毛に手をやって顔をしかめた。

「会ったと言っても、ちょっと顔を合わせただけだ。あんたは父親と一緒にウェインフリートに来た。おそらく、いまは亡きわが父に呼ばれたんだろう」

「ウェインフリート？」スミスはまじまじとザックを見た。「〝いまは亡きわが父〟というと、つまり――なんてことだ！　いいや、そんなはずは――」彼は愕然とした。「あなたは亡くなったはずだ！」

「そうかな？　ほんとうに？」ザックは素っ気なく言った。

「いいえ、わたしが言いたいのは――ああ、なんてことだ！　その目を見ただけで気づくべきだった！」スミスはどさりと腰をおろした。「ずいぶんぎりぎりじゃありませんか……。審問は数週間後ですよ」

「審問？」

「あなたが亡くなったことを法的に宣告するための手つづきです」スミスはザックの表情を見て眉をひそめた。「知らなかったんですか？　あなたの従兄弟のジェラルドは――あなたの父上が亡くなってから――」

「ああ、ジェラルドか。あいつはいつだって、おれのものをほしがっていた」やはりそうか。

「たしかにそのとおりですが――ああ、まったく――あなたはご存じないんですよ。それ以外にも、いろいろと――問題があることを」室内が少しも暑くないのに、スミスはハンカチを取りだして額を拭《ぬぐ》った。それから息を吸いこんで、少し落ち着きを取り戻した。「失礼。

あなたには、かなり驚かされたものですから……。とにかく、重要なことから片づけないと。これから申しあげることを証明していただきたいんですが――」

「なにを証明するんだ？　おれが生きていることか？」

「あなたが、アダム――」

「もうその名前じゃない。ここ十二年――ウェインフリートを離れてから、その名は使っていないんだ。ザカリー・ブラックで通している」

スミスは机の上に体を乗りだした。「それで、父上の息子であることを証明できますか？」

「息子ならだれでも父親を証明できるはずだが」ザックはギルから渡された封筒を取りだすと、スミスの机に放った。「なにもかもそこに書いてある」

スミスは封筒を開封して、入っていた書類に目を通した。時間をかけて、それぞれの書類をじっくりと調べている。ザックは椅子の背にもたれた。ということは、自分はもうすぐ死亡宣告を受けることになっていたのか？　とんだお笑いぐさだが、従兄弟のジェラルドにすべてをもっていかれるのはいただけない。なぜなら、ジェラルドが好きではないからだ。ただの一度も好きになったことはない。

弁護士はひととおり書類を確認すると、不備はないかとさらにもう一度目を通し、ようやく顔をあげた。「このことを証明できる人はいますか？」

「つまり、おれがその書類に書いてある人間だと保証してくれる人物ということか？　ああ、もちろんいるとも」ザックは五、六人の名前をあげた――ほとんどが学生時代の友人たちだ。

そして最後に付けくわえた。「それから、近衛騎兵連隊のギル・ラドクリフが、最近の戦争でおれがどんな任務についていたか証言してくれる」

　彼が挙げる名前を忙しく書き写していたスミスは、ぱっと顔を輝かせた。「最近の戦争？　ということは、軍隊にいたんですか？」

「そういうわけじゃない」

「ああ、スパイのようなお役目ですか」その口調には、言外の意味がたっぷり込められていた。スミスはたいていのイギリス人と同じく、スパイを紳士らしくない職業だと思っているのだろう。紳士は白日のもとで正々堂々と闘うが、スパイは闇に紛れて、嘘と引き換えに秘密を手に入れる。

　ザックはそんな人生を楽しんでいた。それに、たとえ紳士らしくなかろうと、何百、何千、あるいはそれより大勢の人々を救うために命の危険を冒しているのだ。だからスミスの問いかけを認めも否定もせずに、かすかにほほえみ返した。

「あんたの父上もおれのことを証明してくれるかもしれない——記憶がまだたしかなら。最後に会ったとき、おれはまだ青二才の若者だったし、あれからずいぶん見た目も変わったが、父上とは何度か顔を合わせている」

　スミスはうなずいた。「あなたがどなたかわかったからには、そうしてくれるはずです。あなたは父上にはあまり似ていないが、亡きおじいさまには紛れもなく——とくに目元がそっくりだ。わが父は病気で引退しましたが、頭のほうは相変わらず冴えています。喜んで証言するでしょう」

　ザックは皮肉を込めて付けくわえた。「従兄弟のジェラルドも、喜んでとはいかないだろうが、おれのことを本人だと認めるはずだ」

　スミスは唇を引き結んだ。「あの方には、法的なことがすべて決着するまで待つように申しあげたんですが……」そう言って、彼は苛立たしげに肩をすくめた。

「いつだって強欲なやつだったからな。それで、審問は中止にできるのか？　それともおれが姿を見せて、何者か証明しなくてはならないのか？」

「努力はしますが、おそらく――いや間違いなく、ジェラルドさまは審問をあくまで開こうとするでしょう。ご承知のとおり、あなたがイギリスを離れてから十二年が経過している以上、あの方は――」

「おれのものをそっくりもらうつもりでいたのなら、こちらの言い分には異議を唱えるはずだ」ザックはつづけた。「好きなだけ悪あがきすればいい――ジェラルドならそうするだろう。だが、おれがぴんぴんしているのは事実だ。話はそれで終わりか？　あんたにまかせていいんだな？」彼は立ちあがった。

「いいえ、待ってください」スミスはザックが来たときよりも不安な表情になった。「まだ問題があるんです」

　ザックはふたたび腰をおろした。「問題？」

「それも、かなり深刻な問題です」

「深刻というと？」

「あなたが本人であることは苦もなく証明できるでしょう。しかし、そこに問題がありまして……」

「どういうことだ？」

「つまり――」スミスは大きく息を吸いこんだ。「あなたが本人だと証明された場合、即座に逮捕されてしまうんです」

短い沈黙があった。「なんの容疑で？」

「殺人ですよ」

5

「人を驚かせるなど、くだらないことだ。相手を喜ばせるどころか、かえって気まずいことになりかねない」

――ジェイン・オースティン『マンスフィールド・パーク』

「殺人？」ザックは穏やかに繰り返した。これまで五人の男を殺したことがあるが、五人ともイギリスの敵で、職務上そうせざるを得なかった。しかも戦時中だ。そのほか、何人かの死にも間接的に関わっているが――こちらも外国で起きたことで、国防上の目的からそうしたまでだ――どれをとっても殺人とは言えない。

「そう、殺人です」スミスはことの重大さをはっきりさせたいのか、その言葉をあえて強調した。

「では聞かせてもらうが、だれを故意に殺したというんだ？」

スミスはその質問に驚いたようだった。「あなたのお母さまですよ、もちろん」

「母だと？」ザックはスミスをにらみつけた。「冗談で言っているのか」

「冗談ですって？」スミスはあっけにとられた。「殺人がらみで冗談など言いませんよ」

「それなら、母上を殺したなどと言われるのはまったく心外だ」

「では、あなたが殺したわけではないんですね?」スミスは安堵の表情を浮かべた。

「ある意味、責任はあると思うが——」ザックは無造作に肩をすくめた。腹が減って仕方がない。こんなばかげたことは早く終わりにしたかった。

スミスは口元をこわばらせた。

「だが正直なところ、責められるいわれはないはずだ」ザックはつづけた。「まさか近ごろでは、赤ん坊に殺人容疑をかけるのか?」

スミスは憤然と言った。「十六歳の少年を赤ん坊とは言いません」

「十六?」ザックはかぶりを振った。「母はおれを産んで三週間後に産褥熱《さんじょくねつ》で亡くなった。だからおれのせいだと言う者もいるかもしれないが、赤ん坊に咎はない」

「いや……そうではなくて……」スミスは目の前の書類をめくって舌打ちをした。「申し訳ありません、うっかり状況を間違ってお伝えしました。わたしが申しあげたかったのは、父上の二番目の奥さま——つまりあなたの継母に当たる方です。あなたにかけられているのは、その方の殺人容疑で……」

ザックは身を乗りだした。「セシリーが死んだ? いつ?」

「十二年前です。あなたがウェインフリートを発った夜ですよ」

「そんなはずはない。おれはウェインフリートを発って——セシリーと一緒に出発したんだ——そして、その数週間後に当人に会ったときも、ぴんぴんしていたぞ。それから何年ものあいだ、セシリーは手紙を送ってくれた。たしか、最後の手紙はこの前のクリスマスに届いたと思うが――」ザックは眉をひそめた。「それとも、あれはおとしのクリスマスだったかな？　とにかく、セシリーは死んでいない」

スミスは彼の顔を探るようにじっと見つめた。「その手紙をおもちですか？」

ザックはかぶりを振った。「むろんもっていない。取っておく必要がどこにある？」

スミスはため息をついた。「手紙があれば、セシリーさまが生きていることの証《あかし》になったかもしれません。あなたはセシリーさまが生きていることを証明しなくてはならないんです。できますか？」彼はどうやら、ザックのことをまだ疑っているようだった。

ザックは肩をすくめた。「できると思うが、とんでもなく面倒だな」

「面倒？」スミスは信じられないとばかりに言った。「あなたには、故意に人をあやめたという容疑がかけられているんですよ」

「ああ、とんだ迷惑だ。だが、ひとつ知りたい――セシリーの死を望む理由がなにもないことはさておき、どうやって彼女を殺したことになっているんだ？　そしてなぜ？」

「〝なぜ〟については推測の域を出ません。そして、〝どうやって〟ですが――」スミスは覚え書きをたしかめた。「あなたは――いや、何者かがセシリーさまの頭を殴り、遺体をウェインフリートの湖に投棄したそうです」

ザックは鼻を鳴らした。「おれにしてはずいぶん雑なやり方をしたものだな。おっと、そんな目で見ないでくれないか。誤解だ」

スミスは困惑顔でつづけた。「セシリーさまの遺体は、ほぼ間違いなくご本人だと確認されています」

ザックは片眉をつりあげた。「だれに？」

「あなたのお父さまです」

「父だと？」これは意外だった。

「さらに、少なくとも三人の召使いが証言しています」スミスは目の前の台帳に目をやって付けくわえた。「遺体からは宝飾品がなくなっていました。まず、指輪がいくつか。それから――」

ザックのおなかがぐうと鳴った。玉石敷きの表通りを荷車が行き交う音と、パイ売りの口上が聞こえる。朝食は、さっきジンジャー・クッキーを食べただけだ。「それから？」スミスがなかなか先を言わないので促した。

スミスは言いにくそうに咳払いをしてつづけた。「あなたの年格好に一致する若者が、それから数週間後にロンドンで宝飾品を売り払っています。お父上が最初の奥さまの――つまりあなたの実のお母さまのものだと確認なさいましたが、なかには二番目の奥さまのものもあったとか。宝石商が宣誓供述し、お父上が宝石を確認しています」スミスはザックの顔をじっと見つめた。「これに関して、ご説明なさりたいことはありますか？」

ザックは顔をしかめた。「母のルビーを売ったのはたしかだ」正直に言った。「だが、それは正式に母のもので、限嗣《げんし》相続の対象ではなかったから、おれが売っていいものなんだ。それに、セシリーのために彼女の宝石も――父からの個人的な贈り物で、彼女の私物になった宝石も売って、その金を当人に渡した。そうでもしなければ、どうやって生活しろというんだ？　父はセシリーに小遣いを一切渡していなかった」

「指輪はどうしました？」

ザックは苛立たしげに両手をあげた。「おれの知ったことか。とにかく死んだ女性に手を触れたことなどないからな。おれの知るかぎり、セシリーはいまも指輪をはめているさ。はめていなくても、手元にあるはずだ——たぶん」最後に付けくわえた。セシリーにとって、指輪は思い出の品でもなんでもない。

「では、あなたはやっていないんですね？——つまり、殺していないと」

「もちろんだ。おれは女性を傷つけない」ザックは苛立たしげに答えた。それどころか、セシリーの身の安全をはかるために、父から逃げるのを手伝ったくらいだ。「しかし、そのことを証明するのは厄介だな」

「厄介どころではありませんよ」スミスが言った。「率直に申しあげて、わたしの見たところ——父も同じ意見なのですが——状況はかぎりなく不利です。事件から十二年もたっていますし、その間あなたはほとんどこの国を留守にしておいでした。容疑を晴らすのはきわめてむずかしいでしょう」その表情は、〝きわめてむずかしい〟より、〝ほぼ不可能〟と言いたげだった。

だが、ザックはみじんも心配していなかった。セシリーがつつがなくウェールズで暮らしていることはわかっている。状況は、ほとんど滑稽《こっけい》なくらいだ。これほど面倒でなければ笑いだしていただろう。帰国したときは、用をすませたらすぐにイギリスを離れるつもりだった。ギルと会ったときに、父の死によって生じたさまざまな問題に対処するために出発が遅れることは覚悟していたが、人殺しの濡れ衣を着せられているとなると、とんでもない足留めを食らうことになるかもしれない。

「つまり、おれが身元を明らかにしたら、即座に足かせをはめられて、牢獄にしょっ引かれるというんだな？」

「足かせはありません」スミスはその問いかけに慌てて答えた。「あなたはそもそも紳士ですから……。しかし、牢獄行きになるのはたしかです」

「そいつは安心だ」ザックはそっけなく言うと、短く笑った。「ではおれの選ぶ道は、ふたつにひとつというわけだ。財産の相続権を主張して、縛り首になる危険を冒すか——ただし、この十二年会っていない継母を元気な姿で引っ張りだしてきたらそのかぎりではない——あるいは、ザカリー・ブラックのまま、これまで十二年間してきたように自分の才覚で生きていくか」

スミスはうなずいた。「簡単に言えばそういうことです。それから、セシリーさまを見つけるまでは、引きつづきいまのお名前のままでいたほうがいいでしょう。セシリーさまの直近のご住所を教えていただけるなら、消息を調べさせて、正式な証人供述書を取るようにしますが」

ザックはうなずいた。父に居場所は教えないとセシリーに約束したが、その父が死んだ以上、彼女が怖がることはなにもない。そう思って、スミスに住所を教えた。まるで外モンゴルにいるような口ぶりだ。

「ウェールズにおいでなんですか？」スミスは驚いて声をあげた。

「そうとも。夫に先立たれた女学生時代の友人と一緒に暮らしている。手紙はいつも同じ村から送られてくるから、探そうと思えば簡単に見つかるはずだ」

「そう願いたいですね。しかし見つからない場合は――」

「おれが直接ウェールズに行って、セシリーを連れてこよう」ロンドンは久しぶりだから喜んでついて来るはずだ。セシリーは買い物が大好きだった。

スミスはかぶりを振った。「それは賢明なやり方ではありません。できれば――その、中立的な状況で証言してもらうほうがいいのです。証拠をねじ曲げているとつつかれたくないでしょう？」

「ばかな。おれが殺したことになっている女性を連れてくることが、どうして証拠をねじ曲げることになるんだ？」

スミスは顔をしかめた。「昨年、大変な騒ぎを巻き起こした事件がありました。身分ある紳士の嫡男《ちゃくなん》で二十年間行方知れずになっていた男性が、いきなり姿を現して遺産を請求したんです。その男の言い分は充分納得のいくものでしたが、しまいに偽者だとわかりました。その男と嫡男が似ていることに目をつけた人間が、当人になりすますよう男を仕込んだんです」

スミスは申し訳なさそうに付けくわえた。「おかげで、いまでは相続人や証人が都合よく姿を現すと、疑いの目で見られるようになってしまいました。あなたも、セシリーさまに似ている女性を証人に仕立てたと疑われたくないでしょう？　とにかく、ここはわたしたちにまかせていただくのがいちばんです」

理不尽としか思えなかったが、ザックはしまいに肩をすくめて承諾した。知らない人間にまかせるより自分でやるほうが好きだが、ヨーロッパをできるかぎり最速の経路で――つまり快適な旅にはほど遠いやり方で――横断してきた身には、北ウェールズに行かずにすむ提案はこのうえなく魅力的に思える。それに、少しは楽しんでしかるべきだ。

「それから、その……いまは人目につかないようにしておいたほうがいいでしょう」

「身を潜《ひそ》めろというのか？」

スミスは申し訳なさそうにうなずいた。「セシリーさまを探しだす前にあなたがだれかに見つかってしまうとまずいんです。連絡はどちらに取ればよろしいでしょうか？」鉛筆を取りあげて尋ねた。「ご住所は？」

ザックはギルの住所を教えた。「かりそめの居場所だ。もっと落ち着けそうな場所が見つかったら連絡する」そして帽子を取りあげた。「それでいいな？」

スミスはうなずいた。ザックは立ちあがってドアに向かったが、そこで振り向いてにやりとした。「なかなか刺激的な状況だと思わないか？」

「刺激的？」スミスは目を剝《む》いた。「わたしに言わせれば〝とんでもない〟ですよ」

「そう思うか？」ザックはドアを開けた。「おれはいつだって、挑戦するのが楽しくてたまらない」そして、ドアの外で苦虫を嚙みつぶしたような顔をしていた事務員に片目をつぶって外に出た。

どうやらしばらくイギリスにいる羽目になりそうだった。帰国したときはせいぜい数日のつもりだったが、住む家と相続権を奪おうとする陰謀が――こすっからい従兄弟のジェラルドによって――進行中とわかった以上、はいそうですかと引き渡すわけにはいかない。

ともかく、いまは人目につかないようにしなくてはならないが、むずかしいことはひとつもない。潜伏するのは得意中の得意だ。

ザックは歩きながらパイにかぶりつき――しっかりと身の詰まったイギリスのミートパイだ――弁護士から知らされたことを改めて考えた。筋が通らない。

死んだ女性は何者だったんだ？

十二年前、自分はセシリーをウェールズにいる彼女の知り合いのところに連れていき、ロンドンに戻って宝飾品を売りさばくと、ウェールズに引き返してセシリーに彼女の取り分を渡した。

死んだ女性がセシリーのはずはない。

最後に別れてから彼女がウェインフリートに戻っているなら話は別だが、セシリーはなにがあろうとあそこに戻らない。それはたしかだ。

父がセシリーを見つけたら連れ戻しただろうが、そんなことはあり得ない。自分はなにひとつ口外していないし、セシリーもとにかく行方をくらましたがっていた——けっして父に見つからない場所に身を潜めて。

それにスミスの話では、死んだ女性は自分とセシリーがウェインフリートからいなくなった日に殺されているから、セシリーならつじつまが合わない。それに、セシリーからはその後も手紙が届いていた。

では、なぜ父は死んだ女性をセシリーということにしたのだろう？——父と、それから三人の召使いは。いまさらだが、どの召使いかスミスに聞いておけばよかった。

父は残酷な暴君だったが、一族をだれよりも誇りにしている男だった。だから、ただひとりの息子をお尋ね者に仕立てるような冷酷非情な嘘をつくのは父らしくない。そんなことをすれば、一族の名が地に堕《お》ちてしまう。

ただし、父が怒りくるったら——とりわけ、酔っているときにそうなったら、なにをしでかすかわかったものではない。かよわい妻やひとり息子をめちゃくちゃに殴りつけることもあったくらいだ。

父が死んだ女性をセシリーと証言したのは、妻に愛想を尽かされ、彼女と十六歳のひとり息子——妻からしたら継子——が一緒に家から逃げだしたという恥ずかしい事実を隠すためだったのだろうか？　酔った父は分別もつかないほど激しい怒りに駆られて、息子と妻が駆け落ちしたと思いこんだのだろうか？　そして息子に人殺しの濡れ衣を着せた？

そんなことは考えられない。

それとも、ほかの女性を怒りのあまり殴り殺して、自分の罪を隠すためにその死体をセシリーということにしたのだろうか？　それもあり得ない。

それでは、三人の召使いが同じくセシリーだと証言したことの説明がつかなくなってしまう……。ザックは舗道に落ちていた小石を蹴飛ばした。とにかく筋が通らない。

治安判事のところに行って答えを探るわけにもいかなかった。スミスの言うとおりなら、そんなことをしたら逮捕されて牢屋に放りこまれるのが落ちだ。それから裁判で無実を証明するまで、どれだけ時間がかかることか――そんな面倒に巻きこまれるわけにはいかない。

そう――だからセシリーがぴんぴんしていることが証明されるまで、とにかくおとなしくしていなくてはならない。いまいましいが、そうするしかなさそうだった。

さて、いまはイギリスにいるわけだ……。ザックはミートパイを食べ終わって、指先についたかけらをはたき落とした。父が死んだイギリス――父が死んだことを、どう受けとめたらいいのだろう。

ガタガタと近づいてきた荷馬車をやり過ごして、通りを渡った。このあたりはロンドンでもしゃれた界隈だ。ほとんどの人間には手にすることすらできないような品物が、小さな高級店のガラスのなかに飾られている。それにしても、どうしてこの界隈に足が向いたのだろう。若いころ立ち寄った場所が懐かしくなったのだろうか。

だからといって、知り合いとすれ違っても振り返られることはなさそうだった。こんなところにもみすぼらしい連中はいるから、目立たないですむ。

そのうちふと、自分が楽しんでいることに気づいた。ロンドンはやはりいい。さまざまな訛りが、あちこちから聞こえてくる。行商人の呼び声に、路上をうろつく子どもたちの騒がしい声、すれ違ったふたりの取り澄ましたレディが交わす上品なつぶやき、通りに飛びだした通行人を罵倒する荷馬車の御者の声――訛りはいろいろだが、すべて英語だ。

ふるさとに帰ってきた。なんとも言えない気分だ。

行く手の店の前に優雅なランドー（屋根を畳める四人乗り四輪馬車）が乗りつけるのと同時に、上流階級の一団が店から出てきた。ぼろをまとった子どもたちが周囲をうろついていたが、上品な人々は彼らの脇をさっさと通り過ぎていく。

ザックが目を留めたのは、若い娘だった――おとぎ話から抜けだしたように、ほっそりした体つきで青と金色の服に身を包んでいる。最後に店から出てきた彼女は、付き添いの女性たちから少し離れて立ち止まると、手提げ袋《レティキュール》のなかを探った。

それからザックの目は、彼女の前で繰り広げられている滑稽な場面に吸い寄せられた。お仕着せを着た大柄な従僕と、見かけからしてメイドと付き添いの女性だろうか――三人とも買ったもので手がふさがっているにもかかわらず、ランドーに乗りこもうとして躍起になっている老婦人を手伝おうとしている。だが気位の高そうな痩せぎすの老婦人は、差しのべられる手をことごとく払いのけていた。はずみで買い物の包みがいくつか地面に転がっている。

ザックは金髪の娘に目を戻した。汚らしい子どもたちはいなくなったが、彼女の注意は老婦人でなく、狭い路地に向けられている——が、にわかに顔をこわばらせて、路地に駆けこんだ。子どもになにか盗まれたのだろうか？　それで追いかけようと？　もしそうなら、愚かにもほどがある。

連れの人々は気づいていないようだった。老婦人はだれの手も借りずに馬車に乗りこもうとなおも四苦八苦している。付き添いの女性ふたりは相変わらず彼女に気を取られていた。従僕は山のような包みを馬車の荷物入れに慎重に積みこむ作業にかかりきりになり、御者は馬車が邪魔だと罵声を飛ばしてくる連中をあしらうのに忙しくしている。

良家のしとやかな娘がロンドンの汚らしい路地にたったひとりで踏みこむとは、なにがあったのだろう？　ザックは好奇心に駆られて、早足で路地の入口に近づいた。

そして、走りだした。

たちの悪そうな若者が、輪になってなにかを蹴っていた——ザックからは見えないが、あの娘には見えたらしい。娘は猛然とその輪に突っこむと、いちばん大柄な若者を思いきり突き飛ばした。

若者はすばやく体勢を立てなおすと、娘をつかんで路地の壁にぐいと押しつけた。ザックは駆け寄ろうとしたが、それよりも早く、娘はレディらしからぬ膝蹴《ひざげ》りを相手の急所にくらわせ、さらに殴りつけた。若者は体をふたつ折りにして苦しそうにわめいた。仲間が寄ってくる。

娘は真っ青な顔をこわばらせ、レティキュールを武器のように持ちあげた。そして口を開いた——悲鳴をあげるのだろうと思った——が、そこでザックに気づいた。彼女は即座にレティキュールをひと振りし、若者のひとりにぶつけようとした。若者が頭をかがめたので狙いははずれたが、全員の注意を逸らすにはそれで充分だった。

ザックはいちばん近くにいたふたりの襟首《えりくび》をつかむと、路地の壁にたたきつけた。ふたりともへたりこんでうめいている。残りの三人はそろそろと振り向いてザックの格好に目を留めると、吐き捨てるように言った。「おいロマ野郎、こいつはおれたちのもんだ。とっとと失せやがれ！」

ザックは答えるかわりに、娘と若者たちのあいだに割って入った。

「この辺のやつじゃねえな」ひとりがナイフを取りだして言った。「だれを相手にしてるか、知らねえんだろ」

ザックは目にも留まらぬ速さでナイフを蹴り飛ばした。「自己紹介はこれで終わりだ」

「長生きしたけりゃ邪魔しないほうがいいぜ」もうひとりが、いくぶんたじろいで言った。

ザックは冷ややかな笑みを浮かべた。「かかってこいよ」

「後ろに気をつけて！」娘が声をあげた。さっき壁にたたきつけられた若者が、ザックの背後から忍び寄っていた。ザックが喉《のど》に肘をめりこませると、若者は後ずさってげほげほと咳きこんだ。

「つぎにおれかその娘に近づくやつは、首根っこをへし折ってやる」ザックは冷たく言い放った。

三人はたがいに目配せをして、じりじりと離れた。ひとりが両手をあげて言った。「もめごとはごめんだぜ、旦那」

「それなら、さっさと失せろ――そいつもだ」ザックは地面に転がっているふたりのほうに顎をしゃくった。

三人は仲間を抱えあげると、そそくさと路地の奥に逃げていった。

若者たちの姿が見えなくなると、ザックは娘に向きなおった。「けがは――」その瞬間、街の喧騒が消えた。自分がなにをして、どこにいるのかも忘れてしまった。ギリシャの夏の空のように青く、大きな瞳……。

その瞳が、微動だにせずこちらを見つめている。

いっとき、時間が止まったようだった。やがて娘はまばたきをして目を逸らし、震えるようなため息をついた。

とたんに街の喧騒とにおいがよみがえって、ザックは目をしばたたいた。いったいどうしたんだ？　危険な場所でぼんやりしたことなど、ただの一度もないのに。路地をさっと見渡したが、若者たちはたしかにいなくなっていた。娘に目を戻すと、彼女がまたこちらを見あげていた。青い、青い瞳。

われに返って、ぎこちなく息を吸いこんだ。「けがはないか？」声がかすれた。

娘は震えていた――無理もない――が、体を支えようと手を伸ばすと、ぎくりとして後ずさった。

そうだ――どんな格好をしているか忘れていた。「お嬢さん？」ようやく礼儀を思い出して言った。

あの青い瞳を見るとまたのぼせてしまいそうだったので、視線をさげて唇を見つめることにした。

それが間違いだった。滑らかで、ふっくらとして、たまらないほどキスしたくなる唇。野生のバラとイチゴを思い出す。

「ええ……大丈夫」娘はためらいがちに答えると、粒ぞろいの歯をちらりとのぞかせて下唇を噛んだ。

どぎまぎして、唇を見つめていたまなざしを無理やりさげた。

ドレスの胸元から、肌の赤らみがゆっくりと広がっていた。娘の視線に気づいたのはそのときだった。くそっ。

胸元から視線を引き剝がしたときに、彼女の頰がバラ色に染まっていることに気づいた。あの唇をまた見つめたい――ザックはとにかくあらがおうと、彼女の帽子に集中した。柔らかな金色の巻き毛の上に、ばかばかしいほど小さな青と金色の飾りがちょこんと載っている。

「ほんとうに？」いやになるほど声がかすれた。

娘は帽子をなおすふりをしながら二、三度震える息を吸いこむと、今度はほとんど動揺を見せずに答えた。「ええ、ほんとうよ。お気遣いいただいて恐縮です。助けてくださって、ありがとう」そしてこちらを見あげて、息が止まるほどまばゆい笑みを浮かべた。

落ち着いた言葉を並べても、まぶしい笑顔を浮かべても、ぜんぶ強がりだ――なにしろ、体がまだ震えている。それを見て、ザックはかすかな怒りを覚えた。まったく、なにをにこにこしているんだ？

彼の表情になにかを見て取ったのだろう、娘は一歩後ずさってよろめいた。腕をつかむと、小鳥のようにどきどきしている。なにが大丈夫なものか。彼女が腕を振りほどこうとしたので、ますます頭に来た。

「いったい、どういうつもりだったんだ？」

娘は笑顔を引っこめてなにか言おうとしたが、ザックはさらにたたみかけた。「路地裏のごろつきの集団に突っかかって、そいつらに指図できると思ったのか？　あの手の連中が聞く耳を持っていると――」

6

「恋することがどういうものか、そのときは知らなかったんです」
――ジェイン・オースティン『分別と多感』

この人の言葉に押し流されそう。ジェインは気持ちを落ち着けようとした。こんな瞳ははじめて――銀色がかった灰色だけれど、かすかな緑色を帯びていて、まるで白鑞《しろめ》か、磨《みが》いた鋼《はがね》にセージの葉が埋めこまれているよう。顔は日焼けして、黒っぽい無精ひげに覆われている。髪は伸びすぎてもつれているし、鼻の形はいかにも大胆不敵な感じだ。おまけに、色あせた刺繡が施されたムートンのコートを着て……そんな外見でなければ、見た目とは違う人に思えたかもしれない。

でも、この人はロマで、しかも見知らぬ人だ。ジェインは助けてくれた男性に心から感謝していたが、彼の言葉をようやく理解して、肩をこわばらせた。

「あの連中が言うことを聞くと、どうして思った？　あんたが金持ちのお嬢さんで、やつらが路地裏のちんぴらだからか？」

そんなふうに言い聞かせる権利はひとつもないはずだ。言い聞かせる？　いいえ、食ってかかっている。ジェインは眉をひそめた。男前で、勇敢で、弱きを助けるロマ――性悪な若者ともめていた娘を、白馬の騎士さながらに救いだして――あのとき、どれくらいのあいだ息をのんで、われを忘れていただろう――その人が、わたしに食ってかかっている。

声が低いので、うるさくはない。けれども鋼のような色の瞳は見るからに怒りをたぎらせているし、左右の腕をつかんでいる手にも力がこもっていて、まるで聞き分けのない相手を揺さぶろうとしているように思える。

彼が言っていることは、こちらが恥ずかしくなるほどそのとおりだった――けれども、あんなことをしたのは、若者たちがレディに敬意を示すと思ったからではない――それどころか、考えもせずに行動して――状況をますます悪化させてしまった。

彼はジェインが手にぶらさげているレティキュールをちらりと見た。「そんなくだらないものが、どうして武器になると思ったんだ？」

ようやく声が出た。「いつも小銭入れにペニー玉をたくさん入れておくんだけれど、さっきあげてしまって――空っぽだったの」彼の手を振りほどこうとしたが、話はまだ終わっていないようだった。

よく響く低音で、お説教はつづいた。「そんな世間知らずでは、命がいくつあっても足りないぞ。たとえ温室育ちのお嬢さんでも、そうしたことはわきまえて――」

「ペニー玉の重みで、レティキュールを棍棒《こんぼう》のように使えるのよ」

「棍棒？」鋼のような瞳がいっそう鋭くなった。「では、それほど温室育ちではないようだな。ちんぴらに食らわせたあの攻撃も……」

またもや頬がかっと熱くなった。よりによって、そんなところに気づかなくても……。彼女は顎をぐいと突きだした。「なんのお話かしら」

「その膝で、ちんぴらの――」

「そんなことはしていません」急いでさえぎった。紳士なら不躾なことを口にしないものだが、ロマにそんな気づかいはない。頬が熱くなっていたので、顔を背けた。これで二度目だ――前とは違う理由だけれど。「あなたの思い違いよ」

「いいや、違う」彼は手を緩めた。怒りはおさまったようだけれど、おもしろがっているような口ぶりが癪《しゃく》に障る。

「いいえ、思い違いだわ。紳士なら、そんなことはけっして――」彼が紳士ではないことを思い出して言いなおした。「なにが言いたいのか、わたしにはさっぱり……」あのときは考えるより先に、身を守ろうとして体が反応していた――昔のように。

彼が唇をぴくつかせてなにか言おうとしたとき、クンクンと弱々しい鳴き声が聞こえた。ジェインはほっとして、声のしたほうを振り返った。「聞こえた？ まだそのあたりにいるのよ――かわいそうに」

「なにがいるんだ？」

「犬よ。どうしてわたしがここに来たと思ってるの？」そう言いながら、路地の物陰に目を走らせた。「さっきの若者たちが手ひどく痛めつけていたの。苦しそうな鳴き声が聞こえて――」

「犬？　犬のために、命の危険を冒したのか？」彼はあきれたように言った。

「だって、よってたかって痛めつけていたのよ」ジェインは汚物と悪臭をものともせずに、道端のごみのあいだを探した。

「それなら命の危険を冒してもいいというのか？」

「そこまで考えなかったわ」正直に答えた。「犬の鳴き声が聞こえて、たちの悪そうな若者たちが笑いながらひどいことをしていたものだから――とにかく止めないとと思ったの」そのときのことを思い出して、ぞっとした。いちばん大柄な若者に乱暴に壁に押しつけられて……あのとき、この大柄でひげ面の見知らぬ男性が、慣れた手つきで若者をたやすく引き剝がして、路地の向こうに放り投げてくれなかったら……。

「たったひとりで？」

「たしかに軽率だったことは認めるわ。ただ、相手があんなに性悪だとは思わなくて……。それに、ウィリアムがついてきてくれると思ったの。いつもそうしてくれるものだから」

「ウィリアムというのは――」

「よかった、そこにいたのね」片隅のごみの山に近づいた。物陰からのぞく黒い鼻先が、ぶるぶる震えている。

「気をつけろ」ロマがあとから来て言った。「手負いの動物に近づくと、嚙みつかれるぞ」

だれもがロマのことをあしざまに言うけれど、この人は守ろうとしてくれる。そして、偉そうに指図するところが――癪に障る。

でも、あの瞳は……若い娘を虜《とりこ》にする瞳だ。

気をつけなければ。

「嚙まないわよ」子どものころネズミに嚙まれたことをのぞけば、動物に嚙まれたことは一度もなかった。「ね、そうでしょう?」そっと話しかけながら、かわいそうな犬が逃げこんだ汚い麻袋を引っ張って、犬を外に出した。犬はうなったが、本気ではなさそうだった。とりあえず警告している感じだ。「まあ、ひどい……」

犬は痩せてあばらが突きだし、あちこちの傷口から出血していた。濡れた玉石の上にうずくまって、ぶるぶる震えながらこちらを威嚇《いかく》している。だが、危険なうなり方ではなかった。動物のことなら人より詳しいからわかる。

後ろにいたロマが、犬を見てぶつぶつ言った。「あいつらをひとり残らず、たっぷり痛めつけてやればよかった」

その言葉に異論はなかったが、ジェインは犬に集中した。まず、手袋を取ってレティキュールにしまった。犬にはまだ触れていない。こちらのにおいと声に慣れてもらうのが先だ。「いい子ね……もう大丈夫よ」優しくささやいた。「わたしがついているわ。もうだれもあなたを傷つけないから……さあ、怖がらないで……傷の具合を見るだけよ……」そして、頃合いを見計らってそろそろと犬に手を伸ばした。

とたんに、ロマにまたつかまれた——今度は手首を。

思わずぎくりとした。犬も体をこわばらせて、またうなりはじめている。

そのまま動かずに、手首をしっかりとつかんでいる大きな手をじっと見つめた。温かくて、日焼けしたたくましい指が、手首をじかに包みこんでいる。ロマならもっと手がごつごつしていそうなものだけれど、この人は違う。この手が、さっき若者たちを叩きのめしたなんて……。力強い手だけれど、わたしのことは傷つけない。

気を取りなおして、彼をにらみつけた。〝手を放してくださらない？〟という気持ちを込めて。〝わたしはレディで、あなたはロマでしょう？〟

それでわきまえてくれるはず――。

ところが、その当ては外れた。

どれくらい見つめ合っていただろう。銀緑色の瞳が悪びれもせずにまっすぐのぞきこんでいた。手首はしっかりとつかまれたままだ。街の喧騒も、路地裏の不快なにおいも、そして犬のことさえ意識から消え去っていた。こんな瞳に一心に見つめられると不安になる。魂を奪われそう……。気を取りなおして、懸命に自分を落ち着かせた。

この人は見ず知らずのロマ――しかも目の奥に炎がひらめいていて、明らかに怒っている。ただ、体に触れられるのはこれで二度目か三度目なのに、少しも危険を感じない――少なくとも身の危険は。

これは、違うたぐいの危険だ。

彼は大きな体のぬくもりが感じられるくらい近くにいた。無精ひげの一本一本が見える。荒削りな顎の陰影も、魅力的な口元も……。

魅力的？　なにを考えているの？

狭い路地裏でたまたま出会った、荒っぽくて、たくましくて、恐ろしげな人。性悪な若者たちを力でやすやすと追い払うところを目の当たりにしたら、怖くなって当たり前だ。

でも、むしろどきどきしている。

近づきがたい人のはずなのに、そんな気がしない。それどころか、不思議なほど引きつけられる――そのとき、頭のなかで警鐘が鳴り響いた。

「どういうつもり？」無理やり目を逸らして、咎めるように彼の手をにらみつけた。思いがけなくきれいな手――日焼けしているけれど汚くないし、爪もきちんと整えられている。不潔なにおいもしない。薪《まき》の煙のにおいと、湿った羊毛のにおい、そして枯れ葉のにおいに紛れて……よくわからないけれど、神秘的で男性らしい……そしてなんとなく心惹かれるにおいがする。

彼が身じろぎすると、あらがいようのない感覚がふたたびさざ波のように広がった。

「その犬に触るんじゃない。けがをして怯えているから、いきなり凶暴になるかもしれないぞ」声は穏やかだったが、まなざしは力強かった。あの銀色の瞳に射すくめられると、まるきり無防備になったような気がする。

「そんなことにはならないわ。それにこの子は噛みつかない」ジェインはそろそろと彼の手を剝がした。「心配してくれてありがとう。でも、自分のしていることぐらいわかってる」

それから犬のほうに体をかがめたが、そのあいだも彼の視線を感じた。全身を見られているのがわかる。

男性にじろじろ見られることには慣れていた——小さな子どものころからそうだったから。そんなふうに舐めまわすように体じゅうを見られるのが、いつもいやでたまらなかった。飢えたような、なにかを期待するような熱っぽいまなざし——そんなまなざしで見られるたびに、不安で落ち着かなくなった。ときには怖い思いをしたこともある。

でも、いまは……どんな気分かよくわからない。

あのひたむきなまなざしに見つめられると……不安になるというより、もっといろいろなことを感じる。胸がときめいて……苦しくなって……切なくなる……。

くだらない。きっと、たちの悪い若者たちともめたせいでそんなふうに感じるだけだ。さっきのように暴力を目の当たりにすることは久しぶりだったから。

隣で彼が身じろぎして、またもや男性らしい、魅惑的なにおいをかすかに感じた。禁断の……秘密めいた、危険なにおいがする……。思わず身震いした。

この人から、できるだけ早く離れたほうがいい。

背後から足音が近づいてきたので、彼はジェインの手を放してさっと振り向いた。

「ああ、ウィリアム」ジェインは急いで言った。「来てくれると思ったわ。こちらの紳士に、あなたが近くにいるとお話ししたところだったのよ」

自分がほっとしているのか、がっかりしているのか、よくわからなかった。

ウィリアムの表情には〝紳士〟という表現をどう思っているかがありありと現れていた。

「この者にお困りで、ミス・ジェイン？」

「とんでもない。それどころか、たちの悪い若者に言いがかりをつけられていたところを助けてくださったの」彼女は犬を振り向いた。

ウィリアムはその肩越しにのぞきこんでうめいた。「犬ですか……そんなこったろうと思いました」

「かわいそうに、ひどく痛めつけられているの」ジェインはふたたび犬に手を伸ばした。

「いけない！　手負いの犬は――」

「ミス・ジェインはよくおわかりだ」ウィリアムはロマの言葉をさえぎると、厳しい口調でつづけた。「ただし、ほかのみなさまと馬車に乗りこんでいなきゃならないときに、汚い路地で、汚いロマと、汚い野良犬と一緒にお嬢さまがなにをしていたのか、おれには想像もつかないが」

「ほら、いい子ね……」ジェインは犬に指のにおいを嗅がせると、頭をそっと撫でてやった。それから犬が少し落ち着いたのを見はからって、両手で触ってけがの具合を調べた。犬は震えて何度か体をこわばらせ、一度はクンクン鳴いたが、おおむね辛抱してじっとしていた。そしてジェインが体を調べ終わると、その手を舐めようとした。

ジェインは座ったままロマを振り向いた。「ほら、言ったでしょう。嚙みつかないって。何カ所かひどい切り傷と擦《す》り傷があって――かわいそうに、火傷《やけど》まであるのよ――でも、骨はどこも折れてないと思うわ。せいぜい、あばらにひびが入っているくらいじゃないかしら

——まだなんとも言えないけれど。きっと元気になるはずよ」

立ちあがろうとすると、ロマとウィリアムが同時に手を差しだしたので、ロマを選んだ。彼に触れられるのはこれで四度目だ。たしかな力強い手が触れたとたんに、鼓動が一気に速くなった。

ウィリアムはふたりの親しげな様子に不満げだったが、彼が文句を言う間もなくロマは手を離した。

「この者を追い払いましょうか、ミス・ジェイン?」ウィリアムは尋ねた。

「追い払うだなんて……」ジェインは戸惑っていることを隠そうとペリースをはたいたが、そこで泥の汚れを見つけて顔をしかめた。「さっきも言ったけれど、この方はずいぶん力になってくださったのよ」

ウィリアムは鼻を鳴らした。

「そうとも、ウィリアム」ロマが言った。「これでもずいぶん力になったつもりだ。それでいいじゃないか。あんたは、女主人が面倒に巻きこまれていることに気づかないほど買い物の包みにかかりきりになっていたんだから」

ウィリアムは顔をこわばらせて、いっそう険悪な顔つきになった。

ロマはにやりとすると、かかってこいと言わんばかりに腕まくりするまねをした。

まったく、男性はこれだから——まるでにらみあっている二匹の犬が、背中の毛を逆立ててぐるぐるまわっているみたい。ジェインはふたりのあいだに入った。「ご面倒をお掛けしたこちらの方に、一シリング差しあげてもらえるかしら、ウィリアム」

ロマの笑顔が消えた。「一シリング?」彼は黒い眉をにわかにひそめて彼女をじっと見つめていたが、しまいに——笑いをこらえているのか——さっきより緑っぽくなった瞳をきらめかせた。

一シリングでは足りないの? それとも、あげすぎかしら? チップは男性が考えることだから、よくわからない。ジェインはウィリアムをちらりと見たが、金額についてはなんとも思っていないようだった。とにかくロマになにかやるのが腹立たしいのだろう——屋敷に戻ったら、懐から出した分を返してもらえるとわかっていても。これからはよくよくわきまえてもらわなくては困ると言わんばかりに、渋い顔をしてこちらを見ている。

でも、あのロマがほんとうに危ない状況から救ってくれたことをウィリアムは知らないのだ。だからといって、ウィリアムに——いいえ、ほかのだれにも——自分がいかに愚かで考えなしだったか説明するつもりはないけれど。

「ウィリアム?」ジェインは促した。

大柄な従僕はしぶしぶシリング銀貨を取りだすと、いかにも不服そうにロマに渡した。ロマはにんまりすると、銀貨をひょいと空中に放ってポケットにしまいこんだ。

ウィリアムは路地の奥をぐいと親指で指し示した。「とっとと失せな」

ロマは壁にもたれた。「あいにく、おれはここにいたいんでね」

ウィリアムはかろうじて自分を抑えると、くるりとロマに背を向けた。「行きましょう、お嬢さま」

ジェインは返事をせずに、ペリースの胸の下に通してあった青いサテンのリボンをするすると抜き取りはじめた。

ザックは怪訝に思った。リボンは、彼女のほっそりした体つきを際立たせるためのものだ。生地を絞っていたリボンを抜き取れば、上着の形が台なしになってしまう。

「ほどいてどうする？」彼は尋ねた。

「引き綱がいるでしょう」

「引き綱？」ザックは犬を見た。傷だらけのその動物は、痩せた体にぺちゃんこの鼻、外側を向いた目、しわだらけの顔と、これ以上ないほど不細工な見た目をしている。「この犬を、飼うのか？」

上流階級の女性たちが飼うのは、純血種のふわふわした華奢な犬で――彼はふたたび犬に目をやった――こんな犬はだれも飼わないに決まっている。おそらく、スタッフォードシャー・ブルテリアか、ブルドッグの血を引いているのだろう。そのほか、さまざまな犬種が混ざっている――もしかしたら、イボイノシシも入っているかも。なんであれ、レディが飼うような犬ではない。

「こんなやつをペットにするつもりか？」

「いけないかしら？」

「こんな醜いちびた犬は見たこともない」

ミス・ジェインは振り向いて彼をじろりと見た。「まさか、この子をここに残していくと思ったんじゃないでしょうね？　そんなことをしたら、またいじめられてしまうでしょう？――かわいくないというだけで。こんなふうに生まれたのは、この子のせいじゃないのよ。それに、わたしが傷をたしかめたときにじっと辛抱していたところからすると、見た目よりずっといい子だわ。とにかく、おなかを空かせているのはたしかだし――このあばら骨を見て！――それに、傷だらけでしょう。そんな動物を置いていくわけにはいかないわ。面倒を見ている人はいないみたいだし……」そして犬に、「だから、あなたは一緒にうちに来るのよ。いいわね？」と言うと、青いサテンのリボンを犬の首に結びつけて立ちあがった。

犬はぶるぶるっと体を震わせると、ぎざぎざしたしっぽのなれの果てを振り――この犬の場合、全身を振ることになる――ご主人を守ると言わんばかりにミス・ジェインの足下に腰をおろした。彼女は笑って頭を撫でた。「勇ましいわね」

ザックはその様子を見ておかしくなった。まさに美女と野獣だ。

「ミス・ジェイン、いけません」ウィリアムがたまらず声をあげた。「こんな……動物はだめです。おれでも見たことがありません。こんな――」ミス・ジェインが滑らかな眉を吊りあげるのを見て、彼は頼みこんだ。「困ります。レディ・ベアトリスがなんとおっしゃるか……」

「わたしたちで飼うのよ、ウィリアム」ミス・ジェインはきっぱり言った。「レディ・ベアトリスには番犬が必要だもの」

　ウィリアムが犬を見てうめいたので、ザックはほくそ笑んだ。

「猫がいやがりますよ」ウィリアムは弱々しく食いさがった。

「そのうち慣れるわ」とミス・ジェイン。犬は猛然と体を掻いている。

「ノミもいますし……」それは、敗北を目前にした口調だった。

「お風呂に入れるわよ。そのうちあなたにもわかるわ。この子は素敵な家族になるって」

「名前はどうする？」ザックが尋ねた。「ブルータスはどうだ？」

「おい、まだそこにいたのか」ウィリアムがうなった。

「いけないか？」

「ブルータス？　だめよ」ミス・ジェインは真顔で答えた。「そんな名前では、この子が悪い子みたいだもの（ブルータスはシーザーの暗殺者のひとり）。この子は間違いなく愛される性格よ。みんな見た目に重きを置きすぎるんだわ」それは、なに不自由なく育てられた深窓の令嬢にしては興味深い発言だった。

「ウィリアムみたい」彼女はぽつりと付けくわえた。

「ウィリアム？」ザックはお仕着せが似合わない、大柄で屈強な醜男《ぶおとこ》をちらりと見た。カリフラワーのようにつぶれた耳に、少なくとも一度は折れたことがある鼻——賭けてもいい、かつてはプロのボクサーだったはずだ。「たしかに似ている」

　ウィリアムが脅すようにうなった。

　ミス・ジェインはかまわずつづけた。「世の中には、見た目でウィリアムを怖がる人もいるわ。でも――」

「そろそろ行きましょう、ミス・ジェイン」ウィリアムの耳のまわりが少し赤くなった。

「でもほんとうは、だれよりも優しくて、親切で、温かい人なの」

「もうやめてください、ミス・ジェイン」ウィリアムの顔全体が赤くまだらになった。

「ウィリアムがいてくれたから、わたしたちはいまもこうしていられるのよ」ミス・ジェインの言葉には心がこもっていた。

「――〝バラの花びら《ローズペタル》〟というのはどうだ？」しばらくして、ザックは口を開いた。「いいや、犬の名前だ――ウィリアムでなく。中身の美しさを表している。言っておくが、ウィリアムでなく犬のほうだぞ」

ウィリアムは彼をにらみつけると、がっしりしたこぶしをこれ見よがしに握ったり開いたりした。

「ローズペタル？」ミス・ジェインは鼻にしわを寄せると、咎めるようにザックを見た。

「とんでもない。ローズペタルなんて女々しい名前では恥ずかしいわよ」

犬は乱ぐい歯で、がに股だった。たしかに女々しい感じではない。

「しかし、こいつのなかに〝恥ずかしい〟という感情があるとは思えないが」たしかに、股間のにおいを熱心に嗅いでいるところからして、羞恥心があるかどうかは疑わしい。

ウィリアムが咳払いした。「ミス・ジェイン、もしレディ・ベアトリスがその動物を――そのノミや血がついた汚らしい犬を新しいランドーに乗せてくださると思っておいででしたら……」

ミス・ジェインは眉をひそめた。「あなたの言いたいことはわかるわ。それじゃウィリアム、この犬をうちまで散歩させてもらえないかしら？」

「いいえ、お嬢さま。遠慮させていただきます」ウィリアムは勢いこんで答えた。敗北寸前で逆転勝利をもぎ取ったような顔をしている。「そんなことをしたら、この犬はきっと――」

「おれが引き受けよう」ザックが横から言った。

「よけいなことを――」ウィリアムがさえぎった。

「よかった！」ミス・ジェインはザックににっこりとほほえんだ。「ありがとう」

ようやく心からほほえんでくれた――彼はサテンのリボンを受けとって尋ねた。「住所は？」

「バークレー・スクエアの――」

「ミス・ジェイン、外で知り合った卑しいやつに住所を教えちゃなりません！」

「だがウィリアム、おれはそんじょそこらの〝卑しいやつ〟じゃないんだ」ザックは得意げに言った。「おれはミス・ジェインをごろつきどもから救いだした〝卑しいやつ〟だぞ――従僕が買い物の包みにかかりきりになっているあいだに」

ウィリアムはぐっと言葉をのみこんだ。

「そのとおりね」ミス・ジェインは言った。「それに、この方ならきっと犬の面倒をよく見てくださるわ」

「まかせてくれ」ザックは胸を張った。

ミス・ジェインは彼に住所を教えた。「この方に、もう六ペンス差しあげてちょうだい、ウィリアム。バークレー・スクエアまで、ずいぶん歩くことになるから……。うちまで犬を連れてきてくださったら、ウィリアムか執事のフェザビーからまた六ペンス差しあげるわね」彼女はザックに約束した。

「しかし――」

ウィリアムがまたなにか言おうとしたので、ザックは素早く手を出した。従僕からチップをもらうとは思わなかった。いつも逆の立場でチップを渡している身には貴重な体験だ。それに、手元にあるのは外国の小銭ばかりだから、ちょうどいい。

ウィリアムは渋々六ペンス銀貨を取りだすと、ザックに渡した――生皮を剝がされたくなければ、おまえも犬もバークレー・スクエアの屋敷から半マイル以内には寄りつくなと言わんばかりの顔をして。「さあ、行きましょう、ミス・ジェイン。レディ・ベアトリスがお待ちです」

だが、ミス・ジェインはまだ動かなかった。「ありがとう、ミスター……」

「ブラックだ。ザカリー・ブラック。どうぞよろしく」ザックはおざなりなお辞儀をすると、レディに名前を尋ねるというこのうえなく無作法な行動に出た。どのみちいまは〝卑しいやつ〟だから関係ない。「きみの名前も――」

「おまえみたいなやつがお嬢さまの名前を知ってどうする」ウィリアムはジェインが答える

前にさえぎった。

ミス・ジェインが、ほらごらんなさいと言わんばかりの笑みを浮かべたので、ザックは心得顔でほほえみ返した。

ミス・ジェインはその笑みを見ると、わずかに戸惑って目を逸らした。「では、犬をお願いするわね、ブラックさん」

「まかせてくれ」ロンドンでいちばん醜い犬に結びつけられた青いサテンのリボンを握りしめて請け合った。

それから、ミス・ジェインが路地を抜けてランドーに戻るのを見守った。ウィリアムの手を借りて、軽々と乗りこんでいる。ザックは犬とゆっくり歩いたので、表通りに出るころには馬車は縁石を離れていた。ミス・ジェインはあらぬほうを見ていたが、そのうち振り向いて彼がいるほうを振り返った。表情はわからない。

馬車は角を曲がったが、ザックはいっときそこにたたずんで、にぎやかな往来をなおもぼんやりと見つめた。どういうわけか、暗緑色のハート型の葉のあいだから小さな紫色の花々がのぞいているところが思い浮かんだ。スミレ？　なぜ森やスミレを思い浮かべるんだ？　混雑したロンドンの通りで。

思い出した。ミス・ジェインのにおいだ。あれはスミレのにおいだった。

そのとき、スミレとは似ても似つかぬにおいが足下から漂ってきた。ザックは犬を見おろした。「うわっ！　大方、おまえの最悪の癖はおならだけじゃないんだろう？　こんなみっともない動物を家に連れていきたがるとは、あの娘も相当変わり者らしいな。だが、文句を言える筋合いじゃない。なにしろ、あの娘にまた会うきっかけをおまえが作ってくれたんだ。さあ行こう、ローズペタル。バークレー・スクエアまで」

7

好きなものをよしとする理由は、たちどころに思いつくものだ。

――ジェイン・オースティン『説得』

「いったい、どこに寄り道していたんです？」ジェインが屋根のない馬車《ランドー》に乗りこむと、レディ・ベアトリスが咎めるように言った。耳まで毛皮に埋もれている。「こんなところにいたら凍えてしまうわ。それに、この騒ぎで耳が割れそうですよ」馬車が縁石に停まっていたせいで、往来は滞っていた。〝この騒ぎ〟というのは、ほかの御者たちから声高に浴びせられている罵詈雑言《ばりぞうごん》のことだ。レディ・ベアトリスの御者は感心するほど素知らぬふりを決めこんで、女主人の指示を待っている。

「なにか忘れ物でもしたの？」

「それが、その……」ジェインは言葉に詰まった。新しいペットのことをどうやって切りだしたらいいのだろう。ランドーの後部につかまっているウィリアムが口を滑らせないように、さっと振り向いて目配せした。ウィリアムは馬車に戻るまで、彼女の取った行動に不満をあらわにしていた――彼女が飼うことにした動物についても。

「ちょっと！　そのペリース、どうしたのさ？」デイジーが口を挟んだ。「汚れがついてるじゃないか。それに、青いサテンのリボンもなくなってる。あの色合いの青を見つけるのは大変だったのに――それも、店にあるのはあれが最後だったんだよ」

「ごめんなさい、デイジー」さっきはリボンを引き綱がわりに使うことになんのためらいも感じなかったが、デイジーに言われて少し後ろめたくなった。手に入れるのがそんなにむずかしいものだったなんて。

「さあ、馬車を出してちょうだい。ぐずぐずしないで」レディ・ベアトリスは身を乗りだすと、杖の先で御者をつついた。「あなたのせいで、往来が滞ってるじゃありませんか」

ジェインは後ろを見ないつもりだったが、馬車が動きだすとやはり気になった。振り向くと、ちょうど長身のロマが犬を連れて路地から出てきたところだった。舗道にたたずんでこちらを見送っている。磨きあげられた鋼のように鋭いあのまなざしで。

いつものように目ざといデイジーが、ジェインの視線に気づいた。「いい男がいるじゃないか。あの服はいただけないけど」

「必要なものはぜんぶ揃ったかしら?」ジェインは話題を変えようとした。「午後のダンスの練習が楽しみでたまらないわ。ピルベリーではワルツなんて教えてもらえなかったから」

あの人に目が吸い寄せられるのは、自分だけではないらしい。

レディ・ベアトリスも体をひねって、柄付き眼鏡越しにロマの男性を振り返った。「そうね。ひげを剃って入浴して、まともな上着とブリーチズを身につけたら、かなりのものだわ」

「風呂から出たままの姿だったら、もっといいですね」デイジーの言葉に、レディ・ベアトリスはひゃっひゃっと笑った。

ジェインは犬やアイスクリームやサテンのリボンのことを――長身でなにも身に着けていない彼以外のことを思い浮かべようとしたが、情けないほどうまくいかなかった。顔がほてってくるのがわかる。顔だけでなく、体も。

馬車はのろのろと進んだ――ゆっくりすぎて、彼の視線をまだ感じるくらいだ。デイジーとレディ・ベアトリスは長身で肌が浅黒い男性の魅力について――とりわけあのロマの男性がいかに素敵か、品のない話をつづけている。ジェインはまっすぐ前を向いて聞こえないふりをした。思い出してはだめ。日焼けした大きな手に手首をつかまれたことも、あのよく響く声に胸がときめいたことも。

あの声にはなにかがあった……ジェインは眉をひそめて、それがなんだったのか思い出そうとした。若者たちに凄《すご》みをきかせていたときの彼は、まるで荒くれのような口ぶりだったけれど……わたしが犬にかがみこんでいたときに話しかけてきたときの彼は……姿を見なければ、まるで……。

馬車がガタンと揺れて、ジェインはわれに返った。

「たくましくて力強い肩がいいわね」レディ・ベアトリスがしゃべっていた。「男性は男性らしくないと。近ごろオールマックスの社交場で浮かれ騒いでいるような、ひょろひょろしたしゃれ者はいただけないわ」

ジェインはふたりがおしゃべりをやめてくれたらいいのにと思った。流浪の人とはいえ、たまたま会った人をそんなふうに話の種にするのは礼儀に反している。とりわけあのロマの男性は、あんな不思議な、人を引きつける瞳の持ち主なのに――デイジーもレディ・ベアトリスも、彼の瞳までは見えなかったはずだけれど。

それに、すぐそばで目の当たりにして、彼がどんなに強いかもよくわかっていた。あのときのことを思い出すと、寒くもないのに体じゅうが震えてしまう。寒いどころか、その反対だ。

「ロマですってば、あの格好からして……」デイジーはふっと口をつぐむと、眉をひそめて後ろに目を凝らした――とりわけロマの男性が連れている犬に。「ちょっと！　あの人が手に持ってるのは、あんたのリボンじゃないか」

ジェインはどきりとして、ロマの彼のことを頭から追いだした。あのリボンを見られてしまった。

デイジーはしかめ面でジェインに向きなおった。「ジェイン？　どうしてロマが青いサテンのリボンを持ってるのさ？　それも、たぶんノミだらけの犬っころに結びつけてる」

荷物を山のように積んだ荷馬車がランドーの後ろについて、ロマの男性と犬は見えなくなった。ランドーが角を曲がると、レディ・ベアトリスとデイジーは椅子の背にもたれた。デイジーは答えを促すようにジェインを見た。

どちらを先に説明すればいいのかしら？　犬のこと？　それともリボンのこと？　ジェイ

ンは唇を湿らせて考えた。「最近、お屋敷を守ってくれるものがもっと必要だという話が出ていましたけれど……」

レディ・ベアトリスとデイジーは彼女を見た。「いいえ」「ううん」

「それならウィリアムがいるじゃありませんか」レディ・ベアトリスが言った。「なにか怖いことでもあったの？」

「いいえ、そんなことはありません」ジェインは急いで答えた。「わたしが言いたいのは、守るというより、相手をしてくれる存在なんです」

「相手をする？　それなら大勢いるよ」デイジーは苛立ちをあらわにして言った。「お屋敷には、午前も午後も訪問者やらなにやらが来るし、文学同好会で来る人や――ほかにもいろんな人が来るだろう。そんなことより、あたしが知りたいのは、どうしてあのロマが青いリボンを持っていたのかってこと。だって、勝手に抜け落ちたわけじゃなさそうだし……。あたしが仕立てた服はばらばらになったりしないからさ。てことは、あいつに取られたの？　ほら、ロマは物をかすめ取るって言うから」

ロマのせいにできるものならそうしたかったが、いまどきハンカチやパンを盗んでも地球の裏側に流刑になるかもしれないことを考えると、彼のせいにはできなかった。それに犬はリボンを首に結びつけたまま、ほどなく屋敷に連れてこられることになっている。

「わたしがあげたの」ジェインは正直に言った。「犬に引き綱が必要だったから」

「あの青いサテンのリボンを？」デイジーは血相を変えた。「新しいペリースから抜き取って？　あのリボンがないと、ペリースがまるでふくらんだ布袋みたいじゃないか」

「ごめんなさい、デイジー。あの色合いを探すのがそんなに大変だとは知らなかったの。それに、やっぱり犬のほうがペリースより大事だもの」

デイジーとレディ・ベアトリスは、ふたり揃って信じられないとばかりにジェインを見た。

「な――なんて罰当たりな！」デイジーは目を剝いた。

「まったくですよ」レディ・ベアトリスがきっぱり言った。「犬はそれなりにいいものだわ。でも、ペリースが体の線に合っていることより大事なことがこの世の中にあるかしら？」

「でも、リボンを使うしかなかったんです。けがをしていて、逃げてしまうかもしれなかったものですから」

「だれがです？　ロマの男？」レディ・ベアトリスが尋ねた。

「いいえ、犬です」ジェインは大きく息を吸いこんでつづけた。「犬がいたら素敵だと思いませんか？」

レディ・ベアトリスはジェインをまじまじと見た。「犬？　いったい、なぜわたしが犬をほしがるんです？」まるで象の話をしているような口ぶりだった。突飛すぎて話にならないと言わんばかりだ。

ジェインは興味を持ってもらえそうな理由を懸命にひねりだした。「いまは犬を飼うのが大はやりなんです」

最新のデザインと流行につねに敏感なデイジーが、ジェインをじろりと横目で見た。

　レディ・ベアトリスは唇を引き結ぶと、柄付き眼鏡を取りあげてじっくりとジェインを見た。「どんな犬がいいと思ってるの？　プードル？　パグ？　線の細いイタリア産のグレイハウンドかしら？」

「い……いいえ、わたしはもっと……頑丈なほうがいいと思うんです。優れた見た目よりも、個性的な犬のほうが……」

「個性的……？」レディ・ベアトリスはその言葉を不満げにつぶやくと、かぶりを振った。

「いいえ、とんでもない。もし犬を飼うのが今年のはやりなら、帽子や靴と同じように装飾品を見る目で慎重に選ばないと」

「装飾品？」ジェインは気を悪くした。「犬は装飾品ではありません。ちゃんと感情のある生き物で――」

「もしかして、あのぞっとするほど不細工な犬っころのことを言ってるんじゃないだろうね？」デイジーが口を挟んだ「――あのロマが連れてた」

「そのとおりよ」ジェインは正直に言った。「それに、ほんとうはお願いしているのではないんです、レディ・ベアトリス。もう――引き取ることにしてしまいました」

「だれをです？　あのロマを？」レディ・ベアトリスはデイジーに片目をつぶっておかしそうに笑いだしたが、不意に笑うのをやめてジェインを見た。「犬を引き取るということ？」

　ジェインがうなずくのを見て、レディ・ベアトリスはあきれて天を仰いだ。「かわいそうな動物を、またわたしたちに押しつけるつもり？」

「押しつける？　猫はとてもかわいがってらっしゃるじゃありませんか」ジェインはむっとして言い返したが、残念なことにレディ・ベアトリスの指摘は当たっていた。

「猫は――」レディ・ベアトリスは有無を言わさぬ口調で言った。「犬とは違いますよ」

たしかにそのとおりだ。

デイジーも加わった。「犬がほしいなら、どうしてあんながに股で不細工なのを選ぶんだい？」

「どんな犬か、どうしてわかるの？」ジェインは言い返した。「あなたは犬を見ていなかったじゃない――ロマの男性を見ていたでしょう」そして彼が入浴しているところを――あるいは風呂から出たところを想像して、品のない会話をしていた。

デイジーは鼻を鳴らした。「まず、青いサテンのリボンが目に留まった。そしたらそのリボンが、ロンドンでいちばん不細工な犬っころの首に結びつけてあるのがはっきり見えたんだ」彼女はレディ・ベアトリスに向きなおった。「冗談抜きで、目も当てられないほど不細工な犬ですよ」

「たしかに、とびきりの美犬ではないけれど――」ジェインは言った。「でも、あの犬は高貴な魂の持ち主だわ。きっと素敵なペットになるはずよ」

「高貴な魂だって？」デイジーが不躾な音を出した。

「おやめなさい、口げんかはもう充分」レディ・ベアトリスはうんざりしたように手を振った。「あとで決めることにするわ。うちまで届けてもらうんでしょう？」

ジェインはうなずいたが、だれが届けてくれるのかは言わなかった。デイジーが見透かしたようにこちらを見て笑っている。ジェインは気まずいのを隠そうとしたが、頬が熱くなるのはどうしようもなかった。

「その動物が届いたら、見せてちょうだい」馬車が屋敷の前で停まると、レディ・ベアトリスは言った。「さあ、急いで着替えるんですよ。昼食にはダマリスとアビーも来ますからね。そろそろ到着するころだわ」

「ダマリスとアビーだけですか？」ジェインが尋ねた。

「マックスは昼食《ランチヨン》を取らないそうよ――そんなものは女性のためにあるものだと言っていたわ。大方、フレディも同じなんでしょう」レディ・ベアトリスは不機嫌そうに付けくわえた。「お昼をエールとパンとチーズですませたり、通りで買ったミートパイですませたりするのは、昼食には入らないようね。男性には昼食なんて必要ないんでしょう」そう言って、ふんと鼻を鳴らした。

外出着を着替えながら、ジェインは路地裏であったことをデイジーに話して聞かせた。

「あの人がいなかったらどうなっていたかわからないわ、デイジー……」

「やっぱり」デイジーが言った。「あの男前のロマのせいで、すっかりうろたえちまったんだろう？」

ジェインはきょとんとした。そんなつもりで話したのではない。それどころか、ロマの男性のことはできるだけ触れないようにしたつもりだ。「そんな……わたしがうろたえるはずないでしょう」

「なるほどね」デイジーは、〝ひとことも信じないよ〟と言わんばかりだった。

「そんなに素敵な人だったかしら？」ジェインは遅まきながら、さりげなく付けくわえた。

「気がつかなかったわ」

デイジーは不躾な音を漏らした。

「だって――」ジェインはむっとして振り向いた。「あの人の見た目について楽しそうにおしゃべりしていたのは、あなただったでしょう？――風呂から出たままの姿がどうとか――あなたとレディ・ベアトリスで、とても恥知らずな会話をしていたわ。わたしはまったく興味が湧かなかったけれど」

デイジーはなにも言わなかった。言う必要はない。その目がすべてを語っていた。

「たとえうろたえていたとしても――そんなことはなかったんだけれど――もし少しでもうろたえていたとしたら、それは、あの性悪な若者たちのせいに決まっているわ――あの人が追い払ってくれた」

「男前で、しかも強いなんて――ますますいいじゃないか。ほんとに間一髪で命拾いしたんだね。でも、ひとりでそんな連中とやり合うなんて、ちょっと考えなしだよ。その人が来てくれてよかった」

「そうね」ジェインはため息をついた。「わたしはいつも助けられるおとめなの。騎士《ナイト》にはなれない」

デイジーは首を伸ばしてジェインの顔をのぞきこんだ。「夜《ナイト》にはなれない？　暗くはなかっただろう？」

「ううん、kのついたナイトよ」そこで、デイジーが読み書きを習いはじめてまだ一年もたっていないことを思い出した。「――ぴかぴかの甲冑を身につけて剣を持っている」

「ああ、ほかの人が助けに来てくれるってこと。それでもいいじゃないか。助けに来てくれなかったら大ごとだけど」デイジーはジェインのペリースを脱がせて、ベッドの上に広げた。「新しいリボンを見つけておくよ。お友達とまた会ってリボンを返してもらうならやめておくけど」

ジェインはそっぽを向いた。「〝お友達〟なんかじゃないわ。それに、大げさに考えすぎよ。その人のことは、ほんとうになんとも思ってないから」

「そう。だから振り返ってじっと見てたんだ――ぜんぜん、まったく、なんとも思ってない人をさ。まるでおなかがぺこぺこのときに、イチゴとクリームがたっぷり入った鉢を見るような目で」

「わたしは犬を見ていたの」ジェインはつんとして言い返した。

「へえ、その犬のせいで顔が赤くなってどぎまぎしてたんだ」デイジーはいたずらっぽく瞳をきらめかせた。

「顔は赤くなってないわ。もしなっていたとしても、それはほっとしたから――そう、かわいそうな動物を救いだしてほっとしていたからよ」

「その勇敢な騎士の名前はなんていうの？」デイジーは自分のペリースを片づけながら、さりげなく尋ねた。

「ザカリー・ブラ――もう、やめて！　そんな顔をすることはないでしょう。名前がわからなかったら、呼びかけるとき困るもの。だって、わざわざ申し出てくださったのよ。ここまであの犬を――」ジェインは言葉をのみこんだ。「とにかく、わたしは礼儀正しくしただけ」

「礼儀正しく、か」デイジーはうなずいた。「ふだんから、表通りで出くわしたロマに自己紹介しているくらいだもんね。そのことはレディ・ベアトリスもご存じなんだろう？」

「あの人はロマじゃない――少なくとも、わたしはなんとも言えないと思うわ」ジェインはふっと口をつぐんだ。そういえば、あの人の話し方は……。

気がつくと、デイジーがじっとこちらを見ていた。頬がまたかっと熱くなった。「変なことを考えないで、デイジー。あんな人にわたしが興味をもつはずないでしょう」

「いまは〝うす髪撫でつけ卿〟と婚約中だから？」

「キャンベリー卿をそんなふうに言わないで。それに、そうよ、いまは婚約中だもの。ほかの男性に目を向けるはずがないでしょう」

デイジーは肩をすくめた。「見るだけならいいと思うけど。それに、あんたの彼、すごく男前だし」

ジェインは彼女をにらみつけた。「べつに、わたしの〝彼〟じゃ――そんなことを言うなんて、ほんとうにばかみたい」加えて、デイジーが彼を〝すごく男前〟と言うのも気に入らなかった。ほんとうはそのとおりだと思うけれど、そうだとしても——いいえ、考えてはだめ。

デイジーはかまわずつづけた。「あたしは、ちょっとぶっきらぼうな男が好みだな——乱暴なのは困るけど。お高くとまっててこぎれいな人は好みじゃない。たとえば、あの〝うす髪〟——」彼女はジェインの視線に気づいた。「たとえば、文学同好会に来るような男は——」鼻にしわを寄せてつづけた。「おもしろみがなくてさ。年ごろの娘をときめかせるような魅力がこれっぽっちもない」

ジェインはロマの男性に触れられたことを思い出さないようにした。彼のひたむきな銀緑色の瞳を——彼のにおいだけでも——思いだすと、胸が苦しくなる。「結婚は、そういうことのためにするんじゃないもの」そう言うと、姿見を見ながら髪を整えた。

デイジーはあきれたような表情を浮かべた。

「嘘じゃないわ」ジェインは言い張った。「結婚は、安定した生活を手に入れて、子どもをもうけるためにするのよ」そして、子どもたちを守り育てる家を手に入れるため。

「そうかもしれないけどさ。あたしみたいに結婚するつもりがさらさらない娘に、そんなことはわからないよ」デイジーはにんまりして付けくわえた。「あのロマと結婚したらどうかと言ってるわけじゃないんだ——ただ、ずいぶん気に入ってたみたいだからさ」

「そんな！　わたしはだれも気に入ってないわよ」

デイジーはジェインをじっと見つめた。「あんたは愛だの恋だの、そういう話を少しもしないんだね。どうして？　レディ・ベアトリスだってときどきそういう話をするよ。アビーやダマリスなんか、話しだしたら止まらないくらい」

「それとこれとは別の話よ」ジェインは言った。「それに、アビーとダマリスはもう結婚しているでしょう」

「そうだけどさ。べつにいい男を気に入ったからって、結婚する必要はないし、恋に落ちる必要もない。それは自然な感情で、恥ずかしがることはないんだよ」玄関の呼び鈴が鳴る音がして、デイジーはぱっと顔を輝かせた。「きっとアビーとダマリスだ。待ちかねたよ——男抜きで、四人でちゃんと話すのはほんとうに久しぶりだからね。それに、おなかもぺこぺこ。だから早く行こう、〝素敵な人なんて見たこともない〟さん」そこまで言うと、デイジーは口笛を吹きながらいそいそと階段に向かった。

ジェインはその後につづきながら、思わず顔をしかめた。このメロディーはたしか、『いかすロマと駆け落ちして』というはやり歌だ。

あのロマに心を奪われるつもりはさらさらなかった。そんなことを考えること自体がばかげている。滑稽だし、あり得ない。

自分は、もう婚約しているのだから。

ザカリー・ブラックは、犬を届けてくれるだけだ。

ザックとローズペタルは、バークレー・スクエアにいつまでたっても到着しなかった。ひとつには、ローズペタルがおもしろそうなにおいを嗅ぎつけるたびに調査し、街灯と見れば洗礼を施さずにはいられなかったからだ。市場にも立ち寄って、ロマの女から薬草と軟膏を、そしてさらに赤い革の首輪と引き綱用の鎖も買った。引き綱を鎖にしたのは、革だとローズペタルが食べてしまいかねないからだ。

「青いサテンのリボンを結びつけたおまえを連れていたら、とんだお笑いぐさだからな」ザックはローズペタルに首輪をつけながら、ぶつぶつ言った。「ロンドンでいちばん不細工な犬が、しゃれたリボンなんぞつけてたまるか。だがそれとはべつに、おまえのことはこれっぽっちも信用していない。猫や気に入らない相手を見つけたら、サテンのリボンが切れないようにがまんできるか?」

犬は彼を見あげてハアハアと息をしながら、恐ろしげだが愛嬌のある乱ぐい歯を見せてにんまりした。

「そうは思えない。おまえには体面もへったくれもないからな。それから、この粋な首輪はいまのところ不似合いだが、おまえはこれから出世するんだ、ローズペタル。考えてもみろ、ミス・ジェインはおれに二シリングもくれるんだぞ――二シリングも! すごいと思わないか? おれなら二ペンスもやらないが」彼は鎖をたぐり寄せた。「だが、自分の立場を変えようとして、変な気は起こすなよ――ミス・ジェインはいまごろおまえのことを忘れているかもしれない。気が変わって、おまえを飼うのをやめたかもしれない。あの手の娘はやることが唐突だからな。物事をろくすっぽ考えないんだ。あのとき、ごろつきどもに突っかかっていったときもそうだったろう」

ミス・ジェインがためらいもせずに突っかかっていったときのことを思い出すと、いまだにぞっとする。無謀で、衝動的で、そう——愚かだった。だが、勇敢には違いない。そしてそれは、ひとえに野良犬を助けるためだった——それも、こんな醜い犬を。

一般に、上流階級の女性は小さくてふわふわしたボールのような犬をかわいがるものだ。見るからに愛らしい犬を。

「だが、おまえは違う」ザックは犬に言った。「かわいらしいところなどひとつもない。そうだろう？」

ローズペタルはザックを見あげて下半身をぶるぶるっと震わせると、舌をだらりと垂らしてぶざまな笑みを浮かべた。ザックは笑った。「おまえの魅力はひと目でわかるものじゃない。だが、ミス・ジェインはそんなことはおかまいなしにわが身を危険にさらしたんだ。そうだろう？　あのごろつきどもに、手ひどく痛めつけられてもおかしくなかった」

ミス・ジェインはつじつまの合わないことだらけで、興味をかき立てられる。見た目は明らかに上流階級の温室育ちの令嬢だ。彼女の声や態度に下品なところはみじんもない。着ているものにも最高の素材が使われているし、デザインも——自分がよく知っているのは大陸の流行だが——最新の流行に思える。

それに、男と付き合った経験がないのは間違いない。まやかしで顔は赤くならないだろう。

だが、ミス・ジェインは棍棒がどんなものか、どうやって使うのかまで知っていた。それに反射的に膝を使って、ごろつきに反撃していた。あんな技をどこで身につけたのだろう？上流階級の子女が教わるようなことではない。もしかしたら兄に教わった？　あの行動には興味をそそられる。

いいや、興味深いのは彼女自身だ。

魅力的なのは言うまでもない。つやつやしたサクランボのような、柔らかくてみずみずしい唇。口づけをしたら甘い味がするだろうか？　ザックはひそかににやりとした。ロマとキスするくらいなら、死んだほうがましだと思われるかもしれない。

だが、彼女は上流階級の人々――とりわけ女性たちがロマに対して見せるような軽蔑の表情をちらりとも見せなかった。大男の従僕が見せた態度が普通の反応だ。

だが、ミス・ジェインは違う。彼女はまるで、紳士を相手にしているかのように丁寧に接していた。実際、〝紳士〟と言ったくらいだ。なぜ？　こちらのおかげで、たちの悪い連中にひどい目に遭わされずにすんだから？　それとも、彼女とはじめて目が合ったときにのぼせて、礼儀を忘れていたのを当てこすったのだろうか？　あのときは、すっかりわれを忘れていた。

それが気に食わなかった。自分がいまなにをしてどこにいるのか、消し飛んだことはただの一度もない――そんなふうにぼんやりしていたら、命に関わる。

なぜ今日は集中が途切れるのだろう？　何年かぶりにイギリスに帰国したから？　ギルに

話したこととは裏腹に、これまでの生き方にうんざりしているからだろうか？　理由はともかく、気をつけたほうがいい。

彼は青いサテンのリボンをくるくる巻いてポケットにしまった。犬の汚らしい首に結びつけたものだから、もう不要だろうとは思うが、ほしいと言われたら返したい。

歩きながら、謎めいたミス・ジェインについてなおも考えをめぐらせた。彼女は矛盾だらけだ。お嬢さまなのに、ロマに金を払うように気軽に従僕に指示する。ほかのレディがするように、ロマを見くだしたり、冷たく当たって追い払ったりするようなこともない。さらにその従僕にも敬意を払い、大切に思っているような口ぶりで話しかけていた。ウィリアムは彼女にとってただの召使いではない。感情のある人間なのだ。

もしかしたら、ただの世間知らずなのだろうか。彼女は若い――せいぜい十八か、十九といったところだろう。そのせいかもしれない。おそらく、だれにでも丁寧に接するのだろう。育ちがいいのだ。あるいは、慣習を気にしない、型破りな人々に育てられたか。

だが、型破りな人々が、お仕着せを着た従僕を雇うだろうか？　それに、馬車に犬を乗せる乗せないの話をしていたときに、従僕が言っていたレディ・ベアトリスとは何者だ？　ミス・ジェインの親戚だろうか？　祖母？

彼は犬に対するウィリアムの反応を思い出した。どうやら、ミス・ジェインが動物を拾うのは、これがはじめてではないらしい。

「ミス・ジェインはおまえを飼いたがっているかもしれないが――」ザックは角を曲がって

バークレー・スクエアに入りながら犬に話しかけた。「その老婦人がはたして同じ気持ちになってくれるかどうか、怪しいもんだ。おまえは、たいていのレディが飼いたがるような理想のペットじゃないからな。まあ仕方ない」犬が立ち止まって耳の後ろを勢いよく掻くのを見て、彼は付けくわえた。「愛嬌はあるんだがな」

しゃれた服装の女性がふたり、彼を訝しげに見ていた。ザックがみすぼらしい帽子を持ちあげて大げさな身ぶりでお辞儀をすると、ふたりはさっとそっぽを向いた。ザックはにんまりすると――むさ苦しい身なりの流浪の男を演じるのが楽しくてたまらない――犬を連れて広場を横切り、教えられた住所にあった屋敷の呼び鈴を鳴らした。

このうえなくいかめしい顔つきの執事がドアを開けて、ザックと犬をひと目見るなり言った。「そこをまわったところに、行商人用の通用口がある」彼は白い手袋をはめた手で、そちらの方向をもったいぶって指し示した。犬を連れてくることは聞いていたと見える。

執事はドアを閉めようとしたが、ザックは足を出してドアを止めると、笑顔で言った。「行商人ではないんだ。ミス・ジェインから頼まれている」

執事はザックの全身をさっと眺めまわした。「動物は行商人用の通用口から届けてもらうことになっている」

ザックは動かなかった。執事はザックの足に目を落とした。「できることならウィリアムを呼びたくない。レディ・ベアトリスのお屋敷の玄関で悶着が起きたら、ミス・ジェインがお困りになる」

ザックは眉をひそめた。執事はよどみなく言った。「そんな騒ぎが、その動物を飼うというお嬢さまのもくろみを助けることになるとは思えないが」

執事の勝ちだった。ザックは苦笑いを浮かべて足を引っこめた。「戦火も交えないうちに大敗を喫するとはな。利口なやつだ。行くぞ、ローズペタル。少々出過ぎたまねをした」彼は執事に言った。「ミス・ジェインに、広場で犬と一緒にお待ちしていると伝えてもらおう」

執事は困惑した。「しかし、通用口なら――」

ザックはほほえんだ。「忘れたのか？　犬もおれも、行商人じゃない」

8

「残念だが、おまえの言っていることはわからないな」
——ジェイン・オースティン『高慢と偏見』

昼食に出されたのは、軽くて気取らない食べ物だった。キュウリのサンドイッチに、小ぶりの冷製チキン、あとはレモンカードのケーキとお茶だけだ。チャンス姉妹全員が勢揃いするのはクリスマス以来だったので、おしゃべりはとめどなくつづいた——四人が顔を合わせるときはいつもそうなる。

ジェインは姉たちが戻ってきてうれしかった。いつもなら、一日じゅう姉たちとおしゃべりして、彼らの生活にどんな進展があったか聞くのが楽しくてたまらなかっただろう。けれどもいまは、気がつくとあの大柄で日焼けしたロマのことを考えていた。

きっと犬のせいだと、ジェインは自分に言い聞かせた。犬が連れてこられたら、レディ・ベアトリスに見せる前に体をきれいにして、見苦しくないようにしなくてはならない。いまのままでは——泥だらけで、血まみれで、みすぼらしくて、ノミがたかっているままでは、とても飼わせてもらえるとは思えなかった。

自分の家に住むようになったら、そんな心配は不要になる。犬を飼うのにだれの許可もいらない――ただし、キャンベリー卿は別だけれど。でも、あの方は犬が好きだから、きっと大丈夫。

ジェインは炉棚の置き時計にしきりと目をやっていた。あの路地からバークレー・スクエアまで、歩いてどれくらいかかるかしら？

「ジェイン、いったいどうしたんです？」レディ・ベアトリスがダマリスの話をさえぎって言った。「さっきから時計ばかり見ているけれど、ダマリスやアビーの話が退屈なの？　それともだれかが訪ねてくることになっているのかしら？」どうやら、レディ・ベアトリスは犬のことをきれいさっぱり忘れているようだった。そのほうがいい。

「そんな、退屈だなんてとんでもない」ジェインはまごついた。「嘘じゃありません。お話をつづけて、ダマリス。ほんとうに楽しそう」

するとどういうわけか、その場にいた全員が笑った。

「たしかに楽しかったわ」ダマリスはくすくす笑った。「さっきまで、乗り物酔いでつらかったという話をしていたの。なにも、みんなを退屈させようと思って話していたんじゃないのよ――ただ、アビーに聞かれたものだから。それに、道中は大変だったけれど――フレディが信じられないくらい優しくしてくれたのよ――ヴェネツィアに行ったことはちっとも後悔していないわ。フレディの言ったとおり、うっとりするほど素敵なところだった」

ジェインは顔を赤くした。「ごめんなさい、ダマリス。さっきは考えごとをしていて――」

「見え見えでしたよ」レディ・ベアトリスがあっさり言った。「自分の生まれたところの話には興味を示しそうなものですけどね」

ジェインはあきれた。わたしが生まれたところ？　まるで、四人がヴェネツィア生まれだという例の作り話はほんとうだと言わんばかりだった。姉妹全員がイギリスで生まれたことは、レディ・ベアトリスもよく知っているはずだ。

ダマリスとアビーはくすくす笑い、デイジーはうんざりして天井を仰いだ。四人のなかで、レディ・ベアトリスの気まぐれをいちばんよく思っていないのはデイジーだ。作り話はだれのためにもならないと、しょっちゅうこぼしている。

「どうかしたの、ジェイン？」アビーが尋ねた。

「男前のロマが、青いサテンのリボンを結びつけた不細工な犬っころを連れてくるのを待ってるのさ」デイジーが言った。

アビーは笑った。「占いでもはじめたの、デイジー？」

「違うわ。たしかに犬が来るのを待っているけれど、あの犬はそんなに不細工じゃないわよ」ジェインは口をとがらせた。「まるで、レディ・ベアトリスに助けてもらう前のわたしたちみたいだった——住むところがなくて、家族も、愛してくれる人も——」

「泣ける話だこと」レディ・ベアトリスがさえぎった。「でも、ここで飼うかどうかはまだ決めていませんよ。その犬を見せてもらってから決めましょう」そして、かがんで猫のスノーフレークを抱きあげた。「うちには猫もいますからね」

ジェインはあの犬が猫ともめない性格であることを祈った——そして、猫たちが犬ともめない性格であることも。

「ロマの話はどうしたの？」アビーが尋ねた。

「たちの悪い若者たちが、寄ってたかって痛めつけていたの」ジェインは言った。

「だれを？　そのロマ？」

「いいえ、犬よ。それで、そのロマが若者たちを追い払うのに手を貸してくれて……。その人が、犬をここまで連れてきてくれることになってるの。あんまり汚れていて馬車に乗れなかったから、わたしがお願いしたのよ」

「だれが馬車に乗れなかったんです？　そのロマ？」レディ・ベアトリスが尋ねた。

「いいえ、犬です。泥だらけだったものですから。ロマの男性はとても身ぎれいでした」

レディ・ベアトリスは鼻を鳴らした。「この目で見ないことには信じられないわ」

ジェインは立ちあがった。「さっき玄関の呼び鈴が鳴ったんです。もしかしたらその人かも」

レディ・ベアトリスはさっと手をあげてジェインを引き留めた。「そこにいなさい、ジェイン。良家の娘は玄関で応対したりしないものですよ――とりわけ相手がロマの場合は。それに、貴族のお屋敷の玄関に来るほどロマはばかではないでしょう」

「でも――」

「とにかく、その男とあなたが直接話すことはありませんよ。その程度の取るに足りないことをこなすために召使いがいるんですから。フェザビーかウィリアムが手間賃をあげたら、この件はおしまい。食事をすませて、ダマリスやアビーの話に耳を傾けなさい。さあ、ダマリス、ヴェネツィアでは総督《ドージェ》に会ったの？」

ジェインは苛立ちを感じながら椅子に座りなおした。ダマリスは、総督には会っていないが大勢のヴェネツィア貴族に会ったという話をした。

ジェインは精いっぱい耳を傾けた。もちろんダマリスの話は聞きたいし、興味もある。ただヴェネツィアはとても遠いし、話に出てくる人々も聞いたこともない人ばかりだ。こうしているあいだにも、犬とザカリー・ブラックが訪ねてくるかもしれない——まだ到着していなければの話だけれど。

だって、お礼を直接言うのが礼儀でしょう？　そこでデイジーの鋭い視線を感じて、ふたたびダマリスの話に興味があるようなふりを装った。

そわそわしてはだめ。日焼けした顔と銀緑色の瞳を思い浮かべてはだめ。彼に触れられたときにどぎまぎしたことも思い出してはだめ。

ようやく昼食が終わった。レディ・ベアトリスはアビーに支えられながら上階に戻った。午後のダンスの練習を監督する前に、横になって、短い〝休息〟をとるためだ。ダマリスとデイジーは、もう少しで完成するドレスの試着をするために足早に立ち去った。これで自由に犬を探しにいける。

ザカリー・ブラックはもう帰ってしまっただろう。そう思うと残念な気持ちになった。でも、そんな気持ちになるのは、彼に直接お礼を言いたかったから——つまり、礼を尽くしたかったからだ。彼より、あの犬に会いたくてたまらなかった。

ジェインは玄関広間をのぞいたが、だれの気配もなかった。犬はおなかを空かせていたはずだから、厨房に連れていかれたのだろう。そう思って、ベーズ（フェルトに似た緑色の生地）を貼ったドアを通り抜けて、召使いたちの区域に入った。

「あのロマには妙なところがある」フェザビーがウィリアムに話しているのが聞こえた。ジェインは体を引っこめて耳をそばだてた。

「そりゃ妙だろう——ロマだからな」ウィリアムの声。

「ほんとうにそうなのか？　そこが問題だ」

「決まってるさ、ヒューイット」ウィリアムが言った。「あの出で立ちを見ただろう」

フェザビーはうなずいた。「見たとも」顔をしかめてつづけた。「それらしいにおいもした。しかし……」

「しかし、なんだ？　見た目がロマで、においもロマ、やることもロマなら、それしかない」

「よくわからないが——」フェザビーは顎を掻いた。「はじめのうちは、あの男が無理やり屋敷に入ろうとしているのかと思った。だが、『ミス・ジェインがお困りになる』とわたしが言ったとたんに——」そう言ってかぶりを振った。「まるで……まるで紳士のように承服して引きさがったんだ。しかも、行商人用の通用口を教えたら、自分にはふさわしくないとばかりにことわった」

ウィリアムは鼻を鳴らした。「とても紳士とは思えないが。ひどい訛りだったぞ」

ジェインは首をかしげた。どんなに記憶をたどっても、ザカリー・ブラックから話しかけられているときに訛りを聞いた憶えは一度もない。でも、たちの悪い若者やウィリアムを相手にしているときの彼は……違う話し方をしていた。

そこではっとした。自分もアビーも、上流階級とは違う口調で話せる。子どものころ、通りで交わされるやりとりを聞いて憶えた――つまり、デイジーそっくりの話し方もできるし、母と父の話し方――こちらはレディ・ベアトリスの話し方に近い――もできる。母と父は、ジェインたちが路上の子どもみたいなしゃべり方をするたびに訂正していた。

訛りのある話し方は、アビーのほうがうまかった。ジェインはそのころのことをほとんど思い出せない。ピルベリー養育院には六歳のときに引き取られた。そこではだれもがレディらしい言葉遣いで話さなくてはならなくて、そうでない話し方をすればお仕置きされるくらいだったから。

でもときどき、デイジーと一緒にいるときに、気がつくとデイジーの下町訛り《コックニー》が移っていることがある。たぶん、あの人もそんな感じで、行動を共にしていたロマの訛りを身につけたのかもしれない。保護色を身に帯びるように……。

「そんな気がするだけだ」フェザビーが言った。「だが、ミス・ジェインが広場に行くときはかならず付き添ったほうがいい」

「あのロマがまだ待っていると？」

ジェインの鼓動が一気に速くなった。あの人がまだ広場に？　わたしを待っているの？　不意に胸が苦しくなった。

「賭けてもいい。わたしの見たところ、あれは簡単にはあきらめない男だ」

ウィリアムは鼻を鳴らした。「おれに一発ぶん殴らせればよかったんだ、ヒューイット。そうすれば、あの犬だって引き渡したろうに」

「レディのお屋敷で、見苦しい殴り合いをするのか、ウィリアム？　わたしがここをお預かりしているうちは許さんぞ」

「それぐらい間抜けでもわかる」ウィリアムは苛立たしげに言った。「もちろん、やるなら外でやるさ。そこの角を曲がったところで」

「だれも殴らないで！」ジェインは進みでた。「わたしの犬はどこ？」

ふたりはぎくりとして彼女を振り向いた。ウィリアムが気を取りなおして口を開いた。

「あのロマは、お嬢さまに直接犬を渡さないかぎりあきらめませんよ。なんでも、お嬢さまに〝言いたいこと〟があるそうで」そして不満げにつぶやいた。「言いたいことだと！　どの面さげてそんなことを……。このおれがわきまえさせて――」

フェザビーがすかさずさえぎった。「その男は向かいの広場で、犬を連れて待っております、ミス・ジェイン」

「よかった、それじゃ行ってくるわね。お屋敷に入れる前に、犬を洗わないといけないの。ブリキのたらいとお湯とタオルを裏庭に用意しておいてもらえるかしら？」

「ご自分でその犬を洗うおつもりですか？」フェザビーが驚いた。

「もちろんそうよ」ジェインは答えた。「わたしの犬になるんだもの。それに、けがをしていて手当てが必要なの」

フェザビーは承服しかねることをなんとか顔に出さないようにしていた。彼を知らない人が見れば平静そのものに見えるだろうが、ジェインに言わせれば、かなり自制している顔だ。

「お出かけになるのでしたら、ポリーに別のペリースを用意させましょう。今朝着ておいででしたペリースには不都合がございますので」彼は呼び鈴を鳴らしてメイドを呼んだ。「ミス・ジェインのペリースを用意してくれないか、ポリー。温かいほうだ――風が強まっているからな。それから、ミス・ジェインに付き添って広場に行ってもらいたい。ウィリアム、おまえもだ。ただし、殴り合いはなしだぞ――いいな？　それから、ミス・ジェイン、お出かけになるときは使用人の通用口からでなく、正面玄関からお願いいたします」

ザックは待っているあいだに、パイの行商人からさらにミートパイをふたつ買って、ひとつを犬にやった。犬はがつがつとふた口で平らげた。「マナーがまるでなってないじゃないか」彼は言った。「レディとひとつ屋根の下に住むなら、それよりましにならないとな。食べ物にがっつく音には、たいていのレディが眉をひそめる」

「――ブラックさん」すぐ近くで柔らかな女性の声がしたので、ザックはぎくりとしてパイの残りを落とした。どうして近づいてきたのがわからなかったんだろう？

むしゃむしゃとやかましい音が足下からした。どうやらパイは食べ物としての役目をまっとうしたらしい。

彼女は赤いウールのペリースに、瞳の色とそっくり同じ青いベルベットの帽子という出で立ちで、輝くように美しかった。

「待っていてくださってどうもありがとう、ブラックさん。お礼も言わないうちに帰ってしまったのかと、申し訳なく思っていたのよ」彼女がこちらを見あげておずおずとほほえむのを見て、ザックはなにも考えられなくなった。「ジェイン……」もぐもぐ言うのがやっとだった。なんてざまだ。

幸い、彼女にはメイドとあの大柄な従僕が付き添っていた。「おい、なれなれしくするんじゃない」従僕に押し殺した声で言われて、ザックは落ち着きを取り戻した。そしてなんとかミス・ジェインから視線を逸らした。

「やあウィリアム、会いたかったぞ」にこやかに言った。従僕は彼をにらみ返した。

「ウィリアム、そこでポリーと一緒に待っていてもらえないかしら?」ミス・ジェインは近くのベンチを指さした。会話が聞こえない程度に離れている。従僕がしぶしぶベンチに向かうのを見て、ミス・ジェインはザックを振り向いた。頰が少し赤らんでいる。「名前で呼んでかまわないとは申しあげていないはずだけれど」彼女の肌は、赤ん坊のように柔らかそうだった。唇が濡れている。

「正式な名前をまだ聞いていない」ザックは応じた。「だから、ジェインと呼びかけるしかなかった」

彼女は少しためらって言った。「ミス・チャンスよ」

「不運《ミスチャンス》？」ザックはほほえんだ。「そうは思わないが。おれに言わせれば、まったく幸運な出会いだった」

「ミスチャンスでなくて——ミス・チャンスよ」彼女は真顔で言った。「姓がチャンスなの」

「ああ、なるほど。チャンスとは、いい姓じゃないか。ミス・フォーチュン（運）、ミス・ラック（幸運）、ミス・フェイト（運命）みたいだ。前もってわかっていれば、ザカリー・フォーチュンと名乗って、きみの親戚になれたのに」

「くだらないことを言わないで」彼女は落ち着かない様子だった。こんな突飛な話題を振られたら、だれだってそうなる。

「たしかに」ザックは応じた。「おれはきみの親戚にまったくふさわしくないからな。きみの言うとおりだ」

彼女はますます赤くなって顔を背けた。「失礼でしょう」それから犬を見て、はじめて首輪に気づいた。「まあ、首輪を買ってくださったのね——それに鎖まで。ありがとう。代金を——」

「いいや」ザックは即座に言った。「これは贈り物だ」

「でも、受けとるわけには——」

「犬への贈り物さ」

「まあ……」彼女は犬に目を落とした。笑いをこらえている。「それじゃ、ありがたくいただくわ。この子も喜んでいるはずよ。素敵な首輪だもの。赤が似合うのね」

「きみも赤が似合う」静かに言った。

ミス・チャンスはなにも言わずに、犬の耳の後ろを優しく掻いた。「こんなに汚れて……。おうちに帰ったらお風呂に入れてあげるわね。いいでしょう？」

「それで思い出した。これを……」ザックはポケットから、市場で買った乾いた薬草の包みと、栓をした小さな壺を取りだした。

彼女はすぐ受けとらずに尋ねた。「なにかしら？」

「包みには、傷に効く薬草が入っている。熱湯で煎じて、体を洗った後にそれですすぐんだ。それから、壺の軟膏を傷に塗る。なおりが早くなるぞ」

彼女はまだためらっていた。

「昔ながらのロマの薬だ。よく効く」

彼女は新聞紙の包みを受けとると、注意深くにおいを嗅いだ。「ラベンダーの香りかしら？」

「ああ、ラベンダーは傷を消毒してくれる。それから、キンセンカとヒレハリソウ、そのほかいろいろな薬草も入っている。害になるものはひとつもない」

「姉のダマリスも薬草に詳しいの」ミス・チャンスは壺の栓を外して、軟膏のにおいを嗅いだ。「少しつんとするけれど、まあまあのにおいね。これにもラベンダーが入っているのかしら」

「ああ、少しよけいに入っている。においがいいほうが、きみが気に入ると思って」ザックは犬をちらりと見た。「オー・デ・ドッグの強烈なにおいに対抗するには、そのほうがいい」

彼女は笑った。ダイヤモンドに光が差したようだ。あの瞳がきらめくのを見ると、息が止まってしまう。彼女を見つめたまま、なにも考えられなくなる。彼女もこちらを見あげていた。どれくらい沈黙がつづいただろう。

「ミス・ジェイン?」ウィリアムの声がした。

ジェインははっとして、顔を赤らめて振り向いた。「ええ、なにかしら?」

「そろそろお屋敷に戻る時間です」従僕はザックをにらみつけた。

「そうね。レッスンの時間を忘れるところだったわ」顔を赤らめたまま、彼女はザックに向きなおった。「いま、ワルツの練習をしているところなの」こっそり打ち明けた。「そろそろ行かないと……。犬を連れてきてくださってありがとう、ブラックさん」

「どういたしまして」彼女の潤んだまなざしを見て、ザックはまたもやなにも考えられなくなった。

「ほら、取っておけ」ウィリアムはふたりのあいだに体を入れると、ザックに銀貨を一枚突きだした。「これで二度と会わずにすむ」

そういえば、犬を連れてきたらあと六ペンスくれることになっていた。ザックは銀貨を受けとってにんまりした。「先のことはわからないぞ、ウィリアム。運命の女神のなさることは予想がつかない。そうじゃないか？」ウィリアムはむっとした。

彼はミス・チャンスに向きなおって、さっと一礼した。「さよならは言わない、ミス・チャンス。ごきげんよう《オ・ルヴォワール》と言っておこう。もし朝のうちに――そう、十時ぐらいに犬を散歩させるなら、また会うこともあるかもしれない」

ジェインはためらっていたが、しまいにかぶりを振った。「ごめんなさい。さようなら、ブラックさん。改めてお礼を言うわ」そして犬を連れ、従僕とメイドを従えて行ってしまった。

ザックは彼女が広場を横切るのを見送りながら、思わず苦笑いした。実に身持ちの堅い娘だ。さっきの言葉は、紛れもなく退却命令だった。

厄介なことに、自分は命令というものが大嫌いだ。

9

「相手を喜ばせたいという気持ちがあるのなら、その人の欠点は見逃すべきよ。現にかなりの部分を見逃しているわ」

――ジェイン・オースティン『エマ』

「では――」夕食後に、レディ・ベアトリスが口を切った。「その犬を見せてもらいましょうか」こぢんまりした客間には、家族全員が――アビーとマックス、ダマリスとフレディ、デイジーとジェインが顔を揃えていた。レディ・ベアトリスは、フレディとダマリスがイタリアから帰国してはじめて家族が集まる気さくな夕食会に、フリンも招待していた。それは彼女がフリンを大いに気に入っていることの証だったが、フリンはすでに〝ロンドン一の美女〟を手に入れる狩りを開始していて、今夜は別の集いに出かけている。

「いまですか？　でも、あの犬はまだここに来たばかりで……」ジェインは戸惑った。まだ早すぎる。さっき犬の体を洗って軟膏を塗ってやったところだけれど、ずいぶんくたびれているようだった。それに、あの犬がどこまで行儀よく振る舞うか――仮にだれかに躾けられているとしたらだけれど――わからないし、なにより猫たちにどう反応するかわからない。

子猫からだいぶ成長した猫たちは、三匹ともその部屋にいた。スノーフレークはいつものようにレディ・ベアトリスの膝の上で丸くなっているし、マーマデュークはソファの上で長くなっている。猫のマックスは人間のマックスの太腿に腹ばいになって、四本の足をだらりと垂らしていた。

「その犬は清潔なの？」レディ・ベアトリスが尋ねた。

「ええ」犬の体は、ラベンダーの香りのする石鹼で三回洗った——ラベンダーはいいにおいがするだけでなく、けがをなおす効能もある。そして最後のすすぎに、ロマの彼から渡された材料からダマリスが作ってくれた煎じ薬を使った。だから、いまはこれ以上ないほど清潔だし、少しばかり犬のにおいが残っているものの、薬草のいいにおいもする。あれだけやったのだから、当たり前だ。

「では、ここに連れてきなさい。家族全員が揃っているいまがいいわ。外から拾ってきた犬が上品なところでどんなふうに振る舞うか、見せてもらいましょうか」レディ・ベアトリスは思わせぶりにスノーフレークを撫でて見せた。

どうかあの犬が、難局をうまく乗り越えてくれますように。

いまのところ、犬は屋敷の地下に閉じこめてあった。ジェインと一緒に寝室を使っているデイジーが部屋に入れるのをいやがったからというのもあるが、室内犬としての躾がされているか、まだわからなかったからだ。

犬は食器洗い場に重ねてあったぞうきんの上で眠っていたが、ジェインが近づくと目を覚まして、大喜びして迎えてくれた。身をよじって、ぶざまな笑顔で、ふがふがとうれしそうな音を漏らしている。ほんとうに愛嬌のある犬だ。

首輪に鎖をつないで、ロマの彼がそこまで考えてくれたことにひそかに感謝した。しゃれた赤い首輪をつけると、この犬は――もう名前は考えてあるけれど、飼っていいと言われる前にその名を呼ぶのは不吉な気がした――ずっと垢抜けて見える。レディ・ベアトリスが、この犬を受け入れてくださるといいのだけれど。

いずれ自分の家に住むようになったら、どんな動物でも飼えるようになる。でも、そうなるのはまだ先の話だ。

ジェインは犬を連れて階段をのぼり、客間の外で立ち止まって、最後に犬をそっと撫でた。

「お願いだから、お行儀よくするのよ」

犬を連れて、客間のなかほどまで進みでた。

静寂。

次の瞬間――アーオウウウ！　フウウウウウ！　シャーッ！

三匹の猫の動きは速かった。スノーフレークはレディ・ベアトリスの膝から飛びおり、奥の食器棚の上に飛び移った。マーマデュークはその場で垂直に跳びあがると、ソファのいちばん奥まで撤退した。いつでも逃げる構えで、全身の毛を逆立ててうなっている。

マックス――人間のほう――は、猫のマックスが太腿に爪を立てたので、思わず声をあげた。猫のマックスはその場で背中を丸くして、犬の侵入者を威嚇している。マックスがぶつぶつ言いながら押しのけると、猫は床に着地し、耳をぺったりと平たくして、アーオウウウ、シャーッと、なおも凄んだ。

「くそっ」マックスは太腿をさすりながら犬を見た。「もっと弱そうな犬を見つけられなかったのか？」

ジェインは答えなかった。ほかのみんなも、犬がどんな行動に出るか固唾《かたず》をのんで見守っている。

手に持った鎖をぎゅっと握りしめたが、犬は猫に襲いかかるそぶりをまったく見せずに、ぎざぎざの尻尾をゆっくりと動かしていた。いい兆しだ――猫を夕食だと思っていなければの話だけれど。

猫のマックスがそろそろと数歩近づいた。指の爪を出したまま、体をこわばらせて、いざとなったら跳びかかろうと――もしくは逃げようとしている。

犬は猫を見たまま動かなかった。相変わらず尻尾をゆっくり動かしている。

ジェインは祈った。

猫のマックスは背中を丸めると、アーオウウウ、フウウウウと凶悪な声で威嚇した。

犬は腰をおろした。ぎざぎざの短い尻尾でトン、トンと床を叩いている。それから、耳の後ろを掻いた――盛大に。

「ノミはいないでしょうね」レディ・ベアトリスが言った。

「いません」ジェインはきっぱり答えた。

猫の逆立っていた毛が、ゆっくりと元に戻った。平たくなっていた耳は攻撃に備えるというより、興味はあるがまだ用心しているというように少し持ちあがっている。猫は腰をおろすと、黄色い瞳で犬をにらみつけたまま、喉の奥でときどきうなった。さっきのような悪意はない――どちらかというと、警告するような声。ジェインはようやく息を吐きだした。

「鎖をはずしてごらん」マックスの言葉に、彼女はぎょっとした。

「でも――」

「これは顔合わせだ。ここにいるみんなが殺戮《さつりく》を止められるうちに、動物たちがどう振る舞うか見届けたほうがいい」

「だめよ」ジェインは言った。「まだだめ。この子にはまだ早すぎるわ」

マックスは片眉をつりあげた。

「わたしの犬だもの」

「まだそうと決まったわけではありませんよ」レディ・ベアトリスが言った。

「そんな……」

「――見て」ダマリスがささやいた。

一同が話しているうちに、猫のマックスは犬にじりじりと近づいていた。こわごわと首を伸ばして、犬のにおいを慎重に嗅いでいる。それから首を引っこめて、いつでも跳びかかるか逃げだす体勢に戻った。犬はハッハッと穏やかに息をしながら、親しみを込めてにんまりした――少なくともジェインにはそう思えた。でも、ほかのみんなにはぞっとするような笑顔に見えたに違いない。犬はなおもトン、トンと尻尾で床を叩いている。

猫はふたたびそろそろと近づくと、警告するように片方の前足を持ちあげて、犬をパシッ、パシッと軽く叩いた。だれもが息をのんだ。

犬は猫を見ると、大あくびしてごろりと横になった。そして……寝た。

「さて、答えが出たと思うが」フレディの声が沈黙を破った。「この犬が猫にとって脅威となるのは明らかだな」全員が笑った。

「では飼ってもかまいませんか？」ジェインが息を弾ませて尋ねた。「お願いします」

レディ・ベアトリスは顔をしかめて犬を見た。「それにしても不細工だこと。もっと……かわいいのを飼いたくないの？」

「いいえ、わたしはこの犬がいいんです。この犬にもわたしが必要です」ジェインは膝をついて犬の頭を撫でた。犬は片目を開けてその手を舐めると、また夢の世界に戻った。

レディ・ベアトリスは仕方がないというように肩をすくめた。「いいでしょう、あなたがそこまで言うなら」

ジェインは飛びあがって、老婦人を抱きしめた。「ああ、ありがとうございます、レディ・ベアトリス。いずれこの子は、どこの犬よりもお行儀がいい犬になりますから。お約束します」

レディ・ベアトリスは手を振ってジェインをさがらせた。「犬を下に連れていきなさい。この騒ぎで、わたしと同じくらい疲れているようよ」

「もう名前は決めてあるの？」犬を連れていこうとするジェインに、アビーが尋ねた。

「ええ、もちろん」ジェインは答えた。「はじめて会ったときに、ほぼ決めていたわ」

「前ふりはいいから、早く教えてくれないか」フレディが言った。

「シーザーというの」ジェインは答えた。「なぜなら、ほんとうに高貴な精神の持ち主だからよ。さっき証明したでしょう」

ジェインがドアを閉めると、部屋のなかからどっと笑う声が聞こえた。

「気にしないで」ジェインはシーザーに言った。「そのうち、みんながあなたのことをかわいがるようになるわ」


「今度は、まるで〝金に困っている勤め人〟に見えるぞ」ギルが顔をしかめて言った。ザックのいまの出で立ちでは、行きつけの社交クラブで夕食を取るなどとんでもない。そこで、従者を角の宿屋《イン》にやって、ステーキ・アンド・キドニー・パイを買ってこさせた。「みすぼらしいにもほどがある。ロマの出で立ちとたいして変わらないじゃないか」

「お世辞がうまいな」姿見で自分の格好を点検していたザックは、新しい服に気をよくしていた。ロマの服はもう用ずみだ。国境を越えるときは、あの服のおかげでほぼ人目を引かずにすんだが、ロンドンの、それも高級な地区をひんぱんに訪れるとなると、悪い意味で注目を集めてしまう。

それに、猫の毛皮のベストを着ていたら、動物好きの年若いレディにいい顔をされるわけがない。

弁護士事務所を出たときは、やはり自分でウェールズに行ってセシリーを連れてこようと決めていた。自分ならその仕事を完璧にやってのけることができるのに、どうしてロンドンで指をくわえて待っていなくてはならないんだ？　あの弁護士は、似ている人間を見つけて替え玉として仕込む例もあったという話をしていたが、そこまで用心することはないはずだ。セシリーはセシリーであって、替え玉ではない。

だが、そこでミス・チャンスと出会って……興味をかき立てられた。

バークレー・スクエアから戻る途中、古着の市場を見つけて、飾り気のない濃紺の上着と灰色のベスト、白いシャツを数枚と、黒い帽子を買った。しゃれたところはひとつもない——むしろ、これからも人目につかないようにするつもりだった。

ギルの従者はその服を恐怖のまなざしで一瞥すると、せかせかと片づけ、洗濯したうえで徹底的にアイロンをかけた。見た目をよくするのと、服のなかに潜んでいる寄生虫を駆除するためでございます——そして、あるじにいかにも不服そうに言った——なにせ下々の者が着たものでございますから。

ザックは苦笑した。社会的階級が自分より下の者に対する態度を見れば、その人間について大概のことがわかる。

「これくらいみすぼらしければ完璧だ」ザックはギルに説明した。「上流階級の紳士とは思われたくないが、ここの建物の入口で追い払われたら困る」

彼のもみ革のブリーチズとブーツは自前で、両方とも使いこまれてすっかりくたびれていた。ギルの従者はそれもきれいにしてつやが出るほど磨きあげたが、ザックはそこまできれいなのは好みではなかったので、わざわざ土埃《つちぼこり》をつけていた。

ギルはあきれた。「紳士なら例外なく、そんな格好をするくらいなら死んだほうがましだと言うだろう。だが、金に困っている勤め人か、みすぼらしい借金の取り立て人のつもりなら完璧だ」

ザックは眉をひそめた。「みすぼらしい?」

「そのひげさ。まっとうな勤め人はひげを生やさない」

「なるほど」ザックは無精ひげの伸びた顎を撫でた。そういうことなら、ひげは剃らないといけないかもしれない。ミス・チャンスも、みすぼらしい男と一緒にいるところを見られたくないだろう。「このほうが……海賊みたいだと思ったんだが」

「言われてみれば海賊みたいだ。いや、そうとしか思えない。さっきまで、なにを考えていたのかな」ギルはにこりともせずに言った。「その耳飾りはつけたままにするつもりか?」

ザックは耳飾りに手をやった。「もしかして、はやっているんじゃないかと思ったんだが……。さっき階段で見かけた男が、片耳に耳飾りをはめていた」

「大柄で、黒っぽい髪の男か? 紳士のような格好をしているが、目が痛くなるほど派手なベストを着ている」

「その男だ」

「アイルランド人のフリンだ。フレディ・モンクトン=クームズが二、三カ月前に結婚したあと、彼と従者が住んでいた部屋を引き継いだ。モンクトン＝クームズは知っているな？ケンブリッジ卒の……」

「おれが大学に行っていないことを忘れたのか？」ザックはギルやほかの友人たちが大学に行く数年前に大陸へ渡り、自分ひとりの力で世渡りしていた。

「そうだったな。度忘れしていた。それで、耳飾りを着けている男でおれが知っているのは、そのフリンだけだ。あとは船員だが——ホーンパイプ（船員たちのあいだで流行したダンス）は踊りたくないだろう？」

「おまえに笑われたくないからな」ザックは耳飾りをはずした。

夕食を食べながら、ザックは弁護士から聞かされたことを説明した。

食事が終わると、ギルは従者に合図してテーブルの上を片づけさせ、ふたつのグラスにブランデーを注いだ。「それにしても、人殺しの容疑をかけられているとはな。ややこしいことになった」

「とんでもない。ちょっとした誤解があるだけだ。セシリーは生きていて、ウェールズで暮らしている。セシリーの手紙を長年おれのところに転送してくれたおまえなら、よく知っているはずだ」

ギルはうなずいた。「だが、従兄弟がきみの死を確実なものにしようとしているせいで、その事件も蒸し返されることになるかもしれない。だから弁護士の言うとおり、ここはおとなしくしておいたほうがいい」

ザックはうんざりした。「あの弁護士は考えすぎだ。セシリーならおれがウェールズに行って連れてくるのがいちばん手っ取り早いのに、弁護士事務所の者を行かせると言って譲らない。おれが行くと、セシリーの替え玉を連れてきたのではないかと疑いをかけられるというんだ」

「そうか、ブリッケンリッジ事件のことが頭にあるんだな」

「なんだって？」

「去年のことだ。ブリッケンリッジ公爵の跡取りで行方知れずになっていた息子が、二十年ぶりに姿を現した。公爵は涙を流して喜び、祝宴の準備をさせた――どんな騒ぎだったか、想像がつくだろう」ギルはザックをじろりと見た。「だが結局、その息子は偽者だとわかって、だれもが後味の悪い思いをした。そういうこともあるから、念には念を入れておいたほうがいいんだ」

「ばかばかしい。セシリーはちゃんと生きているし、詐欺師でもない。だから、なんの問題もないはずだ。とにかく、おれは自分でウェールズまで行ってセシリーを連れてくるつもりだった――ここで身を潜めて待つより、おれが自分で行ったほうがどれだけ効率的か……」

ザックは鼻を鳴らした。「身を潜めるというより、こそこそ動きまわっているんだが」

「とんだ皮肉だな」ギルが言った。「こそこそ動きまわったり、じっと身を潜めたりするのがきみよりうまい人間がいるものか。まったく！」

ザックは苦笑せずにはいられなかった。「それはまた別の話だ。隠密行動はおれの仕事だからな。そうするだけのれっきとした目的があった」

「では、きみが縛り首にならないようにするのは、れっきとした目的に入らないのか？」

「おれが縛り首になるはずはない」ザックは苛立ちをあらわにした。「セシリーは生きている」

それから、いっとき沈黙が流れた。

しばらくして、ギルが口を開いた。「では、ここにとどまって審問に出席するんだな？」

「おれが嫡男で、ちゃんと生きていることを申し立てるために？　もちろんだとも」

「よし」ギルはカードを取りだすと、裏になにやら書き記した。「では、明日このカードを持って――裏に住所が書いてある――仕立屋に行くんだ。そこで、わたしの紹介だと言って、まともな服を注文しろ。きみは紳士らしい服装をする必要がある」彼はカードを渡すと、椅子にもたれた。「審問が終わったら、どうする？」

ザックはブランデーを口に含んで考えた。「正直言って、よくわからない」

「ウェインフリートに戻るのか？」

「放っておくわけにはいかないだろう」ほんとうは放っておきたかった。

ウェインフリートは、つねに父の領分そのものだった。それがいまや彼のものだという。そんなことを言われても、どう受けとればいいのかわからない。

「売れるものなら、現状を見ないで売ってしまいたいくらいだ。だが、いまいましいことにあの土地は限嗣相続の縛りがあるから売却できない。管理人を雇うことになるだろう」

「それが終わったらどうする？　同じ仕事に戻るのか？　八年間勤めたあとも？」

ザックは肩をすくめた。「いけないいか？」だがほんとうのところ、どうしたいのか自分でもわからなかった。昨日までなら、やるべきことははっきりと決まっていた――ギルにハンガリー語の書類を渡して大陸に取って返し、仕事のつづきを再開する。だが、いまは……いまは過去が現在を脅かしている。裁判が一件――もしかしたら二件。そして義務や責任も負うことになる。

そして、謎めいた青い瞳の娘……。

「もう充分じゃないか？　時代は変わった――われわれがナポレオンに勝利してから」

「それでも、諜報活動は必要だ」

「もちろんそうだが……」

「だが、なんだ？」

「なんでもない」ギルは言った。「そういう生き方が楽しいなら……いや、ふと思ったんだが、選ぶ道がほかにもあるなら……」

そこがむずかしいところだ、とザックは思った。ギルは自分で思っているよりも鋭いところがある。たしかに自分は、旅をし、物陰に潜み、冒険と危険が隣り合わせの人生を過ごすことに疲れていた。はじめのうちはわくわくさせられたが、八年がたち、戦争も終わったいまは、危険を求める気持ちも薄れている。

これまで故国のために尽くしてきたが、十二年ぶりにイギリスに戻っても……なんとなく落ち着かなかった。予想と違って、まるで——いや、そんなことを考えるほうがおかしい。イギリスが腰を落ち着けるべきふるさとだという感覚は一切なかった。どこにいてもそうだ。ウェインフリートですらふるさととは思えない。

残りの人生でなにをするか？　まったく思いつかない。

ザックはグラスを飲みほした。「計画を立てるのは好きじゃない。しくじると決まっている」運にまかせるほうが簡単だ。

「しくじるとはかぎらないだろう」ギルは計画を立てて実行する男だ。「それでも、きみがイギリスにとどまって——もちろん、殺人の容疑を晴らすことは言うまでもない——従兄弟の主張を退けるつもりなら、考える時間はたっぷりある。ここには必要なだけいてかまわない。客用寝室は少々狭苦しいが、それを除けば——」

ザックは笑った。「これまで、石炭貯蔵庫や干し草の山のなかで寝たこともある。それに比べれば、ここの客用寝室は宮殿さ」

ふたりは黙りこくって、ブランデーを飲んだ。暖炉《だんろ》で燃えている薪がシューシュー、パチパチと音を立てている。窓を叩く雨の音や、夜も眠ることのない街の喧騒が聞こえた。

「ひとつ聞きたいんだが、ギル。チャンス姉妹について、なにか知らないか？」

ギルは怪訝そうに聞き返した。「チャンス姉妹？」

「とくに、ミス・ジェイン・チャンスについて。バークレー・スクエアに屋敷があるレディ・ベアトリスとかいう老婦人と一緒に暮らしている」

ギルはうなずいた。「さっきフレディ・モンクトン＝クームズの話をしただろう？――うちの下に住んでいた――」

「モンクトンじゃなくて、チャンスと言ったんだが――」

「いいから聞け。フレディはミス・ダマリス・チャンスと結婚した――ミス・ジェインの姉だ。レディ・ベアトリス――知ってのとおり伯爵の娘で、厳密に言うと〝先代のレディ・デイヴナム〟であるはずの老婦人なんだが、これが慣例を無視する方でな。レディ・ベアトリスと呼ばれるのを好むそうだ。そして、チャンス姉妹のおばということになっている」

「〝ことになっている〟というと？」ザックは眉をひそめた。

ギルはワイングラスを持ちあげてゆらゆらと動かした。「わたしに言わせれば、すべてがうさんくさい」

「おまえにかかると、なんでもうさんくさくなる」ザックは言った。「自分の母親まで疑いそうだ」

「さすがに母のことまでは疑わないさ」ギルは動じなかった。「母は、聖書にあるような、〝真珠よりも価値のある女性〟だからな。だが、父は……」

ザックは笑った。「いいから、チャンス姉妹と、うさんくさいおばのことを詳しく教えてくれないか」

「いや、レディ・ベアトリスは少々変わり者だが、うさんくさいところはひとつもない。きわめて古くからある名家の生まれだ。なにしろ上流階級の半分が知り合いで、もう半分とも親戚関係にあると言われている。だがチャンス姉妹は、半年前にどこからともなく現れた——それも、ヴェネツィアから来たとか。なんでも、レディ・ベアトリスの義理の妹グリゼルダと、ヴェネツィアの侯爵の娘らしい」ギルはいったん口をつぐんで、ワイングラス越しにザックを見た。「〝シャンサロット侯爵〟というそうだ」彼は唇をぴくつかせた。

「〝シャンサロット侯爵〟？」ザックはブランデーを吹きだしそうになった。なんて妙な名前だ。これまで聞いたことのあるイタリア人やヴェネツィア人の名前とは、似ても似つかない。

ギルはうなずいた。「そういうことだ」

「では、チャンス姉妹は詐欺師なのか？」

ギルは肩をすくめた。「さあな。しかし、大いにもてはやされていることはたしかだ。レディ・ベアトリスは〈文学同好会〉なるものを主催しているんだが、これはだれでも参加できる集いで、姉妹が本を朗読してくれるらしい。だから、社交シーズンがまだはじまっていないうちから、姉妹のことが知れわたっているんだ。とりわけ、年配のご婦人方には受けがいい」

「うさんくさい身の上話についてはだれも暴こうとしないのか？」

「まあ、〝慎み深い人々《ポライト・ソサエティ》〟というくらいだからな。とにかく、姉妹のいちばん上の娘はレディ・ベアトリスの甥のマックス、つまりデイヴナム卿と結婚した。おそらくその娘の素性は承知のうえだろう。そしてもうひとりの娘が、デイヴナムの親友、フレディ・モンクトン

=クームズと結婚している」

「ということは、姉妹に怪しいところはひとつもないわけだ」

「もしくは、過去が気にならないほどあの姉妹に魅力があるのかもしれない」ギルはブランデーをひと口飲んでつづけた。「だが、きみが知りたいのは妹のジェインのことだったな？　彼女はまだ、社交界でお披露目をしていない――姉妹四人ともそうだ――だが、とびきりの美人という評判だ。最高級のダイヤモンドだと」

「そのとおりだ」

ギルはさっと目をあげた。「どうしてそんなことを知っているんだ？」

ザックは肩をすくめた。「薄暗い路地で鉢合わせした」

ギルは疑わしげな表情を浮かべた。「また鉢合わせするつもりか？」

ザックは答えなかった。

「弁護士に身を潜めていろと忠告されたのに？」

「すべて誤解だと言ったはずだ」

ギルはブランデーを飲みほした。「きみは昔から、すんなりと指示に従ったためしがなかったな」

ザックはけだるそうにほほえんだ。「おまえの指示には従っているじゃないか」

「いいや、きみはわたしの依頼どおりの結果をもたらしてくれるが、指示には従わない」

ザックはベッドのなかで何度目かの寝返りを打った。眠れないとは、おかしなこともあるものだ。ふだんは揺れる馬車のなかでも、干し草の山のなかでも、冷えきった貯蔵庫のなかでも、敵が近くにいるところでも、とにかくどこにいても眠れた――その点は自信がある。いついかなるときでも、それは変わらない。眠れるときに眠っておくのは長年かけて身につけた技術だった。

しかもここは、ギル・ラドクリフの客用寝室にあるきわめて快適なベッドだ。羽毛のマットレスに、上質のリネンのシーツ、暖かな毛布――そして完璧な安全が保証されているのに眠れない。ザックはふたたび寝返りを打つと、枕を叩いて形を整え、なぜ眠れないのか考えた。どういうわけか、そわそわして落ち着かない。

最後に女性とベッドを共にしてから、ずいぶん間が空いていた。おそらく、それが原因だろう。ギルならそうした欲求を満たせる場所を教えてくれるだろうが……。

しばらく考えたが、いい思いつきとは思えなかった。女性の好みにはこだわるほうだ。こだわりすぎると言っていい。

くそっ。いらいらして、枕を殴りつけた。なにが問題なのかわかっているし、それを解決する方法がまったくないこともわかっている。ミス・ジェインのことだけは考えてはいけない。彼女は無垢で心優しい、温室育ちの令嬢だ。間違っても、人生に疲れた自分のような人間がみだらな考えを抱く相手ではない。

自分はロマではないが、そんな生き方をしてきた。

ギルに言われたとおりだ。そうするべきだとわかっていることをするのが得意ではない。ジェイン・チャンスのことを考えるべきではないのに、考えてしまう。明日の朝、バークレー・スクエアを再訪することも考えるべきではないのに、そうしてしまう。

これまでずっと本能を頼りにしてきたのに、その本能が理性に反して、いっせいにひとりの娘に向けられていた。

たしかに彼女は息をのむほど美しい。

だが、美しい女性ならこれまで何人も見てきている。そうした美しさは目の保養にはなったが、心を惹かれるほどではなかった。その女性をぜひともわがものにしたいとか、もっと知りたいと思ったこともない。ましてや、夜眠れなくなるほどでもなかった。

だが、あの大きな青い瞳――夏の地中海のように青く、見る者をたやすく虜にしてしまう瞳と……イギリスの桃とクリームを思わせる滑らかな肌……そして、このうえなく柔らかそうな、キスしたくてたまらなくなるサクランボ色の唇……。

思わずうめいて、寝返りを打った。すみやかにイギリスを離れるつもりでいるなら、お遊びで付き合う以外に女性のことを考えるべきではない。

それでも、ミス・ジェイン・チャンスのことが頭から離れなかった。

最後にこんな気持ちになったのは――女性に対して即座に心惹かれるなにかを感じたのはいつだったろう？　そもそも、こんな気持ちになったことがいままであっただろうか？　欲望でなく――その、欲望だけでなく、ほかの……なにかも。

そのなにかに、身も心も揺さぶられていた。あのときのように集中を切らすことが、これまであっただろうか？　子どものころはともかく。

陰謀渦巻く世界に長いこと身を置いていると、油断なく生きるのが当たり前になる。自分がどんな人間か、どれほど危険と隣り合わせで生きているか、忘れたことはただの一度もない。

だが、今日は……訛りを忘れ――それも何度も――そして、あのごろつきたちのことさえ一瞬忘れてしまった――ほんとうに忘れた。

それは、あの澄みきった大きな青い瞳のせいだ。

そして、みずみずしく、ふっくらと熟した柔らかな唇のせいでもある……。

とにかくミス・ジェインのせいで、原始的な欲望が目覚めようとしていた。しかも、興味もかき立てられている。外見を見るかぎり、彼女はこれまで見たなかでいちばん美しい女性だ。それなのに、醜い野良犬のためにごろつきたちに突っかかった――しかも、メイフェアのしゃれたタウンハウスでその犬を飼うつもりでいる。

そして、ギルによると――あの男より噂話に詳しい人間はいない――ミス・ジェインには秘密がある――それも、深窓の令嬢ならだれしも胸に秘めているような、ささやかな秘密ではない。架空のヴェネツィア人の侯爵を父に仕立てた、偽りの生い立ち。それに、あの屈強なごろつきとやり合っていたところから、温室育ちの娘ではあり得ないほど路上のことを知っているのがわかる。

ミス・ジェインは、うぶな娘のふりをしているのだろうか？　あのとき、彼女の胸元から肌がゆっくり赤くなっていったことを思うと、そうは思えないが……。彼は落ち着かなくなって身じろぎした。

男を誘惑してだますのが上手な女性なら大勢知っているが――スパイの仕事ではそうした女性が欠かせない――顔を赤らめようと思ってそれができる女性にはひとりとしてお目にかかったことがない。すると、ミス・ジェインは見かけどおりうぶな女性なのか？

赤らめた頬やおいしそうなバラ色の唇は、まだ快楽に目覚めていないしるしなんだろうか？

おそらくそうだ――彼の心は沈んだ。だから、ミス・ジェイン・チャンスの一マイル以内に踏みこんではならない。彼女は若い――十八か十九だろう――完全な温室育ちでないにしても、無垢なことには違いない。そして、これまでの人生でザカリー・ブラックが学んだことがひとつあるとすれば、それは無垢な女性をもてあそんではならないということだ。

女性は男女の営みについて、男とは違う考え方をすることが多い。とりわけ若い女性は、セックスを――あるいは罪のないいちゃつきさえも――感情をからめて考えたがる。そして、そうした行為に意味や価値を見いだそうとする。

父の若い後妻セシリーがそうだった。新婚のセシリーは、年配だが男前の夫にのぼせあがっていた。

父も、若く美しい花嫁に満足していた……。

当時十六だったザックは、花嫁に少しばかり好意を抱いていたかもしれない。セシリーはきれいで、優しくて、若者の心をくすぐるような頼りない女性だった。ただ、ザックはすでに、地元に住んでいる五つ年上の魅力的な未亡人との情事に楽しみを見いだしていて、彼女のことしか頭になかった。

ザックはほっとしていた。父が新妻にかかりきりになっていて、息子につらく当たる暇がなくなったからだ。それは新しい自由の感覚だった。屋敷にたまにしか戻らなくても父はなにも言わなかったので、ザックは新婚の父とセシリーになるべく関わらずに過ごした。

ザックがようやくセシリーに目を留めたのは、彼女の体の動きがぎこちなくなっていたからだった。彼女の様子を改めて見たザックは、新妻らしい幸せに満ちた輝きが消え、彼女が無口になってしまったことに気づいた。以前の美しさは見る影もなく、やつれた顔をしている。

その日の夕食時に、父が二本目のワインの栓を開けているかたわらで、セシリーは無言で座ったまま、ナプキンをそわそわと折りたたみ、それをさらに折りたたんでいた。ときどき夫のほうをちらちらと盗み見ているその表情を見て、ザックは胸が悪くなった。怯えている。そこで、父が最近自分に当たらなくなった理由がわかった。新しい相手を見つけたからだ。

セシリーが父の虐待になすすべもない様子を見て、なんとかしてやりたいと思った。その結果、いまの自分がある。

イギリスにとどまるつもりはなかった。そんな計画はこれっぽっちも考えていない。その

〝計画〟には、適齢期の上流階級の娘――とりわけ、偽りの風変わりな生い立ちで人を煙に巻く娘のことも含まれている。

ミス・ジェインにまた会おうとするのは意味がないし、ばかげている。ウェールズに行ってセシリーを連れてくるほうがどれだけ理にかなっていることか。

目をつぶって眠ろうとした。

そして、バラ色の滑らかな唇が少し開くところを思い浮かべた。

体が反応していた。彼は寝返りを打って、しっかりと目をつぶった。

そして、あの大きな青い瞳をまたもや思い浮かべていることに気づいた。

苦笑いを浮かべた。こんな男に彼女はふさわしくない。くそっ。彼はまたもや枕を殴りつけた。

10

「婚約していない女性よりも、婚約している女性のほうが感じがいいに決まっています。婚約ずみの女性はもう自分に満足していますからね。心配の種がなくなって、愛想を振りまいても邪推される心配がないんですから。そういう女性なら間違いありませんよ。問題が起こるはずがありません」

——ジェイン・オースティン『マンスフィールド・パーク』

目が覚めて、最初にジェインの頭に浮かんだのはあのロマの男だった。窓からそよ風が入りこんでカーテンが揺れているが、雨の音は聞こえない。よかった。シーザーを公園に連れて行ける。

——もし朝のうちに——そう、十時ぐらいに犬を散歩させるなら、また会うこともあるかもしれない。

ジェインはゆっくりとほほえんだ。もちろん、彼に会うつもりはない——婚約中の身で、そんなことをするなんてとんでもない。

けれども、逢い引きを持ちかけられると、胸がどきどきする。それも、見知らぬ男性から。肌が浅黒くて、無精ひげを生やした見ず知らずのロマ。このうえなく美しい瞳で、きみを食べてしまいたいと言わんばかりにひたとこちらを見つめていた。

まるで、悪い大きなオオカミのように。

体のなかに、ときめきがさざ波のように広がった。毛布にくるまっていたが、窓から入ってくる空気がほてった頬を冷やしてくれる。

どのみち、よからぬことが起こるはずもなかった。付き添いなしで、ひとりきりで彼と会うわけではないのだ。上流階級の未婚の娘は、ひとりではどこにもいかない。それに、去年さらわれそうになって以来――このバークレー・スクエアで！――ことあろうに、このバークレー・スクエアで！――レディ・ベアトリスは以前にも増して厳しくなり、外に出るときはウィリアムか、ポリーか、姉のひとりがかならず付き添うことになっていた。

あの人がまた広場の公園に来ていたら？　……どうしよう。

男性に口説かれたことは一度もなかった。ただ、体に触れようとする男性はいて、ずいぶんいやな思いはしている――通りで、そして教会でも二回！　そうした男性はなにかを期待していて、相手も自分と同じように期待していると思いこんでいる。そんな経験から、男性にはけっして気をもたせるような反応をしてはいけないということを学んだ。

けれども、その気がないとはっきりさせることがいつもうまくいくとはかぎらなかった。なかにはこちらがいやがるのをおもしろがる人もいる。まだ小さくて、男の子や男性に興味がないころでも、いやなことはあった。

たとえば、学校で絵の教師に引き留められて、いきなりキスされそうになったことがあった。そのときはたまたまピルベリー養育院のミセス・ボドキンが部屋に入ってきて難を逃れたが、その教師はジェインが思わせぶりな態度で誘ってきたと言い張った――そんなばかな！　その人は年寄りで、毛深くて、鼻からも耳からも灰色の毛が飛びだしていた。男性と意識したこともない。ただの絵の教師だった。

その教師は解雇されたが、ジェインはミセス・ボドキンから厳しく注意された。あなたがませているから、思わせぶりだから、恥知らずだから――。そして一週間というもの、罰として、女性の罪について記された聖書の一節を毎晩書き写さなくてはならなかった。

そうしてジェインは、男性にいやな思いをさせられても、だれにも相談しないほうがいいことを学んだ。自分のせいでないと言っても姉のアビー以外はだれも信じてくれないし、アビーはジェインが十二になったときにピルベリー養育院を出てしまっている。だから、それからは男性が近づいてきそうなそぶりになるべく早く気づいて、面倒を避けるようにした。

それがいま、デイジーにすすめられるままに、はじめて男性と浮わついたことをしてみたいと思っている。でも、どの男性でもいいというわけではない。日焼けしたいかつい顔に、銀色がかった鋭い瞳のあの人でなくてはいけない。笑顔を向けられると、体の内側がじわじわと丸まってしまうようなたまらない気分になる。

見ず知らずの男性と逢い引きすると思うと、胸がどきどきした。まだ、そこまでする踏ん切りがつかない。〝逢い引き〟というのは、少し……計画的な気がする。

でも、犬を連れて外に出たら、ふたりはたまたま会うことになる。それなら、逢い引きしているとはだれにも言われないんじゃない？　もしあの人が待っていなかったら？　それなら、そこまでのことだ。シーザーははじめての夜をどうやって過ごしたのかしら？　ジェインは毛布をぱっとはねのけて、急いで着替えた。粗相《そそう》をしていないといいのだけれど……。

犬が行儀よくしていたので、ジェインはほっとして、誇らしさで胸がいっぱいになった。それに、地下で友達もできたらしい。料理番は、シーザーが裏庭でネズミを一匹退治するのを見たと言った。「背骨をひと噛みですよ、お嬢さま――ほんとに、せいせいしました」彼女はシーザーにと、特上の骨を一本渡して付けくわえた。「正直言って、これまで犬のことはあまりよく思ってなかったんですが、この犬は、奥さまの甘やかされた猫よりよほど役に立ちます」

幸先がいいと、ジェインは思った。料理番の考えは、ほかの使用人たちに大きく影響する。料理番がシーザーを認めたのなら、飼い主が留守にしてもちゃんと面倒を見てもらえそうだった。

朝食がすむと、ジェインはもどかしいのをこらえて、社交シーズンで着る服をデイジーと一緒に縫った――デイジーは、目に見えるところはジェインひとりにまかせない。ふたりは縫い物をつづけたが、時計が十時半のチャイムを鳴らすと、ジェインは縫い物を置いて下におり、シーザーに鎖をつけた。約束はしていないし、十時に会うつもりがないこともはっきりさせてある。だから……。

広場に来たジェインは、さりげなく周囲を見まわした。子守係のメイドが固まっておしゃべりし、そのまわりで子どもたちが輪転がしや石蹴りをして遊んでいる。犬を連れて散歩している人が何人かいたが、背の高い色黒のロマは見当たらなかった。

ジェインは気を落とさないようにした。もちろん、彼が来るはずはない。あなたに会うつもりはないと、はっきり伝えたのだから。

ウィリアムが訝《いぶか》しげにこちらを見ていた。ジェインははじかれたように、シーザーを連れて小道のひとつをせかせかと歩きはじめた。まるで、だれかを探すことなど頭をよぎりもしなかったようなふりをして。

わたしを待つほどでなかったのなら、ブラックさんも探すほどの人ではないということだ。

突然、シーザーが鎖を引っ張って、小道からどんどん逸れはじめた。ネズミでも見つけたの？　リスかしら？「シーザー！」叱りつけたが、犬は聞く耳を持たずにぐいぐい鎖を引っ張っていく。

目をあげると、犬が気づいたものが見えた。広場のいちばん奥のベンチから、ザカリー・ブラックが立ちあがっている。胸がどきどきしたが、なんとも思っていないふりを装った。あまり気にしていると思われたくない。

シーザーはそんなことはおかまいなしに、ハアハアと息をつき、短い尻尾を動かして、喜びの声をふがふが漏らしながら、長身の男性のほうへ一直線にジェインを引っ張っていった。もう少しで息を切らして倒れてしまいそうだ。あばらが出るほど痩せた小さな犬なのに、これほど力があるのは驚きだった。

彼のところに来るころには、ジェインは息を切らして笑いだしていた。

先に気づかなかったのも無理はない。ザカリー・ブラックはロマの上着を脱ぎ、耳飾りをはずしていた。いまは黒っぽい質素な上着に、着古した鹿革のブリーチズとブーツという出で立ちだ。そんな格好ならごく平凡な男性に見えそうなものだけれど、長身で肩幅のある彼が颯爽《さっそう》と歩いてくるのを見ると、まるでこの広場の所有者のように見える――そんなはずはないのに。

髪が伸び、無精ひげの生えた顔を見ると、とても紳士には見えなかった。むしろ、少し怖いくらいだ。それなのに、あの銀色の瞳にとらえられた瞬間に、震えるようなときめきが体を駆け抜けるのはなぜだろう。

「ミス・チャンス、すがすがしい朝にこんなところでお会いできて光栄だ」ザカリー・ブラックは瞳をきらりと光らせて軽く一礼した。「ウィリアム、また会えたな」そしてポリーに目をやり、片目をつぶって会釈した。「そこのベンチに荷物が置いてあるんだ、ウィリアム。取ってきてくれないか？　贈り物なんだが――」

「お嬢さまはロマの贈り物など受けとらない」ウィリアムがうなるように言った。「それから、おれに命令するんじゃない」

「命令じゃなくて頼んでいるんだ。それに、ミス・チャンスに贈り物をして困らせようとは夢にも思っていない」ザカリー・ブラックは胸を張った。「贈り物はローズペタル——犬のために持ってきたものだ。まさか、レディのお屋敷で一夜を過ごした犬は、わが友情のささやかな証すら受けとらないと言うんじゃないだろうな」

ウィリアムはためらった。

「贈り物はそこのベンチに置いてある。ウィリアム、おまえが抱えきれないなら、喜んでミス・チャンスのお宅まで運ばせてもらうぞ」彼はウィリアムがどうするか見もしないで、しゃがんで犬の首のまわりを勢いよく掻いてやった。シーザーは至福の表情らしきものを浮かべている。

ジェインが目配せすると、ウィリアムは不機嫌そうにベンチに向かった。

「よしよし、こうされるのが好きなんだな、ローズペタル」ザカリー・ブラックは言った。「うまく切り抜けたな。もう甘やかされているんだろう?」

彼は、長い指がすらりと伸びた優雅な手をしていた。手の甲がすりむけているのは、彼女のために戦ったせいだ。

「いまはシーザーというの」声が少しかすれた。

ザカリー・ブラックは体を起こしながら笑ったが、ばかにした感じはなかった。「おれにとっては、これからもずっとローズペタルだ。だが、ラベンダーと呼んだほうがいいかな。

前よりずっといいにおいがするし、軟膏もよく効いているようだ」

「ええ。あなたがくれた薬草を使って、薬浴もさせたのよ。ほんとうにありがとう」

ウィリアムが、浅い大きな籐の籠《かご》を抱えて戻ってきた。

「まあ」ジェインは声をあげた。「シーザーのベッドね――ありがとう――ちょうど買わなくてはと思っていたのよ」

「市場で見たときに、そう思った」

ずいぶんお金を使わせてしまったと、ジェインは思った。わたしの――わたしの犬のために。「立て替えていただいた分を――」

彼は片手をあげてさえぎった。「いいや、結構。さっきも言ったとおり、これは犬への贈り物なんでね」彼はにっこりした。日焼けした肌に白い歯がちらりと見えて、ジェインはまた頬がほてるのを感じた。そんなふうに笑顔を向けられると……。

「歩かないか？　犬も運動させたほうがいい」彼に言われて、ジェインはうなずいた。

「気になっていたんだが――」広場の小道を歩きながら、彼は尋ねた。「犬はどんな様子だった？　はじめての夜に、粗相をしなかったか？」

「ええ、大丈夫だったわ」ジェインは彼の歩みに合わせた。歩いているほうが気が楽だ。相手を見なければ、混乱せずにすむ。「むしろ、びっくりするくらいいい子にしていたのよ。野良犬とは思えないくらい」

黒い眉がつりあがった。「ちゃんとわきまえているのか？」

ジェインは笑って祈るまねをした。「まだ飼いはじめたばかりだからなんとも言えないけれど、これまでのところは順調よ。ネズミを一匹退治したものだから、料理番が感心していたわ」

「ほほう、どうやらご機嫌取りが上手らしいな、ローズペタル?」彼は言った。「料理番を味方につけるとは、きわめて巧妙な作戦だ。それから、だれかが風呂に入れてくれたようだが——湯のなかに入れられたときはさぞかし肝を潰《つぶ》したことだろう」

ジェインは笑った。「ええ、たしかにびっくりしていたけれど、とてもお行儀よくしていたわ——最後のほうでは。はじめのうちは暴れたものだから、わたしまでびしょ濡れに——」

「きみが洗ったのか?」

「もちろんよ。わたしの犬だもの。そのことをわからせるのが重要なの。さっきも言ったけれど、はじめのうちは大暴れして——かわいそうに、溺れると思ったのね。でも、しまいには受け入れて、じっとがまんしていたわ」ジェインはほほえんで付けくわえた。「この子の殉教者さながらの表情をあなたにも見せたかったわ。犬が俳優になれたらよかったのに。この子なら、わたしが舞台で観たどの俳優よりも上手に殉教者を演じるはずよ」

彼は低い声で笑った。

「切り傷や擦り傷が痛かったはずなのに、一度も嚙みつこうとしなかったし、うなりもしなかったの。ほんとうにおとなしい子だわ」

「だから痛めつけられていたのかもしれない。あいつらはこの犬を闘犬にしたかったんだろう。だがそういう気性じゃなかった」

ジェインはぞっとした。「自分たちだけの楽しみのために、罪のない動物を闘わせるなんて……」

しばらく歩いたところで、彼が言った。「ほかにも猫を飼っていると言わなかったか？　そちらのほうはどうなった？」

「正直言って、わたしもびくびくしていたの。この子が猫に襲いかかるんじゃないかって――うちにはまだ小さい猫が三匹いるのよ。同じ母親から生まれた子たちなんだけれど――」

「まさかその猫も拾ってきたんじゃないだろうな」

ジェインは目を瞠《みは》った。「ええ、そのとおりよ。どうしてわかったの？」

彼はゆっくりとほほえんだ。「そんな気がしただけだ」

その笑顔を見て、ジェインはまたたまらない気分になったが、すぐに話していたことを思い出した。「猫の親子は、わたしたちが……その、壊されることになっていた古い建物にいたの。それで連れだしたんだけれど、母猫はすぐに子猫たちを捨てて――わたしたちのところからいなくなってしまった」

「――だから三匹とも飼うことにした。もちろん、きみならそうするはずだ。それで、その幸運な猫たちは、新参者のローズペタルにどう反応したんだ？」

ジェインは笑った。「三匹ともびっくりして――怒ったり威嚇したり、家具の上に飛びあがったりして、大騒ぎだったわ」

「ローズペタルは？」

ジェインはそのときの様子を話して聞かせた。一同が固唾をのんで見守るなか、猫のマックスが犬に近づいたこと……「マックスはぜんぶの爪を出して、あらゆる毛を逆立てて威嚇していたわ。子猫なのにとても勇敢で、大胆なの。シーザーがどうするか、見当もつかなかった。心配でたまらなかったわ。だって、レディ・ベアトリスは犬が必要だとは少しも思ってらっしゃらなかったし、猫をとてもかわいがってらしたから――そうしたら……」彼女は犬に目をやってにっこりした。

「そうしたら？」

「シーザーが、ごろりと横になって……眠ってしまったの。あのときの猫の表情を見せたかったわ。ほかのみんなの表情も」

彼がよく響く声で笑ったので、胸がぽっと温かくなった。

不意に熱いものがほとばしって、体のなかをさざ波のように広がっていったのはそのときだった。彼の立ち姿や、すぐ近くに感じる大柄でたくましい体の気配、こちらを見るときの頭の傾け方を意識せずにはいられない。そして、あのひたむきなまなざし……。どうにか目を逸らして、いかにも関心がないように振る舞った。

彼のほうに顔を向けないようにするので首が痛くなるほどだった。この人を心ゆくまで見つめて、眺めて、堪能したい。

問題は、彼が魅力的すぎることだった。浅黒い肌は、それだけでは洗練されているとは言えないけれど、白い歯と明るい銀色の瞳をいっそう際立たせている。そして黒々とした眉に高い頬骨、無精ひげを生やした顎……。ジェインはいつの間にか片手を握りしめていたことに気づいた。あの顎を撫でまわしたくてたまらない。ちくちくするひげを手のひらに感じて、その下にあるいかつい顎の輪郭を感じたい。

無精ひげに囲まれた口元も、彼がほほえむと罪深いほど魅力的で……ミケランジェロだかマキャベリだか、そんな天才だけれど世間を騒がせたイタリア人が創りだした彫像のよう。そして自分は、そのことを肝に銘じる必要がある。

ザカリー・ブラックは危険な人だ。彼に会うのは、火遊びをしているようなもの。付き合うことが到底あり得ない人でよかった。きちんと婚約しておいて、ほんとうによかった。

きらきらした魅惑的な瞳が、彼女の口元に視線を落とした。まるで触れられているみたい……頬が温かくなる。

ウィリアムがわざとらしく咳払いをした。ジェインは振り向いて彼をにらみつけたが、そこで広場をまるまる二周したことに気づいた。「そろそろ行かないと……」ザカリー・ブラックに言った。「これからレッスンを受けなくてはならないの」

黒い眉がつりあがった。「またレッスンがあるのか？」

ジェインはうなずいた。「社交シーズンのために身につけなくてはならないことがどれだけあるか、ひとつひとつ話したらきっとあなたはびっくりするでしょうね。シーザーの籠をありがとう。きっと感謝していると思うわ――少なくとも、今夜そこで寝るときはそう思うはずよ」

彼はかがんで犬を軽く叩いた。「こいつは、〝感謝〟という言葉を知っているのかな――怪しいもんだ。だが、〝うれしい〟は間違いなく知っている。なあ、そうだろう？」シーザーがゆがんだ笑顔を浮かべ、うれしそうに体を揺すっているのを見て、彼は付けくわえた。

そして、さよならを言って別れた。彼はまた会おうともなんとも言わなかった。もちろんジェインも、自分から言いだすような不躾なことはしない。

それに、彼とはそういう仲でもなんでもない。不適切で勝手なことをちょっぴり想像したことを除けば、おしゃべりしただけだった――昔ながらの知り合いと話すように。

11

「愛することを学ぶ姿勢があるだけで違うものだよ。そして、年若いお嬢さんのなかにそうした素直さが備わっているのはとても幸せなことだ」

――ジェイン・オースティン『ノーサンガー・アビー』

「だめだめ、まるでなってないわ！」レディ・ベアトリスが黒檀《こくたん》の杖の先で床をコッコッと突いた。「下っ端のメイドみたいにぺこりとお辞儀するんじゃありませんよ！　ちゃんと集中しなさい、ジェイン。ゆっくりと、優雅に――何度言ったらわかるんです？」

ジェインとダマリスとアビーは表の客間に集まって、お辞儀の練習をしていた。デイジーは傍らで、これ見よがしにせっせと縫い物をしている。

アビーとダマリスがロンドンに戻ってからというもの、午前中はほぼ毎日、立ち居振る舞いのレッスンに費やされていた。思いつくかぎりのありとあらゆる状況で、いかに振る舞うか――そして、そのあとはダンスの練習をする。ジェインとアビーとダマリスは三人とも良家の血を引いていたし、レディらしい話し方と作法も身につけていたが、貴族の家で育ったわけではなかった。つまり、レディ・ベアトリスに認めてもらえるような〝まともな躾〟は受けていない。

そして、三人とも最近のダンスを知らなかった。アビーとジェインが、田舎のダンスをいくつか知っているくらいだ。

レディ・ベアトリスはデイジーについても思うところがあるらしく、彼女もレッスンに顔を出すようにと言って譲らなかった。デイジーが声を大にして、貴重な時間の無駄だ、社交界入りなんて絶対しないし、縫い物だって山ほどあると言っても、聞く耳をもたない。

長年娘をほしがっていたレディ・ベアトリスは、愛する姪たちがだれからも――イギリスでいちばん口うるさい面々からも――白い目で見られることのないようにしようと決めていた。姪たちはひとり残らず、光り輝くことになる。デイジーも例外ではない。

ジェインたちが兵隊のように鍛えられているのは、そういうわけだった。

「ほかのふたりをごらんなさい、ジェイン。アビー！　ダマリス！」レディ・ベアトリスが杖の先で床を突くと、まずアビー、それからダマリスが部屋のなかほどに進みでて、ゆっくりと優雅なお辞儀をした。

レディ・ベアトリスは鼻を鳴らした。「ほら、ジェイン、完璧でしょう？　次はあなたですよ、デイジー」

デイジーは動かなかった。「どうしてあたしが？　盛大なお披露目なんてしてもらうつもりはないのに、どうしてそんなばかみたいなふりをしなきゃならないんです？」

デイジーが気後れしているのは、もちろん片方の足が不自由なせいだ。だがレディ・ベアトリスは頑として譲らなかった。「あなたの意志は関係ないの――わたしの姪はひとり残らず――なにがあっても恥ずかしくないように――十二分に訓練を積んでから家を出てもらいますからね」

デイジーが不満げになにか言おうとするのを、レディ・ベアトリスは苛立たしげにさえぎった。「ええ、ええ、わかってますとも。あなたはご婦人向けの、最高におしゃれな仕立屋になるんでしょう。たとえ〝商売〟をはじめるのだとしても、わたしはかまいませんよ」

そして、少し顔をしかめた。「でも、レディというのがどんなものなのか、知らなくてすむと思っているわけじゃないでしょうね。『あたしはレディなんかじゃないから』と思っているのかもしれないけれど、そんなことをあと一度でも言おうものなら――」レディ・ベアトリスがデイジーそっくりのしゃべり方をしたので、ほかの三人はくすくす笑った。「あなたを――あなたを引っぱたきますからね、デイジー！　さあ、言われたとおり、さっさとお辞儀をしなさい」

デイジーは見るからに渋々といった様子で縫い物を脇に置くと、どすどすと部屋のなかほどに進みでて、ゆっくりとお辞儀をした。レディ・ベアトリスは厳しいまなざしで見守っていたが、しまいにうなずいた。「よくできたわ。どう、ジェイン？　デイジーは虫の居所が悪いのと同じくらい足も悪いんですよ。さあ、あなたももう一度やってごらんなさい」

ジェインはふたたび床に体を沈めた。

「ゆっくりですよ、ゆっくり！　すぐに頭をあげないの！」

ジェインはさっと部屋を横切ると、老婦人を抱きしめた。「お披露目の日には完璧なお辞儀をすると約束しますわ、レディ・ベアトリス。いまはうきうきして仕方がないんです。小さいころからの夢でしたから――母がしたようにお披露目をして、ダンスをして、パーティを楽しむのが」

アビーはほほえんだ。「母が話してくれたことを、何度も繰り返しわたしに話すんですもの」

ジェインは勢いこんでうなずいた。「アビーがピルベリー養育院を離れたあとも、母のようなお姫さまになる夢をよく見ていたんです。シンデレラになる夢を」

「シンデレラ？」レディ・ベアトリスは柄付き眼鏡を持ちあげると、信じられないとばかりにジェインを見た。「靴を履かずに暮らして、かまどの灰で足を汚していた娘のことかしら？　あんな娘になりたいと思っていたの？」

「ええ」ジェインはにっこりした。「そしてレディ・ベアトリス、あなたはわたしの姿を変える魔法使いです」

「まさか！」レディ・ベアトリスはむっとした。「わたしなら、ネズミやそのほかのおぞましい動物に引かれたカボチャを乗りまわしたりしませんからね。まったく、不愉快極まりない思いつきだわ。それに、その魔法使いが選んだ靴ときたら――ばかばかしい！　ガラスの靴なんて、冷たいし、歩きにくくて、足が痛くなるに決まってますよ。柔らかくもないから、その娘は――たとえ靴を履き慣れていたとしても――ぶきっちょな象みたいに、ダンスフロアをどたどた動きまわる羽目になったはずだわ」

レディ・ベアトリスはガラスの靴についてさらにぶつぶつ言っていたが、しまいに鼻を鳴らした。「くだらない！　ガラスの靴に使い道があるとしたら、紳士がシャンパンを飲むときにグラスがわりにするくらいでしょう」そして、遠くを見るような目になってため息をついた。「……そういえば、こんな話をしたことがあったかしら。ある公爵の……」そこでレディ・ベアトリスは、はっとして咳払いした。「なにをみんなでにやにやしてるんです？　ジェイン、もう一度やってごらんなさい」

「いまのお話ですが、まったくおっしゃるとおりですわ」ジェインは笑いながら、老婦人のおしろいをはたいた頬にキスをした。「ああレディ・ベアトリス、あなたはどんな魔法使いよりも素敵な方です」

　レディ・ベアトリスはうれしくてたまらないのを隠そうと決めているらしく、少し声を震わせながらぶっきらぼうに言った。「ここにいるシンデレラは、いまよりお辞儀が上手にならないかぎり舞踏会には行かせませんからね。それから、そんなふうにくるくるまわるのはやめなさい。見ていて目がまわるわ」

　ジェインは笑って、最後にもう一度くるりとまわった。「ええ、とにかくうれしくて仕方がないものですから」

「ばかおっしゃい。あなたがうきうきしているのは、わたしのレッスンのせいじゃなくて――あなたが勝手に連れてきた、あのいまいましい動物のせいでしょう。早くあの動物のところに戻りたくてそわそわしているのね――わたしにはわかりませんよ。あんな醜い動物のどこがいいのか」

「いいえ、あの犬はほんとうに素晴らしい性格なんです。そして、おっしゃるとおり、地下に閉じこめているので、少し心配で……」ジェインは申し訳なさそうにつづけた。「実は、躾がされ――その、家のなかで飼われていた犬か、まだよくわからないものですから」

レディ・ベアトリスは顔をしかめると、しっしっと言うように手を振った。「そういうことなら、さっさと行きなさい。いまはやる気もないようですからね。部屋を出るときに呼び鈴を鳴らして、フェザビーにお茶を持ってくるように頼んでちょうだい。そのドレスに、泥の付いた犬の足形や、犬の毛をつけないように気をつけるんですよ。仕立てなおしとはいえ、かつてわたしのお気に入りだった服ですからね」と言いながら、お見通しだと言わんばかりにデイジーを見た。

「では、そうさせていただきます」ジェインはゆっくり、深々と、非の打ちどころのないお辞儀をすると、ぱっと飛びあがって、ダンスをしながら部屋を横切り、呼び鈴の紐を引っ張った。

「ほら、ごらんなさい！　できるじゃないの！　ただし、飛びあがらない！　気を抜かない！」レディ・ベアトリスはひとことずつ区切って、そのたびに黒檀の杖で床を突いた。

ジェインがドアの前に着くと、老婦人は声をかけた。「ダンスのレッスンには遅れないようにするんですよ。あのフランス人の小男が到着する三十分前までにはここに来ること！」

「なにがあっても遅れないようにします」ジェインは投げキスをすると、急いで外に出た。

レディ・ベアトリスはふたたび椅子に腰をおろしてため息をついた。「この年で若い娘を躾けるなんて、やってられませんよ」彼女は心底うんざりしたように天を仰いだが、その仕草はだれが見ても楽しそうだった。

「あら、どこに行くんです？」老婦人は、デイジーがそそくさとドアに向かうのを見て声をかけた。

「ぼんやりお茶を飲んでいる時間はないんです。縫うものが山ほどありますから」

「あなたは働き過ぎですよ」レディ・ベアトリスは言った。「ずいぶん疲れているようじゃないの」

デイジーは目を剝いて彼女を見た。「あたしがどんな顔をしてたって関係ないですよ。服は勝手にできあがりませんから。ぺこぺこお辞儀をして時間を無駄にしていたら、できるものもできゃしない」

「『できません』よ」レディ・ベアトリスとアビーとダマリスが、声を揃えて訂正した。

「そうでした。それに、今回はあたしにとって、成功するまたとないきっかけなんです。時間を無駄にはできません」デイジーがドアを開けると、執事のフェザビーが立っていた。彼は後ずさって、デイジーを先に通した。

「ダンスのレッスンにはあなたも来るんですよ、デイジー」レディ・ベアトリスがきっぱりと言った。

デイジーは振り向いた。「なんでダンスを教わらなきゃならないんです？」苛立たしげに言った。「あたしはお貴族さまの舞踏会になんか行きません――そういうのには行きたくないし――仕事もあるんですから！」

「それでも身につけるんですよ」レディ・ベアトリスは譲らなかった。「レディなら踊れるようにしておかないと」

「そうでしょうけど、あたしはレディなんかじゃ――」デイジーは、さっき釘を刺されたことを思いだして口をつぐんだ。「あたしみたいに片方の足が悪いんじゃ、踊ろうとしたって無駄ですよ」

「無駄なことはありませんよ。あなたにはわからないかもしれないけれど」レディ・ベアトリスはあくまで譲らなかった。「ここは言うとおりにしてもらいますよ、デイジー。あとで三十分だけ。もしあなたがレッスンを〝忘れた〟なら、フェザビーに言って、ウィリアムに迎えにいかせますからね」老婦人が目をやると、フェザビーはわずかに頭をさげた。だれが見ても命令だ。

「わかりました、貴重な時間の無駄ですけど」デイジーは不満げに言うと、足音も荒く部屋を出た。

デイジーが急いで寝室に戻ると、ジェインがドレスを脱ごうと悪戦苦闘していた。

「あたしにやらせて」デイジーは、ドレスの背中のフックを外しはじめた。「あのばあさんが、相変わらずダンスのレッスンを受けろってしつこいの。やめるように説得してもらえないかな、ジェイン？　ダンスなんか覚えて、あたしにどうしろっていうのさ？　上品なレディになる気がないことはあの方も知ってるはずなのに——あたしはただ、そういうレディのためにドレスを作りたいだけなのに」

ジェインは足下に落ちたドレスを跨《また》ぐと、手に取って広げた。ほんとうにきれいなドレスだ。「あなたが最後にいやだと言ってから、アビーが説得しようとしたのよ。アビーが言ってもだめなら……レディ・ベアトリスは変わらないと思うわ」

デイジーはぶつぶつ悪態をつくと、別のドレスをジェインの頭の上からかぶせて、手早くボタンを留めた。スカートの形を整えて姿見に映るジェインを見た彼女は、いたずらっぽく言った。「あの男前のロマだけどさ——今朝、その人に会ってたんだろう?」

「だれ?」デイジーの鋭い視線を感じながら、ジェインはすまして聞き返した。「ああ、あの人。たまたま広場の公園でばったり会ったの。まったくの偶然で」

デイジーは笑った。「偶然だなんて、よく言うよ。だから、さっき顔を赤くして有頂天になってたんだ——シンデレラになる話は、ぜんぜん関係なかったんだね」

ジェインは顔が赤くなるのを感じた。「ほんとうに偶然だったの。それにわたしは、有頂天にもなってない。なんとも……思ってないもの」精いっぱい関心がないふりをした。

デイジーは疑わしげに片眉をつりあげた。「それじゃ、その人とひとことも口をきかなかったんだ。離れたところから見ただけだったの?」

「わた——シーザーに、寝床用の籠を持ってきてくれて……お礼を伝えるのは礼儀だもの」

「また礼儀正しくしたわけだ」

「だって——」

デイジーはくすくす笑った。「正直に認めたらいいのに——その人のことが気に入ってるって」

「まあ、そうね。そうかもしれないわ。少しは——そう思ってる。でも、あなたが言ったのよ——たくましい男性に惹かれるのは自然なことだって。それだけのことよ。話はそれでおしまい」それで終わるはず——そうするのがいちばんいい。ザカリー・ブラックのような男性は、わたしの人生にはけっして当てはまらない人なのだから。

デイジーは降参したように両手をあげた。「ご自由にどうぞ。たしかにいい男だからね。でも、その人のことをなにも知らないうちは、ちょっと気をつけたほうがいいよ。また会うつもり？」

「とんでもない。もう会わないわよ」そのほうがいい。たぶん。「さあ、シーザーの様子を見にいかないと」


「それで、今日はなにをしていたんだ？」ギルは尋ねたが、そこで従者が夕食を運んできたので——角の宿屋から取り寄せた、マッシュポテトとグレイヴィーソースを添えたローストビーフだ——会話はしばらく途絶えた。

ギルのところで夕食をとることにしたのは、みすぼらしい格好をしていることを別にしても、彼の行きつけのクラブで夕食を取るのはまずいだろうと思ってのことだった。学生時代の知り合いで、長年行方知れずになっていた友人に気がつく人間がいるかもしれないからだ。それに正当な遺産相続人が現れたことを従兄弟のジェラルドが聞きつけたら、間違いなく面倒なことになる。

「殺人の容疑を晴らすまでは、ジェラルドを刺激しないほうがいい」昔からザックを知っているギルは、最後に付けくわえた。

ザックは親友の有無を言わさぬ表情を見て笑った。「心配は無用だ。ジェラルドにも、学生時代の友人にも会いはしない」彼は請け合うと、夕食に目を戻した。「このビーフは最高だ。ごくありふれたイギリス料理を味わうのは何年ぶりかな」

「今日は、紹介した仕立屋に行ったのか？」しばらくして、ギルは尋ねた。

「いいや、仕立屋には明日行く。何着か作らせるかもしれない」

「何着か？　しばらくイギリスにとどまるつもりか？」ギルは驚いたように彼を見た。「わたしはてっきり――」

ザックはワインを味わった。「新しく服を仕立てさせるのはしばらくぶりだからな。この赤ワインは上物だ。口当たりがとても柔らかい」

しばらく間があった。ギルのまなざしが鋭くなるのをザックは感じた。「あの娘なんだろう？　チャンス姉妹の」

ザックはとぼけた表情で、みすぼらしい服を指さした。「もっとましな服を着たほうがいいと思わないのか？　おまえの従者は間違いなくそう思っている」

ギルは餌に食いつかなかった。「バークレー・スクエアにまた行ったんだな？」

「ちょっと立ち寄っただけだ。あの娘が犬を飼えることになったかたしかめたかった」ギルの表情を見て、付けくわえた。「おれにも責任があるからな。知ってのとおり、動物好きなものでね」

「それで、その娘は？」

「その娘が、なんだ？」

「犬を飼えることになったのか？」

「ああ」

「そいつはよかった。これで、あのクラブ以外に、ロンドンできみがいちばん気づかれやすい場所に戻る理由はなくなったわけだ」

「マッシュポテトもうまい。おまえももっとどうだ？」ザックはギルに皿を渡した。

ふたりは黙々と食事をすませた。従者が皿を片づけ、ギルはポートワインを出した。「するど、ウェールズに行くのはやめにしたんだな？」

「うむ。その件は弁護士にまかせることにした」ザックは答えた。

「女性と少しばかりいちゃつくことにしたというほうが正確だろう」ギルは素っ気なく言った。「しかし、そんな格好で若い娘を誘惑するとは変わっているな。上流階級の娘なら、非の打ちどころのない服装の男と付き合うものだが」

「おれはだれも誘惑していない」ザックは言った。「それに、その娘はおれのことをまだロマだと思っている」

　ギルは眉をつりあげた。「それでもきみと話をするのか？」

「彼女はよくいる深窓の令嬢じゃない。それに――」ザックはにやりとした。「おれのことを気に入っているらしい」もっとも、彼女はその気があるようなそぶりをけっして見せなかった。とにかく、あからさまなことはなにもしていない。公園で会ったときにぱっと輝かせたあの顔を見れば、それで充分だった。

「だれかにきみだと気づかれたらどうする？」

　ザックは肩をすくめた。「気づくものか。イギリスを離れてから十二年もたっているし、従兄弟の申し立てによれば、おれは死んでいるものとだれもが思っているそうじゃないか。そうでなくても、いまのおれは同じ人間には見えないだろう。当時のおれはいまより小柄だったし、社交界にもまったく知られていなかった。だから、目くじらを立てるのはよせ。だれも気づきはしない」

　いっとき間を置いて、ギルはかぶりを振った。「なにを言っても無駄だな。これまでにも似たようなことがあった。危険だから近づくなと何度言っても、きみは――」

「多少の危険あってこその人生じゃないか」

「危険を想定することと死を招くことは、天と地ほども違う」

　ザックは無理やり笑った。「真面目な話、ギル、おまえもそろそろ年貢の納めどきかもしれないぞ。さっきは、まず――こんな出で立ちにもかかわらず――おれが上流階級の娘と付き合っている《コーティング》と思っていた。それがいまは、死を招いている《コーティング》だと。まるでめちゃくちゃじゃないか。きれいな娘と散歩するだけだ――深刻になることはなにもない」

翌朝ザックは、気がつくとバークレー・スクエアのプラタナスにもたれて、ミス・ジェイン・チャンスと不細工な犬が姿を見せるのを待っていた。どうやってここまで来たのか、あまり憶えていない。オールド・ボンド・ストリートのギルの行きつけの仕立屋に向かっていたと思ったら、気がついたときにはバークレー・スクエアのこの場所にいた。

ここに来るつもりはなかった。ゆうべ、それも真夜中になってから、ミス・ジェインの謎めいた青い瞳には二度と近づかないと決めたばかりだ。

ゆうべはよくよく考えて、ギルの言うとおりだと思いなおした。そもそも、住む世界がまったく違う――ミス・ジェインは光と笑いにあふれた世界に生きているが、ザカリー・ブラックは日陰の人間だ。

たぶん、十六のときにセシリーと一緒に家を出なかったら――それから世界を放浪しなければ――そしてスパイの仕事と出会わなければ、あるいは……。

スパイは汚い仕事だ。大義名分はあるが――少なくとも、イギリスが戦争をしていたころはあったが――目的を果たす手だてには正義もへったくれもない。

仕立屋に行く時間はまだたっぷりある。そのほかにやることがあるわけではないし、どのみち公園のなかを散歩するだけだ。

彼女を見ているのは楽しかった。シルクのように滑らかな肌。ちらりと浮かぶまぶしい笑顔——訓練されたまやかしの表情でなく、純粋で、思いがけない喜びとぬくもりに満ちた、別世界へといざなうあの笑顔……。

あの魅力にはあらがえない。

その日の朝は冷えていて、身の引き締まるような風が少し吹いていた。空は澄みわたり、弱い日差しが冷たい大地だけでなく人間も温めてくれる。まだ花の咲いていない球根植物の緑の葉が固まって、もっと暖かくなるのを待っていた。イギリスの春だ。

彼は目をあげてにっこりした。ミス・ジェインが、ハアハアとやかましく息をしている犬に引っ張られて近づいてくる。彼女は笑うのと犬を叱りつけるのを同時にこなしながら、犬が彼の足下でようやく止まると、目をあげて彼を見た。その瞳に浮かぶのは——。

ぬくもり。そして、歓迎。

いつになく、胸が苦しくなった。

「おはよう、ミス・チャンス。その不格好な犬にめちゃくちゃに引っ張られていたようだが」彼はかがんで、犬の体を掻いてやった。「それがレディに対するやり方ですか、閣下——どうなんです？」ローズペタルはにんまりして、そのとおりだと言わんばかりに体を揺すった。

ザックは体を起こした。「少し広場を歩かないか？　風は弱いが、じっとしていると体が冷えてしまう」

そして、なにも考えずに腕を差しだした。

彼女がためらったので、すぐに腕を引っこめた。なにをしている！　どういう人間のつもりでいるのか、一瞬忘れてしまった。彼女は良家の子女だ。こんな男の腕を取るわけにはいかない。

だが彼女は驚いたことに、あなたの腕は取らないけれど一緒に歩くわという顔をして歩きはじめた。ザックは感心した。知り合いのレディのなかで、こんなみすぼらしい格好の男と表を歩くような女性はそう多くない——いや、ひとりも思いつかない。とりわけ、こんな高級住宅地で、上流階級の人々に見られるような場所ならなおさらだ。この娘には、ほんとうに驚かされる。

彼女の歩幅に合わせて、広場の小道を歩いた。従僕とメイドがあとからついてくる。今日の彼女は、小さな青い耳飾りをしていた。歩くたびに揺れ動く、瞳と同じ——ギリシャの夏空のように青い耳飾りだ。それが柔らかな巻き毛に半ば隠れていた。その巻き毛を後ろに撫でつけ、優雅な耳の渦巻きをたどりたくてたまらない。

おい！　女性の耳に気を取られてどうする？

だが、間違いなくそうなっていた。それも、気を取られるのは彼女の耳だけではない。

なぜここまで心惹かれるのだろう——ロンドンの上流階級の目に留まるようなところで、メイドと従僕に見守られながらただ歩くために、自分は来る日も来る日もここに来ている。

ほんとうは、殺人の容疑を晴らしてヨーロッパに戻るために、ウェールズに行ってセシリーを連れてくるべきなのに。

背中に従僕の突き刺さるような視線を感じた。ウィリアムはいいやつだ。彼女をしっかり守ろうとしている。

こんな怪しげな男に簡単についてくるようでは、たしかに目を光らせておく必要がありそうだ。

「ブラックさん、あなたはほんとうにロマなの？」歩きはじめてしばらくしたところで、彼女が尋ねた。その言葉に、上品な人々がロマに示すような軽蔑めいた響きはなかった。ただぬくもりと、純粋な興味があるだけだ――そして疑念。彼女といるときに、ロマらしからぬ行動を一度ならず取ってしまったせいだろう。

ザックは肩をすくめた。「ある部族の一員なんだ。ときどき旅をしている」それは嘘ではなかった。

彼女はザックの耳を見た。「耳飾りを外したのね。もうひとり、耳飾りをしている人を知っているわ。その人は友達から海賊と言われているけれど、もちろんそれは冗談なの。昔、船に乗っていたんですって」

「おれも昔は海賊だった」思いつきで言ったことに彼女が疑わしげな目を向けたので、急いで付けくわえた。「ただしおれたちの船は、〝私掠船《しりやくせん》〟と呼ばれていた。戦時中に敵船を捕まえて、イギリス人の捕虜を救いだすんだ」

彼女がなおも半信半疑だったので、さらに言った。「だが、それから船乗り稼業はあきらめた」彼は周囲を用心深く見まわすと、彼女に顔を近づけ、まがまがしい秘密を打ち明けるように低い声で言った。「船酔いするんだ」

ミス・ジェインは笑った。「たしかネルソン提督もそうだったんじゃないかしら。提督は、それでも船をおりなかったのよ」

「ネルソン提督が海賊だったのか？　そいつは驚いた！　たまげたな！　ずっとイギリスの英雄だと思っていたのに」

彼女はまた笑った。「提督は英雄よ。そしてもちろん、海賊というつもりで言ったんじゃないわ。船酔いしても船乗りとして生きることをやめなかったというつもりで言ったの」

「そいつはおれの生き方じゃない。おれには大地《テラ・ファーマ》が必要だ。いついかなるときでも」彼女の笑い声はとても自然で温かい。できるかぎり笑わせよう。そして、その笑い声を胸に、イギリスをあとにして日陰の世界に戻ろう。

彼女は怪訝そうに首をかしげた。「ほんとうに海賊だったの？」

「おれが乗っていたのは私掠船だ。つまり合法。そして、していることは愛国的行為だ」

ふたりはまだ芽吹いていない木々の下を歩いた。イギリスでは、春は遅く到来する。「ここに来る前はどこにいたの、ブラックさん？」

「いろいろなところさ。とくに決まった場所はない。たいていは移動していたから」

ミス・ジェインは彼をちらりと横目で見た。「それじゃ——そうね、ひと月前はどこにいたの？」

「ひと月前？　ハンガリーだ」

彼女は目を見開いた。「ハンガリー？　まあ、わくわくするわ。どんなところなの？」

そこでザックは、ハンガリーの話をいくつか話して聞かせたが、彼女がなおもいろいろな話を聞きたがったので――社交辞令でそうしているのでなく、詳しいことを知りたくてたまらないようだった――気がつくと、この十二年のあいだに暮らしたほかの国の話もいくつかしていた。ウィーンにパリ、ローマ、サンクトペテルブルク、コペンハーゲン。

「どの話も珍しくて、とても想像をかき立てられるわ」彼女は言った。「わたし自身、これといっておもしろい場所には一度も行ったことがないものだから」

「どこにも？」ザックは彼女がヴェネツィア生まれだという例の話を思いだして尋ねた。

「チェルトナムとロンドンしか知らないの。それから、もう少しでヘレフォードに行くところだった」

ザックは興味を引かれた。「もう少しで？　なにがあったんだ？」

ミス・ジェインはいやな思い出を払いのけるようにかぶりを振った。「気にしないで」不自然なほど明るい口調で言った。「サンクトペテルブルクの話を聞かせてちょうだい。その街のことをほとんど知らないんだけれど――北のヴェネツィアと言われてるんでしょう？」

「そのとおりだ。もっとも、おれがはじめて行ったときは冬で、凍りついたおとぎの国だった」

「素敵でしょうね。ロシアはどんなところかしら？」

ザックは説明する言葉を探した。「そう……複雑な国だ。おれはサンクトペテルブルクにしか行ったことがないんだが、輝くばかりに美しくて、時代がかっていて、それでいて洗練されている。そして残酷でもある。何万人もの農民が、その街を建設するために死んだそうだ。彼らは徴集された人々で――命令に従うしかなかった。皇帝に完全に支配されていたんだ」

「あなたはそれを、おぞましいことだと思ったのね」ミス・ジェインの瞳は真剣そのものだった。

彼はうなずいた。「もっとも、そうしたことは百年も前のことだ」若い女性相手にこんな話をして、おもしろいはずがない。彼は明るい口調になってつづけた。「それで、きみの質問に対する答えだが、ミス・チャンス、サンクトペテルブルクは繊細な金色のランが固まって咲いているようなものだ。太古の泥に深く根を張った、きわめて古いカシの木に」――そしてその木は、血を糧にしている。

「その街を一度ならず訪れたことがあるの？」

彼はうなずいた。

「どうして？」

彼女は大きな目を見開いて、熱心そのものだった。ザックはほんとうのことを話すことにした。ただし本気にはされないような伝え方で。彼はふたたび大げさに用心しながら周囲を見まわすと、彼女にささやいた。「実は、スパイをしていたんだ」

狙いどおり、冗談だと思って彼女は笑った。山の清水がほとばしるような笑い声だ。清らかで、喜びに満ちている。

「二回目にロシアに行ったときに、コサックの一団と親しくなった――コサックを知っているか？」

ミス・ジェインがかぶりを振ったので、彼はロシア宮廷にいた荒くれコサックたちの物語を話して聞かせた。

しまいに彼女は言った。「それじゃあなたは、いつも旅をしているの？」

「この十二年はそうだった」不意に、それが途方もなく長い時間に思えた。

「〝わが家〟はないのかしら？」

「ああ」だが、それはもう真実とは言えなかった。父の屋敷を所有している。ただし、そこが曲がりなりにも〝わが家〟だったことは一度もない。セシリーにとってもそうだった。

「それはつらいわね」

「なぜ？」

「だれにとっても、〝わが家〟は必要だからよ」

「頭を横たえられるところならどこでも〝わが家〟になるさ」彼は明るく言った。

ミス・ジェインはなにか言いたげに彼を見た。ふたりは歩きつづけた。「わたしならそんな生き方はできないわ」しまいに彼女は言った。「〝わが家〟をもつのは、わたしにとってとても大切なことなの。いつの日か、自分の〝わが家〟をもつつもりよ」

彼は広場の向かいにある背の高い白い建物に目をやった。「あれがきみの〝わが家〟じゃないのか？」

「い――ええ、もちろん。そうとも言えるわね」

彼が怪訝そうな表情を浮かべるのを見て、さらに言った。「わたしたちはレディ・ベアトリスのご好意であそこに住まわせていただいているの」

彼はその言葉に引っかかるものを感じた。「それで、その見返りになにかをしなくてはならない？」

「そんな……そんなことでは……まあ、ある意味ではそうかもしれないけれど、そういう意味では……ああ、説明するのがむずかしいわ。でもほんとうに、あなたが心配するようなことではないの。レディ・ベアトリスほど親切で寛大な方はいらっしゃらない。わたしにとってかけがえのない方だわ」それだけでは納得してもらえないと思ったのか――実際そうだった――彼女はさらに言った。「レディ・ベアトリスは、わたしの社交界入りを援助してくださっているの。姉たちにも同じようにしてくださるのよ。ただ――」

「姉がいるのか？」

「ええ、でもふたりはもう結婚していて、三人目のデイジーにはほかの計画があるの」

「兄弟は？」彼はミス・ジェインが路地裏で見せた膝蹴りを思い浮かべて尋ねた。

「兄弟はいないわ。義理の兄ならふたりいるけれど」

「――ミス・ジェイン、そろそろお時間です」従僕のウィリアムに後ろからうなるように言われて、ミス・ジェインはザックににこやかに別れを告げ、急ぎ足で屋敷に戻っていった。ローズペタルが鎖を引っ張り、殉教者さながらの苦悶の表情でザックをちらちらと振り返っている。こちらにとどまりたいらしい。

優しくてかわいがってくれる女性の家にいたくないなんて愚かな動物だ、と彼は思った。自分のような男に未来はない。

12

もちろん彼女は、彼にはもったいなさすぎる。だが、その人が自分にはもったいないなどということをだれが気にするだろう。だから彼は、たゆまず熱心に祝福を求めて……。

——ジェイン・オースティン『マンスフィールド・パーク』

それから一週間というもの、ジェインはほとんど毎日のように広場でザカリー・ブラックと鉢合わせした。べつに申し合わせてそうしたのではない——少なくとも、彼女のほうはそのつもりだった。シーザーを連れて毎朝散歩に出たが、毎回まったく同じ時間に出られるとはかぎらない——一日のうちにほかの用事が入ることもあるからだ。社交シーズンが近づくにつれ、人生は忙しくなりつつある。

今年の社交シーズンの幕開けと言われるロザミア公爵夫人の舞踏会を、ジェインは首を長くして待っていた。生まれてはじめての舞踏会だし、デイジーがその日のために仕立ててくれたドレスもまだ見せてもらっていない——デイジーは、目隠しして試着するのも許してくれなかった。ドレスを着るのが楽しみでたまらない——もちろん、デイジーを心の底から信頼している。

シーザーを連れて何時に屋敷を出ようと、たいていザカリー・ブラックがどこからともなく現れた。彼はちょくちょく、ささやかな贈り物を持ってきた。彼女でなく、犬への贈り物だとしらばっくれて――ウィリアムに咎められないように――そして、いたずらっぽいほほえみを浮かべて。それはふたりだけに通じる冗談になった。

あるときは、それは穴の空いた小さな金属製の円盤だった。「こいつがふらふらとどこかに行ってしまったときに、ただの野良犬でなく、特別な犬だとわかるように」彼は円盤をジェインに渡しながら言った。

円盤の片側に、オリーブの葉のリースに囲まれたシーザーの姿が巧みに刻みこまれているのを見て、ジェインは思わず吹きだした。反対側には彼女の住所が読みやすい字で刻んである。

彼とちょくちょく会うのはとても楽しかった――もう、一日のなかでいちばんわくわくする出来事になっている――が、少し不安も感じていた。だからといって、この先どうなるわけでもないけれど――住む世界が違いすぎる以上、ふたりの仲がどうかなることはあり得ない。

社会がさまざまな階層に分かれているのには理由がある。それはピルベリー養育院の教室と、これまでの人生経験から学んだ。父と母は、駆け落ちしたせいで切り捨てられた――両親から勘当されただけでなく、上流社会のほかの人々からも縁を切られて。お金のない父は、紳士として生きられなかった。

父がなりふりかまわず懸命に仕事を探していたことは、アビーから聞いて知っていた。その職業に見えるように、それらしい服まで買っていたという。けれども、父が口を開いたとたん、紳士であることにだれもが気づいて、態度を豹変させてしまう。そして父は、その仕事にありつけないか、首になるか、あるいはなんのかのと理由をつけられて、向いていないということになるのだった。

自分より階級が上の相手には、あれこれ指図しにくいものだ。それを喜んでやる者は、これまで貶《おとし》められてきた恨みつらみを、温厚な父にことごとくぶつけようとした。あげくに父は絶望的な行為に走った。

そして両親が死んでしまうと、アビーと彼女はどん底の苦境に立たされた。ピルベリー養育院がなければどうなっていたかわからない。

ふたりはそこでも教訓を学んだ。ピルベリーには良家の子女が大勢いたが、その母親はなんらかの理由で落ちぶれていた。

ジェインとアビーは奇跡的な幸運に恵まれて、両親がかつて所属し——そしてはじきだされた世界に戻ることができた。だからジェインは、人生において身分相応の振る舞いをすることがいかに重要か、十二分に理解している。

だから、毎日のようにロマの男性と会うべきでないことも承知していた。たとえ彼が以前よりきちんとした服装をしていて、公園に出かけるときはいつも——フェザビーにうるさく言われて——メイドとウィリアムに付き添われているとしても。

執事としてなにもかもお見通しらしいフェザビーは、朝の散歩にいい顔をしなかった。もしレディ・ベアトリスがこのことを知ったら、すぐさま引き留めるに決まっている。デイジーでさえ眉をひそめるくらいなのだ。

それ以外で、ジェインがザカリー・ブラックと毎日のように会っていることはだれも――アビーですら知らなかった。アビーが知ったら、やはりいい顔はしないはずだ。

それなら、なぜいまも彼と会おうとするの？

それに、なぜあの人は戻ってくるの？　これ以上どうにもならないことはあの人もわかっているはずなのに。ほかにやることがないのかしら？

「――とくにない」ある日尋ねると、彼は答えた。「いまは手持ち無沙汰と言っていい」

「でも、仕事があるんじゃないの？」別の日にまた疑問をぶつけた。

「それがないんだ」彼はいかにも無頓着に答えたが、その目はきらりと光って、彼女が心配していることをおもしろがっているようだった。それから話題が変わって、またおしゃべりに夢中になってそぞろ歩くうちに、ジェインは疑問も不安もきれいに忘れてしまった。

だが、その後――とりわけ夜になかなか寝つけないときに、ジェインは彼について不思議に思うことをあれこれと考えた。そして不安になった。

あの人は何者なの？　つじつまの合わないことが山ほどある。楽しい話をたくさん聞かせてくれるときは、あのよく響く声にいつまでも聞き入っていたいと思う。でも黙りこくってただ歩いているときに――キャンベリー卿といるときにときどき感じるような気まずい沈黙とは違う――あの人を見ると、遠くを見ているようななんとも言えない表情を浮かべていることがある……。

そんな表情を見ると、たまらなくなる。彼がとても孤独で、寂しい人のような気がして。そして、手を伸ばして触れ、ひとりではないのよと声をかけようとした瞬間、彼がこちらを向いて、さっきまでの印象は砕け散ってしまう。寂しそうな表情は消え、彼がおもしろいことを言うか、わくわくするような話をまたはじめて、さっきまでそこにいた孤独な人はなんだったのかと首をかしげる羽目になる。

心に引っかかるのは、その〝孤独〟だった。眠れぬ夜に、背の高いロマのことをきれいさっぱり頭から追いだそうとしてもできない。本人が言っていたように〝ロマの部族の一員〟であっても、あくまでひとりで歩く人なのだという考えを振り払うことができなかった。彼は孤高の人で——見ているこちらが不安になるほど美しい。男性を美しいと思ったのは生まれてはじめてだった。男前で、荒っぽくて——それでいて品がある。これまで出会ったことのある上品な男性に、〝精悍《せいかん》さ〟はまったくなかった。

ザカリー・ブラックは精悍そのもので、美しい人だ。そう思うと、まんじりともできなくなって……体が震えてくる。寒くもないのに。

キャンベリー卿も、ジェインのもとを毎日訪れた。ジェインは彼に会うたびに、この人なら安心かもしれないと思うようになった。

キャンベリー卿は午後に訪れ、毎回違うがありきたりな話題について上品な会話をすると、かっきり二十分で滞在を切りあげ、暇乞いをした。

彼が訪問すると、レディ・ベアトリス邸を訪れているほかの貴婦人たちはたがいに目配せを交わしたが、そのことが話題になることはなかった。夫婦財産契約について合意がなされるまでは、婚約はまだ内々のこととして扱われる。

上流階級の人々が集まる時間に、キャンベリー卿がジェインをハイドパークに連れていくこともあった。そこでは知り合いという知り合いに挨拶し、数分ごとに立ち止まっておしゃべりをする。キャンベリー卿の知り合いは彼よりかなり年上――つまりジェインより相当年上の人ばかりだったが、だれもが親切で、なにかとほめそやしてくれた。それにキャンベリー卿と一緒にいると、じろじろ見られることも、色目を使われることもない。

キャンベリー卿は、婚約した週に開催された文学同好会に二回とも顔を出して、そのうち片方の会で居眠りした。眠らなかったのは、ジェインが朗読した会だ。彼は背筋を伸ばし、ほほえみを浮かべて、熱心に聴いているふりをした。〝ふり〟だとわかったのは、あとで話をしたときに、彼が物語をなにひとつ憶えていなかったからだ。

キャンベリー卿が魅了されたのは、午後の光のなかにジェインが座っている絵のような光景だった。結婚したらそれと同じ姿で肖像画を描かせたい、と彼は言った。

彼はつねに親切で礼儀正しく、ジェインのことを気づかってくれた。一緒にいてもとくにわくわくすることはないが、彼といると安心できるし、くつろいだ気分になる。そして、それはとても喜ばしいことだ。たとえ会話が少しばかり退屈になるときがあっても、それはひとえに自分のせいだとジェインは思った——彼が興味をもっていることを、もっと学ばなくてはならない。

それに、結婚したら、そうしたことも変わるはずだ。自分は家庭内のことや……いろいろなことで忙しくなるだろうし、彼も以前ほどひんぱんには妻の容姿をどうこう言わなくなる。容姿のことを言われるのが、いちばん落ち着かなかった。けれども、妻がいる生活に慣れたら、そうしたことはなくなっていくはずだ。

「うへっ、だらだらよくしゃべる人だね」キャンベリー卿と一緒にみんなで散歩したあとで、デイジーが言った。どんな美術品を所有しているか、ジェインが美しいおかげで、どんなに完璧なコレクションになるかといった話をえんえん聞かされて、デイジーはうんざりしていた。

「よかれと思って話をされているのよ」ジェインは言った。デイジーはこのごろあまり外出しないので、公園で散歩する貴重なひとときを邪魔されると、だれだろうと苛立ちをあらわにした。それにキャンベリー卿は、デイジーがそこにいないかのように振る舞うことがよくある。

「あたしが引っかかるのは、あんたがきれいなお飾りになるくだりさ」デイジーは言った。「気をつけたほうがいいよ、ジェイン——結婚したら、あの人はあんたを棚に置くか、ガラスケースかなにかに入れて飾るつもりかもしれない」

ジェインは笑った。「もしそうなったら、デイジー、定期的にうちに立ち寄って、はたきをかけてちょうだい」

「あたしが？」デイジーはばかにしたように鼻を鳴らした。「あたしにはやることが山ほどあるの。はたきなら自分でかけなよ、この怠け者！」

ふたりでひとしきり笑ったあとで、ジェインは言った。「ほんとうはキャンベリー卿が好きなんでしょう、デイジー？」

デイジーは肩をすくめた。「〝好き〟とは言わないけれど、嫌いじゃないよ。おっとりした紳士だし。ただ、あたしにはどうでもいいことをしゃべりすぎるだけ。ああいう人にあんたが飛びついても、文句は言わないよ」彼女はにんまりした。「あんたが上品なお金持ちの奥さまになったら、豪華できれいな服をたくさん作れるもの」

ジェインは笑った。「もしわたしが貧乏だったら？」

「それでも素敵な服をたくさん作ってあげるけど、もうけはさっぱりだろうね！」


ひんやりした空気が澄み渡った、非の打ちどころのない春の日だった。正午を過ぎてもミス・チャンスは姿を見せなかったが、ザカリー・ブラックは新芽が膨《ふく》らみかけたプラタナスの傍らにたたずんで彼女を待った。

ジェインは彼の姿を見て胸をときめかせた。ぞくぞくするような予感が背筋を駆けおりていく。

シーザーはぶざまに跳ねると、いつものように彼のいるほうへ彼女をぐいぐい引っ張った。

ハアハアと息を弾ませ、赤い首輪と鎖で喉が締まって、その場で窒息してしまいそうだ。

「ブラックさん――」ジェインは彼に会えてうれしくてたまらないことを顔に出さないようにした。昨日シーザーを連れて広場に来たときは、背の高い彼をいくら探しても見つからなくて、心底がっかりしてしまった。

「昨日は用事があった」まるで昨日来なかった理由を聞かれたように、彼は口を切った――たしかにどうしたのかと思ったけれど、質問は口にしていない。なんと応じていいのかわからなかった。説明を促すのは筋違いだとわかっている。でも……。

「こいつの調子はどうかな？」彼はしゃがんで、ごしごしと犬の体を掻いてやった。

「屋敷の裏でまたネズミを一匹退治したの。いまでは料理番の大のお気に入りよ」ジェインは付けくわえた。「肉屋の使い走りの子を追い払おうとするのはあまり感心しないけれど」

ザックは笑った。「猫たちは？」

「まだ用心しているけれど、受け入れてくれたようよ。シーザーは猫たちが好きみたい――ただがまんしているんじゃなくて、好きみたいなの。あまり犬らしくない行動だけれど、こんな子でほんとうによかった」

「歩こうか」

ふたりは数フィート離れて歩いた。焼き菓子売りが派手な色の荷車を押し、ベルを鳴らしながら、公園の横の往来を通り過ぎていく。「いつかロマの荷馬車の話をしてくれたことがあったでしょう」ジェインは言った。「色とりどりでとてもきれいみたいだけれど、狭いんでしょうね——家族で寝起きするには」そして、彼のように背の高い男性には。「あなたたちロマは、ほんとうにそんな荷車で暮らすの？　冬でも、ほかの季節でも？」

「冬でも、ほかの季節でもそうだ」

ジェインは眉をひそめた。「でも、寒いでしょう？」

彼はゆっくりとほほえみを浮かべた。「みんなで体を寄せ合う」

「まあ……」ジェインは顔がかっと熱くなるのを感じた。「そうでしょうね」

「きみの家はどうだ？」彼が尋ねた。「あの家じゃなくて——」彼はレディ・ベアトリスの屋敷を指さした。「きみがいつか住みたいと願っている夢の家さ。どんな家なんだ？」

「わたしはただの家じゃなくて、〝わが家〟がほしいの」

彼は怪訝そうにジェインを横目で見た。「どう違うんだ？」

「〝家〟は建物だけれど、〝わが家〟は家族が暮らすところなの。暖かくて、居心地がよくて、それから——」そこで、その後に言おうとしていたことがばかみたいに聞こえることに気づいた。それに、恥ずかしい。

「それから？」

「子どもたちが遊んで、健やかに育つところよ」

「そう言おうとしたんじゃなさそうだった」

「そんなことないわ」ふたりはなおも歩いて角を曲がり、歩みを遅くして、小さな男の子が妹のほうに向かって輪っかを転がすのを見守った。妹は輪っかを倒してばかりだが、男の子はしびれを切らさずに、うまく転がすやり方を繰り返し教えている。

「子どもはみんなああいうふうに育つべきだわ」ジェインは静かに言った。

「辛抱強くなれということか？」

「いいえ、幸せになるべきだと言っているの。なんの苦労もないところで」彼の視線を感じた。「そして、安全なところで。〝家〟と〝わが家〟の違いは――」ふたりの子どもに目を向けたまま、そっと付けくわえた。「愛よ」

ふたりはなおも歩きつづけた。ザックは彼女の言葉と、子どもに向けられた彼女のまなざしに憧れが潜んでいることに気づいて、思いがけなく心を揺さぶられていた。これまで、彼女はほしいものはなんでも、苦もなく与えられて育った人間だと思っていた。

一方、彼自身は子どもがほしがりそうなものならなんでも与えられて大きくなったが、ミス・チャンスの言葉に従うなら〝わが家〟で暮らしたことはただの一度もない。小さな子どものころでさえそうだった。安全だと感じたことはないし、愛されていると感じたこともない。父が家にいるときはそうだった。

だが、ほんとうにそうだったろうか？　父はけだもので、機嫌がいいときでさえ予測がつかなかったが、それ以外の人たちは？

寄宿学校に行かされたのは七歳のときだが、その前には愛してくれた人々がいたはずだ。少なくとも召使いのひとりやふたりは、給料をもらっている以外の理由でかわいがってくれたのではないだろうか？　自分がその記憶を思い出さないようにしているだけで――子ども時代の家の記憶をすべて封印しているように。

当主として、自分にはそうした人々に責任がある。彼は後ろめたくなった。いまはだれに対しても責任を負いたくない。

子守係のメイドが子どもたちを呼び寄せたので、ザックとジェインはふたたび歩きはじめた。ザックは子どもたちを見ていたときの彼女の表情を思い返すうちに、ある疑問を抱いた。

「そういえば——」彼はジェインが水たまりをよけられるように脇に動いた。「はじめて会ったとき、きみはレティキュールを棍棒がわりに使っていた」

ジェインはぎくりとして、彼を横目で見た。ザックは気づかないふりをした。「そうだったかしら？　憶えてないわ」彼女はさらりと質問を受け流すと、間をおいて付けくわえた。「そもそも〝コンボウ〟ってなにかしら？」

ザックは笑いを嚙み殺した。ヴェネツィア生まれの生い立ちをでっちあげたにしては、恐ろしく嘘が下手だ。だから、説明はあえてしなかった。説明しなくても、よく知っているはずだ。ただ、知らないふりをされたせいで、ますます好奇心をかき立てられた。「きみは、いつも小銭入れにペニー玉をたくさん入れていると言っていた。なぜペニーなんだ？」

「それなら、おつりでもらった小銭のことを言っていたのかも……。ねえ見て、リスかしら？」

いいや、その手は食わない。「あのとき、きみは妙に具体的だった。わざわざ〝ペニー玉〟と言ったんだ」

ジェインは肩をすくめてそっぽを向いた。

「そして、それを〝ぜんぶあげてしまった〟と言っていた」

「あげてないわよ。そんなことも言ってないわ」

どうやら、そこはつつかれたくないらしい。「いいや、いまのはきみが言ったとおりだ。きみは人に言えない秘密でもあるかのように、話の途中で口をつぐんだ」

「くだらない」

ふたりはまた少し歩いた。「だれにペニー玉をあげたんだ？」彼は静かに尋ねた。見当はついている。だが、なぜそんなことを隠すのだろう。そしてなぜ、ペニーなんだ？

ジェインは立ち止まって、彼に向きなおった。「なんの話をしているのか、わたしにはわからない。それに、わたしが自分のお金をどう使おうと、あなたに関係ないはずよ」そして、息を吸いこんできっぱり言った。「シーザーはずいぶんよくなってると思わない？　あなたのくれた軟膏は、すごく効き目があるみたいね」

「なぜペニーなのか、不思議なんだ。なぜ半ペニーでもなければ、ファーシングでも、三ペンスでも、六ペンスでも、あるいはシリングでもないんだ？　きみは〝ペニー玉〟と言った」

ジェインは苛立たしげに手を振った。「憶えてないと言ったでしょう。そして紳士なら、レディが興味がないとこれ以上ないほどはっきり伝えている話題には、しつこく執着しないものよ」

その表情を見て、彼は思わずほほえんだ。「たしかに。だがおれは紳士じゃない――ロマだろう？　そしてはじめてきみを見たとき、きみは貧しい子どもたちに囲まれていた」

「そう？」ジェインはなんのことだかわからないふりをしたが、彼は少しもだまされなかった。

「そうとも。そしてほどなく、子どもたちは散っていった。きみは彼らにペニー玉をやったんだろう？　だからあとでレティキュールを棍棒がわりに使おうとしたときに、中身がほとんど空だったんだ。その行為を咎めるつもりはまったくない。ただ、きみが溜めこんで恵んでいるのがなぜペニー玉なのかが気になるんだ――六ペンス玉やほかの小銭のほうが、もっと生活の足しになるのに」

ジェインはためらっていたが、しまいに苛立ちをあらわにしてまくし立てた。「どうしても知りたいなら教えてあげるわ。それは、あの子たちにもし六ペンス玉とか、ペニー玉より大きな小銭をあげたら、もっと大きなだれかに取りあげられてしまうからよ。銅貨なら取り合いになることもないし、一ペニーあればパンを一斤買えるわ。そうでなければ、パンを半斤とチーズを少しとか――」彼女は曖昧な仕草をした。「――それくらいのものが手に入るの。一ペニーあれば飢えないですむのよ。わずかな額だけれど、いくらかの足しにはなる。そして、この件でわたしが話すのはこれでおしまいよ」

「よくわかった。もう突っこまないことにしよう」だが、彼はいまの説明でますます興味をかき立てられていた。少しも納得できない。上流階級の娘なら、貧しい人々の暮らしぶりなど知らないのが普通だ。たいていは、路上をうろつく子どもたちを不愉快で関わってはいけない連中だと思っている。だが、ミス・チャンスはそうした子どもたちのことを明らかに気づかっていた。そして、驚くほど現実に即したやり方で手を差しのべていた。

ふたりがさらに歩いてレディ・ベアトリスの屋敷のほうに向かっていたとき、紫のペリースのボタンを首元まで留めた、大柄で太った女性が行く手から近づいてきた。彼女の前で、白い革紐につながれた白いふわふわした小型犬が二匹、ちょこちょこと動きまわっている。

その女性はふたりを見て、ぴたりと立ち止まった。怒りをあらわにしてジェインをにらみつけている。ふわふわの塊はキャンキャン、ウーウーと吠え立てた。自分たちの縄張りに別の犬を見つけて、女主人がジェインに腹を立てているのと同じくらい怒っている。

「レディ・エンベリー」ジェインはその女性ににっこりと挨拶した。「お会いできて光栄ですわ。シーザーのことは気になさらないでください。とても穏やかな子ですから」

シーザーはキャンキャン吠えている相手に向かって何度か吠えたが、尻尾を振っていたのでその意図は明らかだった。だが、恐ろしげな見た目であることに変わりはない――たとえ相手に好意をもっていたとしても。

その女性は、ジェインの挨拶を完全に無視した。そしてザックを頭のてっぺんからつま先までさっと眺めまわすと、これ以上ないほどの軽蔑を込めて彼をにらみつけた。ザックは即座に帽子を取り、さっとお辞儀をした。

レディ・エンベリーは顔を引きつらせると、ジェインをきっと見て、当てつけがましくそっぽを向いたまま通り過ぎた。そのままふわふわの塊を引っ張って、のしのし歩いていく。

ジェインはびっくりし、狼狽してその姿を見送った。

「いまの迫力満点のご婦人は？」

「近所に住んでらっしゃるの。わたしのおばのお友達で、ある方のおばでもある女性よ」

「ある方というと？」

ジェインはかぶりを振った。ザックは彼女の顔が真っ青になっていることに気づいた。いまの出来事で明らかに動揺している。「ときどき、おばの文学同好会にお見えになる方よ。どうして……どうして無視されたのかしら。い……家に戻らないと……」彼女はおばの屋敷に向かって、せかせかと歩きはじめた。

ザックは追いすがった。「おれのせいなんだろう？　無視されたのは」くそっ。自分のような好ましくない男と歩くのが正式に認められないことは承知していた。しかしそれでも、人目のある広場であからさまに彼女を無視するとは……ジェインの顔に隠しきれない動揺が浮かぶのを見て、彼は激しい怒りを感じた。

「まさか、あんな女のしたことを気に病んでいるわけじゃないだろう？」

ジェインは答えなかった。

「きみは不適切なことはほとんどしていない。たしかに散歩の相手としておれは理想的とは言えないが、おれたちがいたのは人目のある広場じゃないか――あのご婦人がにおわせていたように、こそこそ逢い引きしていたわけじゃない。しかも、きみにはメイドと従僕も付き添っていた」彼はあとからついてくるウィリアムとポリーを指し示した。

ジェインは見向きもしなかった。「ごめんなさい、ブラックさん。もう失礼するわ」彼女は通りを渡ろうとして急に立ち止まると、彼を振り向いた。青白い、思い詰めたような顔をしている。「それから、ほんとうに申し訳ないのだけれど、ここにはもう来ないでいただきたいの。あなたとは二度と会えない。失うものが大きすぎるわ」彼女の瞳には申し訳なさそうな表情が浮かんでいたが、その言葉は明確だった。「さようなら、ブラックさん」

13

立腹した人々は、かならずしも賢明とはかぎらない。

——ジェイン・オースティン『高慢と偏見』

ジェインは急いで帰宅した。少し気分が悪い。レディ・エンベリーはレディ・ベアトリスと特別親しいわけではないけれど、文学同好会にはたいてい顔を出すし、いつも感じよく振る舞っている。とりわけキャンベリー卿と婚約してからは、とても優しくしてくれていた。

そのレディ・エンベリーに無視された。それも人目のあるところで。

ザカリー・ブラックと一緒にいるところを見られたからとしか思えない。

でも、それのどこがいけないの？　あそこは公共の広場で、彼とただ歩いて、おしゃべりしていただけだ。それに、メイドと従僕も付き添っていた。

思わせぶりな態度を取ったわけでもないのに。

もしかすると、そんなこともあったかもしれない。少しだけなら。でも、散歩しておしゃべりすることのなにがいけないの？　親しげにしていたのがいけなかった？

ザカリー・ブラックは魅力的な人だ。彼も、わたしが話すことに興味があるようだった。

それに、彼のことをひんぱんに思い出してしまうからといって、そのことを咎められる筋合いはないでしょう？　考えずにはいられないのだから。

それは個人的な秘密で、わたしだけのささやかな……夢。

重要なのは、どんなふうに振る舞ったか――ジェインは自分に言い聞かせた。自分はこそこそするようなことも、ふしだらなことも、なにひとつしていない。婚約をぶち壊しにするようなことはなにもしていないはず……。

お茶を飲むとむかむかした気分が少し落ち着いたので、デイジーのいる二階に戻った。縫い物は、いつも心を落ち着かせてくれる。心配することはなにもない。さっきは大げさに反応してしまった。たぶん、レディ・エンベリーにそんなつもりはなかったのだ。ちょっとうわの空になっていただけ。

二時間後、フェザビーが部屋に来た。「キャンベリー卿がお見えになっています、ミス・ジェイン。お話があるとか」

またむかむかした。ジェインは髪を整え、冷静を装おうとした。やましいことはなにひとつしていない。

キャンベリー卿は単刀直入に言った。「おばから聞いたんだが、向かいの広場で、身分の低い男と一緒にいたそうだな。そんなことをしてはいけない。わが婚約者が公共の場でみすぼらしい――育ちの悪い男といるなど、許しがたい話だ」

むっつりと説明を待っているキャンベリー卿を見ると、嫉妬しているようには見えなかった。そういえば、彼が親密な気持ちをちらりとでも示してくれたことは一度もない。もしかしたら嫉妬しているのかもしれないけれど。

厄介なことに、ジェインはキャンベリー卿のことをよく知らなかった。ほとんど知らないと言っていい。

「広場の公園である男性と何度か話しましたが、けっして不適切なことはしていません」

キャンベリー卿は鼻を鳴らした。「おばがその目で見たと言っているんだ。その男と笑いながらしゃべっていたと。そのことについてはどう説明するんだね、お嬢さん？」

ジェインは表情をこわばらせた。謝るつもりだったが、彼のおばが告げ口したと思うと、とても黙ってはいられなかった。「わたしがうちの向かいにある公共の広場でだれと散歩しようと、レディ・エンベリーには関わりのないことです。しかも、うちのメイドと従僕がいつも付き添っていました」

キャンベリー卿は眉をしかめた。「おばはわたしの家族だ。そして、わたしがいないときに婚約者がなにをしでかしているかは、わたしの問題でもある」

「〝しでかして〟いる？」ジェインは顔を赤くした。「わたしはなにも〝しでかして〟いませんん！」

「ひどく貧乏くさい男と逢い引きしているところを見られているんだ。それも、一度だけでなく――今週は毎朝のように」

ジェインは懸命に気持ちを落ち着けた。「あなたはそうおっしゃるけれど、わたしはだれとも〝逢い引き〟していません。何度かその方に会ったことは認めますが、約束して会ったわけではないんです。その方はいつも礼儀をわきまえていましたし、わたしも後ろ指を指されるようなことはなにも……」どういうわけか、体がぶるぶる震えていた。心をかき乱されたから？　怒りで？　それとも後ろめたくて？

キャンベリー卿は身を乗りだした。「それなりの男だというのか？」

「さっきは、いつも紳士のように振る舞っていらしたと申しあげたかっただけです」

「紳士だと？」彼はばかにしたように鼻を鳴らした。「名前はなんというんだ？」

「まだ紹介していただいていません」それは嘘ではなかった。

「おばの話では、その男はきみに腕を差しだしたそうだな」

「たしかにそんなことがありましたが――」

キャンベリー卿はぎょっとしてさえぎった。「その男に触れたのか？　ノミが移ったかもしれない。もっとまずいものだったらどうする？」

「いいかげんにしてください！」心底腹が立って、ぴしりと言った。「さっき申しあげようとしたんですが、わたしはその方の腕を取っていません――おばさまならご存じのはずです――そして、それは紹介していただいていないからです。そしてあの方は、あなたやわたしと同じくらい身ぎれいですわ」

キャンベリー卿はまたもや鼻を鳴らした。「怪しいものだ。おばは〝むさ苦しい風体の男〟と言っていた。流行遅れの古い上着を着て、ひげも剃っていない。髪も伸び放題だと」

ジェインは眉をひそめた。「たしかに、その方が身につけているのはかなり着古したものでしたが、それとこれとは――」

「ほら、むさ苦しいじゃないか」キャンベリー卿は自分の言い分を通してしまうと、椅子に深く座りなおした。

「流行遅れの服のなにがいけないのかわかりません」

キャンベリー卿は驚きをあらわにした。「それがすべてだからだ。わたしの評判も考えてくれないか」

「あなたの評判？」

キャンベリー卿はあきれたように彼女を見た。「おいおい、摂政皇太子ご本人が、身につけるものについてこのわたしに相談なさるんだ。せっかく上流階級でいちばん美しい娘と婚約するというのに、その娘が公の場で、むさ苦しい格好をしたどこぞの役立たずと一緒にいるところを見られたら台なしじゃないか？　きみが付き合う人間は、わたしの評判を左右するんだ」

ジェインは信じられない思いだった。キャンベリー卿は、婚約者が別の男性と会っていることを咎めているのではなくて――ザカリー・ブラックの服装と、そのせいで自分の評判に傷がつくことが気に入らないのだ。たぶん、このうえなく優雅な服装をした悪党ならまだよかったのだろう。

「そのごろつきには、二度と会わないでもらう」

「そのつもりですが、お約束は――」

「そのつもり？　つもりだと？　この場合は『そうします』だろう！」キャンベリー卿は目を剝いて声を荒らげた。「強情な娘だ。そろそろ婚約の告知文を〈モーニング・ポスト〉に送ろうと考えていたが、そんなものはいつでも白紙に戻せる。まだなにも公にはなっていないのだから」

「白紙に――戻す？」ジェインははっとした。彼に軽々しく楯突《たてつ》いたせいだ。結婚の申込みを承諾してから、悪夢は一度も見ていなかった。その心の平安を、いまさら失うわけにはいかない――どうしようもないほど魅力的だけれどなにもしてくれない男性と、ひとときのおしゃべりを楽しんだだけで。「そんな――お願いです、あなたはわかってらっしゃらないんだわ。わたしはその方に、会いたいとほのめかしたこともなければ、なにかの約束をしたこともありません。もちろん、もう会わないとお約束します。ただ、あの方が気をつけてくださるかどうかは……」

キャンベリー卿はふたたび身を乗りだした。「ほう！　その男に迷惑しているのか？　それなら片づけてやろう」

「片づける？　どういう意味です？」

「叩きのめして、思い知らせる」

「あなたが？」ジェインには想像がつかなかった。小柄でずんぐりしたキャンベリー卿が、ザカリー・ブラックのような精悍な男性に勝てるとは思えない。

「もちろん違う！　そんなことをしてわたし自身の体面を汚すわけにはいかないからな。当然だが、男を何人か使ってやらせる」

「やめてください！　このとおりですから」

「このとおり？」キャンベリー卿は眉をひそめた。「それほどまでに頼みこむとは、その男はきみにとって何者なんだ？」

「何者でもありません」ジェインは嘘をついた。「ただ、以前わたしが困っていたときに手を差しのべてくださったんです。それに、良識ある人なら、暴力は振るいません」

「手を差しのべたというと？」

「わたしの犬を痛めつけていたごろつきたちから、犬を救ってくれたんです」

キャンベリー卿は鼻で笑った。「あの醜い生き物か？　死んだほうがよかったのに」

ジェインは唖然とした。「犬はお好きだとばかり……」

「好きだとも。醜い雑種でなく、純血種なら。そのことで、きみに話そうと思っていた。結婚したら、ふさわしい犬を買ってやろうと……。もし結婚したらの話だ」キャンベリー卿はむずかしい顔をしてジェインを見据えた。彼にとっては、かならずしも決まった話ではないのだ。

胸がまたむかむかしていた。ジェインはどうにか目の前のことに意識を集中した。「あの方は――公園にいた紳士は――そのごろつきたちに目をつけられていたわたしも救ってくださいました」

「その男が？　ふん」

「命の危険さえ感じるくらい、とても荒っぽくて性悪な連中でした。それをあの方が追い払ってくださったんです。ですから、公園でばったりお会いしたときに失礼のないようにしました」そこでキャンベリー卿の顔を見たが、彼がなにを考えているのかはわからなかった。「それから、人を使ってあの方を痛めつけるのはやめていただけないでしょうか。そんな行為は立派とは言えませんし――」必死で言葉をつなげた。「――あなたは名誉ある紳士ですもの」

キャンベリー卿はなおも考え深げに彼女を見ていた。「わたしは自分のものは守るたちでね、お嬢さん」

ジェインはうなずいた。「ええ、当然のことですわ。そのことは……ありがたいと思っています」体が震えていた。

キャンベリー卿は立ちあがると、手袋を取りあげて暇乞いをしようとした。

ジェインも立ちあがった。「キャンベリー卿？」

「うむ？」

「婚約は……」

キャンベリー卿は彼女をじっと見ると、素っ気なくうなずいた。「今日、新聞社に告知文を送ろう」

ジェインは安堵のあまり、ふたたび椅子に腰をおろさなくてはならなかった。

キャンベリー卿は手袋をはめた。「美しい女性が扱いづらいことはわかっている。それも魅力のひとつだというからな。だが、きみは危ない橋を渡っているぞ、お嬢さん、それもきわめて危ない橋だ。わたしには爵位と評判がある。それを守るためならなんでもするだろう――いいな？」

ジェインはうなずいた。

「ロザミア公爵夫人の舞踏会には行くつもりか？　社交シーズンのはじまりを告げる集いだ」

いきなり話題が変わったので、ジェインは面食らった。「ええ、もちろんです。でも――」

「ではそこで会おう。わたしと二回ダンスをしてもらう。いいな？　夕食後のダンスとワルツだ」キャンベリー卿は険しいまなざしになると、ジェインの腕を二本の指で軽く叩いた。

「さあ、しかめ面はなしだ。しわができる」

彼が帰ると、ジェインは震えながら、ほっとして椅子に座りこんだ。幸せをつかむ機会を――わが家と、そして自分自身と子どもたちのために設定される有利な条件を、危うくふいにするところだった。魅力的なロマの男性に心惹かれたばかりに――愚かで無責任なことをしたばかりに。

「いったい、どうしたんだ？」その夜、ギルは彼を問いただした。「ここに来てからずっと、グラスをにらみつけているじゃないか」

「どうもしていない」ザックはただ、だれかの首を絞めたいだけだった。できることなら、二匹のキャンキャンわめく犬を連れた、顔の赤黒いばあさんの首を。あの女のせいで、ジェインはこれといった理由もないのにひどく動揺していた。

少なくとも、こちらから見てそれとわかるような理由はなにもなかったのに。

――あなたとは二度と会えない。失うものが大きすぎるわ。

どういう意味だ？　なにを失うというんだ？

「弁護士から良くない知らせが来たのか？」ギルは食いさがった。

「いいや。ひとつ教えてくれないか、ギル。公共の公園で、若い娘と散歩することのなにがいけない？」

ギルは眉をひそめた。「どの娘だ？　例のチャンス姉妹のひとりか？」

「だれだろうと関係ない。近ごろロンドンでは、娘が男と歩くのは恥ずべき振る舞いとされているのか？　たがいの体に触れずに――二フィート離れて――メイドと従僕を後ろに従えて公共の公園を歩くのが？」

「もちろん、そんなことはない」

「くそっ！」ザックはこぶしをもう片方の手に叩きつけた。「やはりそうか！　すると、なぜあの女は彼女を無視したんだ？」

「あの女というと？」

「レディ……レディなにがしだ」ザックは鼻を鳴らした。「レディ・エルベリーか、エンドベリー……いや、エンベリー――そう、レディ・エンベリーだ」

「レディ・エンベリー？　ほう、それは聞き捨てならないな」

ザックは彼に向きなおった。「なにか知っているのか？」

「いや、ただの噂話なんだが……」

「おい、ギル、遠慮している場合じゃないんだ」

「実は、キャンベリー卿が――」

「キャンベリーじゃない――エンベリーだ」ザックは苛立ちをあらわにした。

「レディ・エンベリーはキャンベリー卿のおばだ」ギルはしれっとして言った。「わたしの話を聞きたいのか？　聞きたくないのか？」

ザックはむっとして椅子に座りなおした。「つづけてもらおう」

ギルは彼をじっと見つめていたが、しまいににんまりした。「例の娘にぞっこんなんだろう？　きみが女性のことでそんなふうになるとはな。はじめて見た」

ザックは苦々しく言った。「ミス・ジェインは公園でおれと歩いていただけで、そのレディなんとかに無視された。その間違った仕打ちを正そうとしているだけだ」

「ほう、また白馬の王子になるのか？」ザックが低い声で悪態をつくのを見て、ギルはにやにやした。「実は、こんな噂がある。上流社会でこのうえなく美しいものを長年探してきたキャンベリー卿が、とうとう究極と言えるものを見つけた」

ザックは意味がわからなかった。「それで？」

「キャンベリー卿は美しいものを収集している。それで、妻にも比類ない美しさを求めているそうだ」

「それといまの話になんの関係が――いや、待て――まさか――」

ギルはうなずいた。「聞くところによると、キャンベリー卿はそのミス・チャンスに結婚を申しこんで、承諾されたそうだ」

ザックはしばらく言葉をなくした。彼は目を落とし、握りしめていた両のこぶしをそろそろと開いた。「婚約していたのか？」落ち着いた口調で言おうとした。「信じられない」

ギルは眉をつりあげた。「べつに驚くようなことじゃない。その娘は若くて、最高級のダイヤモンドなんだろう。偽りの身の上話も、彼女が裕福な夫をつかまえようとしていることを示している。結婚市場に出ようとしていることはだれの目にも明らかだ」

ザックはふさわしい返答を思いつけなかった。気がつくと、両のこぶしをまた握りしめていた。ギルの話はいやになるほど筋が通っている。だが、頭がそう思うことを拒否していた。

「いいや。婚約していたら、おれに打ち明けるはずだ」

ギルはますます眉をつりあげた。「おまえに打ち明ける？　婚約が公に告知されてもいないのに？　イギリスでもっとも裕福な男爵のひとりと婚約しているんだぞ」彼は瞳をきらめかせながら、あきれた口調でつづけた。「いや、驚いたな。その娘がなぜすぐ打ち明けなかったのか、見当もつかない。きみに――そしてきみ以外にも、暗い路地や公園で見ず知らずのロマにたまたま会ったら教えてくれてもよさそうなものだが。まったく、秘密主義にもほどがある」

短い沈黙があった。ザックは親友をにらみつけた。「楽しそうだな」

「このうえなく」

「この野郎」

「まだ飲むか？」ギルはふたりのグラスにコニャックを注ぎ足した。

ザックはグラスを取りあげると、ゆっくりとまわしながら、暖炉の炎を映している金色の液体を見つめた。「どんな男なんだ？　そのキャンベリーというのは」

「摂政皇太子の取り巻きのひとりだと言えば、想像はつくだろう――莫大な財産がある、上流社会でも指折りの――」

「わかったわかった。だが、どんな男なんだ？」

「実際のところか？」

「そうとも。人を引きつける魅力があるのか？　容姿端麗なのか？」

「小柄で、髪の毛が薄くて、着々と太りつつある」

「ほう」ザックは親友の説明が気に入った。「ほかには？　愛人がぞろぞろいないか？　その愛人に暴力を振るっていないか？　大酒飲みじゃないか？　賭博にのめりこんでいないか？　なあギル、なにが言いたいかわかるはずだ。その男に、人に知られたくない秘密はないのか？　鼻のきくおまえならなにか知っているだろう」

ギルは自慢のその鼻にしわを寄せると、顎をさすった。しまいに、彼は肩をすくめた。

「退屈な男だ」

「退屈？」

「ため池にたまった水のようにどんよりと淀《よど》んでいる。いや、ため池ならオタマジャクシやカエルが生まれるからまだましだな。キャンベリーは面白みのない、あくびの出るほど退屈な男だ」

「人に知られるとまずいような秘密はないのか？」ザックは期待を込めて尋ねた。

ギルはかぶりを振った。「愛人がいる話は聞いたことがない。たいていの同好会に顔を出し、おばを礼儀正しく訪問して、教会にも欠かさず行き、酒は飲むがほどほどにたしなむ程度——要するに、あらゆることがほどほどだ。ただし、美術品には莫大な金を費やしている。キャンベリーは美術品や美しいものの収集家で、その趣味に情熱を傾けているんだ。そして、話しだしたら止まらない。えんえんと《アド・インファイナタム》、無限に《アド・ノージアム》——」

「もういい、ラテン語はうんざりだ。では、浪費家なのか？」

ギルはかぶりを振った。「裕福の桁が違うから、問題にならない。あいにくだが、わが友よ。キャンベリーはどこを取っても無害そのものの男だ」

「無害そのものだと？」そこまで無害なところが、かえって気に障る。

ギルはうなずいた。「もろもろのことを考慮すると、その娘にとって申し分ない縁談と言える」

「そんな男と結婚するはずがない！」

「なぜそう思う？」

答えはしばらく出てこなかった。

「なぜなら――」ザックはグラスをにらみつけると、答えを必死で探した。「なぜなら、そんなことはできないからだ」

「そうか、そういうことなら……」ギルはうっすらと笑みを浮かべて安楽椅子にもたれた。

ザックは彼をにらみつけた。「あんなにも思いやりがあって、生き生きした娘が、罪深いほど退屈な男と夫婦になってたまるか！」

「人殺しの容疑でお尋ね者になるほど罪深い男よりはましだ」

「何度も言っているだろう。あれはただの行き違いだ！」ザックは火かき棒をつかむと、暖炉の石炭を乱暴にかき混ぜた。火花がそこらじゅうに飛び散る。

「弁護士の使いの者から知らせは？」ギルが尋ねた。

ザックはかぶりを振った。「まだウェールズから戻っていないと思う」暖炉の炎をじっと見つめたまま、彼は言った。「くそっ。いったい、どうすればいいんだ？」

「セシリーのことか？」

「セシリーのことじゃない――その件は単純明快だ。セシリーを連れてくれば、問題は解決する。だが、ミス・チャンスはどうすれば？」

ギルはしばらく考えて口を開いた。「きみが何者か、彼女に打ち明けるんだ。ミス・チャンスが裕福な夫を探しているのなら――」

「おれがまだごたごたを抱えているのに、キャンベリーのように確実な相手を放りだせとは言えない。おれが――少なくとも表向きは――お尋ね者になっているならなおさらだ」それに、〝もうひとりの裕福な花婿候補〟とは思われたくない。

ギルはむずかしい顔になった。「言いたいことはわかるが……」彼はザックをしばらく見つめていたが、しまいに言った。「キャンベリーは、ミス・チャンスの生い立ちが偽りなのを知っていると思うか？」

「どうかな」

「それで婚約を破談にする手もあるが……」

ザックはいっとき考えた。魅力的な――思わず飛びつきたくなる提案だ。キャンベリーがいま聞いたとおりの堅苦しい男なら、婚約者の生い立ちに少しでも怪しげなところがあるとわかれば二の足を踏むだろう。

だが、そんなことはできない。ミス・チャンスがキャンベリーを心から求めているなら、それをぶち壊しにするわけにはいかないだろう。そうしたいのは山々だが、そんなふうに裏切ることはできない。そうすることがたとえ彼女のためだとしても。

ザックはグラスを飲みほすと、さらにコニャックを注いだ。そのとき、ふとあることが頭に浮かんだ。

「そもそも、キャンベリーとの婚約がミス・チャンスの意志でなかったとしたら？」

「どういう意味だ？」

「彼女が同居している年配の女性――レディ……」

「レディ・ベアトリス」

「そう、その後見人とされる女性だ。もしその女性——もしくは彼女の姉が——裕福な相手だからといってキャンベリーとの結婚を無理強いしているのだとしたら？　それならまだつじつまが合う」

そう考えれば説明がつく。ジェインは姉妹のなかでいちばん年下だ。姉妹がロンドンに来たのは、裕福な男性と結婚するためだった。そのうちふたりは、すでに目的を遂げている——デイヴナムとモンクトン＝クームズは、たやすくだまされたのだろう。その姉たちがいま、裕福だからという理由で、ジェインに恐ろしく退屈な男との結婚を強制している……。

ギルはしばらく考えていたが、しまいにかぶりを振った。「そうは思えない。あのご婦人とも思えないやり方だ」

ザックはなにも言わなかった。そう考えればなにもかもつじつまが合う。ジェインは無理やり婚約させられたのだ。

「わたしが思うに、ミス・チャンスがキャンベリーに死ぬほど退屈したら、婚約を撤回するかもしれない。きみに残された希望はそれくらいだ」ギルが言った。

「それなら、おまえにはもうなにも相談しないことにする」ザックは素っ気なく言った。

「だが、ほかになにができるというんだ？」ギルはグラスを飲み干して脇に置いた。

その夜、眠れぬザックの頭を悩ませたのは、まさにその質問だった。

14

「ああ、家や土地がなんだっていうの？

お金がなんだっていうの？

貴族と結婚したからなに？

わたしはみすぼらしいロマと行くわ」

——イギリスに伝わる民謡

ジェインは夜明け前に目を覚ました。わずかに開けた窓の隙間から冷たい空気が入ってきているのに、汗をかいて震えていた。

またうなされていたのだ。キャンベリー卿と婚約してから悪夢は見ていなかったのに。それも、いつもの夢が途中から急に変わって、気がつくと背の高い日焼けしたロマから逃げようともがいていた。ロマは彼女をつかんで、闇のなかに連れ去ろうとしている。

いいえ、あれはもがくというより、しがみついていた……。

——きみは危ない橋を渡っているぞ、お嬢さん。

キャンベリー卿の言うとおりだとわかっていた。自分は彼のことをまったくわかっていなかった。婚約者がさらわれて売春宿に連れていかれたことより、その婚約者が着古した上着を着ているみすぼらしい男と話しているのを見られたことに腹を立てるなんて、どういう人なのだろう。

とにかく、今回の過ちから学んだことがある。キャンベリー卿にとって、体裁はとても重要なのだ――ほかのなによりも。自分の未来を、ザカリー・ブラックと数時間話したせいで台なしにするわけにはいかない。

たとえ、長身で引き締まった体つきの彼がのんびり歩いてくるのを見たときに、どんなに胸がときめいても……彼と話しているときに、どんなに時間が飛ぶように過ぎても……夜にベッドのなかで、彼と過ごしたひとときを何度も繰り返し思い返していても。

ザカリー・ブラックは、結婚相手にはほど遠い人だ。お金もなく、家もない。仕事もないし、もっとまずいことに――そのことを少しも気にしている様子がない。マックスに頼めば仕事を用意してくれるだろうけれど、その仕事に就くとはとても思えなかった。彼がこれまで話してくれたことから、さすらいの人生を気に入っているのだとわかる。

デイジーが言っていたように、彼はつかの間の恋人だった。そうではないと思っていたのなら、とんだ心得違いだ。

未来は違う場所に、キャンベリー卿と共にある。それに、いまはほかに考えることがあった。たとえば今夜、はじめて出かける舞踏会のこと。

その日は午前の遅い時間にシーザーを公園に連れていった。三歩あとから、ウィリアムが大きな影のようについてくる。ザカリー・ブラックに会うとは思っていなかった。だから、シーザーがふんふんと鼻をうごめかせて鎖を引っ張りだしたときはあっと思った。

そして、その場に凍りついた。

よくもまた来られるものだ。彼にはこれ以上ないほど明確な言葉で、二度と会えない――会うつもりもないと伝えたはずだった。失うものが大きすぎると……。それなのに、彼がいつもの自信にあふれた足取りで近づいてくる。

すぐに引き返して通りを渡り、レディ・ベアトリスの屋敷に戻らなくては。

けれども、裏切り者の足が――犬は言うまでもなく――びくとも動かない。あと一度だけ――頭のなかでささやく声がした。あと一度だけ。

そのとき、キャンキャンと耳障りな鳴き声が左のほうから聞こえた。見ると、毛皮の縁取りのある濃い赤茶色のペリースを着た大柄な女性が、こちらをにらみつけている。レディ・エンベリー。完璧だ。

興奮したふわふわの犬たちのせいで引き綱がめちゃくちゃに絡み合っていたが、レディ・エンベリーは目もくれなかった。彼女は眉をひそめると、大きな胸を怒りで膨らませた。

ジェインは体をこわばらせた。あの女性に――無言だろうとなんだろうと――咎め立てされるつもりはない。いまもこれからも、レディ・エンベリーの顔色をうかがって生きるなどまっぴらだった。

かろうじて、礼儀正しくお辞儀をした。

レディ・エンベリーが怒りですっと息を吸いこんだのが聞こえたような気がした。わたしにどうしろというの？　公共の広場で謝る？　頼んでもいないのに男性が近づいてきたから？　いいえ、そんなことはしない。

背後で砂利を踏む音がして、ザカリー・ブラックが来たのがわかった。彼女は振り向いて、冷ややかに挨拶した。「ブラックさん、またお会いするとは思いませんでした」

彼はうれしそうにブーツのにおいを嗅いでいる犬を無視した。「……婚約していたのか」

その言葉にはなじるような響きがあった。

ジェインはますます体を硬くした。その話をするつもりはなかったけれど、なぜもう会えないと伝えたのか、説明したほうがいい。「ええ。どうしてわかったの？　公にはまだ告知されていないのに」

彼はその質問を無視した。「無理強いされているんだろう？」

ジェインは眉をひそめた。「なんのこと？　だれが無理強いしているというの？」

「レディ――きみの後見人だかおばだか知らないが、その人だ。きみが暮らしているあの屋敷を所有している」彼は屋敷のほうに顎をしゃくった。「その人から、結婚するように無理強いされているんだろう？」

「いいえ。レディ・ベアトリスはわたしを愛してくださるわ。けっしてなにかを無理強いするようなことは――」

「では、そうなるように仕向けているんだろう――きみのためを思って」

「いいえ、さっきも言ったとおり――」

「では、きみの姉だな——そのご婦人の甥と結婚した」

「いいえ、もちろん違うわ。キャンベリー卿と結婚するように、だれもわたしに無理強いしていないし、そうなるように仕向けてもいない。むしろ、まったく逆よ」

「まったく逆？」彼は眉をひそめた。「つまり、その人たちはきみがその男と結婚することを望んでいなかったというのか？」

遅ればせながらジェインは、自分の婚約について、公園で彼と話すことがきわめて不適切であることに気づいた。「この話はしたくないの」

「自分の意志でその男と結婚するというのか？」

ジェインは答えなかった。

「いったい、なぜ？」

ジェインは彼をよけて、嫌がるシーザーを引っ張って歩きだした。

「なぜあんな男を選ぶんだ？」

あんまり愕然とした口調だったので、ジェインは立ち止まって振り向いた。「そうしてはいけない理由がなにかあって？」

張りつめた沈黙。それから、彼は吐きだすように言った。「きみにまったくふさわしくない男だ」

「わたしは理由を聞いたの——一方的な意見ではなくて。そうしてはいけない理由がなにかあって？」ジェインは彼の説明を待った。

「理由は思いつかない」彼はぶっきらぼうに言った。「しかし――」

ジェインは怒りを抑えきれなくなって、さっさと歩きだした。なにをしていいとか、いけないとか、他人にあれこれ指図されるのはもううんざり。わたしが結婚相手を選んだからといって、それがあの人となんの関係があるというの？　よくも人の選択に口出しできるわね？　なにも、別の道を提案してくれるわけじゃないんでしょう？　まるで、なにか案があると言わんばかり。それも、あんなに責め立てるような口調で！

彼は数歩でジェインに追いついた。「その男と結婚するのはよせ」

ジェインは走らないまでも、精いっぱい早足で歩いていた。いまいましいことに、彼はゆっくり歩いているように見える。「どうして？　キャンベリー卿は上流階級のまっとうな紳士よ。評判も良くて、家族を大切にする方で――」

「おれの父親は上流階級の紳士で、家族を大切にするともっぱらの評判だったが、酒を飲むとけだものになって、おれと妻をひどく殴っていた。おそらく妻をふたりとも――母はおれが物心つく前に死んでしまったが」ザックははっとした。この話はいままで、だれにもしたことがない。

ジェインはさっと振り向いて、目を見開いて彼を見つめた。「お父さまに殴られていたの？　なんて恐ろしい……」

ザックはなにも言わなかった。こんな話をするつもりはなかったのに。

それからジェインは怪訝そうに言った。「上流階級の紳士ですって？　あなたのお父さま

父がロマの女に産ませた子どもだと。

はロマかと思っていたわ」

「ほんとうの父親だ」それは嘘ではなかったが、彼女がどう解釈するかはわかっていた――

「そうだったのね」

「結婚相手を評判だけで信頼するんじゃない――紳士と見なされている連中はだれもだ」

ジェインは不安げな表情を浮かべた。「キャンベリー卿のことで、よくないことをなにか知っているの？　噂かなにかを耳にしたの？」ザックがなにも答えなかったので、彼女はさらに言った。「ブラックさん、あなたはキャンベリー卿も女性を殴るような方だと言いたいの？」

ザックはそのとおりだと嘘をつきたい誘惑に駆られたが、大きな青い瞳で心配そうにのぞきこまれると、嘘はつけなかった。彼はため息をついた。「いいや、その男の名誉を傷つけるようなことはなにも聞いていない」

ジェインは唇を引き結んだ。どういうわけか瞳をきらめかせている。

「だが、きみにはまったくふさわしくない男だ。一週間で死ぬほど退屈することになる。その男がただ裕福だからという理由で結婚してはいけない――富よりも大切なことがあるはずだ」

ジェインは返事をせずに、頭を反らしてさっさと歩きだした。頬が少し赤くなっている。

ザックは彼女に追いすがった。「いいか――おれは……きみに特別な感情を抱いていて、もしかしたらきみもそうじゃないかと思っている。だが、いやがる相手にしつこく言い寄るつもりはない。きみがいま、面と向かって、少しもそんな感情はないと言うなら、思い違いだったとあきらめて引きさがろう」

ジェインはなにかを言おうとしているようにためらっていたが、しまいに口をつぐんで歩きだした。

「はっきり答えてくれないか。おれが言っているのは結婚のことだ」またもや、思ってもいないことを口走っていたが、口にしたとたんにそのとおりだという気がした。

ジェインは凍りついていたが、いっとき無視するのだろうと思ったが、しまいに肩をそびやかして彼に向きなおった。「お気持ちはうれしいけれど、あなたをその気にさせるわけにはいかないわ。わたしはもう婚約しているの。結婚についてよくよく慎重に、なおかつ冷静に考えた結果よ。キャンベリー卿の申込みをお受けしたのは、軽々しい決断ではないの」彼女の表情は頑なだったが、瞳には困惑の色が現れていた。

「慎重に、なおかつ冷静にだと？」ザックは彼女を厳しいまなざしでにらみつけた。「つまり、愛はまったく関係ないということか」

ジェインは気まずそうな表情を浮かべた。「結婚のように重要で拘束力があることについて、わたしのような立場の娘はいろいろなことを考慮しなくてはならないのよ」

「どんなことだ？　金や、財産や、爵位――そういったことか？」彼のなかで苛立ちが膨れあがった。彼女を捕まえて馬の鞍《くら》に放りあげ、夕日に向かって走り去りたい。

ていた」

ジェインは否定しなかった。顔が赤くなっているのがその証拠だ。

唇がゆがむのが自分でもわかった。「つまり、きみは裕福な夫を捕まえることだけを考えていた」

「そんな――まるで血の通っていない人間のような言われようね。でも、わたしは違う」

彼はこわばった声で短く笑った。「いいや、そうだとも。だがそれでも、キャンベリー卿のような男でなく、もっとふさわしい相手がいるはずだ」歩きつづける彼女を追いかけながら、さらに言った。「そんなふうにあっさり自分を売るものじゃ――」

「いいかげんにして！　大人になりなさいよ！」ジェインがぴしりと言った。

唖然とした。「なんだと？」

「大人になれと言ったの！」彼女は繰り返した。「あなたのいるところからなら、なんでも簡単に言えるでしょうね、ブラックさん？　きれいな服を着て、ロンドンでいちばん高級な地区にあるお屋敷に住んでいるわたしを見たら、なにもかも完璧だと思うでしょう？」

「おれは――」

「あなたには想像もつかない――そうでしょう、ブラックさん？――わたしが知っているかもしれないことを。飢えるのがどういうことか、寒さに震えるのがどんなことか、夜に安心して眠れる場所がないのがどういうことか――」ジェインはふっと口をつぐむと、深々と息を吸いこんで呼吸を落ち着けた。

「そういうつもりでは――」

「わたしには、なにもない、ない。レディ・ベアトリスがくださる小遣いをのぞけば、一ペニーだってもってないの。そんなことをしてくださる理由はひとつもないのに――わたしは親戚でもなんでもないの。つまりわたしは、レディ・ベアトリスのご厚意に甘えているだけ。あなたがそう言いたければ、施《ほどこ》しと言ってもいいわ」ジェインの瞳は涙で光っていた。怒りの涙だ。

「わたしはほとんど教育を受けていないし、とくになにかができるわけでもない。取り柄と言えばこの顔だけなの。レディ・ベアトリスは、結婚をする機会を与えてくださった。わたしの――わたしと、将来生まれるかもしれない子どもたちの将来を保証するような結婚を。だから、あなたやほかの人になんと言われようと、わたしの意志は変わらない。たとえ、どんなに――」ジェインはふっと口をつぐんで、かぶりを振った。「お願いだから、もう帰ってもらえないかしら。そして戻らないで。あなたとはもう二度と会いたくない」

「ジェイン――」

「わたしを名前で呼ばないで！」

彼はジェインの手首をつかんだ。「きみは間違っている。自分でもわかっているはずだ――まったく間違っている」

「離して！」ジェインがぐいと腕を引いたので、彼は手を離した。

「きみの取り柄は、見た目が美しいだけじゃない」早口に言った。

ジェインは彼をじっと見たが、しまいにかぶりを振った。「お願いだから、ひとりにしてちょうだい。もう――」

「自分を安く売るな」

ジェインは顔をこわばらせた。「自分を、売る？」彼女はすっと息を吸いこむと、冷ややかに言った。「そうしたらどうだというの？　あなたには関係ないことでしょう？」

いまさらながら、彼はジェインが〝売る〟という言葉をどう解釈したか気づいた。「そんなつもりでは――」だが、ジェインは彼に背を向け、怒りもあらわに歩きだした。

いつの間にか、両のこぶしを握りしめていた。

ウィリアムが、これ以上騒げば相手をするぞとばかりに行く手をさえぎった。

ザックはなにもしなかった。一発か二発ウィリアムを殴りつければすっきりするだろうが、彼女に言われたから――大人になれと。


ジェインはレディ・ベアトリスの屋敷に戻った。怒りを爆発させてまだ動揺していたが、不思議なことに気分はましになっていた。いい気味だと思いながらシーザーを屋敷の裏に連れていき、水入れを満たしてやった。

それから、シーザーが水をピチャピチャ舐めるのを見守った。なんて愚かで傲慢な人。どんなふうに生きるべきか、わたしにお説教するなんて。

ブラシを取りあげて、シーザーの手入れをはじめた。「ロマなら、人生の厳しい現実を知っていると思うでしょう？」むしゃくしゃして犬に話しかけた。「でも、違うの！　どうも知らないみたいなのよ。あなたとわたしのほうがよくわかってるわ。そうよね、シーザー?」彼女はブラシを動かしていた手を止めて、ぼんやりと彼の言葉を思い返した。きみの取り柄は、見た目が美しいだけじゃない――。

あの言葉を聞いたときはうれしかったけれど、その後がまずかった。

「〝自分を売るな〟ですって?」シーザーに言うと、犬はぴくりと耳をそばだてた。

そのとおりだ。

「いいえ、違う」シーザーに言った。「これは……取引というか、契約なの。キャンベリー卿とわたしは、それぞれほしいものを手に入れる。結婚とはそうしたものなのよ」

大まかには。

「ほんとうに愚かな人」それは、キャンベリー卿のことではなかった。

彼女はため息をついた。「わかってるわよ――わたしも同じくらい愚かだった。どうしてこんな気持ちになるのかしら? そんなつもりはないのに……」彼に惹かれていた――どうしようもないほど。けれども、その先に未来がないことはふたりとも承知している。

恋に落ちるのは、向こう見ずで危険な行為だ。彼と知り合うまでは、そんなことにはならないという自信があった。結婚してから夫を愛する――少なくとも、愛そうと努力するつもりだった。世間ではよくある話だ――たがいに敬意と好意を抱いているだけで特別な感情をもたないふたりが、良識ある結婚をする。そして、結婚してからたがいに愛し合うようになる。あるいは、愛し合おうとする。

安定した、満足のいく生活を築きあげるには、そうするのがはるかに賢明なやり方だ。これまでは、まさにそうした良識ある人間になるつもりでいた。

けれどもいまの自分は、そうするかわりに、結婚相手にはほど遠い男性のことばかり考えて――そして夢見ている。その人がこちらに歩いてくるのを見ただけで、全身が――まるで、シャンパンが肌の下で静かに泡立っているようにぞくぞくしてしまう男性のことを。

自分がしているのは、危険な火遊びだ。火傷したら……それは自業自得。彼に視線を向けられるだけで、少し息苦しくなる。どうしてあんなふうになるのかしら？　公園で並んで歩いておしゃべりするだけで、あんなにも……生きているという気がするなんて。彼の話に耳を傾け、悪ふざけに声をあげて笑い、一緒に歩調を合わせて歩いているときは、体のなかから幸せが湧きあがってくるような気がする――まるで、山奥の泉で、冷たい清水が絶え間なく湧いてくるように。

そんなふうに有頂天になっているときは、笑って、くるくるダンスして、幸せになることだけを願っている。彼といるときに感じるのは、そんな気分だから。

けれども、それはあり得ない夢。かなうはずもない。

そうしたことが幻想にすぎないことはわかっていた。人生はそんなに甘くない。おとぎ話のようなめでたい結末は、だれにでも訪れるわけではないのだ――少なくとも自分のところには訪れない。必要なのは、分別と――そして、大人になること。

デイジーは正しかった。『あんたは上流階級でだれよりもがまんのならない男と出会って、まっさかさまに恋に落ちるはずだよ』

ただ、彼は上流階級でもなんでもなかった。

「無理よ」そっと独りごちた。

――はっきり答えてくれないか。おれが言っているのは結婚のことだ。

シーザーが責めるようなまなざしで彼女を見ていた。「そんな目でわたしを見ないで。あなたも素敵な人だと思っていたようだけれど、それはあなたもわたしと同じくらい愚かで、正しい判断ができないからなの。でも、心配しないで。これからは道を誤らないようにするから」

犬に鼻先で押されて、ブラッシングを再開した。「ロマの荷馬車で暮らすつもりはないわ。たき火で料理して、子どもたちをぬかるみで育てて、世界じゅうをいつまでもぶらつくわけにはいかないもの」

でも……彼はこちらを見て、顔を近づけて、話を聞いてくれた――興味をもって、本気で耳を傾けてくれた。まるで、わたしがなにを考え、感じているかが大切なことであるかのように……。

それに、彼の大きくて引き締まった体も素敵だと思わずにはいられなかった。そして深みのある声。日焼けした、長い指がすらりと伸びた手は、正義のこぶしを素早く叩きこむほど力強いのに、わたしにはとても優しくしてくれた。シーザーにも。

そして、あのゆったりとしたほほえみを向けられると……。

でも、彼は愚かで傲慢だ。なにもわかっていないのに差し出がましい。そしてがまんがならない！

──父はおれをひどく殴って……

だからひとりで、根無し草のように放浪していたのかしら？

やめて。そんなことを考えても仕方がない。もう二度と会いたくないと伝えたのだから。

──なにが望みか、よく考えたほうがいい。

彼には姿を消してもらいたかった──ほんとうに。これ以上……苦しむ必要はない。

苦しむ？　とんでもない。あの人はただ、がまんがならないだけ。

もう近づかないでもらえるかしら？

「怪しいものだわ」と言って、シーザーに最後のブラシをかけた。「あの人がそうしたためしは一度もないもの。わたしが婚約していることを知っても、あの人なら……」ブラシを片づけながらつぶやいた。「念のために、二、三日はウィリアムにあなたの散歩を頼もうかしら」

自分には考えなくてはならない未来がある。そしてその未来に、銀緑色の瞳の長身で浅黒い男性は登場しない。彼のことを頭から追いださなくては……。「そうするつもりよ」シーザーに言った。「あの人はただの通りすがりで、どうでもいい人なの。あなたにとってもそう。いいわね？」心が決まって、気持ちが軽くなった。それからシーザーの水入れに水を注ぎ足すと、最後に軽く体を叩いて、二階の縫い物部屋に戻った。

窓辺の椅子に、デイジーが脚を組んで座っていた。ビーズを縫いつけながら、鼻歌を歌っている。


『ああ、家や土地がなんだっていうの？

お金がなんだっていうの？

貴族と結婚したからなに？

わたしはみすぼらしいロマと行くわ』

「やめて、デイジー！」

デイジーは驚いて顔をあげた。「なにをやめるの？」

「その歌よ」

「なんで──ああ、そういうこと」デイジーはなにを歌っていたか思い出してにんまりした。

「図星だった？」そこでジェインの表情に気づいた。「ちょっと。まさか歌のとおりにするわけじゃないよね？」

「え──ええ」ジェインの声は震えていた。

デイジーは縫い物を脇に置くと、椅子から滑りおりてジェインにハンカチを渡した。「ああ、いつかこうなると思ってたんだ。あんたはいつも優しすぎるから、宿なしを受け入れちまうんだよ」

「あの人は、や、宿なしじゃない」

デイジーはため息をついた。「そうだね。でも、似たようなものだよ。ロマを縛りつけるわけにはいかないもの。そして、そのロマが背が高くて、肌が浅黒くて、罪深いほど男前だったら……仕方ない。それで、どうしたのさ？」

「あの人に……あの人に、もう二度と会いたくないって言ったの」

デイジーはジェインの腰に腕をまわした。「そうするのがいちばんよかったのかもしれないよ」

「わかってる」それまでこらえていた涙が一気にあふれだしたので、ハンカチで拭った。

「あの人のことで泣くもんですか。ぜったいに泣かないわ」

「その意気だよ。涙に見合う男なんて、ひとりもいやしないんだから」

「傲慢で、差し出がましくて、癪に障る人なの」

「そうだよね」デイジーはザカリー・ブラックとひとことも言葉を交わしたことがない。

「二度と会いたくない」

「そう来なくっちゃ」それから、デイジーは明るい口調で言った。「さあ、顔を洗って――あの犬っころを撫でたなら手と爪のあいだも洗って――戻っておいで。舞踏会に出かける仕度をするまで、まだしばらく時間があるからね。裾をまつるか、生地を縫い合わせるか、どちらか手伝ってもらうよ」

ジェインはいっときデイジーを見つめていたが、しまいに震える声で笑って彼女を抱きしめた。「ああ、デイジー、あなたって素敵な人ね。いつだって頼れるしっかり者なんだから」

デイジーはにっと笑った。「仕方ないよ。自分で自分の面倒を見なかったら、だれも見てくれないもの」

ジェインは手洗いに向かいながら、さっきの歌はちょうどいい警告だと思った。

あの歌のレディは、ロマと駆け落ちして最初の数週間か数カ月は幸せだったろう。でも、最初の赤ん坊が生まれたら……そのあとは？　そうなったら、柔らかな羽毛の寝床や屋敷を失ったことを後悔するはずだ。赤ん坊には暖かくて乾いたベッドが必要だから。そして、安全な居場所が。


ザックは気持ちの整理がつかないまま、周囲のことをまったく意に介さずに、通りをのろのろと歩いた。ジェインは退屈な小男と、金のために結婚しようとしている。金のために！

そして、愚かなことに、〝自分を売るな〟と彼女に言ってしまった。そういうつもりで口走ったのではなかったが、あいにくそのとおりだ。

ジェインは、なんの感情も交えずに自分を売ろうとしている――結婚の形を取ってはいるが、金と引き換えの契約だ。だが、彼女を責めることはできない。

ジェインは寒さも、飢えも知っていた――上流階級の娘なのに。そして、夜に安心して眠れる場所がないのがどういうことかも知っていた。

いつ知ったんだ？　どうやって？　なぜ？

優しくて、思いやりがあって、有力な親戚がいる美しい娘に、自分には顔以外に取り柄がないと思わせるような出来事が、なにかしらあったはずだ。金のために結婚しなくてはならないと思わせるようななにかが。

彼女は、明らかに……それ以上のなにかを求めているのに。

そこで、公園で子どもたちを見た彼女が、ふっと表情を和らげていたことを思い出した。

大人になれとジェインは言った。そして彼女自身は、このうえなく大人らしい選択をした。

彼女がなにを求めているか、わかったとしても咎める筋合いはない。『わたしと、将来生まれるかもしれない子どもたちの将来を保証するような結婚をする』と、彼女は言っていた。

そう、それだ——安全と、安定と、子どもたち。そして、〝わが家〟。

彼女を責めることはできない。それが女性の仕事だからだ——巣作りをする。ただの〝家〟を〝わが家〟に変える。子どもたちを育てて、守る。

ザックはうわの空で歩きつづけた。彼女は人生になにを求めるべきかちゃんと知っている。こちらが知っているよりもっと多くのなにかを。

自分はなにがほしい？　思いつくのはただひとつ——ジェイン・チャンスだけだ。

そして彼女を手に入れる見込みがあるなら、大人にならなくてはならない！

いままで、なんと愚かだったんだろう！　裕福で小太りの退屈な爵位もちのほうを向いている彼女の気を引くためになにをした？　うだつのあがらないロマが、だらだらと——公共の公園で話をして過ごしただけだ。話にならない！

彼女はなにか価値のあることを成し遂げたいと――過去の経験よりいい人生を築きたいと思っている。

だが、自分はなにをしていた？　この八年というもの、あちらこちらと動きまわり、ゲームを楽しんでいただけだ。相手と知恵比べをし、次々と名前を変え、危険を冒すゲームを――とりわけ、危険を冒すことを大いに楽しんでいた。

もちろんゲームといっても、国王陛下のために、ギルの真面目な指示に従って行なうゲームだったが、それでなにを成し遂げただろう？　さらに言うなら、将来はどうなる？　機密情報の収集は重要だが、戦争が終わったいまもそれほど重要なのだろうか？　はっきりと区切りが見えなくなったいま、スパイというのはある意味……やり甲斐のない職業ではないだろうか？

ハンガリーでの一件が苦い後味を残したのはたしかだった。自分は指示されたことをして、いつもどおりうまくやり遂げた。だが、今回イギリスに持ち帰った書類のせいで、現地の人々の日常は壊されることになるだろう。自分と付き合いのあった人々――なかには親しくなった人々もいるのに。

よその国の内情に干渉する権利がほんとうにあるのか、いまの自分にはわからない。それでも、政府は干渉しつづけるのだろう。だが、そこに加わる必然性があるだろうか？

イギリスを離れて十二年――そのうち八年は、政府のために秘密の仕事をしている。そんなふうに陰に隠れて、必要に応じて名前や見た目を変え、いつまでもひとところにとどまらない生き方を、これからもほんとうにつづけたいのだろうか？　だれとも親密なつながりをもたずに？

これまで、ベッドを共にした女性たちを思い浮かべた。どれもその場かぎりの関係ばかりだ。これまで、女性とはつねに距離をおいてきた。感情的な結びつきはスパイの仕事を危険なものにするし、ひとときの肉体関係以上のものを望むような女性は意識して避けていたからだ。女性との付き合いはつねにあっさりしたものだった——醒《さ》めたやりとりに、手軽な情事、行きずりの関係。本気になることはなかった。

それから、ギリシャの夏の空のように澄みきった青い大きな瞳を思い浮かべた。水面で揺れ動く朝日のようにまぶしい笑顔も。

彼は二十八だった。よその国の政府には都合の悪い秘密がつねにあって、彼のような人間に仕事をもたらしてくれる。やろうと思えば、この仕事を何年もつづけられるだろう。

だが、その必要はもうない。時間を巻き戻すことができない以上、暗い過去を拭い去ることはできないし、自分が残した汚点を取りのぞくこともできないが、心機一転出なおすことなら……それならできるかもしれない。

彼女に捧げる〝わが家〟はないかもしれないが、〝家〟ならある。

最初の一歩はそこからはじまる。問題は、その家だ。そこに未来を築けるか？　その未来に、金のために結婚しようとしている娘が振り向くだろうか？

翌朝、朝食のテーブルで、ギルは〈モーニング・ポスト〉のある部分を指さした。「告知があったぞ」

ザックはそれを見て、短くうなずいた。ミス・ジェイン・チャンスと、キャンベリー卿の婚約の告知だ。「わかっている」

「噂では、そう遠くないうちに結婚する予定らしい」ギルは言った。「春のうちに式を挙げるとか」

ザックはうなった。いまはそのことを考えたくない。「何日かロンドンを留守にする」

ギルは怪訝そうに尋ねた。「ウェールズに行くのか?」

「いいや。セシリーはいまごろ、ロンドンに向かっているだろう。いまウェールズに向かえば、それと気づかずにすれ違ってしまうかもしれない。それより、ウェインフリートに行って、なにが必要か見ておきたいんだ」ギルの意外そうな表情に気づいて付けくわえた。「領主として、責任があるからな」

「それはわかる。ただ、きみがそんなにも早くその責任を受け入れるとは思わなかった」

「受け入れたさ。そろそろ大人になる頃合いだ」

いっとき間があって、ギルが尋ねた。「きみだと気づかれたらどうする?」

「表立って訪れるつもりはない。ただ、こっそり見てまわって、領内がどんな状況かだいたいのことをつかんでおくつもりだ」

ザックはテーブルから立ちあがった。「二、三日で戻る。おれが戻る前にセシリーがロンドンに到着したら、面倒を見てくれるか？」

ギルがうなずいたので、ザックは部屋を出て荷造りに取りかかった。弁護士には、留守中になにかあればギルに相談するようにと手紙を送り、ロンドンを離れた。

ウェインフリートには一日もかからずに到着するはずだった。雨が降っていたので、街道のほとんどの区間で〈黄色い跳ね馬〉（黄色く塗られた四頭立ての駅馬車）を雇った。途中で地元の宿屋に泊まり、最後の数マイルは馬を走らせる。その馬で領内も見てまわるつもりだった。

駅馬車に長時間乗ったので、考える時間はたっぷりあった。

ジェインのことは、人生の過酷な現実から切り離され、温室で甘やかされて育てられたお嬢さんだと思っていたから、彼女の告白には驚かされた。飢えや、寒さを知っている……そして、安心して眠れる場所がない？　安心して？　彼はあらゆる可能性を思い浮かべた。どんどん悪いほうに想像が膨らんでいく。

あんなに……世間知らずな女性だと思っていたのに。

だが、彼女の言葉はひとつ残らずほんとうだという確信があった。彼女の口調に強い信念を感じとったからというのもあるが、そう考えると、これまでつじつまが合わないと思っていたことすべての説明がつく。

ジェインは貧しさを知っているのだ。過酷で、恐ろしいほどの貧しさを。

裕福な男と結婚したいと思うのも無理はない。自分の家がほしいと思うことも……。彼女を責めることはできない。

道中で何度か、彼女に食ってかかられたことを思い出して、思わずほほえんだ。小さなガミガミ女。嚙みつかれて当然だ。目を覚ますのに必要なのは、彼女の手厳しい反撃だった。夕闇が濃くなって、馬車灯を点けるために馬車が停まるころになっても、彼はまだぼんやり考えていた――いまごろジェインは、はじめての舞踏会に出かける仕度をしているはずだ。以前に、顔を輝かせて話してくれた。その日のためにいろいろなレッスンを受けていることや、その日に着るドレスを、まだちゃんと見ることも許されていないことを……。

ささやかな、たわいない喜びだが、彼女はなにひとつ当然とは思っていなかった。

もし自分がこんな愚か者でなければ――ロマになりきるのを楽しんでいなければ――おとなしくしていろという弁護士のくだらない助言を聞き入れていなければ――今夜彼女とはじめてのワルツを踊っていたかもしれない。

だが、舞踏会ならこれからもある。

そう言い聞かせたが、気持ちは少しも軽くならなかった。

15

ダンスが好きということは、すぐさま恋に落ちる準備ができているということだ。

――ジェイン・オースティン『高慢と偏見』

ジェインは息を止めた。

「ほら！」長い姿見に掛けてあった覆いをデイジーがさっと取ってはじめて、ジェインはそのドレスを目の当たりにした。

「ああ、デイジー……ああ、デイジー……」ジェインはゆっくりとその場でまわると、姿見に映る姿に見入った。くるりとまわるたびに優雅に広がって、流れる水か霞《かすみ》のように広がる生地。その紗《しゃ》のような白いシルクには繊細な絡み織りが施されていて、スカートの折り目にごく淡いピンクの陰影をつくりだしている。それは外国から特別に取り寄せた、マックスとフリンからの贈り物だった。身頃にちりばめられた無数の小さなピンク色のクリスタルが、ろうそくの光を受けてきらきらと輝いている。

「こんな……こんな美しいドレスは見たことがないわ」ジェインは声を弾ませた。「ああ、ありがとう、デイジー。まるで……ああ、なんて言ったらいいのか、言葉が見つからないわ」

「おとぎ話のお姫さまみたい」そばで見ていたアビーが涙をこらえて言った。「ジェイン、あなたはお母さまに生き写しよ。この晴れ姿を、お母さまとお父さまに見せたかった。ああ、もう涙が……」

「ちょっと！　いまはやめて」デイジーが横から言った。「上質のシルクに涙をこぼさないでもらいたいね。波紋絹《ウォータード・シルク》にしたいわけじゃないだろう？」

アビーは泣き笑いしながら一歩さがると、夫を振り向いて言った。「ほんとうに悲しいわけじゃないのよ。ただ、母にあんまり生き写しだから……。それに、母のように美しいドレスを着てお披露目の日を迎えることを、ジェインはいつも夢見ていたの。でも、まさかそんな日がほんとうに……ほんとうに来るなんて……」

「そうだな、いとしい人」マックスは優しく応じると、真っ白なハンカチを妻に手渡した。それから、白いブロケードで覆われた楕円形の箱をジェインに渡した。「きみの姉とわたしからの、ささやかな贈り物だ。はじめての舞踏会の記念に」

ジェインは震える手で箱を開けた。ピンク色の真珠とクリスタルの首飾りに、同じく真珠をあしらった、しずく形の耳飾り……。ジェインは息をのんでアビーを見た。

アビーはうなずいた。「お母さまが話してくださったものにできるだけ近いものを探したの。でも、あなたはピンク色のほうが好きだろうと思って」

「ええ、好きよ。ほんとうにありがとう！　なんて素敵なのかしら……ピンク色の真珠なんて、はじめて見たわ」ジェインは首飾りを箱から取りだすと、自分の首に当ててみた。「お願いできるかしら、アビー？」

「南洋の真珠だ」マックスが説明した。

アビーは首飾りをつけてやると、妹が耳飾りをつけるのを待って抱きしめた。「はじめての舞踏会を楽しんでね」

「あなたもよ、アビー」ジェインは心をこめて応じた。自分ひとりに注目が集まるのは違う気がした――今夜は、三人にとって――アビーとダマリスにとってもはじめての舞踏会だ。デイジーにも来てほしかったが、ことわられてしまった。

「ドレスを押しつぶさないでもらいたいね」デイジーが横から言った。アビーが着ているのは、鮮やかなグリーンのシルクのドレスだ。裾に金色の繊細な編み目飾りが縫いつけてあって、ごく小さな金色の房飾りが揺れている。喉元には、見事なエメラルドの首飾りがきらめいていた。

「上出来だこと」レディ・ベアトリスが戸口に現れた。「きれいに仕上がったものだわ――ふたりともですよ。でも、ジェインは格別。見事な仕事ぶりだわ、デイジー。この生地を選んで正解だったわね」

「そのとおりよ、デイジー」アビーも言った。「ダマリスのためにあなたが作ったドレスも、ため息が出るほどきれいだった。最新の流行なのに、とても斬新なデザインなんだもの。明日から、あなたのところには注文が殺到するわよ」

「ほんとうに来ないつもりなの、デイジー？」レディ・ベアトリスが尋ねた。「公爵夫人に掛けあったら、あなたを連れてきても少しもかまわないと言ってくださったんですよ。それに、自分のドレスがどんな騒ぎを巻き起こすか、その場で見届けるべきだわ。今夜はあなたにとってもはじめての舞踏会ですからね――あなたのドレスたちの」

デイジーはかぶりを振った。「そんなことより、仕事をしないと……。そのドレスが今夜、売りこんでくれますから。あたしはその場にいなくていいんです」

「そんなことはないんですよ。あなたがロバのように頑固でなければいいのに」レディ・ベアトリスはつぶやいた。

舞踏会に向かう馬車のなかは静かだった。アビーはきっと父と母のことを考えているのだろう――それはジェインも同じだった。別の意味で。

――母のように美しいドレスを着てお披露目の日を迎えることを、ジェインはいつも夢見ていたの。

ジェインは母の話を思い出して、心の片隅で思った。舞踏室の向かい側で待っているのが、背が高くて色の浅黒い、銀緑色の瞳をきらめかせた男性ならよかったのに。

いいえ、そんなのは愚かな夢に過ぎない。かなうはずのない夢。自分には、とても立派でふさわしい男性がいる。ほしいと願ったものすべてを与えてくれる男性が……。

見ると、向かい側に座っているアビーとマックスが、熱い視線を交わしていた。アビーはマックスと腕を絡め、幸せそうにため息をついて、夫の大きな体に身を寄せている――ドレスが押しつぶされているのを気にもしないで。マックスは彼女の手に自分の手を重ね、妻をひたと見つめていた。ふたりだけにわかる親密で愛情にあふれたまなざし――ジェインは思わず目を逸らした。

キャンベリー卿なら、ほしいと願ったものを与えてくれる。

すべてとまではいかなくても。

舞踏室におりる階段の上にロザミア公爵夫人の執事が立ち、招待客の到着をひとりずつ告げていた。最初に、レディ・ベアトリスが〝先代のレディ・デイヴナム〟と呼ばれて鼻にしわを寄せた。それからマックスとアビー――〝デイヴナム卿とレディ・デイヴナム〟――そして最後にジェインが、ただ〝ミス・チャンス〟と呼ばれた。

一行が公爵と公爵夫人に挨拶していると、傍らで待っていたキャンベリー卿が進みでた。彼の服装はこのうえなく洗練されていたが、黒いサテンのブリーチズと白いシルクのストッキングは、残念ながら彼のような体型の男性には似合わない。

ジェインは彼ににっこりとほほえんだ。キャンベリー卿は彼女を鋭いまなざしでさっと見まわすと、結構だと言うように短くうなずいた。それから一歩進みでて腕を差しだし、ジェインはレディ・ベアトリスの許可を得てその腕を取った。

レディ・ベアトリスとマックスとアビーは先に進んだが、キャンベリー卿はしばらくそこにとどまって公爵夫妻から祝福を受け、後ろにほかの招待客の行列ができたことにも気づかない様子で、あれやこれやと話に興じた。

ほどなく、彼がわざとそうしていることにジェインは気づいた。婚約を新聞に告知して以来、ふたりではじめて人前に出る機会だから、目立つように入場したいのだ。しまいに、キャンベリー卿は公爵夫妻から離れて、ジェインを舞踏室の奥に連れていった。レディ・ベアトリスとアビーとマックスが、すでにダマリスとフレディと合流していた。

ふたりがダンスフロアを横切ると、ざわめきと静寂が広がった。ジェインはますます緊張して、胸がどきどきするのを感じた。なにか間違いをしていないかしら？　ドレスの裾が後ろでもたついていないかしら？　みんな揃って、なにを見ているの？　なぜだれも話していないの？　それでも彼女は頭をまっすぐにして歩きつづけた。この日のためにレディ・ベアトリスから叩きこまれたのだ。頭のなかで、厳しい声が響いた。『万一なにかしくじっても、知らないふりをするんですよ。完璧だというふりをするんです。立ち居振る舞いがすべてですからね。』

どこまでも果てしないように思えるダンスフロアを、なかほどまで進んだときだった。不意に左手のほうからあっという声が聞こえて、ジェインは立ち止まった。

丸々と太った年配の女性が、驚愕の表情を浮かべてジェインを凝視していた。彼女は片手をジェインのほうに伸ばしてよろよろと進みでると、ばったりと倒れた。

ジェインはぎょっとして駆け寄ろうとしたが、キャンベリー卿に引っ張られた。「かまうことはない。わたしたちには関わりのないことだ。介抱する者なら大勢いる」たしかに、気絶した女性にすぐさま何人かが駆けよって、気つけ薬を取りだしたり、焼いた羽根（気絶した女性ににおいを嗅がせる）はないかと周囲に声をかけたりしている。

ジェインはためらった。「なにかお話があるようでしたが……」

「そうかもしれないが、いまはだれとも話せる状態ではない」キャンベリー卿は言った。「さあ、行こう。なにも問題はない」

レディ・ベアトリスが前に進むように合図していた。

「いったい、どうしたんでしょうか？」ジェインは家族のところに来ると尋ねた。

レディ・ベアトリスは肩をすくめた。「大方、コルセットの紐を締めすぎたんでしょう。よくあることですよ。女性がコルセットのなんたるかをろくに知らない、この暗黒時代でも」

「わたしになにかお話があるようでした」

「ただ苦しくて、もがいていたのかもしれないわね」レディ・ベアトリスは言った。「あなたが心配することではありませんよ。公爵夫人が世話を焼いているでしょう」そのとき、楽団が最初の曲を奏ではじめた。「ちょうどよかった、音楽がはじまったわ。ほら、キャンベリー卿は今夜最初のダンスをあなたと踊る気満々ですよ。楽しんでらっしゃい」

ジェインは言われたとおりに最初のダンスを踊った。その後もダンスの相手は途切れることがなかったが、次から次へと踊るうちに、なにかがおかしいという感覚は強まった。アビーとレディ・ベアトリスが、マックスと深刻な顔で話しこんでいる。アビーとマックスはまったく踊っていないし、彼らのそばにいるダマリスとフレディもそうだった。

ジェインがダンスの合間に戻るたびに、彼らは満面の笑みで迎え、なにかあったのかと尋ねると、いいから楽しんできなさいと言って、ふたたび彼女を送りだした。いよいよ怪しい。だれもが彼女を子どものように扱っている。

ちょっとした策略が必要なのは明らかだった。ジェインは次のダンスがはじまる直前、相手に申し訳なさそうに暇乞いをすると、女性のための客間に滑りこんだ。そしてしばらく待ってから、人混みを縫って家族がいるところに戻った。

気づかれないように、大きな椰子の鉢植えの陰から様子をうかがった。アビーの苦しそうな声が聞こえた。「いいえ、はじめての舞踏会の夜に、ジェインを動揺させるつもりはありません」

マックスのよく響く声が聞こえた。「きみにとってもはじめての夜じゃないか、いとしい人」

「そうね、でもわたしはジェインと違って、舞踏会やきれいなドレスを夢見たりしなかったもの。ジェインの夢を、あの人に壊されたくない」

ジェインは鉢植えの陰から進みでた。「〝あの人〟ってどなたなの、アビー？　さっき気絶した方？　一度もお会いしたことがない方だったけれど。どなたなの？」

気まずい沈黙があった。しまいに、アビーが口を開いた。「なんでもないの――いいから踊ってらっしゃい」

ジェインは動かなかった。「わたしは十八なのよ、アビー。もう事実を遠ざけておくような子どもじゃないわ」

「ジェインの言うとおりだ」マックスが言った。

「あとで話してはだめかしら？」アビーはなおもためらった。

「お姉さまが話さないなら、ほかの人に聞くわ」ジェインはダマリスとフレディを見た。

「あなたは知ってるの？」ダマリスは申し訳なさそうにジェインを見た。フレディは肩をすくめた。

「アビー……」ジェインは姉に向きなおって待った。

アビーは困り果てて、かぶりを振った。マックスは彼女を抱き寄せると、ジェインに言った。「気絶した女性は、レディ・ダルリンプルだ」

「レディ・ダルリンプル？」ジェインは目を見開いてアビーを見た。

アビーはうなずいた。「わたしたちのおばあさまよ」彼女は唇を引き結んだ。「わたしたちがどん底で飢えていても、放っておいた方」

16

彼女はその手紙を、熱心に、じっくりと読んだ。いろいろと考えさせられる内容で、なにもかも、ますます曖昧になるばかりだ。

——ジェイン・オースティン『マンスフィールド・パーク』

翌朝いちばんで、ジェイン宛てにさまざまなものが届けられた。男性の崇拝者たちからの花束や贈り物、求愛の言葉がつづられた手紙に、パーティや舞踏会の招待状の数々。そのなかに、ジェインの気持ちをさらに揺さぶる手紙があった。

封を開ける前から、差出人がわかった。封蠟に〝Dalrymple〟とある。封を破って、呆然としたまま、優雅な斜め書きの筆記体で書かれた文章に目を通した。

親愛なるミス・チャントリー

こんなふうにお手紙を差しあげて、ご迷惑だったらごめんなさいね。もしわたしが間違っていたら許していただきたいのだけれど、あなたは、わたしの孫ではないかと——二十五年前、悲しいことに行方知れずになったわが最愛の娘、サラの子どもではないかと思うの。あなたがサラにあんまり生き写しだったから、ゆうベロザミア公爵夫人の舞踏会であなたを見かけたときに、時間が止まったのかと思ったくらいです。

あなたがどうして先代のレディ・デイヴナムの庇護を受けて社交界入りしたのか、わかったようなふりをするつもりはありません。たぶん、あなたの姉がその方の甥御さんと結婚したからなんでしょう。あなたに姉がいることは知っていましたから、昨日見かけたとき、すぐにそうとわかりましたよ——まぎれもなくチャントリーの顔立ちでした。片やあなたは、母方の血を色濃く引いています。

あなたにぜひともお会いしたいの。あなたの姉にも手紙を書きました。どんな奇跡がわたしたちを引き合わせてくれたのかわかりませんけれど、とうとう神さまがわたしの祈りに応えてくださったんでしょう。

あなたの祖母
ルイーザ・ダルリンプル

それからほどなく、同じような手紙を握りしめてアビーが訪ねてきた。「あなたにも手紙が来たの？　そんなことだろうと思った。よくもこんな……こんなことができるわね」アビーは怒りで震えていた。「信じられない！」

ジェインが差しだした手紙を、アビーは憤然として読んだ。ジェインはアビーの手紙を。ほとんど同じ文面だ。

アビーは手紙を放ると、椅子に腰をおろし、それからまたぱっと立ちあがって、いらいらと歩きまわった。「『最愛の娘』？　『悲しいことに行方知れずになった』ですって？」怒りの涙があふれるのを、アビーはさっと拭った。「あんなに薄汚れたみすぼらしい部屋でお母さまがゆっくりと苦しみながら死んでいったのに、よくもそんなことが言えたものだわ！」

彼女は手紙を拾いあげると、もう一度さっと目を通して、また放った。手紙がはらはらと床に落ちていく。「わかる？　この人は、わたしたちのことを知っていたのよ――『あなたに姉がいることは知っていたから、すぐにそうとわかりましたよ』ですって！　そして、いまになって会いたいだなんて――いまごろ！　いい人ぶっていて、吐き気がするわ！　この人がしたことのせいで、わたしたちは死んでもおかしくなかったのに」

ジェインは屈《かが》んで、手紙を拾いあげた。

アビーはおさまらなかった。「何通手紙を書いたかわからないくらいよ――わたしたちの絶望的な状況を伝えて、助けを求める手紙を。お父さまが――お母さまが病気になったときに、何通か――この人に手紙を書いたことも知ってるわ。すぐにまともな治療を受けていたら、お母さまはいまも生きていたかも……」彼女は涙を拭った。

「お父さまがあんなことになってから、お母さまは自分の両親に助けを求める手紙を書き送った――お父さまの両親にも。自分は重病だから、あなたとわたしを養えないと……」アビーは震える手で頬の涙を拭った。「お母さまは、その人たちにわが子を――わたしたちを！――託そうとした。その人たちにとって、お母さまがいまだに赤の他人だとしても、少なくとも子どもたち――わたしたちには罪がないからと言って！　そうなっても、わたしはお母さまの元を離れなかったでしょうけれど、あなたはとても小さくて、いたいけで、頼りなかったから……」彼女の頬を、なおも涙がこぼれ落ちた。

ジェインは愕然とした。そんなことは知らなかった。なかには知っていたこともあるけれど、お母さまがわたしたちをあきらめようと申し出ていたなんて——わたしたちを守るために——そんなことをしたら、ひとり寂しく死んでしまうことになるのに。涙が湧きあがって、目の奥をちくちくと刺していた。かわいそうなお母さま。

「お母さまが亡くなってから、わたしがその人たちに手紙を書いたことはあなたも知ってるでしょう」アビーは苦々しく言った。「チャントリー家の人々がもう亡くなっていることをありがたく思ったほうがいいかもしれないわね。少なくとも、その人たちはどこからともなく現れて、わたしたちを胸が悪くなるほどちやほやしたりしないもの」

「亡くなっているの？」ジェインは目をあげた。「知らなかったわ」

アビーはどうでもいいという仕草をした。「十年前に。なんでも、たちの悪い感冒にかかったという話よ。しばらく前にマックスが教えてくれたの」

「どうして話してくれなかったの？」

アビーは意外そうに彼女を見た。「ごめんなさい、そこまで思い至らなかったわ。でも、話したところでどうにもならないでしょう」

「知りたかった」ジェインは言った。「その人たちも、わたしのおじいさまとおばあさまには変わりないもの」

アビーは妹を抱きしめた。「悪かったわ、そこまで思いつかなくて……。マックスから聞かされたのは新婚旅行のときだったの。それからクリスマスになって……」ジェインは静かに言った。

「クリスマスのときに、ダマリスのおじいさまとおばあさまがいらしたわね」

アビーは戸惑って妹を見た。「あなたに話そうとはちらりとも思わなかった。関心があるとは思わなかったの。わたしたちの存在は、あの人たちにとってかならずしも喜ばしいものではなかったから。そうでしょう？」

ジェインは手紙に目を落として唇を噛んだ。「それで、この手紙をどうするつもり？」

「焼いてしまいましょう」アビーはあっさり答えた。「その人がわたしたちの人生にいまさら入りこめると思っているなら――ほら、夫を亡くしたものだから、余生は孫たちに面倒を見てもらいたいのよ」

「おひとりなの？」

アビーはうなずいた。「ゆうべわたしたちが舞踏会を引きあげたあとで、マックスがあの人のことを洗いざらい調べてくれたの。あの人のほうでも調べさせたに違いないわ。だって、そうでもしないかぎりわたしたちの住所までわからないでしょう？　マックスの話では、あの人の夫は――」

「わたしたちのおじいさまよ」

「そう、その人は一年ほど前に亡くなったそうなの。そしてレディ・ダルリンプルは、去年のうちは田舎の屋敷に引きこもっていた。そして喪が明けて、社交界に戻ってきたのよ」

ジェインは考えこんだ。「すると、これからもいろいろな催しでお会いすることになるわ」

アビーは素っ気なく肩をすくめた。「そうかもしれないわね。だからなに？　あの人のことは受け入れないから」

ジェインは唇を噛んだ。

アビーは眉をひそめた。「ジェイン？　まさか、あの人に会おうと思ってるんじゃないでしょうね！」

ジェインはため息をついた。「わからないわ。どうしたらいいのかしら」

「なにを迷っているの？」アビーはあきれて声をあげた。「あの人に放っておかれたせいでお母さまは亡くなり、わたしたちは飢える羽目になったのよ。それが、自分にとって都合のいいときになって、わたしたちを呼び寄せようとするなんて！」彼女はジェインを見つめた。「そんな人に会いたいはずがないでしょう？」

ジェインはすっかり混乱していた。アビーを心から愛しているし、こうして大人になれたのはすべてアビーのおかげだと思っている。でも、自分はもう子どもではない。なにをすべきかは自分で決めたかった。

ジェインは立ちあがってアビーを抱きしめた。「自分でもまだわからないの――しばらく考えさせて」

「あなたのしたいようにすればいいわ」アビーは言った。「でも、わたしはあの人と関わらないつもりよ」

ザックは馬を止めて、子ども時代を過ごした屋敷を見おろした。とても懐かしい眺めだが、なにかが違う。記憶にあるのは大きくて、飾り気がなくて、冷たい建物だったが、ヨーロッパ建築の粋《すい》を見てきたせいか、こうして見ると驚くほど洗練されていて、質素ながらも気品にあふれているように思える。現代風と言ってもいいくらいだが、建物そのものは十七世紀に建てられたものだ。

父親が生きていたころと違って、しっかりと管理されていないのは明らかだった。馬車道はでこぼこだし、芝生は伸び放題で、うちしおれた花壇には雑草がはびこっている。だが、いまはともかく春だ。縦仕切りの窓が、春の薄日を反射して光っている。ただし、どこにも人影が見当たらないのは意外だった。

ジェイン・チャンスはただの〝家〟は〝わが家〟とは違うと言っていた。思えばウェインフリートは、ただの〝家〟だった。そこに住む人々がいたのに――むしろその人々のせいかもしれない。父は礼儀作法に厳しかったので、小さな男の子にかまってくれる召使いはあまりいなかった。だから小さいころは、屋敷の外で楽しみを見つけた。

屋敷のそばにあるのは、自分がセシリーを沈めたことになっている湖だ。その湖面を眺めて、夏に催されたパーティを思い出した。湖に浮かべたボートに、つば広の帽子をかぶって薄手の夏のドレスを着たレディと紳士が乗りこみ、紳士がボートを漕《こ》ぐ。そして、湖岸でピクニックを楽しむのだ。だが、自分がそこにいたことはなかった——そうした催しは大人のためのもので、子どもは関係ない。憶えているのは、パーティを自分の部屋から眺めたことだけだった。

今日の湖は磨きあげた白鑞《しろめ》のように光っていた。あの湖も、しっかり整備しなくてはならない。アシの群生が湖面をかなり浸食している。

馬が落ち着かなげに首を振っていたので、屋敷を離れてさらに進んだ。これ以上屋敷に近づくつもりはなかった。この姿を見てだれかわかる人間はもとより、自分のことを憶えている人間もそう多くないだろう。だがもし気づかれたら大騒ぎになる。そんな騒ぎにはまだ煩わされたくなかった。

それに、いま関心があるのは領地であって、過去ではなかった。道を逸れて、子ども時代のつらい記憶にさまよいこみたくない。

彼は領地をまわった。記憶にある目印が昔とは違っていると、意外なほどうれしくなる。だが、領内を見てまわるにつれ、不安のほうが強まっていった。ここに来たのは、ひとつには自分が後にしたものを思い出して、なにをすべきか見当をつけるためだ——だがいちばんの目的は、考えることから逃れるためだった。

これまで、結婚について真剣に考えたことは一度もなかった。むしろ、自分はそうしたことに向いていないと思っていたくらいだ。だがミス・チャンスと出会って、これまで思いもしなかったようなあれこれを考える羽目になった。

ウェインフリートの領内を見れば見るほど、なすべきことは増えていった。休閑地を耕して、春の種まきに備えなくてはならない――まだ種まきが終わっていなければだが。湿地は水はけをよくしなくてはならないし、雑木林や果樹園も、新芽が芽吹く前のこの時期は手入れが必要だ。倒れかけた柵も修理しなくてはならない。ひとつひとつを見れば小さなことだが、そうしたことがこれほど積み重なると、この地がいかに放置されていたかがよくわかる。

思うに、父はこの土地にしっかりと目を光らせていた――時代遅れで頑固な人間だったが、領主としての責任はまっとうしていた。そして父は息子に、次の世代がになうべき仕事をしっかりと叩きこんでいた。

その父が、一年前に死んだ。以来、ここではなにひとつ手がつけられていないように見える。

自分のせいだ。てっきり、ここを任されている管理人がこれまでと同じようにしているものと思っていた。

自分には、ここでやるべきことがある。手を入れて秩序を取り戻すだけでなく、新しい可能性を――小作人にも領主にも豊かな生活をもたらすかもしれない新しい農法を試したい。古いものから、新しくていいものをつくりだしたい。

大人になれと彼女は言った。

頭のなかに、さまざまな可能性が思い浮かんでくる。

さらに馬を進めて領内をぐるりと一周し、屋敷の裏手にある森の端に来た。昔は一日のほとんどをその森で過ごしたものだ。草が生い茂って見分けがつきにくくなった小道が森の奥へとつづいている。そのすぐ先にはときどき魚釣りをした小川と、毎年ロマが野営していた空き地がある。子どものころはよくその野営地を訪れて、ロマたちの知恵や知識をいつしか身につけていた。それはやがて人生を決定づける一因となり、ときにはそのおかげで命拾いした。

馬を降り、手綱を木に結びつけて小道をたどった。

ドサッと音がして、短い悲鳴が聞こえたのはそのときだった。ザックは声がしたほうに走った。枝を広げたカシの巨木の下に、七、八歳ぐらいの男の子が仰向けに横たわっている。絡み合った下生えのなかで、じっとして動かない。

顔をのぞきこむと、幸い子どもは目を大きく見開いていた。片方の腕が妙な角度に曲がっている。折れているのだろう。子どもは怯えた目でザックを見あげて、ぱくぱくと口を動かした。息ができないらしい。

「大丈夫だ」ザックはつとめて穏やかな声で言った。子どもの相手をしたことはあまりない。「背中を打ったせいで、ちょっと呼吸が止まっているだけだ。じきに元どおりに――ほら、戻った」子どもは、必死で胸いっぱいに息を吸いこんだ。

何度か懸命に呼吸を繰り返すうちに、子どもの顔から怯えた表情が消えていった。それから今度は起きあがろうとしたが、痛そうに声をあげてまた仰向けになった。顔が真っ青で、冷や汗をかいている。

子どもはけがをしたほうの腕を胸につけてザックを見あげた。唇をゆがめて、どうにか泣くまいとしている。それに気持ちも悪いらしい。見ていて、なんとも気の毒なありさまだった。

「腕が折れているみたいだ」ザックは話しかけた。「とんでもなく痛いだろう？　しばらくそのままでいてくれないか。ほかにけがをしていないか調べよう」子どもは歯を食いしばり、真っ青な顔をゆがめて待った。

「わたしはザックという」話しかけながら、ほかの手足にけががないかたしかめた。「あの木から落ちたんだろう？　わたしも前に落ちたことがある」

子どもはなにも言わずに、必死で取り乱すまいとしていた――胃のなかのものを吐くまいとがんばっている。足首に触れるとぎくりとしたが、声は出さなかった。勇敢な子どもだ。服装から、農家の子どもなのだろう。

「こちら側のつま先をもぞもぞ動かせるか？」膝に触れたまま尋ねた。

子どもは顔をしかめてうなずくと、言われたとおりにした。

「よし、痛そうだが、こちらの足は折れていない。つまり、片方の腕が折れていて、片方の足を捻挫しているわけだ。わかるな？　それから打ち身と擦り傷がある。だが心配するな、すぐによくなるから」ザックはできるだけ優しく言った。子どもはとても気分が悪そうだ。これ以上心配させてもどうにもならない。「名前はなんというんだ？」

「ロビン」子どもは小さい声で答えた。「ロビン・ウィルクス」

それはなじみのある姓だった。ウェインフリート伯爵家に代々仕えている一族だ。ザックが子どものころ、料理番はミセス・ウィルクスというたくましい母親のような女性だった。彼女は育ち盛りの男の子が好きで、その年ごろの子どもがいつもおなかを空かせていることを承知していたから、ザックのためにこっそりおやつの時間を作ってくれたものだ。だが、その当時ですら年配だったから、この子どもの母親ではないだろう。いまごろは仕事を引退しているはずだ。

それなら見つからずにすむかもしれない。

「その足首では歩けないだろうから、わたしが送ろう。うちはどこだ？」

子どもはためらっていたが、しまいにどうしようもないことに気づいて答えた。「大きなお屋敷」

「ウェインフリートか？」ザックは気が滅入るのを感じた。運命の皮肉からは逃れられない。

子どもはうなずいた。

「ではロビン、これからおまえを抱えあげるが、正直に言ってものすごく痛いはずだ。だから、泣きわめいても咎めはしない。おまえは勇敢な子どもだからな」

ザックはできるだけ優しく子どもを抱きあげた――とりわけ、小さな胸にたたまれている折れた腕にはぶつからないようにしたが、子どもはまたあっと声をあげて気絶してしまった。そのほうがいい。ザックは子どもがこれ以上痛い思いをしないように気を配りながら、森のなかを歩いて戻った。

子ども時代に使った近道を見つけて、厩《うまや》と菜園のあいだを突っ切り、中庭を横切って厨房に向かった。ふだんならだれかを――たとえば庭師や厩番やその見習い、あるいはほかの人間を見かけそうなものだが、ひとりも見かけない。それが奇妙でならなかった。

だが、ちょうど厨房のドアに手をかけようとしたとき、ドアがバタンと開いて、がっしりした見覚えのある女性が出てきた。ひどく年を取っているが、その姿を見ればわかる。ミセス・ウィルクス！

彼女はひと目で状況を見て取った。「ああ、ロビー、ロビー、今度はなにをしでかしたんだい？」ザックに見向きもしないで子どもに呼びかけている。

子どもは意識を取り戻して、どうにかつぶやいた。「やめて、おばあちゃん。ぼくなら――」そこでまた気を失った。

「ああ、大変だ！　さあさ、こちらへ――ありがとうございます――ええ、そこの椅子におろしてくだされば……。ちょっと、ウィルクス！」外に呼びかけ、また子どもに目を戻した。

「腕が――」

「折れている」ザックは言った。「だが、その足首は捻挫しているだけだと思う。大きなカシの木から落ちたんだ」ミセス・ウィルクスは孫のほうに気を取られて、ザックのほうをろくに見ていなかった。

「そうでしょうとも。いつだってなにかしらやらかすんだから」彼女はドアに駆け寄ると、また声を張りあげた。「ウィルクス！」おそらく子どもの父親を呼んでいるのだろう――だがしまいに走ってきたのは、白髪で腰の曲がった、ミセス・ウィルクスより年寄りの男だった。たしか厩番の男だ。その男もザックのほうを見なかった。

　ミセス・ウィルクスが言った。「いなくなったと思ったら、腕を折って帰ってくるんだから……。アーニーを呼んできて」

「アーニーというのは？」ザックはこっそり姿を消そうと忍び足でドアに近づいていたが、その名前を聞いて立ち止まった。

　ミセス・ウィルクスはしばらく答えずに孫の世話を焼き、真っ青な顔をした子どもの傍らにバケツを置いた。「朝食べたものを吐きたくなったらここに戻すんだよ、ロビー」ロビーがそうすると、手ぬぐいを渡してかぶりを振った。「死んだ父親にそっくりだ。いつだってなにかしらやらかすんだから」

　彼女は体を起こしてザックに言った。「アーニーは、ブランブル・クリークのそばに住んでいる〝天然〟ですよ。この子の腕を接《つ》いでくれます」

〝天然〟？　そういえば、田舎の人間はしばしば、知恵の遅れた者に癒しの力があると考える。だが、悪意がないとはいえ、そんな者に乱暴な手当てをさせるわけにはいかない。「この子にはまともな医者が必要だ」

　ミセス・ウィルクスはかぶりを振った。「いいえ、アーニーでなくてはだめなんです。医者は来てくれませんから」そう言って、孫の髪を後ろに撫でつけた。

「なぜだ？」

「お代を払えませんから」彼女は言った。「お金がないんです」

「医者を呼んでくれないか」ザックは言った。「わたしが払う」

「あなたが？」ミセス・ウィルクスはそこではじめて、孫から目を離してザックを見た――そして、眉をひそめた。さらに二、三歩近づいて、彼をまじまじと眺めた。

「まさか――ああ、なんてこと！　ほんとうだ！」よろよろと後ろにさがって、ドスンと椅子に腰をおろし、幽霊でも見たかのようにザックを見た。「ああ、ウィルクス、ウィルクス――ロビーを連れてきてくださったお方をごらんよ！　アダムさまが生き返って、戻ってきなさった！」


ジェインはレディ・ダルリンプルの手紙のことを一日置いておくことにした。彼女もアビーもしばらく気持ちを落ち着けて、じっくり考える必要がある。

ふだんのアビーはとても寛容で、優しくて、愛情にあふれているのに、この件では……。ジェインは身を引き裂かれる思いだった。アビーを裏切りたくない。アビーはふたりが飢えないで安全に暮らせるように気を配り、働き、そして闘ってきた――だから、たしかに怒る権利がある。

だがジェインはその女性の言い分を聞きたかったし、そうするならアビーにも一緒に来てもらいたかった――ひとりで行くのが気まずいからでなく、心の奥底ではアビーもその場にいて、話を聞く必要があると思っていたから。

だから、もう一度説得しようとアビーの屋敷を訪れた。アビーは執事にお茶を頼むと言った。

「あの方がわたしたちを飢えるまで放っておいたことはわかってるわ、アビー。でも……それは昔の話で、わたしたちはもう大丈夫でしょう？　それに、あの方には……わたしたちには、ほかに家族もいないわけだし……」

アビーはおなかを包みこむように両手を組んでいた。「あの人は、わたしたちを死ぬまで、放っておくところだったのよ、ジェイン。家族ならそんなことはしないわ」

「そうね。でもわたしは、どうしてそんなことをしたのか知りたいの」

「それでどうなるの？　ジェイン、あの手紙は――わたしが書いたあの手紙は？　あの手紙を無視するなんて、あの人の心は石でできているに決まっているわ」アビーは顔をくしゃくしゃにして涙を流した。彼女は大きな男物のハンカチを取りだして涙を拭った。

ジェインは後ろめたくなって、姉の体に腕をまわした。「いまのわたしがあるのは、なにもかもお姉さまのおかげだと思ってる。だから、お姉さまを苦しめるつもりはないの。でも……」

「でも？」

「どうしても知りたいの」ジェインは思い詰めたようにつづけた。「あの方はお母さまのお母さまでしょう。それに、舞踏会で見かけたあの方は、心から苦しんでいるようだったわ、アビー。気絶するくらいに」

「びっくりしたからでしょう。わたしたちに――あなたに会うとは思ってもいなかったから。あなたがお母さまに生き写しだったから。わたしたちが、まだこの世にいるとは思っていなかったのよ」

長い沈黙があった。こんなに辛辣で冷たい言い方をするのはアビーらしくない。ジェインは姉の心情を理解していたが、彼女自身はそれほどの怒りを感じていなかった。当時アビーがどんな気持ちだったか、ほんとうに理解するにはジェインは幼すぎた。アビーは問題のすべてを一手に引き受けていた――まだ十二歳にもならないうちから。

だが、ジェインは家族というものに憧れていた。アビーも心の底ではきっとそう思っている。アビーはただ、わが身を守ろうとしているのだ。古傷が開いて、みじめな感情をかきまわされないように。ジェインにはその気持ちがわかった。アビーはいまは幸せな生活に落ち着いている。わが家があるし、心から愛し、愛してくれる夫のマックスもいる。

アビーは望んだものすべてを手に入れているけれど、自分は違う。

ジェインはアビーの両手を取った。「はじめてレディ・ベアトリスの家に来たとき、お姉さまはわたしたちの姓をチャントリーからチャンスに変えたわね」

「そうした理由はあなたも知っているはずよ――あれは危険がおよばないようにするためだった」

「ええ、でもお姉さまはこうも言っていたわ。それは、わたしたちひとりひとりにとって、新しいきっかけ《チャンス》になることを象徴しているのだと。わたしたちはそれぞれきっかけをつかんだわね、アビー？　ダマリスはぜったいに結婚できないと思っていたのにフレディーと結婚して、これ以上ないほど幸せそうにしているわ。売春婦のメイドだったデイジーは、ロンドンでいちばん高級な婦人服仕立屋になろうとしている。そしてお姉さまは、ずっと家庭教師としてよその子どもたちの面倒を見て、自分の子どもをもつことはけっしてかなわないはずだったのに――」

アビーはわっと泣きだした。

ジェインはびっくりした。アビーはけっして涙を見せない女性だったのに、たった数分のあいだに二回も泣かせてしまった。「ああ、ごめんなさい。傷つけるつもりはなかったの」

アビーは大きなハンカチで顔を拭うと、しゃくりあげながら情けない顔で笑った。「あなたのせいじゃないの、ジェイン。それにわたしは傷ついてもいない。ただ……新しいきっかけや、家族や、子どもたちの話を聞かされると……」彼女は涙を拭うと、ハンカチをレティキュールに戻した。「あんまりすぐ泣いてしまうものだから、マックスから、じょうろみたいだと言われたわ。こんなふうになってから……」

ジェインは首をかしげた。「こんなふうにって？」

答えるかわりに、アビーはジェインの手を自分のおなかに当てた。ジェインが理解するのにしばらくかかった。「アビー！　もしかして――」

アビーはうなずくと、目を潤ませてほほえんだ。「いま知っているのはマックスだけなの。最初にあなたに伝えたくて……。ジェイン、あなたはおばになるのよ」

17

「わたしたちを定義しているのは、なにを言い、なにを考えるかでなく、どう行動するかなの」

——ジェイン・オースティン

「おまえたちに気づかれるとは思わなかった」ザックは食事をしながら言った。医者はザックの知らない男だったが、ロビンの腕の骨をちゃんと接いでくれた。ロビンは痛み止めのアヘンチンキを飲まされて、ベッドでぐっすり眠っている。

ミセス・ウィルクスはくっくっと笑った。「お父さまと同じ目をしておいでですから——それに、おじいさまとも」

「そのとおりで」夫のウィルクスが口を挟んだ。「先のウェインフリート卿に生き写しでらっしゃいます——先代でなく、先々代のウェインフリート卿に」

ミセス・ウィルクスは屋敷の食堂に出すつもりで山のような夕食をこしらえたが、ザックにはひとりぽつんと堅苦しい食事をするつもりはさらさらなかった。ミセス・ウィルクスはとんでもないとばかりに——だが内心では喜んで——目を剝いていたが、ザックはウィルクス夫妻と一緒に厨房で食事をした。

「ここで何度となく食事したことを忘れたわけじゃないだろう」それまで忘れていたが、いまになって思いだした。子どものころ、ここは自分にとって心安らぐ避難所のようなところだった。いまもそんな気がする。

ここに来たからには、知っておきたいことがある。

「父が死んでから、なにがあった？」ザックは尋ねた。「ここはいつも活気があったはずだが」

ウィルクスはうなずいた。「いまじゃ、どうにかやっていけるだけの使用人しかいません。ですが、ぼっちゃまがお戻りになったからにはなんとかなるでしょう。てっきり、お亡くなりになったものとばかり思っておりました」

「従兄弟さまが新しい領主さまになるものと思ったんですが――」ミセス・ウィルクスは表情を曇らせた。「ジェラルドさまです。ウェインフリートが宙ぶらりんになっているのはあの方のせいなんですよ」

「宙ぶらりん？」ザックは眉をひそめた。「どういうことだ？」

「支払いが止められてしまったんでさ」ウィルクスが説明した。「ぼっちゃまのお父上が埋葬された日に、ジェラルドさまがあるじになろうとしたんですが、弁護士どもが首を縦に振りませんで。まだだめだ、ぼっちゃまを探せと……」彼は当時を思い出してパイプをくゆらせた。

「そうしたら、自分で弁護士を雇われて――」待ちきれずに、ミセス・ウィルクスが口を挟んだ。「ここを——あれはなんて言ったかね、とうちゃん？」

「〝凍結〟だ」ウィルクスは言った。「『資産を凍結する』と言ってました。正当な所有者が確定するまで」彼はそこでザックに笑顔を向けると、パイプを振り立てた。「ぼっちゃまのことでさ。新しいウェインフリート卿がここにいなさる」

ミセス・ウィルクスはおかしそうに言った。「ジェラルドさまは、ぼっちゃまが戻られたと知ったらどんな顔をなさるか……。あるじになったつもりでのしのし歩きまわって、ああせいこうせいと指図なさってましたのに」

「わたしが人殺しということになったら、そのままかもしれない」

ふたりはぎょっとして彼を見た。「とんでもない」ミセス・ウィルクスは言った。「ぼっちゃまが奥さまを殺すはずは——ここにいる者はひとり残らず、そんなことは信じちゃいませんよ！」

「ひとり残らずでさ」夫も言った。

「ほかのだれかに決まってます」と、ミセス・ウィルクス。

「セシリーは死んでいない」ザックはふたりに言った。「わたしがここから連れだしたんだ。女学生時代の知り合いのところにかくまってもらった」ふたりが目を丸くしたので、さらに言った。「わたしがそこを出たとき、セシリーはちゃんと生きていた」

「いいえ、そんなはずはありません」いっとき間を置いて、ミセス・ウィルクスが言った。「あたしらは、奥さまのご遺体を見ているんです。お気の毒に、溺れて亡くなられて。ぼっちゃまがいなくなられてほんの数日後のことです。でも、わたしらはぼっちゃまが犯人だとはこれっぽっちも思っていません」

「これっぽっちもでさ」夫が言う。

「遺体を見ただと?」ザックは思わず聞き返した。「セシリーだったのはたしかなのか?」

「ええ」ミセス・ウィルクスは請け合った。「たしかに奥さまでした。亡くなられた旦那さまが差しあげた、あの見事な金色のドレスをお召しになってましたから。水草やらなにやらで台なしになってましたけれど」

ザックは唖然として椅子の背にもたれた。セシリーのはずはない。彼女はウェールズに残してきたのだから。だが、イングランドに戻っていたら……いいや、命の危険がある場所に戻るとは思えない。

「正確にはいつの話だ?」

ウィルクス夫妻は無言で視線を交わした。「ぼっちゃまがウェインフリートを離れて三日後です」しまいにミセス・ウィルクスが言った。「そうだろう、とうちゃん?」

ウィルクスはパイプから口を離してうなずいた。「そう、あれは三日後だった。奥さまを湖から引きあげたのは」

「それなら、セシリーのはずはない」ザックは少しほっとして言った。「ウェールズのセシリーの知り合いの家に行くのに三日以上かかったし、その後わたしはいったんロンドンに戻り、それからまたウェールズに行ってセシリーに会っている――それまでに、わたしがウェインフリートを離れてから少なくとも二週間はたっているはずだ。それに、セシリーはそれから何年もわたしに手紙をよこしてきた。最後に届いたのはこの前のクリスマスだ」

短い沈黙があった。「でも、あたしたちは、この目でしかと見たんです」ミセス・ウィルクスはなおも言った。

夫のウィルクスは妻を肘で小突いた。「だが、ウェインフリートにいる者はだれも、ぼっちゃまがしたとは思ってませんので、アダムさま――いえ、旦那さま」

「おまえたちの気持ちはありがたく受けとっておこう」ザックは礼を言った。「妙なことになったものだが、いずれこの謎は解けるはずだ」だが、実は口で言うほど自信がなかった。

遺体には、なにか事情があるはずだ――自分やセシリーには関わりのない事情が。きっとほかのだれかなのだろう。セシリーはいまごろロンドンに到着して、ギルが面倒を見ているはずだ。

「さて」ザックは夕食を終えると言った。「この土地がどうなっているのか話してくれないか。とりわけ、いまなにが必要か知りたい。見たところ、どこも耕されていないし、種まきもされていないようじゃないか」

ウィルクス夫妻はまた視線を交わした。「そんなことをしても無駄だからでしょう」夫のほうが答えた。「ジェラルドさまは小作人のほとんどを追いだして、連中の家を壊し、ひとまとまりの広大な土地にするおつもりでした。そのほうが金になるんだそうで」

ザックはむっとした。「小作人たちはどうなる？」彼らのなかには、ウィルクスたちのように何代も前からこの土地に住んでいる者がいる。

ウィルクスは肩をすくめた。「よそで仕事を探すことになるでしょう」

「きっと大きな街の工場ですよ」ミセス・ウィルクスが暗い顔で言った。「そして貧民街で暮らすに決まってます。なんでも、家族全員が狭い部屋に押しこまれるそうですよ」

ふたりが次々と口にする不安に、ザックは耳を傾けた。

領地全体が再生を必要としているいま、運営方法を変えることには一理ある——農法を近代化して、ぬかるんだ土地の水はけをよくすれば、収穫は多くなるだろう。だが、先祖代々何百年にもわたってこの土地を耕してきてくれた、働き者の忠実な小作人たちを放りだすつもりはまったくない。彼らの仕事と地代のおかげで、一族は何世代にもわたって栄えることができたのだ。いまになって彼らを見捨てるわけにはいかない。

ここに来てわかった。ウェインフリートを愛している。この十二年間、その思いを心の奥底にしまいこんでいただけだ。

自分には、ここですることがたしかにある。目的——それも、前向きな目的だ。自分と領内の人々の未来を築くという目的が。

食事のあとで、ザックはがらんとした屋敷のなかを見てまわった。記憶にあるままの寒々とした殺風景な屋敷だが、父が死んで以来ほとんどの部屋が閉め切られ、家具にも埃よけの布が掛けられているせいで、いっそう冷たさを感じる。

そして、そこかしこに、父親の冷淡さと暴力の記憶が影を落としていた。

だが、過去の影は追いだすことができる。ただの〝家〟を〝わが家〟に変えることもできる。必要なのは、ふさわしい女性だけだ。

ウィルクスには手持ちの金を渡してきた——滞っていた支払いの一部だ——それから前の管理人を訪ねて、仕事を再開するように伝えた。いまさら素性を隠しても意味がない——自分が戻ったことは村じゅうにあっという間に広まるだろうし、どのみち審問の日まであと二、三週間しかない。

イギリスを離れるつもりはなかった。たとえ人殺しの容疑をかけられていようと、ここにとどまって未来のために闘おう——ウェインフリートの未来のために。そして、ミス・ジェイン・チャンスとの未来のために。

「ここにいない？　どういうことだ？」ザックはギルをまじまじと見つめた。ロンドンにはほんの半時間前に着いたばかりだ。「たしかに北ウェールズは離れているが、いくらなんでも——」

「弁護士の使いの者は、きみがウェインフリートに発った日の夕方に戻った」ギルは説明した。「その男によると、セシリーは見つからなかったそうだ。その村にいた形跡もない」

「なんだと？」ザックは唖然とした。「たしかにスランディドノに行ったんだろうな？　ほかの村でなく」

「その男がまさにそう言っていた。きみが書いてくれた住所に行ってみたが、セシリーがいないばかりか、応対に出た女性――ミセス・トマスだったか？」ザックがうなずくのを見て、ギルはつづけた。「ミセス・トマスはセシリーという女性は聞いたこともないそうだ」

「ばかな。彼女はセシリーと同じ学校に通っていたんだ」

「生まれたときからずっとその村に住んでいるが、イングランド人のレディなど、一度も村に来たことがないと」ギルは付けくわえた。「そして、ミセス・トマスはウェールズ語しか話さなかった。英語はひとことも話さなかったそうだ」

「そんなはずはない！　このわたしが会っているんだ。十二年前、彼女の家に泊まっている。完璧な英語を話していた」ザックは戸惑って髪を掻きあげた。「使いの者がだれと話したのか知らないが、その女性はメリー・トマスじゃない。そうだとしても、違うメリー・トマスだ。ウェールズでは珍しくない名前だからな」

ギルは肩をすくめた。「わたしは報告されたことを伝えているだけだ。村じゅうどこにいっても、通訳を介さなければ話が通じなかったそうだぞ」

ザックは考えあぐねてかぶりを振った。「わけがわからない。スランディドノは小さな村で――住民は千人くらいだろう。そんな小さな村で、どうしてだれもセシリーに気づかないんだ？」

「使いの男は村のめぼしい場所だけでなく、ミセス・トマスの家と同じ通りにある家をひとつ残らず訪ねたそうだ。結果は同じで――イングランド人のレディがスランディドノに来たことは一度もない」

「ばかな！」ザックはこぶしをテーブルに叩きつけた。「その男が無能か、嘘をついているんだ。わたしはセシリーをその村に残して——彼女の宝飾品を売った金を持って二週間後に村に戻ったとき、セシリーはまだメリー・トマスの家にいて、とても幸せそうにしていた。なおかつ、その家からわたしに手紙を何十通も——くそっ、おまえが受けとって送ってくれたんじゃないか」

「わかっている」

ザックは立ちあがって、いらいらと歩きまわった。「そもそも、あの弁護士を信用したのがいけなかった。

「その必要はない。自分でウェールズに行ってセシリーを探すまでだ！」

「三日前にここを出たから、すでにわたしの部下を行かせてある」ギルは落ち着き払ってつづけた。その男には、じきに戻るはずだ。真面目な男で、ウェールズ出身者でもある。十二年前に遺体が発見されたあともセシリーが生きていたことを証言できる人間を見つけるように言っておいた。もしセシリーがウェールズを離れているのなら——ありそうな話だ——遺体がセシリーでないことを証明しなくてはならない」

「いろいろすまない」ザックは少し肩の力を抜いて腰をおろした。「セシリーの友人のメリー・トマスなら——英語を話せるメリー・トマスだ——彼女なら、そのころセシリーがぴんぴんしていたことを証明できるはずだ。そのほか、途中で泊まった宿屋の主人はどうだろう？　駅馬車の騎乗御者でもいい。たとえ十二年も前のことでも、顔が痣《あざ》だらけでびくびくした若い女性が、十代の少年に付き添われていたことを憶えている人間はいるはずだ。それから、ウェインフリートに人をやってもらいたい——その遺体がほんとうはだれだったのか突きとめる必要がある」

ギルはうなずいて、ノートと鉛筆を取りだした。「詳しい話を教えてくれないか。何人か人をやって調べさせよう。金はかかるが、かまわないな」

ザックは必要な情報を伝えると、コニャックを飲みながらギルがすべて書き留めるのを待った。もしかすると、思ったほどまずい状況ではないのかもしれない。

ギルはノートをしまいこむと、ザックを真顔で見つめた。「イギリスを離れなくてはならなくなった場合に備えて、緊急時の計画も立てておいたほうがいいかもしれない。その手配もしておこうか？」

ザックは鼻を鳴らした。「こそこそ逃げて、欲深な従兄弟に遺産をもっていかれてたまるか！　あいつは父が死んでからウェインフリートを法律という枷《かせ》でがんじがらめにして、なにもできない状況にしているんだ——召使いはだれも給料をもらっていない。ウェインフリートは停滞しきっている。そしてあいつは、あの土地を台なしにするつもりだ」

「ではイギリスにとどまって、危険な裁判にのぞむつもりなのか？」

「そのつもりだ」ザックはゆがんだ笑みを浮かべた。「これまで、祖国のために何度となく命の危険を冒してきたんだ。自分自身の未来のためなら、この首を賭ける価値があると思わないか？」

「そして、すべてが終わったら——なにもかもうまくいって、ウェインフリートのことも円満に決着がついたら、以前の生活に戻るつもりか？」

　ザックは親友を冷ややかに見た。「なにも気づかないふりをするなよ、ギル。おまえらしくもない。わたしがどうするつもりか、よくわかっているはずだ」

「あの娘か？」

　ザックはうなずいた。「彼女が望むなら」

「それはうれしい知らせだ。職務上は残念なふりをするつもりだが」

　ザックは立ちあがって暖炉に石炭を足し、火かき棒でかき混ぜた。炎を見つめていると、いつもいい考えが浮かんでくる。

　弁護士の使いの者がセシリーのいた証拠をまったく見つけられなかったのは信じがたい話だった。その男が間抜けで、違う村に行ったのだろう。ウェールズの村の名前は、言葉を知らない者にはちんぷんかんぷんかもしれない。

　ザックの勘は、自分でウェールズに行ってセシリーを見つけろと告げていたが、もう時間がなかった。ギルが信頼できる部下を行かせたと言うのなら、ギルを信じよう。審問まで、あまり間がない。

　それまでのあいだに、ミス・ジェイン・チャンスにロマではないことを――彼女が望むような未来を約束できる男だとわかってもらえるだろうか？　キャンベリーほど裕福ではないかもしれないが、少なくとも住む家と爵位はあるし、彼女に二度と寒さや飢えや恐怖を味わわせない覚悟もある。

そしてそれは、彼女がキャンベリーと交わしたような、血の通わない取り決めでもないはずだ。

審問まで——どうする？　キャンベリーとの婚約を解消してもらう？　いいや、そうしてもらいたいのは山々だが、そこまで求めるわけにはいかない。自分がこの泥沼にはまりこんでいるうちはだめだ。

人殺しの容疑が晴れないうちは、ザカリー・ブラックを選ぶ道もあることをわかってもらうくらいがせいぜいだろう。そのためには彼女と話をして、なぜロマだと偽っていたのか説明する必要がある——ほどなく自分が、殺人事件の醜聞のただなかに放りこまれることも。

そして、信じて、待ってほしいと頼む。

そう簡単には納得してもらえないだろう。

最後に石炭をひと掻きして体を起こすと、炉棚の上に掛けてあったギルの先祖の肖像とともに目があった。不細工な男だ。ギルとは似ても似つかない。

その金の額縁のまわりに、招待状が挟んであった。ザックは自分の問題をなおも思案しながら、ぼんやりとそこに視線を走らせた。なかには、何週間も前に催されたパーティの招待状がある。彼はその招待状を引き抜いて、暖炉に放った。さらにもうひとつ古い招待状を見つけて、それも燃やした。「この手の集いにはまったく顔を出さないのか？」

「ああ。話を逸らさないでくれないか。さっきのつづきだが、きみの素性はいつでも証明できる——そうするのはきわめて簡単だろうし、うまくやれば審問に出席する必要もない——

逮捕される前に、ヨーロッパ大陸を横断することもできる」

「なんだと？　つまり、人殺しの容疑を晴らす証拠が見つかるまで、パリかどこかに隠れていろというのか？」ザックは鼻を鳴らした。どこにも行くつもりはない。ミス・ジェイン・チャンスがまだ自由で、結婚していないうちはどこにも行くものか。

「隠れろと言った憶えはない。わたしはきみが縛り首にならないようにしようとしているだけだ」

ザックはかぶりを振った。「心配はいらない。見通しが暗いのはわかっているが、とにかくわたしは無実なんだ。ここにとどまって、闘ってやるとも」彼はふたたび額縁に挟まっている招待状に目を走らせ、古くなったものをさらに暖炉に放った。そして紙が丸まって黒くなり、しまいに炎をあげて燃えるのを見守った。

明日の朝、ジェインに会って真実を告げよう――人殺しの容疑をかけられていることも含めて、なにもかも。彼女の慈悲に身を委ね、信じて待ってほしいと頼もう。

セシリーが間に合わないかぎり、来週には大変な騒ぎになるだろう。噂話や醜聞がジェインの元に届くころには、事実がどれだけゆがめられているかわかったものではない。そんなことになる前に、自分で真実を伝えたほうがいい。

そして、身分を偽っていたことを謝らなくてはならない。


翌朝、ザックはバークレー・スクエアに行って彼女を待った。ジェインは十時過ぎに外に出てきた。青いペリース姿がまぶしい。いつものように、引き綱を引っ張るローズペタルを笑ったり叱りつけたりしている。その後ろには、ウィリアムが影のように付き従っていた。

ザックは胸を躍らせて、ジェインが通る小道に出て待った。

だがジェインは、彼を見るなりその場に凍りついた。笑顔が消えている。同じく彼を見つけたローズペタルは、挨拶しようと、首が絞まるのもかまわず懸命に鎖を引っ張った。だがジェインは動かなかった。

彼女はウィリアムに何事か言うと――よく聞こえなかった――背中をこわばらせて踵を返し、来た道を早足で戻った。ずっしりと身の詰まったパンを引きずるように、不満げな顔をしている犬を引っ張りながら。四本の足が生えたとても重そうなパンが、一歩進むごとに抵抗している。

ウィリアムはざまを見ろと言わんばかりに彼を見返すと、ジェインの後を追った。

ジェインと犬と従僕は、そのままレディ・ベアトリスの屋敷に姿を消した。彼に会えなくて残念そうにしていたのは犬だけだ。屋敷のなかに引っ張りこまれるときに、ローズペタルはいかにも悲しそうな表情でこちらを振り返っていた。

ザックはがっかりしたが、仕方がないとも思った。ジェインからはロマだと思われている。だからもう会わないと言われたのだ。彼はギルの部屋に戻ると、次の手だてを考えた。

ジェインに理解してもらわなくてはならない。キャンベリー以外にも選択肢があることを。彼女なら、言うまでもなくよりどりみどりだ――上流階級の若者なら、ジェインに財産がなくても喜んで結婚を申しこむ。
その選択肢にザカリー・ブラックも含まれていることを――現実に選べることをわかってもらう必要がある。ただし、それは人殺しの容疑を晴らせばの話――いや、かならずそうなる。彼女のことを美術品のコレクションのひとつと見なしているような金持ちの空気袋のために、人生を棒に振らせるわけにはいかない。
話を聞いてくれないなら、手紙を書いて説明するしかない。彼はギルの机に腰をおろすと、まっさらな紙を見つけた。そして羽根ペンを削り、インクをつけて書きはじめた。

親愛なるミス・チャンス
こんなことはしたくないのだが、どうか説明を――

いいや、最初から卑屈になるのはまずい。紙を脇に放り、新しい紙に書きはじめた。

親愛なるミス・チャンス
ほかに連絡の取りようがないので――

そう、書き出しは完璧だ――彼女を怒らせたいなら。くしゃくしゃに丸めて、別の紙を取った。

親愛なるミス・チャンス
　きみが避けるのを責めるつもりは——
いいや、責めているのはたしかだ。この状況に腹を立てている。彼はまた書きなおした。
親愛なるミス・チャンス
　いくつかお知らせしたいことが——
これでは排水溝かなにかについて知らせる手紙のようだ。
親愛なるミス・チャンス
　どうか説明させてほしい。実は——
また卑屈になった。
親愛なるミス・チャンス
　実はいま困ったことに——

だめだ、同情を引こうとしているように見える。べつに情けをかけてもらいたいわけじゃない。

結局、簡潔で率直な文面になった。

親愛なるミス・チャンス

状況が変わって、きみと話をしなくてはならなくなった。すでに察していたかもしれないが、わたしは実はロマではなく、由緒ある家柄のイギリス貴族だ。身分を偽っていたことを謝り、これまでそうしていた理由を説明したい。きみの時間は数分と取らないつもりだ。どうか向かいの広場で会ってくれないか。

ザカリー・ブラック

彼は手紙を使いの者に託すと、バークレー・スクエアの公園で待った。やがて霧雨が降りだしたが、彼は帽子の角度を変え、上着の襟を立てて待った。ジェインは家にいる――手紙が届けられて間もなく、張りだし窓から外をうかがっている彼女の姿が見えた。

霧雨はそぼ降る雨になったが、彼は気にしなかった。自分がここにいることをジェインは知っている。雨が降っていてもいなくても、言うべきことを言うつもりだった。むしろ降っていたほうが、そうまでするほど重要なのだということが伝わる。

二十分ほど待ったところで、ウィリアムが傘をさして出てきた。彼は満面の笑みを浮かべて大股にザックに近づいた。「ミス・ジェインからだ」そう言うと、手紙を細かく破いた紙切れをぱっと放った。白い紙切れが花びらのように地面に散らばっていく。「お気持ちは伝わったな、ロマ野郎？」

たしかに伝わった。彼は濡れた紙切れを見つめた。小さな紙切れにゆっくりと広がるインクのしみが、花びらについたカビのように見える。ジェインは読んでくれただろうか？

張りだし窓を振り返った。ジェインの姿は見当たらなかったが、どこかで見ているはずだ。彼は帽子を取って立ちあがると、降りしきる雨で頭が濡れるのもかまわず、優雅にお辞儀をした。張りだし窓の奥でなにかが動いたような気がする。そこで、あることを思いついてほほえんだ。

「まだわからないのか、ロマ野郎？」ウィリアムが言った。「そこで見ていてもなにも変わらないぞ。もうこれっきりってことだ。いい厄介払いだな」

ザックは笑った。「ウィリアム、その言い草は、運命の女神への挑戦かもしれないぞ」

18

「女性だけに与えられた特権というのは……愛する男性が亡くなっても、愛し合える希望が消えてしまったとしても、その男性をいつまでも愛しつづけることができるということなんです」

——ジェイン・オースティン『説得』

愚かな人！　雨のなかに突っ立って、なにをしているの？　ジェインは張りだし窓から充分離れたところから、広場の向かいにたたずみ、雨を少しも気にしていないように見える大柄で傲慢な男性をにらみつけた。

彼が帽子を取ると——なんてぞんざいな脱ぎ方——雨が黒い髪を濡らした。ここからでも、少し波打っているのがわかる。額にかかる髪が、勝者がかぶるオリーブの葉の冠《かんむり》のよう。彼ははっきり見えているかのようにまっすぐこちらを見ると——見えるはずはない、けっして——引っぱたきたくなるほど優雅にお辞儀をした。

あのほほえみ……体のなかに、温かなさざ波が広がるのがわかる。

腕組みをして、体のなかに広がるぬくもりを無視しようとした。罪深いほど魅力的で、自信にあふれた人。少なくとも、わたしにとってはその魅力があだになる。

彼とは会わない――なにがあろうと、それは変わらない。

それなのに、また来るなんて！　彼と別れて四、五日がたっていた。もう一週間近くになる。二度と会わないと伝えて、とうとう安全になったと思った。会えなくても寂しくない。ぜんぜん、まったく。彼のことも、ほとんど思い出さなかった――それほどひんぱんには。

どのみち大したことではない。それより頭にあったのは、安堵だった。そう、安堵だ。

問題は、夜にうなされることだった。頭で考えることなら、ある程度は自制できる。でも、夢で見ることはどうにもならない。

ここ数日は、デイジーに何度か起こされた。「また悪い夢を見たの？」

気がつくとぐっしょりと汗をかき、ナイトガウンもすっかり乱れていた。

そのときはうなずいたけれど、ほんとうは違った。あれは悪夢というより……誘惑。まるで、分別のある娘が美しく神秘的な生き物に誘惑され……二度と帰って来ない昔話のようだった。

いまは、雨のなかにたたずむ長身の男性から目を離せなかった。あの広場の所有者のような顔をして、雨は自分にかからないと言わんばかりに帽子を脱いでいる。きみはおれに会うしかないのだとでも言いたげに、図々しくこちらを見あげて……。ぐっしょり濡れて、ばかみたい。どうして帰らないの？

あの場所からここは見えないはずなのに。

あんなに魅惑的な笑みを浮かべて……。

母が父と恋に落ちて駆け落ちした理由が、いまならわかる。母はすっかりのぼせてしまったのだ。どうしようもないほど。ジェインの体のなかに、ふたたび温かなさざ波が広がった。正気に戻ることならできる――そんな軽率なことをした結果、どうなるか知っていたなら。父と母が大恋愛の結末を知っていたら、けっして駆け落ちなどしなかったはずだ。

けれどもアビーの話では、ふたりはまったく後悔していないようだった――嘆いていたのは、自分たちの境遇だけ。でも、悪いことは次々とつづいた。父と母は、そんな人生でも愛を貫くだけの価値はあると思っていたのだろうか。アビーはほとんど最後のときまで――母が病気になって父が絶望するまで、ふたりはとても幸せだったと言っていた。愛はなによりも大事だと、アビーは思っている。

ジェインはそんな考えを振り払った。愛はひとつの選択だ。そして自分は、とても賢い選択をした――キャンベリー卿と結婚する。背の高い、どうしようもないほど魅力的で、まったく信用ならないロマのことは頭に思い浮かべることもない。

『由緒ある家柄のイギリス貴族』ですって？

ジェインは鼻を鳴らした。前に言ったことを、上着と同じくらいあっさり変える人のことだ。今度はなにを言いだすやら――実は長らく行方知れずだった王子が身をやつしていたとか？

どのみち、わざわざびしょ濡れになるような男性を、日がな一日ぼんやり見物しているつもりはない。彼女はペリースを撫でつけて、姿見で髪の具合をたしかめた。アビーがもうすぐ馬車で迎えに来る。ふたりでレディ・ダルリンプルを訪問することになっていた。はじめての訪問だ。

どうかこれが最後の訪問になりませんように。今日の訪問にアビーも来るように説き伏せるのは大変だった。あとはレディ・ダルリンプルと、彼女がなんと説明するかにかかっている。

お母さまのお母さま――どんな方かしら？　ときめきと緊張、期待と不安が胸のなかでいっしょくたになっている。

見ると、広場の人影は消えていた。雨のなかにたたずんでいた背の高い男性の気配はもうない。

よかった。こちらの気持ちがようやく伝わったのだ。

愚かな人。たぶん、ひどい風邪を引いてしまうだろうけれど、いい気味だ。

レディ・ダルリンプルはグリーン・ストリートに住んでいた。姉と一緒に訪問しても差しつかえないかとジェインが手紙を送ったところ、レディ・ダルリンプルはさっそく返事をよこして、その日の午後のお茶に招待してくれた。

馬車は濡れた通りを進んだ。アビーはレティキュールを握りしめ、青ざめて思い詰めた顔をしている。来ることに同意してはくれたものの、和解してくれるとはとても思えない。

「あなたに付き添って、あの人の言い分を聞くだけよ」アビーが言ったのはそれだけだった。

それでも、一緒に来てくれるのはうれしかった。先のことはわからないけれど、少なくとも希望はある。

アビーは自分の手をジェインの手に絡めた。「あの人にあまり期待してはだめよ。いままでも充分すぎるくらいわたしたちを傷つけているんだから」

ジェインはうなずいた。「わたしなら大丈夫よ、アビー。心の準備はできているわ」

アビーは悲しそうにほほえんだ。「いいえ、できていないわ。あなたはあんまりお人好しすぎるもの」

馬車は小さな美しい家の前で停まり、御者が階段を引きだして大きな傘を差しかけた。呼び鈴を押す前に玄関のドアが開いて、執事がこぢんまりした優雅な居間にふたりを案内した。

レディ・ダルリンプルが立ちあがってふたりを迎えた。薄紫色のしゃれたドレスをまとった、小柄でぽっちゃりした女性だ。口元と目元に小じわのある、優しげでかわいらしい顔。薄い黄褐色の髪には素敵な銀色の筋が入っている。瞳はジェインの瞳と同じ青い色だった。

ジェインは彼女に思わず見入った。あと四十年したら、自分もこんなふうになるのだろう。

「ふたりとも、よく来てくれたわ」レディ・ダルリンプルは息を弾ませてふたりに歩み寄った。「こんな日が来るなんて……なにも知らないままお墓に入るものと思っていたら――ああ、顔を見せてちょうだい！――ジェイン、あなたはわたしのサラにそっくりだわ――ああ、信じられない！――わたしのかわいいあの子に――そして、アビゲイル――」彼女はアビーに向きなおった。「まあ、あなたはお父さまによく似ているわ。表情も、気の毒なあの人にそっくり！　でも、いまはこんなにおめでたいときですもの、悲しむのはやめましょう！」彼女はうっすらとおしろいをはたいた丸い頬が涙で濡れているのにも気づかない様子で、なおもしゃべりつづけながら、まずジェインを、それからアビーを抱きしめた。

ジェインはあふれんばかりの歓迎の言葉に少なからず圧倒されていた、アビーを見ると、レディ・ダルリンプルに抱きしめられて体を硬くしている。

ただ、その顔には……なんとも言えない奇妙な表情が浮かんでいた。

「ああ、どうかしたみたいにしゃべりつづけているけど、聞いてちょうだい――年寄りは涙もろくなるものなの――だって、行方知れずだった孫娘たちに会えるなんて、そうそうないことでしょう――まあ、わたしったら！　あなたたちまで涙で濡らしてしまったわ」レディ・ダルリンプルはレースの縁取りのある上品なハンカチを取りだすと、アビーの頬についた涙を拭いはじめた。

アビーの半分は凍りつき、半分はひどく戸惑っているようだった。彼女もジェインもまだひとことも話していない。そうするきっかけがなかった。

レディ・ダルリンプルはつづけた。「これでいいわ。ぼんやりしていてごめんなさいね。さあ座りましょう。一緒に座ってその顔をよく見せてちょうだい。ジャーヴィスがお茶と、軽くつまめるものを運んできますからね」彼女はふたりの手を取って長椅子のほうに引っ張っていくと、自分の左右に座らせた。「ああ、わたしのサラの娘が！　ああ！」彼女はふたたび涙ぐんだ。「まったく、こんな見苦しいところをお見せするなんて――あなたたちと会うのを、それはもう楽しみにしていたのに」彼女はぐっしょり濡れたハンカチで自分の顔を拭いた。「でも、こんな幸せはないわ。ほんとうですよ」それから、彼女は感嘆のまなざしでジェインを見た。「ほんとうに信じられないわ。ここにあなたが――行方知れずになってしまったかわいそうなサラに、まさに生き写しの娘がいることが。まるで、二十五年以上たっているのが嘘みたいですよ。わたしたちはいろいろなところでよく似ているわね。わたしもここにいるあなたのように美しかったの。いまとなっては想像もつかないでしょうけれど」

アビーはジェインをちらりと見た。「行方知れずになった？」冷ややかな声。どうにか落ち着きを保とうとしているのがわかる。

レディ・ダルリンプルはアビーを見て、顔をゆがめた。「ああ、かわいそうに――あなたが書いてくれた手紙――あの手紙を読んだときほど泣いたことはなかった。あなたは勇敢で、並外れた、素晴らしい子どもだった――いったいどうやって乗り切ったの？　胸が張り裂けそうだったわ」彼女はふたたびアビーを抱きしめた。

アビーは体をこわばらせて耐えながら、ふたたびジェインと視線を交わした。

執事が入ってきたのは、そんな間の悪いときだった。そのあとからふたりの従僕が盆を運んできた。ティーポットがふたつにカップとソーサー、ミルク入れ、レモンのスライスに砂糖。そして大きな三段重ねの皿には、驚くほどさまざまな種類のケーキやビスケット、クリーム入りのお菓子が並べられている。執事はきちんとアイロンのかけられたレースの縁取りのあるハンカチをひと山、女主人の前に無言で置いてさがった。

　お茶が注がれてお菓子を勧められるまで、ふたりはおとなしく待った。甘いものが好きなジェインはおいしそうなクリーム入りのお菓子を選び、アビーは促されて仕方なくアーモンド・ラングドシャを取った。顔が青ざめている。

　召使いたちがさがると、アビーはカップとお菓子を載せた皿をテーブルに置いた。手つかずのままだ。ジェインは急いで言った。「では、アビーの手紙を読まれたんですね」

「ええ、主人が――あなたたちのおじいさまが亡くなったあとに、机のなかに入っているのを見つけたの――サラ本人からの手紙と、あなたたちのかわいそうなお父さまからの手紙も。あのときはほんとうに身を切られる思いがしたわ。サラがどこにいるのか、わたしは少しも知らなかった。サラがふたりの子どもをもうけていたことも」レディ・ダルリンプルはカップとお菓子の皿を脇に置くと、思いきり洟《はな》をかんだ。そしてアビーの顔を見た。「ああ、まさか――あなたがそんなふうに思っていたなんて！」

　彼女はアビーの両手を包みこむと、早口に言った。「はじめてあの手紙を読んだのは、ちょうど一年前だった。ジョージが――あなたたちのおじいさまが亡くなって、数週間――そう、二、三カ月後だったかしら。ジョージが亡くなった日にそうしていたらと、どんなに悔やんだかしら！」そう言って、手に持っていたハンカチを握りしめた。「サラと子どもたちがどこにいるのか、わたしは少しも知らなかったの。ジョージは一度も話してくれなかった。わたしはあの人の机に触れたこともなくて――ジョージはひどく神経質で、それは几帳面だったから。ですから、ジョージが亡くなって、あの人の残した書類をすべて整理しなくてはならなくなったときに、はじめて……」レディ・ダルリンプルはかぶりを振った。「そして、あのぞっとするようなピルベリー養育院を訪ねるころには、あなたはもうそこを出てしまっていたの、ジェイン」

ジェインは目を見開いた。「ピルベリー養育院に行かれたんですか？　わたしを探しに？」

「もちろん行きましたよ——あなたたちふたりを探しに。でも、アビーはずいぶん前にそこを出ていて、あなたもハートフォードシャーに行ってしまっていた。ただ、あの女性が——ミセス・ボドウィン？　ベドウィンだったかしら……」

「ミセス・ボドキンです」

「そう、その方が詳しい話を聞かせてくださったの。あなたはそこに行く途中で行方知れずになってしまった——とても複雑な経緯で——でもしまいに、ロンドンにいる姉のところに行ったと」レディ・ダルリンプルはアビーに向きなおった。「それで、もちろんあなたのところにも行ったんですよ。でも、あなたを雇っていた不愉快な夫婦が——」

「メイスン夫妻ですか？」アビーは驚いた。

「ええ、鼻持ちならない成金でしたよ——かわいそうに、あんな夫婦のために働いていたなんて！　とくに妻のほうは不愉快な——とにかく不愉快だったわ！　そしたら、あなたを推薦状も書かずに追いだしたと言うじゃありませんか——わたしの孫娘を！——ほんの数週間前に！」そう言って鮮やかな青い瞳にいっとき怒りの炎をひらめかせたが、レディ・ダルリンプルはすぐに肩を落としてため息をついた。「あなたは出ていったきり、行方知れずになってしまった。人を雇って探させたんですよ。でも……」彼女はかぶりを振った。「ようやくサラの娘たちを見つけたと思ったのに、また見失ってしまった」レディ・ダルリンプルは、さらに涙を流した。

長い沈黙ののち、アビーがこわばった声で尋ねた。「去年まで、わたしたちがいることさえご存じなかったんですか?」

「ええ、あなたたちのおじいさまが亡くなるまで知らなかったの。あの手紙を見つけたときは、できることならジョージを殺してやりたいと思ったわ! 何年ものあいだ、わたしがあれだけ娘のことでやきもきして、心配して、悲しんでいたのを知っていたくせに……。でも、ジョージはいつだって冷たくて、気位が高くて、厳しくて——そして頑固な人だった。自分が間違っているかもしれないとは、けっして考えない人だったの。あのふたりは、だれが見ても深く愛し合っていたのに」

レディ・ダルリンプルはアビーの表情を見た。「サラがどこにいるのか見当がついていたら、迎えにいって、あの子を——あなたたち全員を! ふさわしい家に連れ帰っていたでしょう。あなたたちのお父さまはとても魅力的な人だったけれど、後先考えずに行動してしまうところがあった。その人とわたしのサラがどんなふうに死んでいったかわかったときには……」彼女は感極まって声を詰まらせた。

ジェインとアビーは無言で見つめ合った。ジェインと同じように、アビーも目に涙を浮かべていた。

長いあいだふたりが忘れようとしても忘れられなかった疑問の答えが、ようやくわかった。レディ・ダルリンプルはふたたび涙を拭って洟をかむと、居住まいを正した。「さあ、泣くのはもう充分――ふだんはこんなふうに泣かないんですよ――今度は、あなたたちのことを洗いざらい聞かせてちょうだい。ひとつ残らず知っておきたいの。なぜあなたたちがチャントリーでなくチャンスと名乗っているのか、レディ・デイヴナムとは――先のレディ・デイヴナム、ベアトリスですよ――どういう関係なのか。もちろん、あのおぞましい平民の家庭教師だったアビーが、目を瞠るほど裕福な――そして魅力的な!――マックス・デイヴナムとどうやって結婚したのかも、知りたくてたまらないわ。そして、ジェインが今年の社交シーズンでいちばんのお相手を捕まえたことも――キャンベリーですって!――髪の毛が薄くなりかけているのは残念だけれど、そんなことは気にしなくていいのよ、そのために帽子があるんですから。どうしてそういうことになったのか――髪の毛が薄くなったことじゃなくて婚約したことですよ――とにかく一部始終を話してもらいますからね。まずはアビー、年かさのあなたからですよ」レディ・ダルリンプルは期待を込めてアビーを見た。

アビーはレディ・ダルリンプルをまじまじと見つめていたが、やがて震える声で笑った。「まるで母が話すのを聞いているようで……」彼女は声を詰まらせた。「話し方がそっくりなんですもの。目を閉じていまのお話を聞いていたら、母がここにいるものと思うでしょう」

そして、顔をくしゃくしゃにした。

「ええ、もちろん、ここにいますよ」レディ・ダルリンプルはアビーを抱きしめた。「いつだって、だれよりも愛した者たちのところにいるに決まってます」

そして、三人はまた涙を流した。

しばらくして、レディ・ダルリンプルはお茶よりもずっと強い飲み物が必要だと言って、執事にシェリーと追加のハンカチを持ってこさせた。「この調子では、テーブルクロスくらいのハンカチが必要ね！　でも、たっぷり泣くほど気分がすっきりすることはないわ。そうでしょう？」

「はるばるチェルトナムのピルベリー養育院まで行ってくださったなんて、ほんとうに驚きました」ジェインが言った。「せっかくのご足労が無駄になってしまいましたけれど」

「いいえ、無駄ではなかったわ」レディ・ダルリンプルは言った。「院長の女性が、あなたたちふたりについて、あらゆることを話してくれたの。ミセス・ボドキン──だったかしら？──その方が、手放しであなたたちふたりをほめていたわ」

「ほんとうですか？」ジェインは意外に思った。アビーならわかるけれど、ミセス・ボドキンがわたしのことまでほめるとは思えない。わたしのことにかまっている暇などなかったはずだ。

「ええ、ほんとうですよ。まずアビー、あなたがどんなに賢くて責任感のある子どもだったか、いろいろな話を聞かせてもらったわ。なんでもあなたが十八になったときに、あなたに教師としてとどまってもらおうとさんざん手を尽くしたとか──」

「ミセス・ボドキンがそんなことを？」アビーは驚いた。

「ええ、ジェインのためもあったけれど、あなたが教師としてとても優秀だったからだそうよ。ただ理事たちが――男性はこれだから――認めなかったんですって。そして、ジェイン――」レディ・ダルリンプルはジェインを振り向いた。「ミセス・ボドキンは、あなたが小さい子どもたちにとてもよくしてくれたとおっしゃっていたわ。あなたも家庭教師になれなかったのがとても残念だと……たしかにあなたの器量では、きっと厄介事を引き起こしてしまうでしょうからね。だからそのかわりに、年配のご婦人の話し相手をすることになったんでしょう。気分がふさぎこむようなお役目でしょうけれど」彼女は鼻にしわを寄せた。「牧師の母親の話し相手だなんて」

「わたしは、自分があまり賢くないからだと思っていました」ジェインは言った。

「いいえ、ミセス・ボドキンに言わせると、あなたは器量もいいけど、お人好しがすぎるんですって。その点、アビーはしっかり者だとおっしゃっていたわ」

「しっかり者？」アビーは笑いながら言った。「取り立てて美人ではないということでしょう」

「とんでもない。あなたはしっかり者で、知恵もあるじゃありませんか」レディ・ダルリンプルはむっとした。「〝取り立てて美人ではない〟なんてひどすぎますよ。あなたには、年齢と共に輝きを増すような際立った魅力があるの。それはあなたのお父さま譲り。でも、さっきのあなたは、亡くなったジョージ――あなたたちのおじいさま――を思い出させるような目をしていたわ。ジョージはこのうえなく凛とした人だった」彼女はため息をついた。「そして気位が高くて、頑固で、自分を曲げない――意地でも曲げない人だった。返すがえすも、あの手紙をもっと早く見つけていれば……」

ジェインはレディ・ダルリンプルの小さな丸い手に自分の手を重ねた。「過ぎたことでくよくよするのはもうやめましょう」

レディ・ダルリンプルはうなずいた。「そうね、そんなことをしても気持ちがふさぎこむばかりで、なんの得にもならないもの。過去は変えられない。さあ、あなたたちのお話を聞かせてちょうだい。社交シーズンはどう？　はじめてあなたを見たときに着ていたあのドレスときたら――この世のものとは思えませんでしたよ！　どこの仕立屋につくらせたのか、ぜひとも聞きたいものだわ」

三人はなおも――たまに涙を交えながら――夕方近くまで話しこんだ。レディ・ダルリンプルに話していないことはまだたくさんある――そもそもなぜジェインがヘレフォードに行かなかったのか、デイジーやダマリスとはどこで知り合ったのか、そしてアビーが彼女のひ孫を身ごもっていることも――でも、そうしたことはおいおい話していけばいいことだ。

ふたりが帰る前に、レディ・ダルリンプルはジェインに一緒に暮らしてはどうかと声をかけた。

ジェインは丁寧にことわった。「レディ・ベアトリスには言葉に尽くせないほどお世話になりました。わたしたちがこうしていられるのは、なにもかもあの方のおかげなんです。そんな方を残しては行けません」

レディ・ダルリンプルはため息をついた。「そうだろうと思いましたよ」

「でも、これからもときどきお邪魔しますわ」ジェインは祖母の落胆の表情を見て言った。「〝おばあさま〟であることをやめるおつもりはないでしょう？　わたしたちには、埋め合わせしなくてはならない時間が何年もあるんですから」

「まあ、優しいのね」レディ・ダルリンプルは別のハンカチを探した。

帰りの馬車のなかで、アビーが言った。「来るようにわたしを説き伏せてくれてありがとう、ジェイン。なにがあっても行くべきだったわね」

「わたしたちにはもう、おばあさまがいるのね」ジェインはアビーを抱きしめた。「そんなにお母さまの話し方にそっくりだったの？」

アビーはうなずいた。「不思議なくらい——声も、歌うような話し方も、抑揚も——そして絶え間なくしゃべりつづけて、話題がころころ変わるところもそっくりだった」彼女は笑った。「お母さまがそんなふうにしゃべると、お父さまは『母親そっくりだ』と言ってからかったものよ」

ジェインはほほえんで、アビーの肩に頭を預けた。「おばあさまを許してくれた？」

アビーはうなずいた。「そうしないわけにはいかないでしょう」

「まさにすれ違いだったのね。ほんの一週間か二週間の差だった」

「そうね……」ふたりはしばらく黙りこんだ。レディ・ダルリンプルがピルベリー養育院でジェインを見つけて、アビーをメイスン夫妻の家から救いだしていたら、いまごろどうなっていただろう。

「わたしはこれでよかったと思ってる」「わたしは少しも後悔していないわ」同時に言葉が出て、ふたりは笑った。

「ダマリスとデイジーとレディ・ベアトリスのいない人生なんて、考えられない」ジェインが言った。

「そうね。もしそうなっていたら、マックスとも出会わなかった」アビーはおなかの膨らみに手をやった。「出発したのはひどい場所だったけれど、いまはなにもかも完璧だわ。そうでしょう、ジェイン?」

ジェインは長身で黒髪の、あらがいがたい銀色の瞳の持ち主を思い浮かべまいとした。

「そうね、完璧だわ」その声はいくぶんうつろに響いた。

アビーは妹を見た。「大丈夫?」

ジェインはうなずいた。「笑ったり泣いたりで、もうくたくたなの。仮面舞踏会が明日でよかった。今夜はもうベッドに潜りこむのがやっとよ」

「いいねえ!」ジェインは羊飼い娘の扮装で仮面舞踏会に行くことにしていた。薄青いシルクのドレスの裾を何カ所か持ちあげて留めて、白いペチコートをのぞかせている。それはレディ・ベアトリスの古いドレスに手を入れたものだったが、古いドレスを持ちだしたことに当人はおかんむりだった。

「わたしの着古しを着せるの？　社交シーズンの仮面舞踏会に？　だれがジェインに会うかわからないんですよ」

だが、デイジーは譲らなかった。「あとで捨てられるだけなのに、わざわざ新しい生地を切って服を仕立てるなんてばかげてますよ。それに、充分素敵ですし、時間とお金の節約にもなります」レディ・ベアトリスとダマリスとアビーはそれぞれ自分で衣装を用意している――ダマリスとアビーはなにを着るのか教えてくれない――が、ジェインについては、社交シーズンで着るものを一着残らず自分が用意するとデイジーは決めていた。そう、一着残らず！

ジェインはそんなことがほんとうにできるのかしらと少し心配になったが、口には出さなかった。デイジーの夢なら応援したい。

「お、お金の節約ですって？」レディ・ベアトリスはその言葉にぎょっとした。

だが子どものころから人のおさがりしか着たことのなかったジェインは、節約の大切さを理解していた――とりわけ、時間の節約は大事だ。「わたしはデイジーに賛成です」ジェインは言った。「一度しか着ない服ですから。それに、この服はいかにも昔風で、とても素敵ですわ」

「それに、流行の服を着る羊飼いなんていませんもの。そうでしょう？」アビーが横から言った。

レディ・ベアトリスは鼻を鳴らした。「スカートに張り輪を入れて膨らませる羊飼いもいませんよ」

「そしたら羊飼いはシルクを着ますかね？」デイジーが言った。

レディ・ベアトリスは柄付き眼鏡を持ちあげて、デイジーをじろりとにらみつけた。

「ちょっと、ジェインにぼろを着せるつもりじゃないでしょうね？　本物らしくするために？」最後の言葉を、かすかな軽蔑を込めて発音した。

デイジーは笑った。「ちょっと言ってみただけですよ。それに、ぜんぶ仕上がったら、張り輪なんかこれっぽっちも――ああ、わかってます――ひとつもいらなくなりますから」

「マリー・アントワネットの逸話に出てくるような羊飼いなら……」レディ・ベアトリスはしぶしぶ妥協した。「アントワネットとお付きの女性たちは、羊飼いや乳搾り女の格好をして遊んだと言いますからね」

そこでドレスは仕立てなおされ、全員が納得するものが仕上がった。ただし、ひとつだけ問題がある。「羊飼いの娘だって、どうしたらわかってもらえるかな？」デイジーが言った。

「あたしが見たことのある羊飼いは、こんなんじゃなかったんだよね」

「わたし、こんなふうでは、ですよ」レディ・ベアトリスはうわの空で訂正した。

「市場でかわいい子羊を見つけてもいいわね」ジェインが言った。

「とんでもない！　きっとその子羊に情が移ってしまうわ。もともとは夕食の材料として売られていたのに、気がついたらばかみたいに大きな羊が屋敷のなかをうろつくことになるに決まってますよ」レディ・ベアトリスは厳しい口調で言った。「それに、舞踏会に家畜は連れていけないわ——たとえ仮面舞踏会でも。とにかく、そういうことはしないものなの」

しまいに、ダマリスが白いフェルトをかわいらしい子羊の形に切り抜き、ジェインがそれをドレスの裾のまわりにぐるりと縫いつけることで、その問題は解決した。羊飼いの白い杖には青いリボンが結びつけてあり、白いベルベットの仮面にはレースの縁取りが施されている。仕上げに羊飼い娘《ベルジエール》風の麦わら帽子をかぶって、ジェインは満足した。

ジェインとレディ・ベアトリス、アビーとマックスは同じ馬車に乗った。レディ・ベアトリスは金と紫のブロケードに華麗なひだ襟という装いで、よき女王ベス（エリザベス一世のこと）らしく堂々と振る舞っている。アビーは人魚の扮装で、緑のスパンコールをちりばめた仮面をつけていた。緑の薄絹のスカートの下から緑のスパンコールをちりばめたしっぽが伸びていて、その先っぽを片方の腕に掛けている。

マックスは三つ叉の矛《ほこ》を持って、建前上は海の王ネプチューンということになっていた——建前上というのは、三つ叉の矛と黒いベルベットの仮面をのぞけば、ふだんと変わらない黒いブリーチズと上着という出で立ちだったからだ。彼はその上に、仮装用の深緑色のフード付きマントを羽織っていた。マックスによると、海を表現しているのだという。「仮装はあまり得意じゃない」馬車に乗りこみながら、彼はぶつぶつ言った。

「言われるまで、なんの仮装をしているのかさっぱりわかりませんでしたよ」彼の優しいおばが言った。

舞踏室の入口でジェインはいったん立ち止まって、そこに広がる光景を驚きの目で見渡した。シャンデリアのろうそくの小さな明かりが無数のクリスタルに反射し、拡大されて、室内に集った人々をきらめかせ、揺らめかせている。

目の前に集っているのは幻想的で一風変わった人々だった——エジプトの女王に、乳搾《ちちしぼ》り女、羽の生えた妖精、道化、ギリシャやローマの神々、その他いろいろ。もちろん、だれもが仮装しているわけではなかった。夜用の盛装にただフード付きマントを羽織って仮面をつけているだけの人も多い。その仮面も、大勢の紳士がつけている黒いベルベットの飾り気のないものから、レディがつけている優雅で凝った作りのものまでさまざまだ。

「ああ、デイジーにこの様子を見せたかった」ジェインはつぶやいた。

「来ればよかったんですよ——来られるように話をつけておいたのに——でも、あの子は頑固で」レディ・ベアトリスが言った。「仕事仕事って、そればかり！」鼻を鳴らしてつづけた。「わたしに言わせれば、働き過ぎですよ」

ジェインはなにも言わなかった。デイジーはがむしゃらに働いているが、ここに来なかったのはそれだけではない。デイジーは、手が届かないとわかっているものを望まないようにするのがとてもうまい——わたしと違って。

世の中には、知らないほうがいいこともある。知らなければ、ほしくてたまらなくなることもない。

ザカリー・ブラックのように。

あの人と出会わなければ……彼の手が触れなければ……あの銀色の瞳を見つめなければ……だめ。いまは彼のことを考えるときではない。

「乳搾り女は何人か見かけたけれど、羊飼い娘はひとりもいないみたい」人混みを見渡していたアビーが言った。

「それらしくくっついている羊の群れはなおさらいないようね」レディ・ベアトリスが皮肉を込めて言った。

「ほら、あそこに――」ジェインが指し示した。「ダマリスとフレディが――ふたりとも、すっかり中国人になりきっているわ。素敵だと思いません？」手を振ると、ダマリスが手を振って返した。異国情緒あふれる中国風のドレスが、とても華やかだ。フレディは長い口ひげを生やし、豪華な刺繍の施された中国服を着ている。

アビーがさらに言った。「あれは――そうよ、フリンさんだわ。あの衣装は……」彼女はフリンをまじまじと見た。「海賊の仮装かしら？　金の耳飾りをはめて、ドクロの刺繍入りの黒いスカーフを頭に巻いているところはそうだけれど、はっきり言って、ずいぶん……派手だわ。もちろん、ほんとうの海賊がどんなふうか、フリンさんならだれよりも詳しいでしょうから……本物はあんな感じなのかもしれないわね」

レディ・ベアトリスは彼女をじろりと見た。「また〝本物〟の話？」鼻を鳴らしてつづけた。「仮面舞踏会は絵空事《えそらごと》ですよ。〝本物〟じゃありません」

フリンが彼らに気づいて、颯爽とお辞儀した。ぴったりした赤いズボンに、太腿まである黒いブーツ、強烈な色をとりどりに組み合わせたベスト、白いシャツ、紫と金色のブロケードの上着。黒い革のベルトには反り身の短剣が差してある。

「絵になるわね、フリンさんは。もっとも、あの短剣は偽物でないと困りますけど」人混みのなかを縫って近づいてくる彼を見て、レディ・ベアトリスが言った。「あの人と踊る前にたしかめるんですよ。ドレスが引っかかったが最後、目も当てられなくなりますからね。男性はそういうことをなにも考えないんですから」

彼らの到着に気づいたのはフリンだけではなかった。独身の若い紳士が群れをなしてこちらに向かってくる。「まあ、ジェインが来たことにみなさん気づいたようね。ほら、ダンスのお相手がいらしたわ」

キャンベリー卿は白いローブにオリーブの葉の冠をかぶって、ジュリアス・シーザーに扮していた。彼とは今夜最初のワルツと夕食前のカントリー・ダンスを踊ることになっていて、すでにダンスカードにも書きこんである。そこへ若者たちが押し寄せてきて、あっという間にすべてのダンスの予約が埋まった。カードにはヘンリー八世、堕天使ルシファー、アポロンなどと書いてあって、だれがだれだかほとんどわからない。

それから数時間、ジェインは楽しく笑い、踊って過ごした。キャンベリー卿は彼女と二回踊り、夕食の席に連れていくと、仮面を取る時間が来るまでカードゲームのピケットをすると言って、専用の部屋に姿を消した。つまり、あとは心ゆくまでダンスしていいということだ。ジェインはそのとおりにした。

仮面をつけているせいで大胆になるのか、若者たちはくだらない口説き文句を口にした――たとえばジェインのドレスに縫いつけられた羊にいかにも物欲しげに目をやって、できることなら悪い大きなオオカミになりたいとか。たいていの若者はジェインとそれほど年が変わらないので、そうした言葉を真面目に受けとる必要はない。それに今夜は、ミス・ジェイン・チャンスではなくてただの羊飼い娘だ。彼女はいつの間にか、口説き文句に気さくな戯れの言葉を返していた。こんなに楽しいことはなかった。

19

「海賊にでもなるしかない」

——映画『分別と多感』の台詞

仮面を取る前に、最後のワルツを踊るときが来た。目の前が暗くなったので見あげると、背の高い、海賊の仮装をした黒髪の男性が立っていた。ちゃんとした仮面をつけておらず、黒いベルベットの切れ端で顔の半分を覆っている。その覆面のふたつの裂け目の奥で、瞳がきらめいていた。

ジェインは体をこわばらせた。この人は……なにかが違う。たたずまいといい、体つきといい……。

黒いブリーチズが、長くたくましい太腿にぴったりとなじんでいた。

そこから目を逸らしたいけど、逸らせない。

太腿のなかほどまで届く黒いブーツ。引き締まった腰に巻かれた派手な赤い飾り帯に、ゆったりした白いシャツ。ぞんざいに紐で結ばれたシャツの合わせ目から、あらわになった喉がのぞいている。

その喉が、かすかに脈打っていた。剝きだしの喉。日焼けした、男性らしい喉だ。

ジェインはたじろいだ。あの人のはずはない。まさかこんなところに……。

目の前にいる男性の顔で覆面に隠れていないのは――情熱的だけれどなにを考えているのかわからないあの瞳を除けば、きれいにひげを剃った彫像のような顎だけだ。ザカリー・ブラックのひげを剃った顔は見たことがないけれど、彼としか思えない。

この人の口元は険しいけれど、美しい――どこからそんな考えが湧いてくるのかしら？

「わたしの番だと思うが」彼の低い声は、いちばん暗くて混乱した夢のなかから直接聞こえてきたようだった。間違いない、ザカリー・ブラックだ。

「こんなところでなにをしているの？」ジェインは声をうわずらせた。

「もちろん、きみとダンスをしに来た――ほかになにがある？」悪魔のように瞳がきらめいていた。覆面の下から、白い歯がちらりとこぼれる。「さよならは言わないと言ったはずだ」

「ふざけないで。これは特定の人だけが――特別な人だけが招待される舞踏会なのよ！　あなたがいていいはずはないわ！」

「だが、現にここにいる」彼はゆっくりと、けだるそうな笑みを浮かべた。

ロマのザカリー・ブラックは魅力的ならず者だったけれど、この人は……この人は、海賊のようにしなやかで傲慢だ。ジェインは気を逸らされないように懸命に集中した。「ここにいたらまずいわ。不法侵入になるのよ。それに、このダンスはもう約束しているの」

「そう、わたしが申しこんだ」

ジェインはダンスカードをたしかめた。「いいえ、〝ラドクリフ〟とある。ラドクリフさんなら知っているわ。あなたじゃない！」

「ラドクリフの代理で来た」覆面の裂け目の奥で、彼の瞳がきらりと光った。「海賊だと言っただろう？」

「でも、どうしてそんな危険なことをするの？　もし見つかったら――」

「心配はいらない」

ワルツの演奏がはじまり、彼はさらに近づいてゆるやかに手を差しのべた。ジェインはさっと後ずさった。「だめよ、帰って。人が来るわよ」

彼はジェインの手を取り、

「やめて！　ラドクリフさん――」

「――は、いない。ここにいるのはわたしだ」彼の鋼のような腕が腰にまわされたと思う間もなく、ジェインはダンスフロアをくるくるとまわっていた。こちらが恥ずかしくなるほどしっかりと抱き寄せられたまま。

踊らないわけにはいかなかった。逃れようとして、人前で大騒ぎするわけにはいかない。彼はジェインをさらに抱き寄せた。彼のぬくもりを、長身でたくましい体を感じる。男性らしい、どことなく刺激的なにおいも。

「先のことを考えるな」彼がつぶやいた。「なにも考えるんじゃない。ただ目を閉じて、音楽に身をまかせるんだ」

そして、この人に――。それはあらがいがたい誘惑だった。一度踊るだけ。少し空想に浸ジェインは彼に――
るだけ。人前で、罪のないダンスをする。それのなにがいけないの？
そして自分にあらがうのをやめて目を閉じ、彼に身を委ねてダンスフロアをまわった。
彼に抱かれて踊るのは、これまでとまったく違う体験だった。ステップをいちいち思い出さなくても、この正気とは思えないほど厚かましくて腹立たしい男性が、無言のまま絶妙な仕草で導いてくれる。

絶妙？　ジェインはその考えを振り払った。でも、ああ、なんて上手に踊るのかしら。ほんとうのワルツはこうして踊るのだ。レッスンで教わったのとまったく違う。まるで、つむじ風に巻きこまれて……どこかに飛ばされてしまう木の葉のよう。

踊っているうちに、すっかり夢見心地になる……。

ワルツの最後のメロディーが消えていった。

ジェインはザカリー・ブラックの腕のなかにいた。しっかりと手を握られ、抱き寄せられている。ジェインが肩で息をしているのは、ダンスで動きまわったからではなかった。心臓が胸から飛びだしそうなほど脈打っている。口のなかもからからに乾いていた。

ダンスは終わった。もうしばらくのあいだだけ、彼にもたれて目を閉じ、広い胸に頬を押しつけていたい。わたしだけの夢――舞踏会のシンデレラ。彼がだれだろうと、自分がだれだろうと気にせずに、いつまでもこの夢を見ていたかった。ただの男と女として、夢のなかを漂う……このまま目覚めたくない。

遠くのほうで、驚いた声や笑い声があがるのが聞こえた。仮面を取るお楽しみがはじまったのだ。

ジェインはしぶしぶ、ゆっくりと目を開いた。

そして、黒いベルベットの覆面からのぞく熱い瞳をまっすぐ見あげた。

「仮面を取る時間になったわ」彼にささやいた。「人に見られないうちに帰って」そして自分の仮面を取ろうとしたが、その前に彼が素早く紐をほどいて仮面を落とした。彼女を食い入るように見つめながら。

ジェインは動かなかった。一インチも動けない。呼吸をするのがやっとだった。

彼は覆面を取らなかった。舞踏室の明かりを受けて、瞳がきらめいている。冷たい夜の空気に触れて、仮面で温められていた肌がかすかに震えた。どういうわけか、狭いバルコニーにいる。舞踏室にいくつかあるバルコニーのひとつで、下のテラスとその向こうにある庭園を見おろせる場所だ。

さっと見まわして、ふたりきりになってしまったことに気づいた。舞踏室につづくフレンチドアは閉まっていて、暗闇に包まれたバルコニーはふたりきりの空間になっている。

暗闇？　ここに到着したとき、屋敷全体が――テラスも、庭園も、そしてもちろん舞踏室も――煌々と輝く明かりに包まれていた。派手な色に塗られたランタンがテラスに置かれ、柱のあいだにも吊されていたのに、このバルコニーだけ明かりが消えている。

彼女がザカリー・ブラックといるバルコニーは、外の明かりが当たらないせいでいっそう暗さが際立っていた。これではだれにも見えない。

とたんに現実に引き戻された。自分はもう、男性と浮わついたやりとりをし、ダンスをして楽しんでいた名もない羊飼い娘ではない。いまはジェイン・チャンスというひとりの娘で、責任がある。将来の夢もある。そして婚約している。

こうなるように、前もって仕組んであったのだ。ランタンの明かりを消し、すべての動きを計算していた。いつ表沙汰になってもおかしくない。彼がいることが――招待もされていない彼とこの場にいることが、ジェイン・チャンスの評判をずたずたにする。すぐに舞踏室に戻らなくては。

「人に見られないうちに帰って」さっきの言葉を繰り返した。「ここにいては危険だわ。もしだれかに見つかったら……」そのときは、彼にとっても自分にとっても厄介なことになる。

彼は動かなかった。「きみと踊るだけでなく、話すために来た。公園で会ってくれなかったし、手紙にも返事をくれなかったから――あの手紙は読んだのか?」

「ええ」ジェインは心配になって後ろのフレンチドアを振り返った。キャンベリー卿が探しているはずだ。「戻るわ」ドアに向かおうとすると、彼が大きな体で行く手をさえぎった。

「これでわたしが貴族だということはわかってもらえたはずだ。だがほかにも説明したいことが――」

「戻ると言ったでしょう!」ジェインは彼を押しのけようとしたが、腕をつかまれて引き戻された。

「今夜はきみと話すために来た」彼は低い声で、自分が広大な領地を持ち、財産もあることを早口に説明した。「キャンベリーの領地ほど大きくないが、かなりの広さがある」それから、十二年のあいだ屋敷を離れていたことや、十六のときにイギリスを出たこと、まさにイギリスに帰国した日に彼女と出会ったことを説明した。国王陛下の政府のためにさまざまな国で諜報活動をしていたせいで、変装が上手になったことも。

彼が話すにつれ、ジェインのなかで徐々に怒りが膨れあがった。こんな男性の夢を見ていたなんて！　こんな……こんな大ぼら吹きに、どうしてのぼせあがっていたのかしら！

最後に彼は言った。「なぜロマのふりをつづけていたのか、納得していないかもしれないが――」

ジェインが返事をしなかったので、彼はつづけた。「実はいま、父の遺産を相続しようとしているところなんだが、ひとつ問題が……法律上の問題があって――ほんとうに根も葉もないことなんだが、その問題が解決するまでは目立たないようにしたほうがいいと助言を受けている。当面は正式な名前も、爵位も表に出さないほうがいいと……。かなり微妙な問題だから、できればきみにも配慮を――」

「その必要はないわ。なぜなら、そんな話は聞きたくないからよ。どうしてそう思うか聞きたい？」ジェインはぐいと頭を反らした。「あなたは何人いるの、ザカリー・ブラックさん？　最初はロマ、それから海賊、それからスパイ――そして今夜は招待状を盗んだから、間違いなく泥棒だわ！　そしていまは貴族ですって？　秘密にしておきたい問題があるために、貴族がロマの格好をして人目を忍んでいたというの？

いったい、どれだけだましたら気がすむの？　これもあなたの素敵な作り話のひとつなんでしょう」ジェインは鼻を鳴らした。「なんのことはない、あなたは、ただの、詐欺師じゃないの！」ひとこと言うたびに、人差し指で彼の大きな硬い胸を突いた。「あなたは人生をただのゲームだと思っているようだけれど、わたしの未来はゲームではないのよ！　とても重大なことなの。そして、あなたの嘘に耳を傾けるつもりは今後一切ないから、そこを通して――うう！」

乱暴に抱き寄せられ、鋼のように力強い腕で胸に押しつけられて、容赦なくキスされていた。

どうにか逃れようと彼の肩を一度、二度と押し返したが、彼の味に――彼の唇の情熱的で力強い攻撃に完全に支配されて――意思の力はたちまち弱まっていった。彼の舌が唇の合わせ目をなぞって押し入ってくる。はっとあえいだ拍子に唇が開いて、主導権を奪われてしまった。えもいわれぬ味に、すべての感覚が押し流されていく。

分別と欲望が戦って、欲望が勝ちをおさめた。

それまでずっと否定してきた熱い思いが、一気にあふれかえった。くらくらしながら、彼の両肩をしっかりとつかんで、わが身を押しつけた。

彼が動いて、気がつくと冷たい石の壁と熱く硬い体に挟まれていた。体のなかに震えるようなさざ波が広がっていく。肩をつかむ手にさらに力を込めると、彼は低くうなって大きな体を押しつけ、たやすく、ものの見事に支配した。逃げようという気持ちは、とっくの昔になくなっていた。

彼を突き動かしている熱く激しい欲望を感じた。強烈で、ほとんど怖いくらいだ。

そう、ほとんど。完全に支配された最初の衝撃がおさまり、彼の暗い部分が煙のように血管に入りこむと、今度は飢えた情熱に――ジェイン・チャンスを求める滾《たぎ》るような欲望に翻弄された。体のなかにあるものが彼に触れられることで生気を取り戻し、この……この欲望の嵐を巻き起こしている。

彼のキスにキスで応えた。体のなかの焦燥を解き放ってほしくて死に物ぐるいで求めたが、そうするともっとほしくてたまらなくなる。彼が喉の奥からうなり声を漏らした――飢えた声がそれでいいと告げている。もっと近づきたくて、さらに体を押しつけた。硬くてたしかな唇。この覆面のように暗く滑らかな舌。その舌で愛撫され、いざなわれ、かき立てられる……。

キスが激しくなり、ジェインはさらにしがみついた。彼が自分を抑えているのがわかる。頬やまぶたや喉に羽根のように軽いキスを降らせながら、そのあいだじゅう唇に戻って、絶え間ないリズムで盗みつづけて……そんなふうにされると、体のなかの原始的で奔放ななにかが呼び覚まされる気がする。

彼のなかの飢えはしっかり自制されていたが、ジェインは貪欲だった。自分でも気づかないうちに、ずっと前から求めていた――このときを――彼を。

彼のシャツの空いた首元に手を滑りこませた。ほてった指先に滑らかなリネンの生地がひんやりする。そして彼の肌のぬくもり。男性の肌は、自分の肌とはまったく違う。

そして、においも。彼のにおいを吸いこんだ。清潔な、洗い立てのリネンのにおいと、その下に潜む男性のにおい――欲望のかすかな麝香《じゃこう》のにおいと、どことなく刺激的なコロンのにおい。

夢中でキスしながら、彼の体に両手を這わせた。たくましい喉、彫像のような顎の輪郭、ひげを剃ったばかりの顎に残るかすかな擦り傷。その擦り傷に触れて、指先と手のひらがちくちくした。しゃにむに愛撫しているうちに彼のベルベットの覆面がはずれ、だれにも気づかれずに落ちていった。豊かな黒髪に指を差し入れる。洗い立てで、切りそろえたばかりの髪は柔らかかった。そのあいだじゅうもキスをして……。

欲望でわけがわからなくなり、体を弓なりにして悶えた。もっとほしい。舌と舌が絡み合った。猫のように彼の体を駆けのぼって、どうにかして体の奥に潜りこみたい。

彼の腕に抱かれて、このひとときにすべてを捧げて、どれくらいたっただろう。夢見心地でいたときに、なにかの物音が聞こえた。左側のフレンチドアががたついている。だれかが彼女を呼んでいた。

20

「あの方に恋はさせません。わたしにそれを止める力があればですけれど」

――ジェイン・オースティン『高慢と偏見』

ザカリー・ブラックは小声で悪態をつきながらジェインを離した。

ジェインはかすかな寒気を感じた。いまは壁にぐったりともたれていた。膝にも力が入らない。

「ジェイン、ジェイン、そこにいるのか？」キャンベリー卿がフレンチドアの向こう側からガラスに顔と両手を押しつけて、暗闇のなかを透かし見ていた。いらいらと取っ手を動かしている。

「ああ、どうしよう」ジェインはつぶやいた。

「大丈夫だ。開かないようにしてある」彼が言った。

「あなたは帰って」

答えるかわりに、彼は焼けつくようなキスをした。「まだ終わっていない」

「終わりよ。そうしなくてはならないの。わたしは婚約しているのよ」その身分でいられるのも、そう長くはない。暗いバルコニーで、ほかの男とキスしているところを見られてしまった。

「あの男とか？」彼は無駄にガラス戸をがたつかせているキャンベリー卿のほうに顎をしゃくった。

彼が軽蔑をあらわにするのを見て、ジェインは肩をこわばらせ、キスをして分別をなくす前の出来事をすべて思い出した。「ええ、あの方と約束したの。名誉を重んじる方よ」

彼はジェインの顔を両手で挟むと、ふたたびしっかりとキスをした。所有欲を剝きだしにしたキス。「きみはわたしのものだ」そう言うなり、バルコニーの手すりをひらりと飛び越えて、庭園に姿を消した。フレンチドアがバタンと開き、従僕が勢い余ってよろめきながら出てきたのはそのときだった。

キャンベリー卿がバルコニーに出てきた。「ドアが開かなかった」彼は従僕がさがるのを待って言った。「こんな暗がりでなにをしていたんだ？」

ジェインは答えなかった。後ろめたいのと恥ずかしいのとで、さっきまでの高揚した気分は残らず消し飛んでいた。熱に浮かされた魔法のような冒険が、いまは少し……恥ずかしい。この人と約束していたのに。

けれども、キスに……キスにそこまで力があるなんてまったく知らなかった。

体の震えが止まらなかった。キャンベリー卿はそのことに気づいて言った。「夜気は健康によくないことを知らないのか？」彼は手すりに手をかけて、下の庭園に目を凝らした。

「さっき男と一緒にいるように見えたが……。顔がわからなかった」彼はジェインに向きなおって問いただした。「ここに男がいただろう?」

ジェインはうなだれた。「ええ」

「そして、その男に唇を盗まれたのか?」

ジェインはうなずいた。でも、なにも盗まれてはいない。自分から思いきりキスを返したくらいだ。そして、まだくらくらしている。

「何者だ?」

「わかりません」嘘をつくのは後ろめたかったが、ほんとうのことを言ってもどうにもならない。それに、キャンベリー卿は人を雇って彼を叩きのめすと言っていた。そんなことをさせるわけにはいかない。ザカリー・ブラックのことは自分ひとりでどうにかするつもりだった――できることなら。

いまのところはまだ、うまくいっているとは言えない。さっきは主導権を握られっぱなしだった。でも、あらかじめ注意していれば心の準備もできるはずだ。ほんとうの危険がどんなものか――注意していなければ虜にされてしまう彼の魅力がどれほどのものか、もうわかっているから、今度は気をつけて対処できるはず。

「わからない?」キャンベリー卿は眉をひそめた。「キスさせておいて、その男の名も知らないというのか? だれかがあなたを紹介したはずだ」

ジェインはうなずいた。「その方はラドクリフさんの名前でダンスを申しこんでいましたが、わたしが知っているラドクリフさんではありませんでした」

「しかし、とにかくその素性の知れない男と踊ったわけだな？」

ジェインはふたたびうなずいた。今夜は仮面舞踏会で、踊った相手の半分はわからなかった。個人の舞踏会なら、それは問題にならないはずだ。

キャンベリー卿は無言でバルコニーをじっくりと点検し、明かりの消えたランタンを見つけた。「その男とここで逢い引きをする手はずになっていたのか？」

「いいえ、とんでもない！」ジェインはかっとした。「バルコニーに出てはならないことはわかっていました。でも、気がつくとここにいたんです。その人に……だまされました」

「そして、キスを許したわけだ」

ジェインは答えずに顔を赤らめた。あんなに個人的で、特別な、魔法のようなひとときを……犯罪を犯したように言うなんて。そうでなくても、なにか卑しいことをしでかしたみたいだ。彼に言った。「ひとりきりでその男性と一緒にいたことについては言い訳のしようがありません。わたしに言えるのは、あらかじめ仕組んだわけではないということです。ただ……いつの間にかそうなっただけで」

「ふん！」キャンベリー卿は冷ややかに彼女を見た。「なにか手を打つ必要があるな。あなたが舞踏会で見ず知らずの男とどこかに消えてキスを交わさないように……。そうだな、教会での予告に踏みきるべきだろう（結婚したい場合は三週つづけて日曜朝の礼拝のときに結婚を予告してもらう）」

ジェインはぎょっとして顔をあげた。「結婚の予告？」

キャンベリー卿はうなずいた。「結婚式の日取りを早めることにした。手遅れにならないうちにあなたを手に入れたい」

「つまり、まだわたしと結婚なさりたいんですか?」

キャンベリー卿は肩をすくめた。「女性はもともと節操のない生き物だ。美しい女性ならなおさらそうなる。ほかの男があなたをほしがるのも無理はない。わたしの務めは、あなたに対する権利を最初に手に入れることだ。わたしの跡取りを産んでくれたら、あとは好きにしてかまわない――おおっぴらにしないかぎりは。それまでの辛抱だ、お嬢さん――」ジェインをじろりとにらみつけた。「わたしは、自分のものは守る」

どちらを選ぶか、迷うまでもないことだった。望むものすべてを――愛と信頼以外のすべてを約束してくれるキャンベリー卿か、さまざまな肩書きを使い分けていて正体がわからない――そして、これまで出会ったどの男性よりも――夢で見た男性よりも心をかき乱すザカリー・ブラックか。

母もこうするべきだった。

ジェインは母が選ばなかったほうを選んだ。「ええ、もちろんかまいません、キャンベリー卿。そうするのがいちばんだとお考えなら、結婚予告の手配をなさってください」

キャンベリー卿は満足げにうなずくと、ジェインの腕をしっかりつかんで舞踏室に戻った。

ジェインはおとなしく従ったが、彼の言葉には動揺していた。結婚予告のことではない――結婚するのが早ければ、それだけザカリー・ブラックに脅かされることもなくなる。そうではなくて、婚約者が名誉をまったく重んじない人間でもかまわないと彼が思っていることにうろたえていた。最初の息子が生まれたら、妻がだれと出かけようと気にしないというのだ――おおっぴらにしないかぎりは。

以前はこんなふうに考えていた――世間知らずだったと、いまならわかる――たがいのことをほとんど知らずに結婚した多くの夫婦がそうしているように、結婚したらキャンベリー卿とのつながりも深まって、やがては愛し合うようになると。

けれども、キャンベリー卿はそんなことはまったく考えていないようだった。彼は――妻が不誠実で、嘘つきで、夫を欺いてほかの男と会うものと思っている。妻を〝もの〟と見なして、よその男がそれを奪いたがっていると――彼が止めないかぎり、妻がそうさせるものと思っている。

まるで……汚いものになった気分だった。

それというのも、自分がザカリー・ブラックとキスしていたから。

でも、それを汚いとは少しも思わなかった。あれは……崇高で……心が浮き立つような体験だ。

でも、過ちだった。おかげでキャンベリー卿の不興を買ってしまった。

舞踏会は終わりに近づいていた。ジェインはほとんどうわの空で女主人に礼を言い、大勢の人々に別れを告げた。

早くベッドに潜りこんで、今夜起こったことを考えたかった。いまは頭が混乱して、心底疲れきっている。そして、今夜の出来事を引き起こしたザカリー・ブラックに腹が立っていた。

ジェインが帰ったときデイジーは眠っていたが、ベッドに入ろうとしたところで眠たげな声がした。「どうだった？」

ジェインはどう答えたらいいのかわからなかった。夢のようだった？　さんざんだった？　わくわくした？　結局簡単に答えた。「素敵だったわ」

「ほかに羊飼い娘は？」

「いなかったわ。たくさんほめられたのよ。ダンスをした相手のなかには、ダマリスお手製の羊のことでふざけて、悪い大きなオオカミになるふりをする人もいたわ。どちらかというと、みんなオオカミというより、子犬みたいだったけれど」

「アビーとダマリスは――なにを着てた？」

ジェインはふたりの仮装を手短に説明した。

デイジーは大きなあくびをした。「いいね。ほかになにかおもしろいことはなかった？」

「とくになかったわ」ただ、はじめてのキスをしただけ。それも何度も。そして……恥知らずならず者と、うっとりするようなワルツを踊ったこと。夢のようなキスをして……わたしさえ知らなかった内なる欲望を解き放ったならず者と。

彼のせいで、キャンベリー卿との未来が台なしになるところだった。

そしていま、その〝未来〟を想像して……不安になっている。『わたしの務めは、あなたに対する権利を最初に手に入れることだ』――〝あなたに対する権利〟！　まるで盛りのついた女が繁殖させられるような言い方。

それが世の常だということは承知している。それならなぜ、こんなにも動揺してしまうの？　結婚の予告がはじまるから？　ひと月もしないうちに結婚するから？

わからない。

今夜の冒険について、デイジーに話さないのは少し身勝手な気がするけれど、いろいろなことがありすぎてとても話す気分になれなかった。ひとりで頭を整理して、今夜なにがあったのか、自分がどう思ったのか――どうしたいのか、なにをすべきなのか考えたい。今夜は混乱させられることだらけだった。

大切なひとときだったけれど、今夜自分がしたことは……。

あのキスのことは……自分だけの大切な思い出として秘密にしておきたかった。それにデイジーに言ったら、ほらやっぱりと言われるかもしれない。

――あんたは上流階級でだれよりもがまんのならない男と出会って、まっさかさまに恋に落ちるはずだよ。

そんなことにはいままでも、そしてこれからもならない。今夜はただ一度ダンスを踊っただけ。ただ一度キスをしただけ――何度か唇を重ねたけれど。あれはただの……出来事。過ぎたことは忘れて、二度と繰り返さないことだ。

ジェインはろうそくを吹き消し、ベッドに入って上掛けを顎まで引っぱりあげた。そして今夜の出来事について、じっと物思いにふけった。

「デイジー」しばらくして口を開いた。「婚約しているのに、ほかの男性とキスするのはいけないことかしら?」

上掛けをはねのけて起きあがる音がした。「キスしたの? だれと?」デイジーはもう、少しも眠そうではなかった。

ジェインは暗闇で顔が赤くなったのを見られなくてよかったと思った。「ううん、だれともしてないわよ。ただ、考えていただけ。どんなふうかって。だって結婚したら、キャンベリー卿以外の人とはキスしないはずだもの」でも、キャンベリー卿とのキスは想像もつかない。

デイジーはふたたび横になった。「あたしだったら、いまのうちに少しはキスして、ぎゅっと抱きしめておくだろうね。キャンベリー卿は、キスしてぎゅっと抱きしめるって感じじゃなさそうだから」

「どうしてわかるの?」

「さあ、よくわかんない。なんとなくそう思うだけ。まだキスされてないの?」

「まだよ。なにもかもきちんとされる方だから」

「そういうことなら――」デイジーはいっとき間を置いて言った。「気に入った人がいて、その人がキスしたがってるなら、だめとは言わないよ――無理強いされてるなら別だけれど。ただのキスなら、どうってことはないからね」

でも、あれは〝ただの〟キスではなかった。ジェインはそう思ったが、うまく説明できなかった。あまりにも大切で、個人的で、秘密めいた——そして心をかき乱される出来事だったから。「おやすみなさい、デイジー」

「おやすみ、ジェイン」

ジェインは上掛けのなかに潜りこんだ。今夜は眠れそうもない。あのワルツを頭のなかで思いだしたかった——いいえ、よく考えたかった。そして、あのキスも……。

「ゆうべはどこに出かけていたんだ?」翌朝、朝食の席でギルが尋ねた。「髪を切ってひげを剃ったことに気づかないわけがないだろう。女でも漁りに行ったのか?」

「とんでもない」ザックはしらばっくれた。「ゆうべは非の打ちどころのない紳士として行動した」そこで、そうとは言いきれないことに気づいて言いなおした。「痛ましいほど禁欲的で……そしてある意味、海賊だった」彼はベーコンの薄切りをフォークで刺した。「イギリスのベーコンは最高だ」

ギルは疑わしげにじろりと見た。「紳士だか海賊だか知らないが、どちらになることもできないだろう」

「仮面舞踏会に行けばいい」

ギルは炉棚に目をやった。陰気な顔をした先祖の肖像画のまわりに、招待状や訪問カードが差してある。「節操のないやつめ。わたしが参加したい舞踏会だったかもしれないのに」

ザックはトーストに手を伸ばして、たっぷりとバターを塗った。「おいおい、ちゃんと参加したじゃないか」

ギルの目が険しくなった。「わたしが参加しただと？　どんな悪さをやらかしたんだ？」

「悪さ？　とんでもない。ワルツを踊ったじゃないか――見事に踊っていたことを付けくわえておこう――美しい羊飼いの娘と」

「それから？」いっとき間を置いて、ギルは先を促した。

「バルコニーで彼女にキスをした――おっと、そんな目でわたしを見るなよ。おまえでないことは彼女もちゃんとわかっていた」

ギルはコーヒーのおかわりを注いだ。「だれかに顔を見られなかったか？」

ザックは答えずにトーストをかじった。

ギルはマーマレードをトーストに塗ると、きっちりと細長く切り分けた。「正気の沙汰じゃないことはわかっているんだろうな？」穏やかに言った。「そんな調子で八年間どうやって死なずにすんだんだ？　たったひとりの娘のために、きみは絞首刑の輪縄に首を突っこもうと決めているわけだ。その娘は、きみのことなど――」

「言葉に気をつけろよ、ギル」

ギルはコーヒーカップ越しに彼を見つめた。「そういうことじゃないか」

ザックは物思いにふけりながら、トーストをもうひと切れ取った。ひと晩じゅう、そのことを考えていた。

「ミス・チャンスはわたしの言葉を信じなかった」こちらの説明を頭ごなしに拒絶されたときはどうしていいかわからなかった。ほんとうのことを話したのに——少なくとも最初の部分は——詐欺師呼ばわりされただけだった。嘘つきで、ゲームをしているだけだと。

「その娘は悪くない」と言って、ギルはコーヒーを飲んだ。「悪いのは、猫の毛皮のベストだ。動物好きのまっとうな娘なら、あんなものを身につけていた男の言い分を信じるわけがない」

「ギル、いまは真剣な話をしているんだ！」

「わかっているとも。わたしは心底楽しんでいるんだ。きみが真剣になるところを見たのは何年ぶりかな。これは大いに期待してよさそうだ」ギルはコーヒーを飲み終わった。「それで、どうするつもりだ？」

ザックは顔をしかめた。ゆうべはまんじりともしなかった。眠れない時間の半分は、どう説明すれば信じてもらえたのかと思い悩んでいたが、残り半分は——いいや、ほとんどの時間は、あのときのキスを思い返していた。そして目が覚めたときには、体が硬くなって疼いていた。

「まずは遠乗りに行って、思いきり馬を走らせてくる」

ギルは心得たように笑った。

ザックはそれを無視してつづけた。「それから弁護士のところに行って、セシリーを見つけられなかった間抜けからなにか聞きだせないか話をしてみようと思う」そのほか、従兄弟のジェラルドがウェインフリートに来たせいで仕事をなくした小作人や使用人たちをまた雇いなおして、滞っていた支払いをするように手はずを整える。だが、そうなったのは自分のせいでもあるのだ。父の土地をいつまでも放っておかなければ、彼らはいまの苦境に追いこまれなかった。

埋め合わせをしなくてはならないことが山ほどある。

「キャンベリーが結婚予告に踏みきった」翌朝、朝食の席でギルが言った。「場所はハノーヴァー・スクエアのセントジョージ教会。噂では、ひと月以内に結婚するらしい」

「結婚予告だと？　婚約を発表したばかりなのに、気の短いやつめ！」ザックはこぶしを握りしめた。おそらく、バルコニーでキスしたところを見られたのだ。そこで、彼女が心変わりしないうちにことを急ごうとしているのだろう。

「少なくとも、特別結婚許可証を使ってすぐさま結婚するほど急いではいないわけだ」

ザックは眉をひそめて考えこんだ。なにか手を打たなくては……。彼女をもてあそんでおもしろがっていたと思わせておくわけにはいかない。こちらの話が真実であることを……彼女を心から求めていることをわかってもらう必要がある。少なくともキャンベリーに見劣りしないだけのものをもっていることを――自分はキャンベリーほど裕福ではないし城もないが、退屈極まりない男ではない。

ただ、大ぼらを吹いていただけだ。

心は決まった。「今日の午後、なにか用事はあるか、ギル？」

ギルは片眉をつりあげた。「なぜだ？」

「あの老婦人の屋敷に入れるように手を貸してもらいたい――そんな目で見るなよ――つまり、正式に午後の訪問をするんだ。すべて礼儀作法に則って、正々堂々と表から行く。彼女と話すにはそうするしかない」

「なぜわたしが引っ張りだされるんだ？」

「なぜなら、あの家の執事と従僕はわたしのことをロマとしか思っていないからさ。名の知れた遊び人のまっとうな紳士、ギル・ラドクリフにでも付き添ってもらわなければ、一歩もなかに入れてもらえない」

ギルは渋い顔をした。「いいとも。だが、ひとつ貸しだからな」

21

「人に信じてもらうのって、むずかしいこともあるのね！」

「ぜったいに信じてもらえないことだってあるわ！」

――ジェイン・オースティン『高慢と偏見』

二時きっかりに、ザックとギルはバークレー・スクエアにある白い大きな建物を訪れた。ふたりとも、ギルがここまでしなくてもとぶつぶつ言うほど一分の隙もない服装をしている。執事がドアを開け、ザックの前に立ったギルが訪問カードを見せた。「ギルバート・ラドクリフとミスター・ザカリー・ブラックだ。レディ・デイヴナム――つまりレディ・ベアトリスと、ミス・ジェイン・チャンスにお会いしたい」

執事はカードをちらりと見た。「申し訳ありませんが、奥さまとお嬢さま方はお出かけになっていらっしゃいます」

「くそっ！」ザックがつぶやいたのを聞きつけて、執事は眉をひそめてギルの後ろをのぞきこもうとした。

「それはあいにくだった」ギルは見るからにうれしそうな顔になって言った。「われわれが来たことを伝えておいてくれないか」そしてくるりと踵を返し、ザックを通りに押しだした。

「そうに決まっている！　この時間は公園にいるはずだ」ザックが言った。「行こう、ギル。公園でつかまえるぞ」

ギルは目を剝いた。「正気か？　ハイドパークだぞ？　それもいまからだと？　上流階級の適齢期の娘とその母親たちが、獲物を求めてうろうろしているこの時間に？」彼は大げさに身震いした。「きみの誘いはうれしいが、遠慮する」

「おまえの助けが必要なんだ、ギル」

ギルは目を細くして親友をじっと見た。「なぜだ？　ハイドパークにはだれでも入れる――執事はいない」

「おまえはレディ・ベアトリスたちと顔見知りだ。だから、わたしを紹介してもらいたい――公の場で。そうすればミス・チャンスも逃げられない」

短い沈黙があった。

「ひと肌脱いでくれないか、ギル。このまま手をこまねいているわけにはいかないんだ。ただ話しかけるだけでは、ミス・チャンスは聞く耳ももたない。わたしが話すことをなにひとつ信じてくれないんだ」

「当然だ」

「だがなにか手を打たないと、あのつまらない男と結婚してしまう」

「それは、裕福で爵位があり、一流の文化人でもある紳士のことを言っているのか？」

「あいつはもったいぶった、死ぬほど退屈な男だ――おまえもそう言っていたじゃないか。

ミス・チャンスの人となりでなく、彼女の美しさだけで結婚を決め、彼女の人生を台なしにし、生きる喜びを奪おうとしている」

「それもミス・チャンスが決めたことだ」ギルはそっけなく言った。

「いいや、それは違う。ほかの道があるならそんなことはしないはずだ」

「その〝ほかの道〟というのは、縛り首になるかもしれない男のことか？」

「よせ！　わたしが無実ということは知っているはずだ。とにかく、なんとかしなきゃならない。すぐにでも手を打たなければ、わたしの問題が解決するころには、彼女は結婚して手が届かないところに行ってしまう。いいから手を貸すんだ、ギル。頼む」

「こんな人目につきやすい時間にのこのこ出ていったら、きみだと気づかれる確率が一気に跳ねあがることはわかっているんだろうな」

「もうそんなことを心配している場合じゃない――どのみち、ぜんぶ来週の審問で明らかになることだ。もっとも、いったいどうしてそんなことになるのか、わたしにはさっぱりわからないが。この十二年間、死んでいたも同然だったなどと……」

ギルはため息をついた。「どれだけ役に立てるかわからないが、ここでわたしがいやだと言ったら、きみはもっととんでもない悪巧みを思いつくだろう――ミス・チャンスのバルコニーによじのぼるとか、その手のことを」

「よくわかってるじゃないか！」ザックはギルの肩を叩いた。「わたしはおまえのようにやたらと用心深くない――きっと日がな一日執務室で手紙を書いているからそんなふうになるんだろう。わたしのような行動派の人間は、危険を冒すことには慣れっこだ」

「行動派の人間ならその口を閉じておけ。さもないときみを紹介するのをやめて、社交クラブに出かけてしまうぞ」


レディ・ベアトリスと姪たちは、ハイドパークで〝運動〟していた。よく晴れた穏やかな春の日で、午後のいちばん人が集まる時間帯ともなると、上流階級の人々が大勢散歩道を歩いている。レディたちはいちばんおしゃれな散歩服に身を包み、付き添いの紳士たちも流行の粋な格好をしていた。

だが、レディ・ベアトリスの機嫌はよくなかった。彼女が気に入っている運動は――本人が何度となく声高に言っていた――ランドーで公園を優雅にまわりながら、ほかのレディたちに会釈し、ときどき馬車を停めて挨拶と短い会話を交わし、ときには二、三人の友人を乗せて最新の噂話を仕入れることだ。レディ・ベアトリスは繰り返し言い張った。そのあいだはずっと周囲を観察しているし、呼吸もしている。それも精いっぱい。公園の空気はきわめて健康にいいことが知られているから。

だが、姪たちはノーと言った――公園までは馬車で行きますが、そこではずっと歩きます。

レディ・ベアトリスが二番目に気に入っている運動は――今日はこちらがいいと本人が頑なに言い張った――入浴用の椅子に座って、屈強な従僕ふたりに担がれて運ばれることだった。

「従僕が汗をかくのを見ると、とても気分がよくなるんですよ」レディ・ベアトリスは言った。「ほんとうに、すっきりするんです」

だが、健康のこととなると、姪たちは頑なだった。健康を維持するには歩くことが必要だと医者から言われた以上、そうしてもらわなくてはならない。

さすがのレディ・ベアトリスも、姪たちの一致団結した力には抵抗できなかった。地面が湿っているうえに空気も冷たかったので、彼女はしぶしぶ歩いた。「歩くことがなんの役に立つというんです？　とんでもなく退屈な人にたやすく声をかけられてしまうわ。話したくなかったら、走らなくちゃならないんですよ！」

「走るのもためになりますよ」デイジーに言われて、レディ・ベアトリスは彼女をにらみつけた。

それから、古い友人のサー・オズワルド・メリデューを見つけて手を振った。かくしゃくとした紳士がこちらに早足で近づいてくる。「さあ、あっちに行ってらっしゃい。わたしはサー・オズワルドと話しますからね」レディ・ベアトリスに言われて、姪たちはその場を離れた。

「あそこだ」ザックはミス・ジェイン・チャンスを指し示した。以前に見かけた老婦人、レディ・ベアトリスやほかの若い娘たち数人と一緒にゆっくり歩いている。彼とギルが様子をうかがっているうちに、娘たちはふた手に別れ、たがいに腕を組んでゆっくりとそこを離れた。レディ・ベアトリスは粋な服装の老紳士と話しこんでいる。

ザックとギルはジェインの後をついて歩いた。ギルはジェインと一緒に歩いているのが姉のレディ・デイヴナムだとザックに教えた。「すると、あの女性がアビーか」ジェインは姉たちの話をよくしていた。ふたりはあまり似ていない。

ザックとギルが近づくと、ジェインが振り向いてふたりに気づいた。ジェインは顔をこわばらせると、姉になにか言って早足で歩きだした。

ザックとギルは後を追った。

だが、近づくたびにふたりは足を速めて遠ざかってしまう。

「思ったよりずいぶんおもしろいじゃないか」娘たちが四回目に、今度はほとんど走るようにして遠ざかったところでギルが言った。「狩猟シーズンみたいだ。ミス・チャンスに飛びついて地面に倒したらどうだ？　それともうちの猟師とハウンド犬に後を追わせて、きみが捕まえるようにしてもいい」

「おまえは気楽だな」ザックはぶつぶつ言った。

これでは埒《らち》が明かない。公園じゅうを追いかけまわす以外に、なにかほかのやり方があるはずだ。ザックはレディ・ベアトリスを振り返った。杖を突いているから、どこにも逃げそうにない。

「レディ・ベアトリスに紹介してくれないか」ギルに言った。

「いいとも。だが、気をつけろよ。見かけより鋭い女性だ」

ザックは鼻を鳴らした。「年寄りの扱いなら心得ている」

「いまはサー・オズワルド・メリデューと話している。サー・オズワルドは顔が広い。きみの父上のこともよく知っていた」

ザックはうなずいた。「万一ということもあるから、サー・オズワルドがいなくなるまで待ったほうがいいな」

しばらくすると、数人の女性がレディ・ベアトリスに近づいてきたので、サー・オズワルドは優雅にお辞儀をして立ち去った。ザックとギルはその女性たちがつぎの相手に移動するのを見はからって、レディ・ベアトリスに近づいた。ハイドパークでの付き合いはこうしたものだ——おしゃれした姿を見せ合い、おしゃべりして、つぎの相手へと移動する。

「こんにちは、レディ・ベアトリス」ギルが声をかけた。「お元気そうでなによりです」

レディ・ベアトリスは柄付き眼鏡を取りあげると、ギルとザックをそれぞれ、頭のてっぺんからつま先まで、年配の貴婦人にしてはかなり不躾なやり方で観察した。まるで、丸裸にされた気分だ。ザックは笑いをこらえた。

「ギルバート・ラドクリフ」レディ・ベアトリスは言った。「上品な集まりで見かけるのはずいぶん久しぶりね。お母さまはお元気かしら？」

「おかげさまで、これ以上ないほど元気にしていますよ」

レディ・ベアトリスは、柄付き眼鏡をふたたびザックに向けた。「それで、こちらの素敵なお友達はどなたかしら？」

「ザカリー・ブラックを紹介させていただきます」ギルは言った。「こちらがレディ・ベアトリスだ、ブラックくん」

「最近イタリアから帰国しました」ギルがあっけにとられているのをよそ目に、ザックはお辞儀をした。イタリアに関わりがあることにしておけば、彼女の姪たちともつながりを築きやすいかもしれない。

柄付き眼鏡がふたたびザックを眺めまわした。「イタリアですって？」

「はい、奥さま。お近づきになれて光栄です」

「あらそうなの？」レディ・ベアトリスはザックをじっと見据えた。「理由を聞いてもかまわないかしら？」

ザックは人なつこい笑みを浮かべた。「それは、あなたの姪御さんたちにお会いしたいからです――シャンサロット侯爵の美しいお嬢さんたちに。もしかしたら、共通の知り合いがいるかもしれません」そこで、ジェインとアビーがこちらをにらみつけているのをちらりと見た。「あそこにいらっしゃるのが――もしかすると、そのお嬢さんたちでしょうか？」

腕組みをしてまばらな芝生越しに彼をにらみつけていたジェインが、あからさまに背を向けた。

レディ・ベアトリスは鼻を鳴らした。「嘘はつかないほうが身のためですよ。かれこれ三十分近くあのふたりを追いかけまわしているじゃありませんか。それとも、〝ジェインを追いかけまわしている〟と言ったほうがいいかしら」

ザックは目をしばたたいた。ギルをさっと見ると、〝だから言わんこっちゃない〟という表情を必死でこらえている。

「あの子はあなたと話したくないんでしょう？　無理もないと思いますけどね。この場所が厄介なのは、そういうところだわ――だれもがだれかれかまわずに声をかける――少なくとも、そういうことができる。さあ、そこにベンチが――わたしは座らせてもらいますよ。まったく、散歩なんて……」レディ・ベアトリスは腰をおろすと、柄付き眼鏡を取りあげ、ザックをもう一度じっくりと観察した。今度は顔にひときわ時間をかけている。

ザックは落ち着かなくてむずむずした。

レディ・ベアトリスは目を細くして彼を見据えた。「お名前はなんとおっしゃったかしら？」

「ブラックです」ザックはふたたび華麗な身ぶりでお辞儀した。「ザカリー・ブラック、最近イタリアのヴェローナから戻りました」彼女が地理やシェイクスピアに疎い場合のために付けくわえた。

レディ・ベアトリスのまなざしが鋭くなった。「お父上はどなた？」唐突に尋ねた。

ザックは用心して言った。「『父親を理解する者は賢明なり』と申しまして」

「ちょっと、わたしが聞いているのは名前ですよ――それと、あちら風の謙遜はたくさん。お辞儀を見ているだけで疲れるわ」

「たしか、祖父母は国王陛下にちなんで父の名前をつけたそうです」

「やっぱり！」レディ・ベアトリスは勝ち誇ったように声をあげた。「ジョージね。よく憶えていますよ。あまり好きではなかったけれど。ひどい癇癪もちだったわ」そして、なにかに納得したようにうなずいた。「そしてあなたはザカリー・ブラックですって？　嘘おっしゃい。わたしの思い違いでなければ、アダム・アストン＝ブラックでしょう」

ザックはぎょっとした。ギルは苦しそうにくぐもった声を漏らしていたが、ほどなく大げさに咳きこみはじめた。

ザックは言った。「思い違いだった場合は認めていただけますか？」

「たいていは認めませんね」

「わたしもです。しかし、わたしは奥さまのおっしゃる方ではありません」ザックは老婦人の機嫌を取ろうとしているように穏やかに言った。「わたしは、ただのザカリー・ブラックです」

「ふん！　〝ただの〟が聞いてあきれるわ。たわごとはもう結構。わたしは年を取っているかもしれませんけど、もうろくはしていませんよ。アストン＝ブラックの人間なら見ればわかります。あなたの洗礼式にも参列しましたからね――いまは亡きウェインフリート卿のひとり息子、アダム・ジョージ・ザカリー・アストン＝ブラック」

ザックは固まった。どうしてわかったんだ？

老婦人はつづけた。「あなたはジョージにあまり似ていないけれど、その瞳だけは別――まさにアストン＝ブラックの瞳ですよ！　それにあなたは、おじいさまによく似ているわ。

あなたが否定する前に言っておきますけど、その方のことはわたし自身、とてもよく知っているの。それはもう十二分に」

「祖父はロマでした」

レディ・ベアトリスはひゃっひゃっと笑った。「あの人はひと筋縄ではいかない人でしたよ。おまけに、たちの悪い遊び人で――話の種には事欠かなかったわ。でも――」そこでザックをじろりと見た。「――なにはともあれ、紳士でしたよ。あなたもそうだといいんですけどね。なんのゲームをしているのか知りませんけど」

ザックはなんと言ったらいいのかわからなかった。ギルを見ると、笑いをこらえて体を震わせている。

老婦人はつづけた。「では、死者の国から戻ってきたのね？　アダムだかザカリーだか知りませんけど。あなたの従兄弟が法的な所有権を申し立てていると聞いたときに、もしかしたらひょっこり出てくるんじゃないかと思いましたよ。欲深なイタチが遺産をくすねようとしたら、行方知れずの息子だって帰ってくるでしょう？」

ザックは情けない笑い声を漏らした。「そこまでご存じとは……」できることなら人殺しの容疑については知らないでいてほしかったが、この老婦人の場合は当てにしないほうがいい。

「これでも耳が早いんですよ」レディ・ベアトリスは得意げにスカートを撫でつけた。「それで、姪のジェインを追いかけているのね？」

「おっしゃるとおりです」もう正体を偽っても仕方がない。「わたしには、ジェインがいやがっているように見えますよ」

「誤解があるんです」

レディ・ベアトリスは優雅に整えた眉をつりあげた。「だれのせいなの？」

「わたしのせいです」ザックは正直に答えた。

老婦人はしばらく考えた。「わたしのジェインに対して、あなたはどういう気持ちを抱いているのかしら？」

「このうえなく真剣な思いです」

「わかったわ」レディ・ベアトリスはいっとき黙りこむと、柄付き眼鏡をうわの空で前後に振った。「あの子が婚約していることは知っているわね。相手は社交界きっての男性――キャンベリー卿ですよ。財産のない娘にとっては大勝利でしょう。年頃の娘たちはひとり残らず、あの子の目をえぐりだしてやりたいと思っているはずだわ」

「しかし……まだ結婚していません」ザックは弱々しく言った。

ふたたび長い沈黙があった。「ジェインはいい子ですよ――優しくて、思いやりがある。顔がきれいなだけじゃないの」

「知っています」

「そうなの？　たいていの男性は、きれいな顔としなやかな体の内側にあるものを見ないようですけどね」

「彼女の美しさは、数ある美点のなかでもいちばんささいなことです」ザックは言った。

「どうしてそんなことがわかるんです？――イタリアから帰国したばかりなのに」レディ・ベアトリスが皮肉を込めて言った。

「公園で――お宅の向かいにある広場でお会いしていました。犬がきっかけで知り合ったんです」

「なんですって！」レディ・ベアトリスがふたたび柄付き眼鏡を取りあげたので、ザックは心底うんざりした。「あなたは――あのときのロマじゃないの！」

ザックはうなずいた。

「なぜ？」レディ・ベアトリスは困惑して彼を見た。「なぜ、アダム・ジョージ・ザカリー・アストン＝ブラックが、上流階級の娘に言い寄るのにロマの格好をしていたんです？」

「話せば長くなります」

「あら、時間ならたっぷりあるんですよ」レディ・ベアトリスは皮肉を込めて言った。「新鮮な空気をたっぷり吸いこまないと帰らせてもらえないなんて。まったく、いまいましい藪《やぶ》医者だわ！　ですから、かまわずつづけてちょうだい。あなたは見るからにわたしの助けを求めている――というより、必要としているようだけれど、まずは一部始終を聞かせてもらわないことには決められませんよ。ことのはじまりから、誇張は一切なしで聞かせてちょうだい」

ザックは洗いざらい話した——人殺しの容疑をかけられていることも含めて、なにひとつ包み隠さず。この老婦人にはなにを隠そうとしても無駄だ。人の心を読む魔女のたぐいとしか思えない。それにいまは、彼女の助けが必要だった。しかも、亡くなった祖父にこのご婦人は少なからず好意を抱いていたらしい。それなら……。

最後まで話し終わると、長い沈黙があった。やがて、レディ・ベアトリスは声をあげて笑った。「まったく、お芝居よりおもしろいわ」彼女は真顔に戻った。「さて、あなたはわたしの姪をとんでもないごたごたに巻きこもうとしているわね。どうしてそんなことに手を貸さないといけないのかしら?」

「面倒に巻きこむつもりはありません」ザックは答えた。「わたしはただ、彼女と直接話をして、わかっていただきたいんです」

「なにをです?」

ザックは答えずにただレディ・ベアトリスを見返した。ジェインに話すのは個人的なことだ。ジェインの耳だけに入れたい。

レディ・ベアトリスは笑って、彼の頰を軽く叩いた。「そんなに怖い顔をして。あなたのおじいさまがまさにそんな顔をしていたわ」

「問題は時間です」ザックは言った。「わたしの問題が解決するまでに、あと数週間はかかるかもしれません。しかしそれまでに……」

老婦人はうなずいた。「それまでに、あの子は結婚してしまうかもしれない」

「そのとおりです。キャンベリー卿が結婚の予告に踏みきったことで、わたしも行動しないわけにはいかなくなってしまいました。そんなことでもなければ、潔白が証明されて正々堂々と向き合えるまで、彼女を巻きこむようなことはしなかったでしょう」

レディ・ベアトリスは彼の言ったことを考えながら、ゆっくりとうなずいた。「あの子は恋愛結婚には興味がないの。なによりも、安全に暮らせることを願っているわ――子どものころに苦労したものだから。愛のない結婚でも、充分幸せなんですよ」彼女は鋭いまなざしでザックを見た。「あなたとキャンベリーは、ふたりとも爵位があって、財産と土地ももっている――まあ、あなたの場合は〝問題が解決したら〟手に入るんでしょうけれど。でもキャンベリーは、あなたがこれからも太刀打ちできないほど、桁違いに裕福なのよ」

ザックはなにも言わなかった。それはわかっている。

レディ・ベアトリスはつづけた。「わたしのジェインは計画をぶち壊しにするような子ではないの――あれは全員が幸せになることを望むような子よ。もし万一あの子がキャンベリーを振って、その後の醜聞をものともしないようなことがあるとしたら――そのときは間違いなく、この十年で最大の醜聞になるでしょうね――そうなるには、あの子にとって充分すぎるほど正当な理由が必要だわ。そこで、お若いアストン＝ブラック、あなたはジェインがまだ手に入れていないなにを与えられるというの？」

ザックは彼女の目を見た。「わたしです」

いっとき間があって、レディ・ベアトリスはいかにも愉快そうに笑った。「ほんとうに、おじいさまにそっくりだこと。あの人には謙虚さのかけらもありませんでしたよ」彼女は涙を拭った。「わたしはこれまで、野暮なまねをしたとそしられたことは一度もないんですけどね。それでも、あなたがジェインの気持ちをもてあそんでいたりしたら別ですよ——そんなことはないんでしょうね？」レディ・ベアトリスはザックのあばらを人差し指で突くと——思いきり突いた——険しい目で彼を見つめた。

「はい、そんなことはありません。誓って」一言一句、真心を込めて答えた。

レディ・ベアトリスは、彼をふたたび丸裸にするようなまなざしで——だがさっきとはまったく違う——じっと見据えた。なにが見えたのかザックにはわからなかったが、どうやら老婦人は納得がいったようだった。「あなたを信じますよ」彼女はいまだに当てつけがましく背中を向けているジェインにちらりと目をやると、くっくっと笑った。「明日わたしの文学同好会にいらっしゃい。二時きっかりですよ。あなたが姪たちとイタリア語で会話できたら楽しいでしょうね——あの子たちも喜ぶわ」

それからレディ・ベアトリスはレティキュールをかきまわすと、カードと鉛筆を取りだしてなにやら書きこんだ。「執事のフェザビーにこれを渡したら通してくれますからね。心配は無用ですよ、あなたから聞いたことは話しません。そのあたりはよく心得ていますよ。それからラドクリフ、あなたもおいでなさい。若い男性にもっと来ていただきたいものだわ」

「喜んでお伺いします」ギルは少しもうれしくなさそうな顔で応じた。

ザックはカードを受けとった。文学同好会は思ったより人目につく集まりだが、きっかけになるのはたしかだ。そこでジェインをつかまえ、こちらの説明を信じてもらわなくてはならない。そしてもっと猶予を……。

彼はジェインに目をやると、レディ・ベアトリスに一礼した。「ありがとうございます。けっして後悔はなさいません。お約束します」

老婦人は節くれ立った手を胸に当てた。「ああ、その不敵な笑顔――時間が巻き戻ったようですよ」彼女も不敵な笑みを浮かべた。「文学同好会は最近、死ぬほど退屈になりつつあるの。イタリア語を話す魅力的な男性が見えたら、さぞかし楽しくなることでしょうね」

レディ・ベアトリスの元を離れて歩きながら、ギルが冷ややかに言った。「『年寄りの扱いなら心得ている』はずじゃなかったのか？　無害なお年寄りの女性をうまく扱うもんだ。大いに勉強になった」

「いい気になるなよ、ギル。それに――無害だと？　とんでもない魔女じゃないか！　きみの部署にあのご婦人を雇うべきだ」

「まだ雇っていないと、どうしてわかった？」

ザックは笑った。

22

「きみはどうしても話したいんだね。聞こうじゃないか」
——ジェイン・オースティン『高慢と偏見』

「以前に母に引っ張られて、レディ・ベアトリスの文学同好会に顔を出したことがある」バークレー・スクエアの白い建物が近づいてくると、ギルはザックに言った。「よくある文学同好会とは違う集いで、小さい活字が読めなくなった年配のレディが詰めかけている。レディ・ベアトリスの姪たちが小説を朗読し、それからみんなでお茶を飲んで、それからまた少し朗読があってお開きになる。ときには、同じ小説を二回読むこともあるそうだ！」彼はあきれ顔でかぶりを振った。

「充分に無害じゃないか」

「問題は、その年配のご婦人方には親戚の娘がかならずひとりはいて、だれもがその娘をどこかの不運な男に押しつけようとしていることだ」ギルはむっつりと言った。「そもそも、なぜ母はわたしをそんな場所に連れていったと思う？　わたしを楽しませるためでないことはたしかだ」

呼び鈴を鳴らすと、レディ・ベアトリスの執事がドアを開けた。ザックに気づいて眉をひそめている。

執事が口を開く前に、ザックはレディ・ベアトリスのカードを渡した。「ブラックとラドクリフだ。文学同好会に参加させていただきたい」執事はカードに目をやると、一歩さがってふたりを通した。こんな怪しげな人物を招き入れる女主人の振る舞いはどうかと思うが、無論カードを優先するという、執事らしい込み入った表情を装いつつ、無言のメッセージを伝えている――このわたしが目を光らせている以上はわきまえたほうがいい。

大したものだと、ザックは建物に入りながら思った。見ると、お仕着せを着た大柄な従僕が、上着や帽子を受けとろうと待機していた。「やあ、ウィリアム」

「おまえ！」ウィリアムは執事のような器用さは持ち合わせていないらしく、ザックを通りに放りだそうとのしのし進みでたが、執事が意味ありげに控えめな咳払いをしたので、かろうじて自分を押しとどめた。

ザックはまたもや執事の有能さに感心しながら、ウィリアムに帽子を渡した。「これまで身分を偽っていて悪かったな、ウィリアム。ほんとうはロマではないんだ。政府の仕事であんな格好をしていた」

ギルは上着を脱いで執事に渡した。「社交シーズンがはじまってから参加者が減ったんじゃないか、フェザビー？　いつもはここまでざわめきが聞こえるんだが」

「むしろ逆でございます、旦那さま」フェザビーが応じた。「静かになっているのは、少々遅れて到着なさったせいかと……。朗読がもうはじまっておりますので」

ザックはまだ自分をにらみつけているウィリアムの脇を通り抜けながら、彼の大きな手にギニー金貨を滑りこませた。ウィリアムの表情から、家に入れてもいいほうに少しだけ気持ちが動いたようだった。ほんの少しだけ。

間取りを心得ているらしいギルが先に立って進み、やがて大きな客間に入った。少なくとも五十人が、半円状に並べられた椅子に腰をおろしている。見たところ、全員が年配のご婦人というわけではなかった。紳士らしく装った若者が少なくとも十人、最前列に陣取っている。

狭い演台には三人の娘が座っていた。真ん中にいるジェインが朗読している。若者たちは身を乗りだして、うっとりと彼女に見入っていた。

青二才どもめ――ザックは彼らの頭をぶつけて、ドアの外に放りだしたい衝動に駆られた。レディ・ベアトリスが彼の視線をとらえていかめしくうなずいたので、ザックも会釈を返した。ほぼ満席だったので、彼とギルは朗読の邪魔をしないように入口を入ったところで待った。

ザックは戸口からジェインの朗読に耳を傾け、彼女の姿を見守った。背筋を伸ばし、女学生のように熱心に朗読している。

「彼はこれほど若く結婚するのは慎みがないのではないか、彼女が若すぎはしないかと聞いてきた――つまり、ぼくがこの結婚をよしとするか知りたかったんだ。もしかしたら、彼女が自分より社会的地位が高いことを気にしていたのかもしれない。なにしろ、きみが彼女のことをちやほやしているからね。ぼくは彼の話を聞いてほんとうにうれしかったよ」

（ジェイン・オースティン『エマ』八章より）

ジェインは魅惑的だった。澄んだ声で、読み方は少し……ぎこちないが。

それがなんとも言えず愛らしかった。

ジェインはページをめくるときに目をあげて彼に気づき、ぎょっとして本を取り落とした。そして自分の左側のほうに座っている男性におどおどと目をやって顔を赤くした。ザックからは後頭部しか見えない。頭のてっぺんが禿げた砂色の髪の男だ。

床に落ちた本を拾ってジェインに渡そうと、最前列の若者たちがわっと動いてもみ合いになった。

ザックはジェインを動揺させた男のほうに興味を引かれて、騒ぎに紛れて客間のなかに入り、部屋のいちばん後ろでジェインがよく見える場所に陣取った。ギルがあとから来た。

ジェインは最初に気づいてからザックに目もくれなかったが、わざわざ見ないようにしているところを見ると、正確な居場所はわかっているようだった。ジェインの隣には公園で彼女と一緒に歩いていた姉が座っている。彼女は断崖の端にザックが指をかけてぶらさがっていたら喜んで踏みつけてやると言わんばかりに彼をにらみつけていた。

妹思いの姉だ。そこが気に入った。ザックは彼女に笑顔で会釈した。

秩序が戻って、ジェインは朗読を再開した。顔がそれとわかるほど赤くなっている。砂色の髪の男が振り向いて、ザックをじろじろ見た。

「あれがキャンベリーだ」ギルがささやいた。

ザックもそうだろうと見当をつけたところだった。人混みを挟んで、彼はキャンベリー卿とにらみ合った。『あなたはジェインがまだ手に入れていないなにを与えられるというの？』レディ・ベアトリスの言葉が頭のなかで響いた。ジェインが彼にあらがうのをやめてキスを返してきた瞬間が頭をよぎる。

ジェインはキャンベリーにもあんなふうにキスをするのだろうか？　彼女のすらりとした体がキャンベリーの腕のなかにおさまるところを思い浮かべて、彼はこぶしを握りしめた。

ジェインはいっとき間を置くと、つぎの箇所をやや強調して朗読した。

「男性は、結婚を申しこまれた女性がなぜことわったりするのか、想像もつかないのね。申しこまれたら相手がだれだろうと承諾すると思いこんでいるんだわ」

女性たちがくすくす笑う声が客席のなかで広がった。

ザックは唇をぴくつかせた。ジェインがどちらの男に当てつけているのか、考えるまでもない――自分だ。もしかしたら、客席にいる男全員に当てつけているのかもしれないが。

彼女はつづけた。

「ばかな！　男はそんなことは思ってもいない。だが、これはどういうことだ？　ハリエット・スミスがロバート・マーティンをことわっただと？　もしほんとうならどうかしている。きみの思い違いならいいが……」


そのあたりで、ザックの意識は小説から離れた。

この物語に興味はなかった。彼は周囲を見まわし、この人出でどうやったらジェインとふたりきりになれるだろうと考えた。どうやら、あの老婦人に一杯食わされたらしい。ふたりきりになるのはまず不可能だ。

ジェインはそのページを読み終わると、右側に座っていた黒っぽい髪の娘に本を渡し、今度はその娘がつづきを読みはじめた。こちらはジェインと違って、天賦の才能がある。まるで芝居を聞いているようだ。

「フレディ・モンクトン＝クームズの妻――ミス・ジェインの姉のダマリスだ」ギルがザックに耳打ちした。

「チャンス姉妹は四人いたはずだが。あとのひとりはいないのか？」

「デイジーならあそこだ」ギルはデイジーのほうに顎をしゃくった。「片隅に座って縫い物をしている小柄な娘がいるだろう。彼女は読まないことになっている」

「なぜ？」

ギルは肩をすくめた。

「姉妹にしては、みんなあまり似ていないと思わないか?」ザックが言った。

「しーっ!」前に座っていた女性が怒って振り向いた。「ダマリスが読んでるんですよ!」

ふたりはおとなしく黙りこんだ。ジェインは最初に気づいたときから、まだ彼のほうを見ていない。

いい兆しだと思った。なんとも思っていないならこちらを見るはずだ。間違いなく。

章の合間に休憩があった。だれもがケーキとお茶をいただいている最中に、レディ・ベアトリスがザックの視線をとらえて、横柄に手招きした。なにげない顔をしているが、瞳がいたずらっぽくきらめいている。

老婦人は姪たちを呼び寄せて言った。「あなたたちにブラックさんを紹介するわ。イタリアから帰国されたばかりだそうよ」

姪たちがひとりずつ紹介されるたびに、ザックは優雅にお辞儀をした。レディ・ベアトリスはしまいに言った。「わたしの古い友人のお孫さんなの。そしてもうひとつ、あなたたちに知らせたいことが……。ブラックさんは、あなたたちのお父さま――いまは亡きシャンサロット侯爵をご存じなんですって」彼女がクリームをなめた猫のような顔でにんまりするのを見て、公園で『さぞかし楽しくなることでしょうね』と言っていたことを思い出した。

「そしてブラックさんは流暢なイタリア語を話すそうよ――あなたたちはどう思って?」

三人の姉たちが肩を怒らせてジェインのまわりを固めようとしているところを見ると、あまりよくは思われていないらしい。四対の突き刺さるようなまなざしが、やれるものならやってみなさいと告げている。

　彼は悪ふざけの好きな年寄りギツネに、歯を食いしばってほほえみ返した。『あなたのことは話しません。そのあたりはよく心得ていますよ』と言っていたはずだが……話が違う。「どうやら思い違いをなさっているようです」彼はすらすらと言った。「先日お会いしたときは、イタリアから帰国したばかりなので、もしかしたら姪御さんたちと共通の知り合いがいるかもしれないと申しあげたんです」彼はにこりともしない四つの顔を見て、肩をすくめた。「しかし、どうやらいないようだ」

　彼はジェインに向きなおった。「またお会いできて光栄です、シニョリーナ」彼は流暢なイタリア語で挨拶すると——なおもイタリア語で——誤解があったことを謝り、シャンサロット侯爵には一度も会ったことがないことを説明した。

　それで安心してもらえると思ったが甘かった。四人は相変わらず無反応で——ひとりを除いて困惑しているのがかすかに見て取れる。そのひとり、小柄なデイジーは、まごうかたなき憤怒の表情で彼をにらみつけていた。

　ジェインはすっかり顔をこわばらせていた。姉のアビーが早口に言った。「わたしたちはイタリア語を話さないんです、シニョール・ブラック」

「話せるのはヴェネツィア語だけです」ジェインが付けくわえた。

　ザックはゆったりと首をかしげた。もちろん、ヴェネツィア人は独自の文化と歴史をきわめて誇りにしている。彼はヴェネツィア語でしゃべった。「わたしのヴェネツィア語はかなりさびついているんですが、お望みとあれば……」だが三人の姪たちはさっきと同じようにかすかに困惑しているだけで無反応だった。娘たちは、こちらの言うことをなにひとつ理解していないことに気づいた。そこではじめて、年寄りギツネにだまされていたことに気づいた。

「これは失礼、ヴェネツィア語で話すのはおいやですか？」

「人前では」ジェインが答えた。「同室の方が理解できない言葉で話すのは不躾だと教わりました」

「あら、ミス・チャンス」客のひとりが口を挟んだ。「わたしはヴェネツィア語でのやりとりを聞いてみたいわ」

「わたしもですよ」もうひとりが言った。「女学校でイタリア語を教わりましたけど、流暢に話せる人と会話したことは一度もなくて……」彼女はザックを見て、思わせぶりにまぶたをぱちぱちした。「とりわけ、こんな素敵な方とは」

ジェインの姉のアビーが進みでた。「申し訳ありませんが、ヴェネツィア語で話すことはレディ・ベアトリスに止められておりまして――」彼女は厳しい顔つきでレディ・ベアトリスを振り返った。「――そうですわね、ベアトリスおばさま」

レディ・ベアトリスはザックにとっておきの笑顔を向けた。「ええ、そうでした。あなたにことわっておくべきでしたね、ブラックさん。イタリア語だけでもこたえるのに、ヴェネツィア語ともなると、聞いただけで動悸がひどくなるんですよ。それというのも、あの総督《ドージェ》のせい――あら、それとも侯爵だったかしら？　記憶が定かでないけれど、この世のものとは思えないほど魅力的な男性だった。あの瞳――これが見る者をとろけさせるようなチョコレート色なの――そしてまつげの長いことといったら……。そして、あのすらりとした体つき――きっと従者はあの方をブリーチズに流しこまないといけなかったはずよ。どうやって脱がせたかは……」彼女は思い出にふけってため息をついた。

そこで執事が小さなベルを鳴らし、全員ががやがやと席に戻った。ジェインはザックを、あなたに二度と会えなければ最高だわと言わんばかりのまなざしでにらみつけた。

くそっ。今日はジェインとの関係を修復するためにきたのに、イタリア語とヴェネツィア語の一件で、ますます嫌われてしまった……。ザックは小声で悪態をつきながら、レディ・ベアトリスをにらみつけた。あの年までだれにも首を絞められないのが不思議なくらいだ。レディ・ベアトリスがまったく反省していない様子でにっと笑い返したので、ザックは思わず吹きだしそうになった。

彼はレディ・ベアトリスの勝利を認めるかわりに頭を少しさげた。腹黒で性悪な年寄り女め！　大嘘をついて、まんまと人を陥れた――最初にジェインをだましていたことに対する仕返しなのは間違いない。大した役者だ。

この敗北をギルに見られただろうか？　見ると、当人はまたもや笑いをこらえて体を震わせていた。ザックは人混みを縫って部屋の後ろに戻った。望みがすべてなくなったわけではない。ジェインが暮らしている屋敷にまだいる以上、なにか手だてがあるはずだ。彼女に会って説明し――謝罪する手だてが。

若い女性が通りかかったので、一歩さがって彼女を行かせようとした。とがった肘が思いきりあばらにめりこんだのはそのときだった。「ううっ！」

あばらを押さえて犯人を振り返った。しゃれたドレスを来た小柄な娘――チャンス姉妹のひとり、デイジーだ。「あらごめんなさい」と言われたが、少しも申し訳なさそうに見えない。いまの肘打ちは狙いすました攻撃だった。ザカリー・ブラックに仕返しをしようと思いついた人間がまたひとり増えたらしい。デイジーはドアに向かって頭を動かした。「ついてきな、ロマの兄さん」

ロマの兄さん？　興味を引かれて、ザックは彼女のあとから部屋を出た。先に立って廊下を進む彼女は、はっきりと足を引きずっていた。しかも驚いたことに、生粋のコックニーだ。ジェインと少しも似ていない。

「レディ・ベアトリスが、ここの居間で待つようにってさ」デイジーはドアを開けると、こぢんまりした優雅な居間に彼を通した。「朗読が終わったら、ジェインがここに来ることになってる」

「そこまでしてもらえるとは――」

「あたしに礼を言わないで。ここはレディ・ベアトリスの屋敷だから、奥さまがだれを呼ぼうと奥さまの勝手だ。あたしは反対だけど、こっちが決めることじゃないからね。ただ――」デイジーは怖い顔で彼を見据えた。「――妹のジェインを傷つけたり、辱《はずかし》めたりししたら、ニシンみたいにはらわたを抜いてやる。いいかい、ロマの兄さん？　錆《さ》びついたナイフでやるからね」

小さいのに、大した迫力だ。ザックはうなずいた。「いいとも。言っておくが、わたしにそんな下心はまったくない。むしろその逆だ。ジェインのことは大切にする」

デイジーは鼻を鳴らした。「しゃれ者は絵空事を口にするんだよ。なにしろ、あんたはあの子を一度泣かせてるんだからね」厳しい声でつづけた。「あんなことは二度とするんじゃないよ。いいね？」そして、足音も荒く出ていった。

ザックはにやりとした。気に入った。妹をかばって、自分の二倍ある男に向かって、妹を傷つけたらはらわたを抜いてやると凄むところがいい。ジェインは家族に恵まれている。

レディ・ベアトリスについては――なにをもくろんでいるのか見当もつかない。きっと昔、祖父をさんざん振りまわしたに決まっている。それとも、実は祖父のほうが彼女を振りまわして、その仕返しが孫に降りかかってきているのか。とにかく、ほんとうにジェインと話をさせてくれるといいが、いまは待つしかない。

ザックは長椅子の上で体を伸ばして待った。あの年寄りなら、ジェインに知らせることをうっかり忘れて、いつまでも待ちぼうけを食らわせるかもしれない。

がやがやと客たちが帰る音が静まると、ドアが開いた。驚いたことに、ジェインが戸口に立って冷ややかな目でこちらを見ている。「あなたの言い分を聞くように言われたの」素っ気なく言った。「レディ・ベアトリスにどんな嘘八百を並べ立てたのか知らないけれど――」

ザックは立ちあがった。「きみのおばさまに嘘はついていない」

「どうして？　わたしにはついたわ」

「いいや。たしかに紛らわしい言い方はしたが、嘘はけっしてついていない」

ジェインは疑わしげに彼を見た。「そんなはずはないわ。あなたはただ、わたしやレディ・ベアトリスを――わたしたち全員をからかって楽しんでいただけじゃないの」

「きみがそんなふうに思う理由はわかっている」ザックは一歩譲った。「わたしには軽率なところがあって、そのせいでこれまでにも厄介なことに巻きこまれてきた。そしてある意味、それが今回の件のはじまりだった――だが、これは火遊びじゃない」

ジェインが鼻を鳴らしただけでドアに向かおうとしたので、彼は手首をつかまえた。

「お願いだ。座って、最後まで話を聞いてくれないか」

ジェインが彼の手を当てつけがましく見ていたので、ザックはしぶしぶ手を離した。

「どうしてあなたの言うことを信じなくてはならないの？　身分をころころ変えて、人を惑わすくせに。やはり詐欺師だわ」

「レディ・ベアトリスはわたしが何者か――わたしの素性をご存じだ。祖父と知り合いで、その祖父にわたしがよく似ているらしい。子どものころ、わたしの洗礼式にも参列してくださった」

ジェインは眉をつりあげた。「赤ん坊は変わるわ。あなたはだれにでもなれる」

「ギル・ラドクリフとわたしは学生時代からの友人だ。わたしは彼の元で、この八年間、イギリス政府のために機密情報を集めてきた。いまはギルの借りている部屋に滞在している。わたしの素性はギルも保証してくれるはずだ」

ジェインは腕組みをし、つま先で床をコツコツと叩きながら彼の言い分を考えていた。ザックはさらに言った。「この前の夜、仮面舞踏会に入りこんだときに使ったのはギルのところに来た招待状だった。きみのダンスカードにギルの名前を書きこんだのもわたしだ。だが、ギルを責めないでほしい――当人は翌日までなにも知らなかった」

ジェインはしばらく考えていたが、しまいにドアに向かおうとした。「レディ・ベアトリスに、いま聞いたことをひとつ残らずたしかめてくる」

「なぜだ？　さっきレディ・ベアトリスの話を聞いただろう？　わたしのことを知っていると、そこにいる全員に言っていた」

「レディ・ベアトリスは、あなたはわたしの父の友人だとも言ったわ。ヴェネツィア人の侯爵だと――でも、そんな人は存在しないの。あの方がでっちあげたのよ」

「レディ・ベアトリスが？」その話なら、姪たちから出たものと思っていた。そしていまになってわかった。なぜ姪たちがイタリア語を話す男にあれほど敵意を剝きだしにしたのか――もちろんジェインは、恥をかかせようとしていると思ったはずだ。

「きみがイタリア語を――あるいはヴェネツィア語を話せないとは知らなかった」急いで言った。「すまない。レディ・ベアトリスの話で、きみはイタリア語を話せるものと思いこんでしまった」ジェインがなおも疑わしそうにしていたので、さらに言った。「ほんとうだ。きみやきみの姉たちに不愉快な思いをさせるつもりはまったくなかった。今日ここに来たのは、きみの誤解を解くためだ。きみはほんとうに、わたしがこんな人目のあるところで自分に不利になるようなことをすると思ったのか？　悪気はなかった。ほんとうだ」

ジェインはしばらくして、しぶしぶうなずいた。「わたしたち姉妹はレディ・ベアトリスのことが大好きなの。ときどき……いたずらが過ぎる方だけれど──」そう言って、ドアを開けた。「でも、肝心なところで嘘はつかない方よ。それでもたしかめさせてもらうわ」

ジェインが行ってしまってから、ザックはいらいらと歩きまわった。ジェインはそもそも戻ってくるだろうか？

信じてもらえるようにジェインを説得しなくてはならない。待ってもらえるように。

長い十分が過ぎたころ、ジェインがふたたび部屋に入ってきて椅子に腰をおろした。「レディ・ベアトリスはあなたの身分を保証してくださったけれど、わたしはまだ納得していないの」膝の上で両手を組んでいるところは、控えめな女学生のようだった。「レディ・ベアトリスによると、あなたの名前はザカリー・ブラックでもないそうね」彼女は皮肉を込めて眉を吊りあげた。声ももう控えめではない。「それでも、わたしに嘘をついたことがないというの？」

「わたしが洗礼を受けたときの名前は、アダム・ジョージ・ザカリー・アストン＝ブラックというんだ。十六歳で、怒りに駆られて父の家を出た。家にはそれきり戻らず、わたしはザカリー・ブラックと名を変え、以来十二年間その名前で通してきた」少し間を置いて、最後に言った。「だから、誤解されるかもしれないが、嘘とは言えない」

ジェインは唇を引き結んだ。「わかったわ。それじゃ、ロマについてはどう説明するつもり？」

彼はひとりぼっちだった子どものころに、父の領地で野営していたロマたちに興味津々だったことを話して聞かせた。そうしたつながりがその後、仕事で役に立ったことや、彼らと一緒に暮らし、旅をしたことまで。

彼女のまなざしは曖昧で、どう思っているのか読み取れなかった。

「海賊の話は？」

「私掠船だ。まったく合法で、その船に乗ったのも一度きりだった。船にはほんとうに弱くてね」

「旅先でのいろいろな話は？　コサックとか、その手のことよ」

「ひとつ残らずほんとうにあったことだ」

ジェインはしばらく黙りこんでいたが、しまいに口を開いた。「それならどうして、ありのままを話してくれなかったの？　どうしてあんなに人目につかないようにしなくてはならなかったの？　それも……それも、粗末な格好で」彼女は背筋を伸ばして座っていた。信じられないほど青い瞳を大きく見開き、傷ついた表情を浮かべている。

粗末――そう、思えば彼女のことを粗末に扱っていた。「そのことについては、ほんとうにすまなかったと思っている」彼はすっと息を吸いこんだ。「まったく大間抜けだった。ロマのふりをして、真剣にならなければならないときにずっとふざけて……」

「ほんとうのことを話して」

彼はうなずいた。「大人になれときみに言われたが、そのとおりだった。この八年は、駆け引きや策略や変装に明け暮れる毎日だった。嘘とまやかしはわたしの商売道具だ。イギリスに帰国したとき――きみと出会った日だ――この国にとどまるつもりはさらさらなかった。ロンドンに行って、政府が必要としている書類を届けたら、あとは――」彼は両手を広げた。

「日陰者の生活に戻るつもりだった」

「どうしてそれが変わったの？」

「理由はふたつある」彼はジェインに父の遺産について説明した。従兄弟が彼の死を既成事実にしようとしていること。アダム・ジョージ・ザカリー・アストン＝ブラックに人殺しの容疑がかけられていて、そのせいで遺産相続の申し立てがややこしくなってしまったこと。

「だからきみを欺いていた。人殺しの容疑が晴れるまでは、素性を隠しておく必要があった」

「だれを殺したことになっているの？」

彼はさらに説明し、ジェインは静かに耳を傾けた。十六歳の少年が、乱暴な父の元から怯えきった継母セシリーが逃げるのを手伝い、ウェールズで暮らしていた彼女の友人のところに連れていったこと。ウェインフリートの湖からあがった遺体が、セシリーのものだとされていること。

彼が話すあいだ、ジェインは彼の瞳に影が差すのを見守り、彼の低い声に耳を傾けた。

彼はこう言って締めくくった。「ウェールズに残してきたとき、セシリーは生きて元気にしていた。これまでの人生で彼女はおろか、女性を傷つけたことは一度もない」

ジェインは彼が真実を話していると思った。この人は立て板に水で話をするけれど、嘘はついていない。

彼は必要とあれば手荒な手段にも出る。はじめて会った日に、ならず者たちを片づけたときがそうだった。でもあのときは、人を助けようとしてそうした——見ず知らずのわたしを。

これまで、危険な男性と関わったことなら何度もある。この人もある意味危険な男性かもしれない——心の平安を脅かす人であることはたしか——でも、わたしの体を痛めつけないことはわかっている。

「どうしてわたしにそのことを話すの、ブラックさん？　わたしには、長年守りとおしてきた秘密に思えるけれど」

「それは、わたしのことで真実を知ってほしいからだ。きみはほどなく、真実がゆがめられた噂話を耳にすることになる。その前にほんとうのことを知ってほしい。わたしの死亡を公に宣告するための申し立ては来週の予定だ。審問が開かれることになっている。人殺しの容疑をそれまでに晴らせればいいが、そうでなければ……」

「セシリーがいつまでも見つからなかったらそうなるのね」

「セシリーは見つかるとも」彼はきっぱりと言った。「ギルが何人か部下をウェールズにやって探させている」

「もし見つからなかったら、どうやって無実を証明するの？」

彼は答えずに、奇妙なまなざしを彼女に向けた。「わたしがやったのか質問するつもりじゃないだろうな？」

「いいえ」

彼はにっこりした。「無実だと思ってくれているわけだ」

ジェインは冷ややかに彼を見返した。まだすっかり許したわけではない。「あなたのことをまだよく知らないもの。なんとも言えないわ」

「いまのところは」

「え？」

「いまのところはまだ、わたしのことをよく知らないが――」彼は身を乗りだすと、確信に満ちた声でささやいた。「これから、もっとよく知るようになる」

ジェインは怪訝そうに眉をつりあげたが、内心では彼のひたむきな表情にどきどきしていた。「そうかしら？」

「この命を賭けてもいい」彼の言葉は静かだったが、焼けつくような熱いまなざしはジェインの心臓を貫いた。

ジェインはかろうじて言った。「さっきイギリスを離れないことにした理由はふたつあるという話だったけれど、もうひとつはなに？」

「きみだ」彼は答えた。「きみと出会って、すべてが変わった」

ジェインはにわかに胸が苦しくなった。彼のひたむきな表情が、声が――でも、こんな言葉を信じるつもり？　この人はすでに一度ならずわたしを欺いている。

「しかしわたしが鈍すぎたせいで、気がつくのに時間がかかってしまった」

「なんに気づいたの？」

「きみがわたしにとってどんな存在か……」

長い沈黙があった。心臓の鼓動が聞こえそうなほどの沈黙。「どういう存在なの、ブラックさん？」

ドアがいきなりバタンと開いた。キャンベリー卿が顔を赤くして立っている「ほう！　やはりそうか！」

ジェインは眉をひそめて立ちあがった。「なにが〝やはり〟なんでしょうか？」

「あなたが男とふたりきりで楽しんでいたことだ！　あなたのおばがほのめかしていたようにな！」

「わたしはなにもほのめかしていませんよ、キャンベリー卿」レディ・ベアトリスが杖をつきながらキャンベリー卿の後から入ってきた。「わたしはこれ以上ないほどはっきりと、『ジェインは表の居間で別の男性とお話ししている』と申しあげたんです――わ、た、し、の屋敷で、わたしの許可を得ているんですから、そうして悪いことはひとつもないはずですよ。あなたはまだ、ジェインと結婚していないんですから！」

レディ・ベアトリスは瞳をきらめかせてつづけた。「キャンベリー卿、あなたはブラックさんにお会いするのははじめてだったかしら？　では紹介するわ。こちらはザカリー・ブラックさん。この方のおじいさまは、かつてわたしの、それは親しい友人だったの」

　ザックはできることなら老婦人の首を絞めたかった。この魔女は、今度はなにをやらかすつもりだ？　彼女はこの状況を一から仕組んだ——だが、なんのために？　大釜をかき混ぜるのを、せめてあと五分待ってくれたらよかったのに。

　レディ・ベアトリスの鋭いまなざしに見守られながら、ふたりの男性は握手を交わし、ぼそぼそとうわべだけの挨拶を交わした。

「よろしい」まるで、喧嘩の後で仲直りした少年たちに声をかけるような言い方だった。「さあ、ブラックさんはそろそろお帰りになるんでしょう？」レディ・ベアトリスにじろりとにらまれて、ザックは告白の時機を逸してしまったことを悟った——いまここにいる面々が立ち会うならなおさらだ。彼はジェインに向きなおった。

「話を聞いてくださってありがとうございました、ミス・チャンス。もし差しつかえなければ、明日公園まで馬車で出かけませんか？　二時に……」

　ジェインはためらった。

「重要なことなんです」切羽詰まった言い方になろうとかまわなかった。

「そんなことはしてはいけない、ミス・チャンス！」キャンベリー卿は声を荒らげると、ザックに向かって言った。「ミス・チャンスが、貴君のような男と出かけるものか！」

ジェインは眉をつりあげた。彼女はキャンベリー卿をじっと見つめていたが、ほどなく静かに言った。「ありがとうございます、ブラックさん。楽しみにしていますわ」

「しかし――」キャンベリー卿が言いかけた。

「のちほど、この件についてふたりきりでお話ししてもよろしいでしょうか？」ジェインの口ぶりは蜂蜜のように甘く、氷のように冷たかった。キャンベリー卿は当惑し、機嫌を損ね、だがどこか感服したような表情を浮かべて彼女をまじまじと見つめた。

ザックはそこで暇乞いをした。「してやられたな、キャンベリー」彼はキャンベリー卿の脇を通り抜けながらつぶやいた。あんなふうに横から口出しされたら、意志の強い女性はがまんがならないだろう。おかげでジェインがこちらの腕のなかに飛びこんできたようなものだった。キャンベリーと仲直りしてもいいくらいだ。ある程度は。

23

「はじめてあの方を見たときに、わたしの心はどこかに消し飛んでしまったの」
——ジェイン・オースティン『ノーサンガー・アビー』

ザカリー・ブラックが帰ったあと、レディ・ベアトリスは昼寝をすると言って、ジェインに付き添われて二階にあがった。キャンベリー卿は居間に残ってジェインが戻るのを待つと言ったが、その顔は少しもうれしそうではなかった。

残念だわと、ジェインは思った。わたしもあまりうれしくない。

キャンベリー卿が入ってきたときは、なんて間が悪いのだろうと思った——そして腹が立った。ちょうどブラックさんがなにかを言おうとしていたのに……なんて言おうとしていたのかしら？

今日の彼はとても優しくて、真剣で、謙虚で、少しも荒くれのようなところがなかった。いつも夢のなかで見るのは悪魔のような笑顔ばかりだったから、今日のあの人は——戯れの言葉も、ふざけた台詞も口にしないで、ただ誠実に話を聞いてもらおうとするあの人は……これまで見たことのない顔をしていて、こちらの防御をあっという間にすり抜けてしまった。

キャンベリー卿が飛びこんでくる前に、なんと言おうとしていたのかしら？

もどかしくて、どうかしてしまいそうだった。

ジェインはレディ・ベアトリスを侍女にまかせると、キャンベリー卿が待っている小さな居間に戻った。フェザビーが運んできたのだろう、シェリーとビスケットがテーブルに置いてある。

キャンベリー卿は指先をはたきながら立ちあがって彼女を迎えた。「さて、お嬢さん、なにか言うことはあるかね？」

ジェインは急がずに、長椅子の彼の隣に腰をおろした。「〝お嬢さん〟と呼ばれるのはこのうえなく不愉快です」静かに言った。「ジェインか、ミス・チャンス、もしくは〝あなた〟でも結構です。ただ〝お嬢さん〟はおやめください」

キャンベリー卿は目を剝いた。

「それから、あなたの咎めるような口調も好きではありません」ジェインは彼の手に自分の手を重ねて、少し声を和らげた。「キャンベリー卿――エドウィンと呼んでもよろしいでしょうか――あなたには信頼することを学んでいただかなくてはなりません。ことあるごとにわたしが裏切ると思っていたのではやっていけないでしょう」

「ばかな！」キャンベリー卿はジェインの手を振り払った。「公園でみすぼらしい男と親しくしているのをおばに見られ、それから暗いバルコニーでどこかの男とキスしているところをわたしに見つかったくせに――」

「以前も申しあげたとおり、あれはだまされて――」

「そしていま、こともあろうにあなたの家で――」

「おばの紹介で、ある紳士とお話ししていました」

キャンベリー卿は鼻を鳴らした。「わたしの知らない男が、あと何人いるんだ？」

ジェインはその言葉の意味することに腹を立てないようにして、力なく言った。「お会いしていたのは、いつも同じ方でした」

「なに？　同じ男だと？　あのザカリー・ブラックという男か？」

「ええ。最近、貴族でいらっしゃることがわかりました」

「貴族？」キャンベリー卿はまた鼻を鳴らした。「そんな男は聞いたことがない。どこの一族だ？」

「存じません。ただ、レディ・ベアトリスはあの方の一族をご存じです。お父さまや亡くなったお母さまだけでなく、おじいさまのことも。レディ・ベアトリスはブラックさんの洗礼式にも参列されたそうです」

キャンベリー卿は眉をひそめた。

「わたしはブラックさんが今日いらっしゃることを知りませんでした」ジェインはキャンベリー卿の表情を見て付けくわえた。「あの方が見えたときにわたしが驚いたところをご覧になったでしょう」

「あの慌てぶりなら見た」キャンベリー卿の口ぶりは、〝驚き〟以上のものがあったと言わんばかりだった。ジェインは顔がほてるのを感じた。そんなに見え透いていたのかしら？

「少しも信じてくださらないなんて、見損なわれたものですね」

「わたしは、あなたがあの男とキスしているのも見ている」

ジェインはささやくように言った。「そのことについては謝罪をして、二度とそんなことにはならないと説明したはずです。同じことを何度申しあげなくてはならないんでしょう？」

キャンベリー卿はせせら笑った。「それなのに、さっきその男と馬車に乗る約束をしていたじゃないか——わたしが行ってはいけないとはっきり伝えたにもかかわらず」

「ええ。あの方は今日、わたしに話があって——重要な話があっていらしたんです。けれどもあなたがいきなり入ってこられたので、お話が途中になってしまいました」

「重要な話というのはなんだ？」

「わかりません。それをお伺いしたいのです」

「気に入らないな」

「申し訳ありませんが、この件で人の指図を受けるつもりはありません。夫婦の誓いをした暁にはすべてにおいてあなたに従うつもりですが、わたしたちはまだ結婚していませんから」

キャンベリー卿は目を細くして彼女を見据えていたが、しまいに納得したようにうなずいた。「美しい女性は節操がないものだ。結婚したら、躾けてやろう」

ジェインは彼を冷ややかに見返して立ちあがった。「そろそろよろしいでしょうか？　差しつかえなければ、ほかの用事がありますので」そう言われると、キャンベリー卿も立ちあがって見送るしかなかった。

ジェインは物思いにふけりながら階段をあがった。キャンベリー卿の態度があまり好きではなくなっていた。彼が機嫌を損ねるのは――疑り深くなるのはわかる。ザカリー・ブラックはとてもしつこい。そして婚約者がよその男にしつこくつきまとわれてうれしい男性はひとりもいない。

でも、キャンベリー卿にしじゅう疑われることには嫌気が差していた。美しい女性は節操がないと繰り返し言われることにも。

たしかに節操がなかった。この前の晩、バルコニーでザカリー・ブラックにキスをして、骨がとろけそうになった……あれはいけないことだ。

けれども、彼と逢い引きの約束をしたことはないし、そうするように気をもたせたことも一切ない。キスを――しまいに恥ずかしげもなく――返したことは認めなくてはならないけれど、自分から誘ったことはない。

ただ、はじめは抵抗していたのが、ものの三秒で彼の腕のなかでとろけてしまったのは……まずかった。

でも、犯罪を犯したわけではない。

それに今日は、ふたりのあいだに不適切なことはなにひとつなかった。体が触れ合うこともまったく――いいえ、手首をつかまれただけで、彼の話にただ耳を傾けていただけだった。

そして、その話……キャンベリー卿が踏みこんでこなかったら、彼はなんと言うつもりだったのだろう。

キャンベリー卿。ジェインはため息をついた。

これまではずっと、結婚したら夫を愛するようになるのだろうと思っていた――たとえ愛のない結婚でも、愛情たっぷりの妻になると。結婚してから愛し合うことを学ぶ夫婦は多い。そこで、はじめて気づいた。キャンベリー卿を愛することはできそうもない――少なくとも、思ったよりむずかしいかもしれない。

キャンベリー卿は嫉妬深い男性のようなふりをしているけれど、そもそも愛がないなら嫉妬もないはず……そうでしょう？　そこがわからなかった。キャンベリー卿がわからない。

これまでずっと、愛のない結婚のほうが自分に合っていると思っていた。たがいの条件を満たしたうえで敬意と善意に基づいて結ばれた姻戚関係は、ふたりの人間がほんとうの幸せといかないまでも、満足できる生活を達成するのに充分な基盤になると。

いまはそう思えない。

ザカリー・ブラックは翌日の午後二時ぴったりにジェインを迎えにきた。黒光りする二頭の馬に引かれた、とても粋な幌付き二頭立て馬車《フェートン》だ。「友人から一式借りてきた」彼はジェインを抱えあげて馬車に乗せながら言った。「心配はいらない。馬は充分走らせてきたから落ち着いている」彼は鹿革のブリーチズに磨きあげられたブーツ、新しくあつらえた暗緑色の上着という出で立ちだった。上着の色を映して、銀色の瞳がかすかに緑がかって見える。

ジェインは座席におさまった。座席の位置がとても高くて、このうえなく向こう見ずで大胆な気分になる。お気に入りの赤いペリースと新しいボンネットを選んできてよかった。今日は朝からこのときが待ち遠しくて、なにも手につかなかった。

あのとき、ブラックさんはなにを言おうとしたのかしら？　わかるような気がするし、そのとおりであってほしかった。いまは胸がむかむかするような、どきどきしているような、ぽっかり穴が開いているような、よくわからない気分だ。

彼がひらりと馬車に乗りこんで隣の席に滑りこむと、太腿のぬくもりが伝わってきた。座席はそれほど大きくなくて、ふたりがやっと座れる広さしかない。そのことをひしひしと感じた。

最初にありきたりな挨拶を交わしただけで、彼は無言で馬車を走らせた。きっとどう切りだそうか考えているのだろう。彼の表情からすると、とても大切なことに思えた。

ジェインは自分なりにあれこれと見当をつけて考えをめぐらせるうちに、ますます落ち着かない気分になった。

馬車は混雑した通りを抜けてハイドパークに向かった。彼の手綱さばきは見事だった。周囲のあらゆることが見えていて、障害物を巧みにかわし、子どもが飛びだしてくれば止まって、ふたたびなにごともなかったように走りだす。年老いた男がごみを積んだ荷車を引いて通りを渡りはじめたときも、馬車を停めてじっと待っていた。

馬車の走らせ方を見るだけで、その人のことがずいぶんわかるものだ。

やがて馬車は入口を抜けてハイドパークに入った。それほどきれいに整備されていない道に入ったところで、彼は馬が歩く程度に速度を落とした。

「今日会ってくれたことに改めて礼を言おう」彼が口を開いた。「婚約者とのあいだになにか不都合が生じたのなら申し訳ない」

「そんなことはなかったわ」ジェインは静かに応じた。キャンベリー卿は機嫌を損ねていたが、認めてくれなかったわけではない。「昨日、わたしに重要な話があると言っていたわね」

「ああ」柔らかな蹄《ひづめ》の音を立てながら、馬車はゆっくりと進んだ。「こんなことを言うのは、とんでもなく厚かましいことかもしれないが……」彼は言いよどんだ。

ジェインは不意に気づいた。彼は不安になっている。そんな顔はいままで一度も見せたことがなかった。「なぜそんな言い方をするの？　これから審問があるから？」

馬が止まった。彼はジェインに向きなおった。「いいや。結婚の予告がはじまったからだ」銀色の瞳がきらりと光った。

「結婚の予告？　わたしの？」胸の鼓動が一気に高まった。

彼はうなずいた。「きみに待ってもらいたい……そうしてもらえないだろうか？」

「よくわからないわ。なにを待つの？」

「結婚式を延期してほしい」

延期？　延期って？　どうして延期なの？　なぜ「中止してほしい」と言わないの？「そ

れは、どれくらいかしら？」

「わたしが巻きこまれているごたごたが解決するまで——人殺しの容疑が晴れるまで——晴れて自由の身になるまでだ」

彼がなにをほのめかしているのかジェインにはわかるような気がしたが、本人の口から聞きたかった。ぜひともそうしてもらう必要がある。「あなたが自由の身になったら？」

彼はジェインをじっと見つめた。魂まで焦がしてしまいそうな熱いまなざしで。

ジェインは待った。

けれども、彼はなにも言わなかった。

「もしその容疑が晴れなかったら——裁判にかけられることになったら……最悪のことが起きたら？　わたしはどうすればいいの？」ジェインはそっと尋ねた。

彼は肩をすくめた。「わたしのことはなかったことにして、きみの人生を生きてほしい」

馬がゆっくり歩きだして、馬車ががくんと揺れた。

ジェインは彼の横顔を見た。おぞましい未来に思いを馳せているのか、暗い顔をしている。

突然、彼を引っぱたきたい衝動に駆られた。

ふたりの男性を天秤にかけたまま審問の結果が出るまでただ待てだなんて、どういうつもり？　そしてもし最悪の結果に——この人が縛り首になったら、あとは勝手に生きろというの？　まるで最初から出会わなかったように、いままでのことはぜんぶなかったことにできるとほんとうに思っているの？

いいえ、そんなことはないはず。きっといまはまともに考えられないのだ。人殺しの容疑がかけられていたら無理もない。祖国に帰ったのに、そんな恐ろしいことになってしまうなんて。

「わかったわ」しばらくして、ジェインは口を開いた。「では、裁判が終わるまで結婚式を延期したいと……キャンベリー卿にそう伝えてほしいのね？」

「そうだ」

彼を抱きしめて慰めたかった。でも、その優雅で鈍感な耳を殴りつけたい気もする。この人は、わたしがキャンベリー卿になんと言うと思っているのかしら？『裁判が終わるまで、結婚式を延ばしましょう。それから、裁判の結果次第でどちらの男性と結婚するか決めますから』とでも？

「結婚式を延期するには、もっともな理由が必要だわ。なにかあるかしら？」そう言って、ジェインは待った。

彼がなにも言わなかったので、さらに言った。「わたしはあなたのことをほとんど知らないのよ。わたしたちは十回ほど会って、散歩して、話をして、それだけであなたは――」

「キスを抜かしているじゃないか。わたしたちはキスをした。そしてダンスも踊った」彼の熱いまなざしが唇に向けられた。あのときのぞくぞくするような熱い感触と欲望がよみがえる。

ジェインはうなずいた。

「では何度か会って一度キスしただけで、婚約を解消しろというのね。新聞にちゃんと告知が載って、夫婦財産契約についても合意がすんでいる婚約を」

「いいや。婚約を解消しろとは言っていない。ただ延期して――」

「ばかを言わないで」ジェインはぴしりと言った。「なぜ待たなくてはならないのか、ちゃんと理由を言ってちょうだい」

沈黙がつづいた。彼はこぶしを握りしめて目を逸らした。「……いまは言えない」

こんなにもつらそうでなければ、彼をほんとうに引っぱたいていたかもしれない。なんて鈍い人。高潔なことをしていると思いこんでいるただの大間抜けじゃないの。

「なにか理由が必要だわ」ジェインはささやいた。「――納得できる理由が」

けれども、彼はなにも言わなかった。馬車は公園を一周して出口を通り抜けた。通りを進むあいだも、ふたりは黙りこくったままだった。行きとはまったく違う、重苦しい沈黙。

なぜほんとうのことが言えないの？

……そしてなぜ、わたしもほんとうのことが言えないの？。

馬車はバークレー・スクエアに入り、屋敷の前に到着した。待ちかまえていた馬丁がさっと馬の頭を押さえ、ザカリー・ブラックはジェインを助け降ろすために馬車をまわった。馬車から降ろされるときに触れた彼の体が、燃えあがる炎のように熱い。

緑の光を帯びた銀色の瞳をのぞきこんで、彼が口にすることを拒んでいるなにかを読み取ろうとした。だが彼はジェインを降ろして後ずさった。彼を待ち、期待していい理由をなにも告げずに――。

「――アダム・ジョージ・ザカリー・アストン＝ブラック、貴様を逮捕する」大柄なふたりの警吏を左右に従えた痩せぎすの小柄な男が進みでた。警吏に両腕をつかまれても、彼はひとことも言わず、抵抗もしなかった。

警吏の頭越しに、彼は燃えるような瞳をジェインに向け、無言で口を動かした――待て。

彼らがザカリーを馬車に押しこんで走り去るのを、ジェインは呆然として見送った。

こんなことが起こるかもしれないことは彼から聞かされていた。でも、こんなにもすぐ、いまこのときに起きるなんて……。

ああ、それでも待てというの？　自分の心の声に耳を傾けて――あの人が無罪か有罪かはっきりするまで待てと？

そうとしか思えない。

でも、有罪を宣告されて――絞首刑にされることが決まったら？　そのときは気持ちを切り替えて、キャンベリー卿と結婚しろというの？　なにもなかったみたいに？

あり得ない。

最悪のことが起こっていた。最初からそうならないようにあらがって、ずっと否定しようとしてきたのに……人殺しの容疑で縛り首にされるべく監獄に連れていかれる彼を見たときにわかってしまった――ザカリー・ブラックを心から愛している。

ギルは仕事中にザックの弁護士から書きつけを受けとった。ザックがニューゲイト監獄に収監されたとある。ギルは取るものも取りあえず駆けつけた。彼もザックに知らせることがある――悪い知らせだ。

ザックは数人の紳士と一緒に暗く狭い監房に入れられていた。ニューゲイト監獄の事情をよく知っていたギルは、準備しておいた大金をつかませてザックをすみやかに独房に移動させた。狭いが清潔で、簡易寝台とテーブルと椅子、そして最低限の設備もついている。

ギルがその独房を訪れたとき、ザックは檻に入ったトラのようにいらいらと歩きまわっていた。「ジェインの前で逮捕しやがった――彼女の目の前で！」ギルの顔を見るなりまくし立てた。「なんてやつらだ！　せめてジェインが屋敷に入るまで待ってもいいじゃないか！　あのときのジェインの顔を思いだすと……ちくしょう！」彼はつづけた。「それになぜ、あそこにわたしがいるとわかったんだ？――やつらはわたしを待ちかまえていた。ジェインの家のすぐ外で。まさにわたしが戻る時間に」

ギルはザックをなだめると、ブランデーの瓶を取りだした。二本持ってきたブランデーのうち、一本は便宜を計らってもらうためにここの看守に渡してある。彼はポケットからグラスをふたつ取りだすと、金色の液体を注いだ。

「まあ座れ」彼はザックに言った。「きみに知らせることがある」

ザックは足を止めたが座らなかった。ギルの表情から、よくない知らせであることがわかったのだろう。「セシリーか？」

ギルは浮かない顔で言った。「スランディドノにセシリーがいた形跡はまったくない。部下が今日戻って報告した」

ザックは悪態をついた。

ギルはつづけた。「部下はメリー・トマスやそのほか大勢の村人に話を聞いたが、全員がセシリーという女性は見たこともないと言うばかりだった。部下はウェールズ語と英語で質問したし、メリー・トマスはたしかに探していた女性だった——英語を話して、女学校時代にセシリーと知り合いだったと認めている。しかし、彼女はそれ以来セシリーには会ってないそうだ」

ザックはどさりと椅子に腰をおろした。「なんでこうなるんだ。メリー・トマスは明らかに嘘をついている。しかし……」彼はギルを見た。「少なくとも、きみはセシリーの手紙をわたしに転送した。そのことについては証言できるはずだ」

ギルはかぶりを振った。「無駄だろう。あれはきみ宛ての手紙に過ぎない。セシリーの名前が書いてあったことは証言できるが、当人が送ったかどうかは証明できない」

「ウェールズに行く途中でわたしたちを見かけたことを憶えている人間はまだ見つからないのか？」

「まだだれも。だが、あきらめずに探すつもりだ」

ザックはしばらく考えこんだ。「よくない状況だな」

ギルは周囲を見まわして声をひそめた。「イギリスを離れる頃合いだ。わたしが手引きしよう。ここの警備はざるだからな」

「いいや、逃げるつもりはない。そんなことをすれば有罪だと認めているようなものじゃないか。わたしはここにとどまって闘う」

「あの娘か？」いっとき間を置いて、ギルが言った。「だからそんなことを言うんだろう」

あの娘――ジェイン。セシリーが見つからなければ……くそっ！　ザックは自分の置かれた状況を冷静に考えなおした。逃れる道はない。「いいや、状況が変わった」彼は顔をしかめた。「このごたごたにジェインを巻きこむわけにはいかない。彼女には満ち足りた人生を送りたいという夢があるんだ。たとえわたしの未来がなくなろうと、その夢を台なしにするつもりはない。ジェインとは別れるつもりだ」

「それならなぜ、さっさとイギリスを離れない？　意味がないじゃないか」ギルは低い声で尋ねた。

ザックはかぶりを振った。「逃げるつもりはない。ウェインフリートに行ってわかったんだが、父が死んで以来、あの土地にいるだれもが中途半端な状態で放っておかれている。広大な土地には、それを経営する所有者が必要だ――現にそこにいる所有者が。わたしがヨーロッパに隠れてしまえば、あの土地にいる人々はいつまでも中途半端なままだ。わたしか従兄弟かどっちつかずの状況は、きっぱり決着をつけたほうがいい」

「だれのためになるんだ？　縛り首になるなら、きみのためにはならないぞ」

「わたしは無実になるほうに賭ける」ザックはブランデーの入ったグラスを皮肉を込めて持

ちあげた。「イギリスの公正な裁きに」そしてグラスを飲み干し、燃えるような液体が喉を伝い落ちて空っぽの胃におさまると、ぶるっと身震いした。「便せんは持ってきたか？　手紙を書きたい」

ジェインはザカリー・ブラックを乗せた馬車が角を曲がって見えなくなるまでその場に立ち尽くしていた。それから急いで屋敷に入って、レディ・ベアトリスを見つけた。

「あの方が逮捕されてしまいました！　たったいま監獄に連れていかれて……」そして、わっと泣きだした。

レディ・ベアトリスの腕のなかでひとしきり泣くと、体はぐったり疲れきっていたが、気持ちはさっきより落ち着いていた。レディ・ベアトリスは夜の予定を取りやめにして家族を夕食に緊急召集するために手紙を書き、ジェインは二階にあがって顔を洗い、これからどうするべきか考えた。

頭のなかは混乱しきっていたが、ひとつだけはっきりしていることがある。それをいますぐ実行しなくてはならない――勇気がしぼんでしまわないうちに。彼女は座って、手紙を書きはじめた。

「――ミスター・ギルバート・ラドクリフがおいでです、ミス・ジェイン」数時間後にフェザビーが戸口に現れて言った。

ジェインが階段を駆けおりて客間に入ると、ラドクリフが深刻な、ほとんど沈鬱と言っていい表情を浮かべて待っていた。「あの方はご無事でしょうか？」ジェインは彼を見るなり息せき切って尋ねた。ラドクリフが戸惑った表情を浮かべたので、気持ちを落ち着けて言いなおした。「ラドクリフさま、わざわざ訪ねてくださってありがとうございます。ブラックさんのことでなにか知らせにきてくださったのでしょうか？」

ラドクリフは折りたたまれた紙をおずおずと差しだした。「手紙を預かってきました、ミス・チャンス」

「ブラックさんから？」ジェインは紙を受けとると、見覚えのある太い筆跡を見て急に不安になった。わざわざ手紙をよこすなんてどうしたのかしら？　数時間前まで会っていて、ついさっき連れていかれたばかりなのに。

「では、わたしはこれで」ラドクリフは帰ろうとした。

「いいえ、どうかお待ちください」ジェインは彼を引き留めながら封蠟を切った。「お返事をしなくてはならないかもしれませんから」

ラドクリフは居心地の悪そうな顔をした。「返事は受けとらないつもりでしたよ」

「どうかお願いします」ジェインは呼び鈴を鳴らすと、フェザビーに飲み物を持ってくるように頼んだ。そして手紙を開いて読みはじめた。

親愛なるミス・チャンス

まず、目の前で逮捕されてきみにいたたまれない思いをさせてしまったことを謝らなくてはならない。繊細な女性には信じがたいことだったろう。ほんとうにすまなかった。

加えて、わたしたちのあいだで誤解が生じているように思えるので、そのことについても謝っておきたい。きみとのやりとりを思い返して気づいたんだが、もしかしたらきみはわたしの意図を誤解していないだろうか。以前も説明したように、ウェインフリート伯爵夫人、セシリー・アストン＝ブラックの殺人容疑に関して、わたしは無実の判決を受けることになると思うが、その後はイギリスを離れ、祖国のために働く以前の仕事に戻るつもりだ。

きみにキャンベリー卿との結婚式を延期するよう頼んだのは、わたしが置かれた法的な立場のままでは結婚式に参列できそうもなかったからだった。短い付き合いだったが、わたしたちは友人だったと思うし、ひとりの友人として、できることならきみの結婚式に立ち会いかったからだ。

しかし、いまになって気づいた。そんなふうに自分の都合できみの結婚式の延期を求めるとは、なんと自分勝手なことをしたのだろう。なにか誤解されるようなことを口走ったかもしれないが、どうかそれは無視してほしい。予定どおりキャンベリー卿と結婚してくれないか。そして幸せになってほしい。

ザカリー・ブラック

ジェインは手紙を二回読み、その手が震えていることにもろくに気づかなかった。ラドクリフは、ネズミが猫をびくびくうかがうようなまなざしで彼女を見つめていた。とにかくどこかよそに行きたいという顔をしている。

「この手紙に書いてあることをご存じですか？」

ラドクリフは落ち着かない様子で、曖昧に肩をすくめた。読んでいないのなら、ずいぶん勘のいいことだ。

「あの方は、わたしとキャンベリー卿との結婚を祝福してくださっています」

「ほう。とても礼儀にかなっていますね」ラドクリフの声は、喉を絞められているようだった。

「ええ、うんざりするほど！」声が震えた。涙がまたあふれそうだ。深々と息を吸いこんでつづけた。「あの方はまた、高潔なことをしていると思いこんでいるんだわ。今日公園で、わたしの結婚式を延期してほしいと言っておきながら、その理由を――ほんとうの気持ちを説明しようとしなかったんです。そしていまになって、あの方の気持ちについてわたしが考えていることは誤解だと言いだして……」

ラドクリフはなにも言わなかった。

ジェインは言った。「状況はとても深刻なんですね。こんなふうにわたしを突き放そうとするくらいですもの」いっとき間を置いてつづけた。「そうなんでしょう？　とてもよくない状況なんですね？」

ラドクリフはうなずいた。

「セシリーはまだ見つかっていないんですか？」

「ええ。スランディドノという村にセシリーを残してきたとザックは言うんですが、その村にセシリーがいた手がかりはひとつもないんです。セシリーの女学校時代の友人、メリー・トマスという女性も、学校を出てからセシリーには会ったことがないと言っていて……」

「それでザックは、いずれ有罪になって絞首刑になると思っているんですね」間違いなくそう思っている。だからこんなに高潔で気取った、くだらない手紙をよこしたのだ。彼に縛りつけられることのないように——そんなことをしても、いまさら手遅れなのに。

ラドクリフがふたたびうなずいた。

ジェインは立ちあがって、いらいらと歩きまわった。「なにかわたしに——わたしたちにできることはないでしょうか？　義理の兄ならなにかできるかも」

ラドクリフはかぶりを振った。「できることはすべてやり尽くしました。部下たちをイギリスじゅうに派遣して、セシリーの手がかりや、十二年前にウェインフリートを離れたセシリーとザックを目撃した者を探させていますし、さらに腕利きの弁護士を雇い、ニューゲイト監獄でいちばんましな独房に入るように、そして収監中はなにひとつ不自由することのないように取り計らっています。これ以上できることがあるとは思えません」

ジェインは力なく椅子に腰をおろした。ラドクリフさんの口ぶりは、とても……見通しが暗いように聞こえる。「あなたは闘ってくださるおつもりですか？」

ラドクリフはうなずいた。「あらゆる手段を駆使して」彼はきっぱり言った。「これから裁判前に予審を開いてもらえるよう手を尽くしますが、そこで無罪が認められなければ——セシリーがいなければ、そうなるしかないでしょう——貴族院の裁判で裁かれることになります」

「わたしにできることがなにかあるはずだわ」ジェインは必死だった。

「ひとつだけ……」ラドクリフはにこりともしなかった。ジェインが期待のまなざしを向けると、彼は言った。「祈ることです」

24

「あなたはわたしを幸せにはできませんし、わたしほどあなたを幸せにできない女はいませ
ん」

——ジェイン・オースティン『高慢と偏見』

ジェインがラドクリフに会う前に書いていたのは、都合がつきしだい訪問してほしいとキャンベリー卿に伝える手紙だった。ラドクリフが帰ってからほどなく、キャンベリー卿は到着した。

ジェインはまだ下階にいて、そわそわしていた。これでいいのだ。でも……。

「これでもう、あのならず者に煩わされることもない」キャンベリー卿はフェザビーに帽子を渡しながら、ジェインに言った。「あなたが居合わせているところでそうせざるを得なかったのは残念だった。だが、あれでよかったのだ。あの男がどんな悪党か、その目で見届けることができたのだから」

キャンベリー卿の言葉にジェインは引っかかった。「あの方が逮捕されるのをご存じだったんですか？　どこで逮捕されるかも？」それに、つい数時間前の出来事だったのに、どうしてわたしが居合わせていたことを知っているの？　キャンベリー卿が悦に入った笑みを浮

かべたのでわかった。「あなたが手をまわしたんですね！」もちろんそうに決まっている。さもなければ、ザカリー・ブラックが彼女を家まで送ることも、いつごろ戻るかも、当局にわかるはずがない。

「わたしは、自分のものは守る」

その言葉で、ジェインのなかでなにかがすとんとおさまった。「客間においでください」彼女は言った。「お話ししたいことがあります」

「あの男は人殺しじゃないか。名前についても、あなたを偽っていた——あの男はザカリー・ブラックではない。アダム・アストン＝ブラックだ」

ジェインはそれには応じずに、フェザビーに言った。「キャンベリー卿とわたしは客間にいます。だれも入ってくることのないようにしてちょうだい」胸にぽっかりと穴が開いたようだった。おまけに少しむかむかする。でも、最後までやり遂げなくてはならない。

「はじめからわかっていた。あれはあなたのような女性が関わっていい男ではなかったのだ」キャンベリー卿はジェインにつづいて客間に入りながら言った。

「どうぞお座りください」ジェインは震える両手を胸の前でしっかりと組み合わせた。

キャンベリー卿は少し怪訝そうな表情を浮かべて腰をおろした。

いよいよこのときが来た。ジェインはすっと息を吸いこんだ。「大変申し訳ありません、キャンベリー卿。あなたとは結婚いたしかねます」

「なんだと？　わたしと結婚しないというのか？」キャンベリー卿は驚きのあまり目を剝いた。「まさか本気ではあるまいな」

「申し訳ありませんが、わたしは真剣です」ジェインはずっしりと重みのあるダイヤモンドの指輪をはずすと、彼に返した。

「しかし……すでに新聞で告知してある。教会での結婚予告もはじまっている」

ジェインはうなずいた。「わかっています。大変申し訳ありませんが、それでもわたしの決心は変わりません。あなたとは結婚いたしかねます」

「なぜだ？」

ジェインはかぶりを振った。「理由は関係ありません。もう決めたことです」

キャンベリー卿はジェインをまじまじと見つめていたが、やがて立ちあがると、炉棚につかつかと近づいた。そして白磁の羊飼い娘の置物を取りあげ、じっくりと観察した。「完璧なものを長年探し求めてきたというのに……」彼は悪態をつくと、小さな羊飼い娘を火床に叩きつけた。ガシャン！――そして静寂。中空の白磁の首が、大理石の炉床をころころ転がる音が響いた。

キャンベリー卿は砕け散った白磁をじっと見つめていたが、しまいにさっとジェインを振り向いた。「だれもがあなたをあしざまに言うだろう！　わたしがきわめて品行方正な男であることはみなが知るところだ。よって、わたしを裏切ったのはあなただと――あなたは傷ものの下劣な女だとだれもが思うだろう。なにより、わたしがそう思っているのだからな！

わたしのほうから申しこんだ結婚を取りやめにするのは、そんな女に決まっている！　かばい立てするつもりはないから、憶えておくがいい！」

　ジェインは震えていたが、頭のなかは不思議なほど落ち着いていた。彼女は威厳を込めて言った。「人はみずからの意志で行動するべきです」

「もちろんそうするとも」キャンベリー卿は苛立たしげに手を振った。

「わたしも、自分が正しいと思うことをしなくてはなりません。あなたを傷つけたことは申し訳ないと思いますが――」

「傷つけただと？　幸いわたしは傷ついていない。まだ間に合ううちにわかったのだからな。婚約者がほんとうは傷もので、下劣で、ふさわしくない女で……」彼はジェインが妻として不適切な理由をなおも並べ立てた。

　ジェインは彼の罵詈雑言を頭から浴びながら、そうしたことから不思議なほど離れたところにいた。もしかしたらこの人と結婚していたかもしれない――なにもなければそうなっていた。こんな人が子どもたちの父親になっていたかもしれない。そして耐えがたいことを押しつけていたかもしれないのだ。そう思うと寒気がした。無理強いして、圧力をかけるなんて……。

　そんなことを思ううちに、彼女を長年脅かしてきた恐怖と、縛りつけていたいましめが徐々に消え去っていった。

　ジェインはキャンベリー卿を改めて見た。上品な格好をして髪を丁寧に撫でつけている、小柄で尊大な人――にわかに、彼が気の毒でたまらなくなった。

恫喝《どうかつ》して、いかにも偉そうに振る舞っているけれど、この人はとても孤独で寂しい人だ。美術品を買うように、美しい妻を買えると思っている。そしてわたしは、彼の富があれば危険な恋に落ちることなく安全に暮らせると思っていた。でも、それはとんでもない見当違いだった。

「そんなことではうまくいかないわ」キャンベリー卿が息を継ごうとしたところで、ジェインは言った。「そんなことでは、幸せになれるはずがないわよ」

「なに？　いったい、なんの話だ？」

「完璧を求めて、完璧だと思うものを集めて、美しいものでまわりを固める――そんなことをしても、あなたはけっして幸せになれません」

「あなたもそのなかに入って幸せになれたはずだ」

「ええ、でも間違っていました。それだけでは不充分だと気づいたんです――わたしにとっては」

キャンベリー卿の目は飛びださんばかりだった。「不充分？　わが富と、屋敷と――それもひとつではない――ほかにも宝石や――」

「どれも、ただの〝もの〟です」ジェインは穏やかに言った。「こんなことを言って、自分ばかりが不満を申しあげるつもりはありません。わたし自身も、あなたにとって完璧ではないはずです」

キャンベリー卿は当惑して、苛立たしげに言った。「だが、あなたほど美しい女性はいない。社交シーズンのたびに多くの女性を見てきたが、十年近くたってようやく見つけたのだ。あなたという――完璧な美を」

ジェインはかぶりを振った。「申し訳ありませんが、それはばかげています」

「ばかげている？」

「あなたがおっしゃる〝完璧〟は、とても移ろいやすいものです。いずれわたしは年を取ってしわだらけになるでしょう。その前には太るはずです」

「太る？」キャンベリー卿はぞっとした表情を浮かべた。

ジェインは思わず吹きだしそうになった。「もしわたしが母方の祖母、レディ・ダルリンプルのようになるなら――見たところ、その可能性は大いにありそうですが――少なくとも、太ることは間違いないでしょう。でも、どんなに外見が変わっても、レディ・ベアトリスのように年を取りたいと思っています」

キャンベリー卿は眉をひそめた。「しかし、あの方は年寄りで、美しさにはほど遠い！」

「わたしたちの意見が異なるのはそこのところですわ。わたしは美しいと思います」

「美しい？」なにをばかなとでも言いたげだった。

ジェインはうなずいた。「あの方には大変苦労なさった過去がおありです。それなのに、お顔には苦しみがみじんも表れていません。そしていまも人生にとても前向きで、愛情にあふれていらっしゃいます。知恵と、愛と、経験――それがしわのひとつひとつに刻まれて、その個性と美しさが年を重ねるごとにますます輝き、洗練されていく――わたしはそんな女性になりたいんです。子どもたちを産み、孫に恵まれ、体を充分に使い、人生をまっとうし――しわもできる女性に」

キャンベリー卿は、どうかしていると言わんばかりの表情で彼女を見ていた。

「人はだれでも年を取って、しわができるんですよ。あなたの言う〝完璧〟の定義が間違っているのはそういうわけです」

「間違っている？　どう間違っているんだ？」

ジェインは優しく言った。「それは、あなた自身が不完全だからです。あなたは心の奥底で、自分に自信が持てずにいる。だから美術品を集め、自分のまわりを美しいもので固めることで、完璧な美意識の持ち主として認められている。そしてその評判と完璧な美意識が、ご自身の欠点を隠してくれると思っているんです」

「よくもそんなことを！」

「意地悪で申しあげているのではありません。わかりませんか？　人間も、美しいものも、すべて不完全なんです。欠点があるからこそ、わたしたちには個性が生まれ、人間らしい、愛すべき存在になるんですよ」

「愛だと！」キャンベリー卿は苛立たしげな音を漏らした。「そんなものは、俗っぽい、中産階級のたわごとだ！」

「人は愛のためなら死ねます」ジェインは言った。「そしてもちろん、愛のために生きることも。わたしは子どもをもうけ、安心して平穏に暮らすために、愛する機会を——あなた自身の愛する機会も——ふいにするところでした。それどころか、愛は必要ないと思っていたんです。できることなら避けたいと……。愛は自制のきかない力のようなもので、そんなものに身をまかせれば不安定で危なっかしい世界に放りこまれると——人生に望んでいたもののすべてが脅かされると思いこんでいたんです」

「そのとおりだ。これまでも、これからも」

ジェインはほほえんだ。「そのとおりかもしれません。人生でたしかなことなどひとつもありませんものね。わたしは、幸せはお金で買えるものと思っていました。美しい——」そこで羊飼い娘のかけらに目を落とした。「——置物を手に入れるように。でも、違ったんです。愛をつかまえられるのは一瞬で、つかまえた愛は風のなかでかぼそい炎を守るように大切に守っていかなくてはなりません。それはすぐに消えてしまうかもしれない、心許ないものなんです」

ジェインは、じめじめした薄暗い監獄で、無実の罪で絞首刑になる運命と向き合っているザカリー・ブラックを思った。これほど未来が心許ないこともないだろう。でも、わたしの気持ちは——わたしの愛は揺るぎない強さで、暗闇のなかで彼のためにともされた炎のように燃えている。そしてその愛ゆえに、危険と向き合う覚悟もできている。行く手には、彼を愛する未来しかない。

その思いは、不思議な高揚感をもたらした。

「わたしは、申し分ない縁談に背を向けて駆け落ちした両親は間違っていたと思っていました。両親の不幸は――そして姉とわたしの子ども時代の苦労は、先のことを考えずに愛する人のことだけを考えて決まりごとを破った報いだと……そのつらい経験から、大切なのはお金と、家族が安全に暮らすための経済的な基盤だと思っていたんです。でも、愛がなければ――まるで――」ジェインは羊飼い娘のかけらを指し示した。「こんなふうに空っぽになってしまうんです。見た目には美しくて完璧でも、なかをのぞくと結局うつろで――むなしいことですわ」

キャンベリーがしかめ面をしているのを見て、ジェインは自分に言い聞かせるように付けくわえた。「いちばんつらくて悲惨な状況でも、母は父を王子さまと呼んでいました。そして母はいつも父のお姫さまで……わたしもそんなふうに、だれかの〝お姫さま〟になりたいと思っています」

「だれのことだ？　どこの王子だ？　イギリスか？　外国か？　あなたがほしいのはティアラなのか？」

ジェインは震える声で笑った。「ザカリー・ブラックがわたしの王子さまです。あの方のことは少ししか知りませんが――わたしが結婚に必要だと考えていたことは、幸せになるためにはどれもまったく必要のないことだったんです。あなたはそうしたことをすべてもち合わせていらっしゃいましたが、それでわたしたちは幸せになれたでしょうか？　今日、ザカリー・ブラックが警吏たちに連れていかれるのを見たときに、あの方を愛していることに気づきました――自分が、思っていたよりも母親に似ていることにも。あの方を愛すまいとして、ずいぶん長いことあらがいました。なにしろ受け入れがたい方でしたから」

「そのとおりだ！　それに、あなたにふさわしくない――人殺しだぞ！」

「いいえ、あの方は無実です。そして、〝ふさわしい〟かどうかということについては――愛を勝ち取らなくてはならないことはともかく――当事者が自由に決めるべきことですわ」

「まったくもって常識外れだ。正気の沙汰とは思えない」

「べつに常識どおりにする必要はありません――ありのままでいいんです」キャンベリー卿の表情を見て、ジェインは吹きだしそうになった。いまはもう肩の荷がおりて、天にも昇りそうな気分だ。どうかしてしまったとしか思えない――たったいま、若い娘にとってこれ以上ないほど都合のいい縁談をことわって、なおかつ生涯の恋人がいまも監獄にいて、死刑になるかもしれないというのに――それなのに、どういうわけかほっとしている。「あなたのおっしゃるとおり、正気の沙汰では――真夏の暑さに当てられたのかもしれません」最後はシェイクスピアの芝居の台詞をもじって言った。

「どこが真夏だ！　本格的な春にもなっていないのに！」キャンベリー卿は苛立った。

「わかっています。そしてこれもまた、わたしたちが合わない理由のひとつ――季節が嚙み合わないんです」キャンベリー卿がよくわからないという顔をしていたので、ジェインは彼の隣に座った。「ご期待に添えなくて申し訳ありませんでした、キャンベリー卿。いつの日か許していただけるといいのですけれど……」彼の手を取ってつづけた。「でもそんなことより、あなたがこの先、花嫁探しで見かけの美しさにとらわれませんように……そして、美しいけれど血の通わないものでご自分のまわりに壁をつくられませんように。あなたは誠実で、親切で、礼儀正しくて、動物好きな方だけれど……いろいろなことを思い違いしてらっしゃるわ。ご自分のことで隠したいことがあっても、気になさらないことです。そしてだれかを愛すること――〝もの〟を集めるのでなく」

キャンベリー卿は目をしばたたいた。「しかし、わたしはあなたを何年も探していたんだ」

「いいえ、あなたが探していたのはわたしでなく、理想の女性でした。あなたが望んだのはわたしでなく、わたしの顔だったんです。その人のことを知り、愛するには、表面の下にあるものを見なくてはなりません。そして、完璧であってもなくても、その人を愛すること。思いきって不完全なものも愛してごらんなさい、エドウィン。愛することを学んで――まっさかさまに恋に落ちるの。怖いけれど……素晴らしいことよ」

「あの男は絞首刑になる」

「そうはさせません。どうかお体に気をつけて、エドウィン。ごきげんよう」ジェインはキャンベリー卿の頬に軽くキスすると――キスと名がつくものを彼にしたのははじめてだった――そそくさと部屋を出た。キャンベリー卿は奇妙な表情を浮かべて彼女を見送った。

夕食には身内が顔を揃えた。ジェインの姉たちにマックスとフレディ、そしてレディ・ベアトリス。ジェインは食べ物にほとんど手をつけなかった。彼女はまず、キャンベリー卿との婚約を解消したことから話した。

レディ・ベアトリスが口を開いた。これから不愉快な噂でもちきりになる――そのうち、ジェインにとっていい噂はひとつもない。だから、みんな心しておいたほうがいい。

「――でも、なぜ？」みんなが驚いてがやがやと騒いでいたのがおさまると、アビーが尋ねた。「あなたの望みどおりの方だったはずだけれど」

ジェインは顔をしかめた。「わたしもそう思っていたわ。でも……」

「あのロマなんだね？」デイジーが言った。

ジェインはしょんぼりとうなずいた。

「どのロマ？」アビーが知っているのは、ザカリー・ブラックが公園でジェインにしつこくつきまとい、それから文学同好会に現れて、イタリア語で――それからヴェネツィア語で話して姉妹に気まずい思いをさせたことだけだ。

アビーが満足するまで、ジェインはたっぷり時間をかけて説明しなくてはならなかった。そして全員が納得してしまうと……長い沈黙がおりた。

「それじゃ、とうとう恋に落ちたのね」アビーがそっと言った。その愛にあふれた顔を見て、ジェインは目の奥がじんと熱くなるのを感じた。

「でも、このままでは絞首刑にされてしまうわ」ジェインは顔をくしゃくしゃにして泣きだした。

夕食が終わると、マックスとフレディは行きつけの社交クラブに出かけた。ギル・ラドクリフを見つけ、ザカリー・ブラックのためにできることはないか話し合うためだ。ふたりは彼をウェインフリートと呼んだ。マックスに言わせれば、従兄弟やほかのだれかがなんと言おうと、彼はたしかにウェインフリート伯爵だ。父親が死んでからずっとそうだった。伯爵として貴族院にまだ登院はしていないが、ただのザカリー・ブラックより〝ウェインフリート伯爵〟としたほうが絞首刑にされにくいはずだ。

ジェインはそうなることを祈った。

レディ・ベアトリスは寝室に戻り、四人の姉妹は二階に集まった。ほかの三人はザカリー——ザックについて、一部始終を話すようにジェインにせまった——最初の出会いから、最後にハイドパークに馬車で出かけたときになんと言われたのかまで。ザックがジェインにとって充分満足のいく男性か、彼がセシリーをほんとうに殺していないか、みんなで納得する必要がある。

「ジェインはずいぶん前からその人に首ったけだったよ」デイジーが言った。「そうじゃないふりをしようとしてたけど、あたしには見え見えだった。それに、あの人のほうが、太った〝うす髪撫でつけ卿〟よりずっといい」そこで、いたずらっぽくみんなを見まわした。

「この前、そいつに一発食らわせてやったんだけどさ」

アビーはぎょっとした。「だれに？　キャンベリー卿？」

「いいや、ロマのほう。あばらに思いっきり肘をめりこませてやったら、どうしたと思う？」

「どうもしなかった。男らしくぐっとがまんしてたよ。それで、『ジェインを傷つけたら、錆びついたナイフでニシンみたいにはらわたを抜いてやる』って脅したら――」デイジーは、ほかの三人をひとりずつ見た――「『ジェインを大切にする』って約束してくれた。あたしがしたことに少しも腹を立てなくてさ。たいていの男はあんなふうに言われたらむっとするんだけど――ちびで鼻持ちならないコックニー娘から言われたらなおさらだよね――それにあの人、実はお貴族さまなのに――そのときはいたぶられる道化役だってのをわきまえてて、じっとしてた」そこまで言ったところで、デイジーはこくりとうなずいた。「あたしは気に入ったよ」

ジェインは思わずデイジーに抱きついた。

ダマリスが言った。「その方の継母は、まだ行方知れずなんでしょう。わからないわ――その女性をほんとうにスランディドノに残してきたのなら、どうしてだれもそのことを憶えていないのかしら」

重苦しい沈黙。それは、答えようのない質問だった。

四人はあらゆることをあれこれと話し合ったが、夜更けになってもセシリーの行方やザックの未来についてはなんの進展も得られなかった。

ジェインにはみんなの気持ちがよくわかった。明るく振る舞いたいが、絞首刑になるかもしれない男性と恋に落ちたことを手放しでは喜べない。みんな心配を隠せない様子だった。ジェインはザックのことだけを心配していた。

沈鬱な雰囲気のまま、アビーとダマリスはジェインにおやすみのキスをし、よい夢をと声をかけた――そして心配しないで、と。

そうは言っても、心配しないでいるのはむずかしい。

ジェインはろうそくを吹き消してベッドに潜りこんだ。「おやすみなさい、デイジー」

「おやすみ」

ジェインは眠ろうとした。今日はいろいろあって疲れているはずなのに眠れない。そのままんじりともせずに、またもやあれこれと考えをめぐらせたが、いい考えは浮かばなかった。

だしぬけに、暗闇のなかからデイジーの声がした。「さっき、あの人の父親はセシリーを殴ってたって言ったね」

「ええ。ザックもよ」

長い間があった。もう眠ってしまったのかと思ったとき、デイジーがまた口を開いた。

「昔、売春宿にいた子の話なんだけど、結婚した姉さんが旦那にこっぴどく殴られてたんだ。姉さんはその男から逃げられなかった――いつも見つけて連れ戻されたから。そして、また殴られる。それである日、その姉さんがうちの売春宿に逃げこんできた――妹とはそれまで口をきいたこともなかったのに――姉のほうはちゃんとした娘だったんだよ。よほど切羽詰まってたんだね」

「それで、どうなったの？」

「旦那はまっとうな娘が行きそうな場所を洗いざらい調べて、最後にうちに来て尋ねた。あたしたちはひとり残らず、なんの話かわからないってしらばっくれたよ」デイジーはふっと笑った。「なかには、その男がしどろもどろになるようなことを言ってからかう子もいてさ。『どうしてまっとうな奥さんなのに逃げだしたんだい？　なんで売春宿に来ているなんて思うのさ？』なんて、耳の痛くなるようなことをずけずけ言って追い払った」

ジェインはぱっと起きあがった。「つまり、セシリーの友達も、親友を守るために嘘をついているということ？」

「わからないけど……そういうこともあるかもしれないよね。でもって、〝男ども〟が数人がかりで探しにきたら――セシリーに同情した人たちはそいつらを信用しないんじゃないかな」

いかにもありそうな話だった。ジェインはふたたび横になった。彼女は暗闇のなかに、ひとすじの希望の光を見いだしていた。

夜明けまでに、計画はあらかたまとまっていた。デイジーが目を覚ますと、ジェインは彼女の意見を聞こうとひととおり説明した。デイジーははなから反対だった。

「とんでもない――レディ・ベアトリスが行かせるはずないよ。アビーやマックスも、ほかのみんなも」

「わかってる。みんなには黙っておくつもりよ。婚約解消の噂話が少し落ち着くまで、しばらくレディ・ダルリンプルのところにお世話になると言っておくわ」

「でも、そんなところまでひとりで行くわけにはいかないだろう？　だれを連れていくんだい？」

「心配しないで、あなたには頼まないわよ。あなたはいまとても忙しいんだから、山積みの仕事のことだけ心配していればいいの」デイジーがほっとするのを見て、ジェインはつづけた。「それにアビーは身ごもっているし、ダマリスは馬車が苦手でしょう。頼めば来てくれるだろうけれど、そこまで甘えられないわよ。でもひとりで行けないことはわかっているから、そんな目で見ないで。ポリーを連れていくわ。それから、ウィリアムも」

「ウィリアムも？」

「村のなかまでは連れていけないけれど、ウェールズまでの道中はウィリアムが必要でしょう――用心のためにね。それから聞かれる前に言っておくけれど、これからポリーに、駅馬車を手配してもらうつもりよ。そうするのがいちばん速いでしょう」

「お金もかかる」

「それくらいは手もちがあるわ。社交シーズンで必要なこまごましたものを買えるように、小遣いをいただいているの」

「どうしてあんたじゃなきゃいけないの？　ほかの人を行かせたらいいじゃないか。だれか女の人を雇って」

「それは、じっと手をこまねいていたら、どうかしてしまいそうだからよ。わたしなら見つける自信があるもの。それに、雇えるような人がいて？　こんな大事な用事をまかせられるかどうかなんてわからないわよ」

しまいにデイジーは難癖をつけるのをやめたが、それでも気に入らない様子だった。ジェインはそれも見越していた。デイジーは嘘やまやかしが大嫌いだ。「もしばれたら、レディ・ベアトリスはかんかんになって怒るだろうね。アビーとダマリスだって……そしてアビーが取り乱すようなことになったら、マックスがあんたの首を絞めにいくよ」

「レディ・ダルリンプルのところにいると言っておけば大丈夫よ。それを聞いたらみんなびっくりするだろうけれど、怪しみはしないと思うわ」

「あたしはだれにも嘘をつかないからね。聞かれたら話すよ」

「もちろんよ。でも——お願いだから、聞かれないようにして」

デイジーは鼻にしわを寄せると、しぶしぶうなずいた。ジェインは呼び鈴を鳴らしてポリーを呼び、彼女にしてもらいたいことを説明した。ポリーも最初はむずかしい顔をしていたが、見つかってもメイドの仕事を首にはならないことや、ジェインがすべての責任を負うことを説明し、さらにウェールズから戻ったときに金貨五枚を渡すことを約束すると、ようやく首を縦に振ってくれた。

秘密を守ることを誓って、ポリーは仕度をするために急いで部屋を出た。筋書きではジェインの祖母、レディ・ダルリンプルが迎えの馬車をよこすことになっているので、駅馬車を手配しにいくときはこっそり抜けだす必要がある。

デイジーはベッドに腰掛けて、ジェインが小型のトランクに必要なものを詰めこむのを見守った。「ぴかぴかの甲冑も忘れずに持ってくんだよ」

ジェインは顔をあげた。「え？」

「前に言ってたじゃないか。助けられるおとめじゃなくて、騎士になりたいって」

ジェインは笑った。「竜がいないといいけれど」


九時前には、ジェインの仕度はととのっていた。レディ・ベアトリスはまだ起きてこない。そのまま寝ていてくれることを祈りながら、ジェインは彼女宛ての書きつけをフェザビーに預けた——噂話を避けて、祖母の田舎の屋敷に一、二週間ほど滞在させていただきます。

フェザビーは、ろくに知らない祖母のところに行こうという彼女の急な思いつきを少なからず怪しんだ——なにしろ、フェザビー自身がレディ・ダルリンプルに会ったことがないし、しかもその老婦人は馬車を雇って迎えによこすという。フェザビーはレディ・ベアトリスの執事になる前から姉妹の友人で、かつてジェインがさらわれた一件から〝迎えの馬車〟にはとりわけ警戒心を抱いていた。だがジェインがウィリアムとポリーを連れていくと言うと、渋い顔をしながらもうなずき、ウィリアムにお仕着せに着替えて荷造りするよう指示した。

黄色い駅馬車は、指定した九時きっかりに到着した——いい兆しだ。ウィリアムが荷物を積みこんでいるあいだにジェインはデイジーを抱きしめ、ポリーと一緒に馬車に乗りこんだ。天気がいいので、ウィリアムは外の後部座席に座ることになっている。話ができないほうがジェインには都合がよかった。引き返せないほど遠くに行くまで、ウィリアムには行き先を知られたくない。

ジェインはすみやかに、そして無事に旅を終えられるよう――そしてなにより実りある旅となるよう口早に祈った。ほどなく馬車は出発した。


「ジェインがキャンベリーとの婚約を解消したとは、どういうことだ？　わたしの手紙を渡さなかったのか？」

ギルは答えた。「むしろ、だから婚約を解消したんだろう」

ザックは彼をにらみつけた。「キャンベリーと結婚しろと書いたはずだ」

ギルは肩をすくめた。「経験上、意志の強い女性は指図されることをあまり好まない。とりわけ、結婚相手については」

「だが、わたしが有罪を宣告されたら？　そのときはどうするんだ？」それに、なぜジェインからなにも言ってこないんだ？　あの手紙には、少なくとも返事をくれるものと思っていた。なにか言うことがあったはずだ。こんな……沈黙でなく。

落ち着かない気分だった。なにも反応がないと、決まって最悪のことを想像してしまう。

彼はふたたびいらいらと歩きまわった。わたしに腹を立てているのだろうか？　ギルはああ言っていたが、きっとキャンベリーが彼女を捨てたに違いない——あの卑怯者！　わたしの逮捕を仕組んだ男だ。ジェインを捨ててもおかしくない——思い知らせるために。

ジェインはどうしているだろうか？　元気にしているのか？　世間に顔向けできないと恥じ入っているのだろうか——噂話が好きな連中の標的にされて。

そうした考えが、いつまでたっても頭のなかをぐるぐるまわっていた。ザックはギルが静かに独房を出たことにも気づかずに、なおも考えつづけた。

子どものころ、ミツバチを瓶のなかにつかまえたことがある。ハチはあちこちの壁にぶつかりながら、ぶんぶん必死で飛びまわっていた。いまはそんな気分だった。

25

「目的があれば、距離なんてなんでもないわ」

——ジェイン・オースティン『高慢と偏見』

それはジェインが経験したことがないほどの長旅だった。〈黄色い跳ね馬〉と呼ばれる駅馬車は速くて効率がいいことで知られており、騎乗御者と馬も定期的に替わったが、それでもウェールズまでは単調な馬車旅が三日以上もつづいた。スランディドノという名の海辺の小さな村に着くころには、ジェインは全身の骨ががたついているような気分になっていた。お尻も痣だらけに違いない。

到着したときにはすっかり暗くなっていたので、ウィリアムが宿を探した。ウィリアムは途中で旅の目的を知らされて、帰るようにジェインを説得しようとしたがかなわず、いまはやむなく協力している。彼は村人に身ぶり手ぶりで知りたいことを伝えると、どうにか泊まれる場所を見つけた——海沿いに立つこぢんまりした宿屋で、一階に酒場があり、二階に部屋代を取る客室がふたつある。インと呼ぶには小さすぎるが、狭いながらも清潔で、きちんとした宿だった。

広いほうの寝室にはジェインとポリーが入った。疲れきっていたふたりは、入浴して熱いスープとパンとチーズの軽い夕食をすませると、ベッドに倒れこんで朝までぐっすり眠った。

翌朝、ジェインが目を覚まして小さな窓から外を見ると、日光が燦々《さんさん》と降りそそぎ、目の前に広がる海をきらめかせていた。希望で胸がいっぱいになる景色だ。

心づくしのおいしい朝食を食べ終わると、ジェインはおかみのミセス・プライスとおしゃべりした。おかみは歌うようなウェールズ訛りで、流暢に英語を話した。

ジェインは怪しまれたくなかったので、なにも知らない旅行者のふりをした。「ほんとうに素敵なところですね。姉の学生時代の友人が、こちらの出身なんです。景色が素晴らしいと、いつもおっしゃっていました。二番目の姉のダマリスがいたら、さっそくここの景色を絵に描いたでしょう――絵を描くのがとても上手なんです」

ぽっちゃりした、いかにも母親らしいミセス・プライスは、おしゃべりが大好きらしかった。家族やきょうだいのこと、村のこと。ジェインは祈るような気持ちだった。〝姉の学生時代の友人〟がだれなのか尋ねてくれないかしら――。

「たしか、お名前はメリーでした」しびれを切らして、結局自分から言った。「結婚してからの姓は思い出せないんですが――トムリンズ？　トンプスン？　そんな姓です。でも、いまはもうこちらに住んでらっしゃらないかも――たしかご主人を亡くされて……よそに移られているはずです」

「それならメリー・トマスでしょう」ミセス・プライスは勝ち誇ったように言った。「その方なら引っ越してませんよ。そこの道をまっすぐ行って、角を曲がって坂道を少しおりたところに住んでるわ――白い家で、玄関の脇にゼラニウムの大きな青い植木鉢が置いてあるの」

「でも、きっとわたしに会いたいわけではないでしょうから……」ジェインは恥ずかしがっているふりをした。「学校で一緒だったのは、わたしでなく姉ですもの。アビーはわたしよりずいぶん年上なんです」

ジェインが遠慮すればするほど、ミセス・プライスは熱心になった。「あなたに会えたらうれしいに決まってますよ。こんなにきれいで、感じのいいお嬢さんなら――だれだって行かせたくなるわ。これから行ってきたらどうかしら」

ジェインはそうした。

赤いゼラニウムが植えられた大きな青い植木鉢が置いてある家は苦もなく見つかった。ジェインがノックすると、ほっそりした、三十代半ばくらいの黒髪の女性が出てきた――メリー・トマスだ。ジェインはミセス・プライスの紹介で来たことを告げると、できればなかにお邪魔してお茶をご一緒したいと伝えた。ポリーには外でひなたぼっこをしながら待っていてもらうことにした。

「セシリー・アストン＝ブラックの件で参りました」ジェインは椅子に座ると、単刀直入に切りだした。

さっきまで感じよく応対してくれたメリー・トマスは、顔をこわばらせて立ちあがった。

「セシリー・アストン＝ブラックなどという人は知りません。嘘をついてわたしの家に入りこんだのね。帰ってください」

ジェインは動かなかった。「まず、わたしの話を聞いていただきたいんです。セシリーを探しに、ここに男性が何人か来たことは知っていますが、なぜ探しているのか、だれか説明しましたか？」

メリー・トマスは肩をすくめた。「イングランドから来た連中ね――あなたみたいに。帰ってちょうだい」

「セシリーがどこにいるか教えてくださるまでは帰りません。先に男性が来たときにあなたがどう思われたのかわかりませんが、わたしがここに来たのは、わたしが愛している人の命を救えるただひとりの人がセシリーだからです。その人はわずか十六のときに、なにもかもなげうってセシリーを夫の暴力から救いだしました――ですから、今度はセシリーがあの人を救う番だと思うんです。なぜなら、その人はいまロンドンの監獄にいて、絞首刑にされる日を待っているからです。人を――セシリーを殺した罪で！」

メリー・トマスは目を見開いた。「セ、シ、リ、ー、を殺した？」

ジェインはうなずいた。

メリー・トマスはふたたび腰をおろした。「詳しい話を聞かせてもらったほうがよさそうね」

ジェインは一部始終を話して聞かせた。話し終わってもメリー・トマスは長いこと口をきかなかったが、やがて彼女は困惑したまなざしでジェインを見た。「できることなら助けてあげたいけれど、でも……」

「どうか、お願いします！」ジェインはこらえきれずに叫んだ。「だれの命が危険にさらされているか、お話ししたじゃありませんか。セシリーの居場所をご存じなら教えてください！」

「だれにも話さないと、神にかけて誓ったの」メリー・トマスは気の毒そうに言った。「あなたが困っているのはわかるわ。なんとかしてあげたいと思うけれど……約束は破れない」

ジェインは必死で食いさがった。「その人が無実だとわかっているのに、絞首刑になるのをみすみす放っておくんですか？」

メリー・トマスは立ちあがった。「ごめんなさい。あなたの力にはなれないわ」

「セシリーのために、あの人を絞首刑にさせるものですか――そうはさせません。なんとしてもセシリーの居場所を教えていただきます。それまでここを動きませんから」

メリー・トマスはためらった。「……教会に行ってみたらどうかしら」

「教会？」ジェインは彼女をじっと見つめて、約束を破るくらいなら無実の男性を絞首刑にするほうがましだという女性の真意を探った。「教会に行って、なにがわかるんです？　そこにいる人たちが、セシリーの居場所を知っているとでも？」

メリー・トマスはかぶりを振った。「わたしには言えないわ――その人たちがなにを知っているのか」

「それならなぜ、はっきり行けとおっしゃらないんです？　そこでなにがわかるんですか？」ジェインは不意にぞっとした。「まさか——セシリーが教会の墓地に埋葬されているんじゃ……」

「いいえ、セシリーは生きているわ——わたしに言えるのはそこまで。教会に行ってごらんなさい。気持ちが安らぐかもしれない」そして、その慰めにもならない言葉を最後に、メリー・トマスはジェインを家の外に追い立て、しっかりとドアを閉めた。

ポリーが外で待っていた。「なにかわかりましたか、お嬢さま？」

「いいえ」ジェインは力なく答えた。「トマスさんは知っているの——でもだれにも話さないと約束していて、その約束を破るつもりがないんですって！　それで、教会に行くように言われたわ。そこに行けば、気持ちが安らぐかもしれないそうよ」ジェインは鼻を鳴らした。「気持ちが安らぐですって！　ザックが牢屋で身の細るような思いをしているときに、気持ちが安らぐわけがないでしょう！　知っているくせに話さないなんて……」

ふたりはとぼとぼと宿に戻る道を歩いた。あんなに大変な思いをして旅をしてきたのに、その報いがこんな……こんな答えにならない答えだなんて。ジェインはがっくりと肩を落とした。

『セシリーは生きているわ——わたしに言えるのはそこまで』。メリー・トマスがそのことを証言したら、ザックの命を救えるかもしれない。当人がロンドンに行くのをいやがったときは、無理やり連れていくという手もある。

ウィリアムはいやな顔をするだろうけれど、こういうときは協力してもらわないと——。

「あそこにあるのがその教会でしょうか、お嬢さま？」ポリーが指さした。村と海を見おろす丘の上に、小さな灰色の教会が立っている。

ジェインはため息をついた。「行くだけ行ってみましょうか。ほかにできることもないことだし……」ふたりは石造りの教会を目指した。坂道をのぼるのはかなり大変で、丘の頂に着くころにはふたりとも息を切らしていたが、そこからの眺めは絶景だった。

だが、ここには景色を楽しむために来たのではない。家が一軒も見当たらないので、牧師はここには住んでいないのだろう。教会のまわりには人影がなかった。

墓地には墓石がぽつぽつと立っていたが、ジェインはその石に目もくれなかった。メリー・トマスはセシリーが生きていると言っていた。建物に入ればなにか手がかりがつかめるかもしれない。

教会の扉には鍵がかかっていなかったので、ジェインはなかをのぞきこんだ。狭くて質素な内装だが、飾らない美しさがある。女性がひとり、木造の部分を磨いていた。蜜蠟《みつろう》のにおいがする。

その女性は振り向いてジェインを見つけると、近づいてウェールズ語で話しかけた。三十がらみの、色白の美人だ。

ジェインはかぶりを振った。「すみません、ウェールズ語はわからなくて」

女性はほほえんだ。「ごめんなさい、イングランドの方がここまでいらっしゃるのは珍しいものですから」それは、どことなく気取った英語だった。歌うようなウェールズ訛りがとても魅力的だ。「わたしたちの教会へようこそ。ウィリアムズ牧師は不在ですが、妻のわたしでよろしければ……ご用はなんでしょうか?」

「それが……」ジェインは言いよどんだ。「ウェインフリート伯爵夫人の、セシリー・アストン＝ブラックというイングランド人の女性を探しているんです。ここの村に住んでらっしゃるはずなんですが……」

牧師の妻は凍りついた。

「ご存じなんですね」ジェインの鼓動が一気に速まった。

「いいえ」牧師の妻は慌てて取り繕った。「何年も前にいらっしゃったことがありますが、いまはもう……。どこにいらっしゃるのか、わたしは存じません。それからごめんなさい、お話をしている時間はないんです。やることが山ほどありますので」彼女はジェインに背を向けると、教会の玄関を入ったところにある透かし彫りをふたたびごしごしと磨きはじめた。

「お願いします。とても重要なことなんです」

「知っていることはぜんぶお話ししました」

ジェインはためらった。彼女がなにか知っているのは間違いない。けれども、牧師の妻を、それも彼女の教会でぐいぐい締めあげて白状させるわけにもいかない。ポリーを振り返ると、彼女は〝仕方がないですよ〟と言うように肩をすくめた。ジェインはあきらめて、鉛《なまり》のように重たい足を引きずって教会を出た。やり方を考えなくては――ここにはなにか秘密がある。それを突きとめなくてはならない。

ジェインはまぶしい日差しのなかにたたずみ、海を見渡しながら、つぎになにをすべきか考えた。ばかみたいだ。みんなを欺いて、大騒ぎしてここまで来て――自分ならできると――今度こそ怪物にさらわれたおとめでなく、騎士になれると思いこんでいたなんて。

わかったことはなにひとつない。でも――そこで、しゃんと背筋を伸ばした――まだ終わったわけではない。メリー・トマスの家に戻って、知っていることを話してもらおう。そして、教会にいた女性のことを聞いてみよう。

ジェインが教会の門に向かって歩きだしたとき、ぴょんぴょん跳ねる白い子犬が門の格子のあいだを走り抜け、彼女にぶつかってきた。スカートは泥はねだらけになったが、ジェインは笑いながらしゃがんで子犬を撫で、泥だらけの足がそれ以上スカートに触らないように両手でつかんだ。子犬はそれを新しいゲームだと思って喜んでいる。

それから女の子が駆けこんできて、ジェインの前で立ち止まった。そしてなにがあったか見て取ると、ひたすら謝りはじめた――少なくともジェインには謝っているように思えた。ウェールズ語の奔流で、言葉はさっぱりわからない。

「元気な子犬ね！　あなたが飼い主？」怒っていないことが話し方でわかってもらえるといいのだけれど。安心させようと、少女を見あげた。

そして、銀色にきらめく灰緑色の瞳とまともに目が合った。知りすぎるほど知っている瞳――。

ジェインの顔色が変わったことに気づいたのか、少女はそろそろと後ずさった。まだ子どもだ。たぶん十一か十二。波打つ豊かな黒っぽい髪に青白い顔。黒いまつげに縁取られた大きな瞳は、銀色のセージの葉のよう。

まるで、腹を殴られたようだった。

ザカリー・ブラックの娘だ。

でも、ザックはセシリーとのあいだになにもなかったときっぱり言っていた。あれも嘘だったの？　そうであることは否定のしようがない。この子はザックに生き写しだ――彼をただ女の子にしただけ。ザックも子どものころはこんなふうに脚がひょろ長く、かわいらしくて、おどおどしていたのかしら？

「お名前はなんていうの？」ジェインは優しく尋ねた。「お母さまはどこ？」

女の子はさらに後ずさると、狩人に追い詰められた子ジカのように周囲を見まわしたが、ポリーがすでに門と子どものあいだに入って逃げ道をふさいでいた。

「怖がらなくていいのよ」ジェインはゆっくりと話しかけた。少女が英語を理解するのかわからないが、言い方で通じるかもしれない。「だれもあなたを傷つけない。わたしはただ、あなたのお母さまに会いたいだけなの」

「お母さま！」少女はいきなり、あらんかぎりの大声で叫んだ。するとほとんど間をおかずに、教会から牧師の妻が飛びだしてきて、滑るようにして止まった。彼女がセシリーだったのだ。

「その子にかまわないで。なにも知らないの」彼女はそう言うと、少女に向かってウェールズ語で早口に指示した。少女はこくりとうなずくと、逃げようと身がまえた。

「わたしがここで探しているのはその子ではないんです、セシリー」ジェインは言った。

「あなたを探していました。そしてあなたが否定する前に言わせていただきますが、お嬢さんは父親に生き写しですね」

セシリーはがっくりと肩を落とすと、あきらめたようにうなずいた。

「お話があります」ジェインは言った。

「いいでしょう。ただし、ふたりきりで――娘にはどこかに行ってもらうわ」

ジェインはうなずいた。セシリーがウェールズ語でなにか言うと、少女はかぶりを振った。

「いいえ、お母さま。わたしもここにいる」完璧な英語で答えた。ごくかすかに訛っているだけだ。そしていまはセシリーの英語にも、まったく訛りがなかった。

セシリーがかぶりを振ってウェールズ語でなにか言うと、少女はしぶしぶ背を向けて行こうとした。

「ポリーを一緒に行かせても？」ジェインはまだセシリーを信用していなかった。逃げだす計画をこの場で思いついて、娘に伝えたのかもしれない。「ポリーはうちのメイドです。一緒にいればお嬢さんも安心ですから」

セシリーはためらったが、しまいにうなずいた。ポリーと少女が行ってしまうと、セシリーはジェインに声をかけて教会の外にあるベンチに座った。

「ザックは、娘がいることを知っているんですか？」ジェインは尋ねた。

「ザックという人は知りません」

「ザカリー・ブラックです」

セシリーはふたたびかぶりを振った。だがジェインが説明するのと同時に、彼女は思い出したようにはっとした表情を浮かべた。「わたしが言っているのは、アダム・ジョージ・ザカリー・アストン＝ブラックのことです。本人はザカリー・ブラックと名乗っていますが」

セシリーはこわばった声で言った。「アダムはウィニーの父親ではありません。あの子の兄よ。腹違いの」

「あ……そうでしたか。そうでしょうね、もちろん」ジェインの胸の重苦しいわだかまりがたちまち消えていった。どうしてザックに子どもがいると思ったときにあんなにいやな気分になったのか、自分でもわからなかった。もしそんなことがあったとしても、自分と出会うずっと前の出来事なのは明らかなのに。

「ザックは妹がいることを知っているんですか？」

「知らせる必要はありません」

ジェインは眉をひそめた。「おっしゃる意味がよくわからないんですが……」

セシリーはそのことについては説明しなかった。「わたしはどこにも行きません。伯爵がどれほど大勢の人をよこしても――男性だろうと女性だろうと――わたしはイングランドに戻りません。娘もです」

デイジーの言うとおりだった。セシリーは夫から身を隠していたのだ。「それなら心配なさらなくて大丈夫です。いまはザックが――アダムが伯爵ですから。彼の父親は去年亡くなって――」ジェインはふっと口をつぐんで眉をひそめた。「でも、そのことはご存じだったはずだわ。さっき、牧師の妻だとおっしゃいましたね」

セシリーはみるみる青ざめた。地面に目を落として、なにも言わずに顔をこわばらせている。

それでわかった。セシリーがなぜずっと隠れていたのか――なぜあらゆることがそこまで秘密にされていたのか。

「結婚されて、どれくらいになるんですか？」静かに尋ねた。

セシリーはたじろいだ。「だれにも話さないで。あの人は――主人は知らないの」いま留守にしている牧師のことだ。

ジェインは懸命に気持ちを落ち着けた。セシリーはただ重婚の罪を犯しただけではない――こともあろうに教会の聖職者と重婚していたのだ！

「ここに来たときは、おなかに子どもがいることを知らなかったの」セシリーは消え入るような声で言った。「ウェインフリートを離れる直前に身ごもったんでしょう。夫が探しにくるかもしれなかったから、ここの人には素性を明かしたくなかった。それでメリーと相談して、結婚前の名前で住むことにしたの。メリーは村人に、女学校時代の未婚の友人だと紹介してくれたわ」

「身ごもっていることに気づいたときは悩まれたでしょう」

セシリーはうなずいた。「おなかが大きくなるまで気づかなかったの。つわりはまったくなかったし……月のものも、いつも不規則だったから。気づいたころには、かなりおなかが大きくなっていて……」

セシリーはジェインをさっと見た。「実を言うと、自分では気づかなかった――そのくらい無知だったのよ。わたしに教えてくれたのはマイケルだった」

「マイケル？」

「ウィリアムズ牧師。わたしの……夫の。善良で、優しくて、思いやりのある人よ。彼がわたしより先に問題に気づいたの。そして、うぶな娘が、イングランドで遊び人の男にもてあそばれたと思った……」セシリーは海に目をやった。「マイケルは身ごもっていることをわたしに告げて、父親はだれかと聞いてきたわ――もちろん、伯爵に手紙を書かれたらおしまいだから、名前は明かせなかった。善良なマイケルには、世の中にどんなに……どんなにひどい男がいるか、想像もつかないでしょうから」彼女はほっそりした体を震わせた。

「それからマイケルは、自分と結婚するようにと言ったの……その子どもの名誉を守らなくてはならないからと」セシリーはジェインをちらりと見た。「もちろんことわったわ。でもマイケルはあきらめなかった」

彼女は唇を嚙んだ。「間違っていることはわかっていたわ。でも、そのころには村じゅうの人が知っていて――ほんとうにおなかが大きくなっていたの……あのときは恐ろしかった」

「どうして説明しなかったんですか？」

「できなかった。もしだれかが伯爵に手紙を書いたら？　そう思うと……」

ジェインは同情しながらも、ただ夫を亡くしたと言えばよかったのにと思った。けれども、セシリーはおとなしくて頼りない感じの女性だから、子どもをひとりで――それも、どのみち私生児ではないかと勘ぐる村人たちのなかで育てることを思うと、悲観的になるしかなかったのかもしれない。

セシリーはつづけた。「それから、今度はわたしが身ごもっているのがマイケルの子どもだという噂が村でささやかれるようになったの。あんまりだと思ったわ――マイケルは、とても優しく気づかってくれたのに……」

ジェインはぴんと来た。「マイケルを愛するようになったんですね」

セシリーはうなずいた。「彼と結婚することが過ちで、大罪――犯罪と見なされることはわかっていたわ。わたしがしたのはそういうこと。でも、これまで十二年間、わたしたちはとても幸せだった。マイケルはウィニーにとって素晴らしい父親で――ウィニーを愛してくれたわ。ウィニーも彼を愛している」彼女は泣きそうな顔でジェインを見た。「マイケルはなにも知らないの。真実を打ち明けるくらいなら、死んだほうがましだわ」

「でも、あなたがこのまま隠れていたら、ザック――アダムが死ぬことになります」

「え？」セシリーはぎょっとした。「どういうこと？」

「ご存じないんですか？　ザックはいま監獄にいて、絞首刑になりそうなんです――あなたを殺した罪で！」

「わたしを？」

ジェインはうなずいた。「ザックを救うためには、あなたにロンドンで証言していただかなくてはなりません」ジェインはそこで眉をひそめた。「でも……それではなんのために人が来て、あなたを探していたと思っていたんですか？」

セシリーはばつの悪そうな表情を浮かべた。「ほんとうになにも知らなかったの。ウェインフリート伯爵の用事で男性が来ているとメリーが言うものだから、怯えてしまって……」

彼女は唇を噛んだ。「村の人たちには、イギリスから収税吏が来たと説明して……だから、みんなで英語が話せないふりをしてくれたの。ふたり目の人が来たときも、目的はわかっていた――だから、同じことをして……その人はひとり目の男性より利口だったけれど、結局あきらめて帰っていった。それでもう安心だと思っていたの」

「ふたりとも、ザックの依頼で派遣されたんです。あなたを殺して、宝石を盗んでいないことを証明してもらうために」

「それじゃ、あなたが来たのは……」

「ザックを愛しているから――そして、人でなしから逃げる苦労を知っているからです」

「まさか、ザックにひどいことをされているの？」

ジェインは笑った。「いいえ、ザックではありません。ザックは困っている女性を助けてくれる人です。弱い者をいたぶったりはしません」彼女はセシリーを見た。「ではセシリー、わたしと一緒にロンドンに来て、ザックの無実を証言していただけますか？」

セシリーはしばらくためらっていたが、ジェインがなんとしても連れていくと――場合によっては力ずくで！――強い態度に出ようとしたところで、ようやくうなずいた。「ええ、もちろん行きます。マイケルはいま、遠くに出かけているの。うまくいけば、あの人が戻る前にロンドンから戻れるかもしれないわ」

ジェインはセシリーが心配していることはとくに気にしていなかったが、ザックを彼女が救ってくれるかぎり秘密は守るつもりだった。

それからセシリーの娘とポリーと合流して、四人で黙りこくって村に戻った。

ジェインは新たな問題で頭を悩ませていた。どうやってロンドンに戻るか――彼女とセシリー、ポリー、そしてウィリアムを馬車に乗せなくてはならない。ここにくるときは急いでいて、そこまで頭がまわらなかった。駅馬車はふたりか、せいぜい三人しか乗れないし、乗ってきた駅馬車はジェインたちが到着した翌朝に村を出ている。駅馬車を待たせるには、それなりのお金が必要だった。

先にウィリアムを近くの大きな町にやって、馬車を確保しておけばよかった。

ジェインたちが村の本通りに出たちょうどそのとき、四頭立ての粋な旅行用四輪馬車が宿の前に停まるのが見えた。馬丁が飛びおりて馬を落ち着かせている。御者席にいるのは背の高い紳士だが、旅行用の優雅なケープ付き外套も、鹿革のブリーチズも、黒いブーツも土埃まみれだ。彼はひらりと飛びおりると、ジェインたちのほうにつかつかと近づいてきた。

無精ひげが伸びてやつれた顔。そして、かんかんに怒っている。

セシリーは怯えてジェインの腕をつかんだ。「あの人は？」

「義理の兄です」馬車の問題がきれいさっぱり解決して、ジェインは早くも有頂天になっていた。「マックス、驚いたわ。それも、願ってもないときに！　わたしのために来てくれたの？」そこで、雷に備えて身がまえた。

「首を絞めてやりたいくらいだ！」マックスはジェインをしっかりと抱きしめた。「アビーをあんなに心配させて……おばも気が気でなくて……」

ジェインはつま先だって彼の頰にキスした。「でも、このとおり元気にしているわ。ポリーとウィリアムがずっと一緒にいてくれたの。そして、ほら――わざわざ来た甲斐があったわ」彼女はセシリーを引っ張った。「こちらが先代のウェインフリート伯爵夫人、セシリーよ。セシリー、義理の兄のデイヴナム卿、マックスを紹介するわ」

マックスは目をしばたたいた。「見つけたのか！」

「ええ。わたしたちと一緒にロンドンに行って、このとおり生きていることを証明してくださるそうよ」ジェインは笑顔にならずにはいられなかった。いまは踊って、歌って、歓声をあげたい気分。ザカリー・ブラックはもう大丈夫だ。

「なぜ最初からわたしに頼まなかった？　わたしの馬車で行けばすむことじゃないか」マックスは昼食を食べながら言った。馬を二時間だけ休ませて、今日のうちにロンドンに向けて出発するという彼の提案に、ジェインも賛成だった。セシリーをロンドンに連れていくのが早ければ早いほど、ザックが自由になる日も早まる。

「首を縦に振ってくれるとは思えなくて……」ジェインは答えた。「そうでしょう?」

「そうだな」マックスは正直に答えた。

「アビーとレディ・ベアトリスはそんなに心配しているの?」

「見ていられないほど」マックスは怖い顔をした。「ウィリアムを連れていってくれたからまだよかった」

「どうしてわたしの居場所がすぐにわかったの?」

マックスはそっけなく答えた。「つぎに田舎のおばあさまの家にお世話になるときは、そのおばあさまが翌朝バークレー・スクエアの屋敷を訪問することがないように釘を刺しておくことだな」

「まあ……」

マックスは唇をぴくつかせた。「きみがどこに向かったのか、見当をつけるのは大してむずかしくなかった」

「デイジーがあなたに打ち明けたものとばかり――躍起になってわたしを止めようとしていたものだから」

マックスはにやりとした。「そもそも、おばがあんなにも取り乱したのは、デイジーがいつになく黙りこんでいたからだった。かわいそうに、デイジーはひとこともしゃべるまいとして、閉じた口がぱんぱんに膨らんでいたぞ」そして、片眉をつりあげて尋ねた。「だれにも言わないと約束したんだろう？」

ジェインはうなずいた。

手早く昼食をすませた一同は、マックスの馬車で出発した。馬車のなかは少々窮屈だった――セシリーが娘のウィニーを連れてきたせいだ。ウィニーは最初から、マイケル・ウィリアムズがほんとうの父親でないことをわかっているようで――セシリーは娘はなにも知らないとジェインに目配せで伝えていたが――腹違いの兄がいると知って、会うのをとても楽しみにしていた。

セシリーはマイケル宛てに書き置きを残した――〝家族のことでロンドンに行かなくてはならなくなりました。ウィニーと一緒に十日くらいで戻ります〟。

道中、ジェインはザックの妹と仲良くなった。ウィニーは引っこみ思案だったが、素直な気立てのいい子で、はじめて知った兄のことをなんでも知りたがった。セシリーはポリーのように馬車の旅でも眠れるほうだったが、ジェインはそうではなかったので、喜んでウィニーの相手をし、ザックから聞いた話をいくつか話して聞かせた。

そして旅が終わるころには、彼女とウィニーは固い友情の絆で結ばれていた。

マックスの馬車には駅馬車よりいいばねが使われていたが――〈黄色い跳ね馬〉という呼び名は名前ばかりではない――それでも過酷な旅だった。マックスは二十マイルごとに馬を替え、予定より早く、出発から三日目の午前のなかごろにバークレー・スクエアに到着した。

フェザビーは彼らが到着するのを待ちかまえていたらしく、ポーチの階段を駆けおりると、馬車の踏み段を出す前にマックスに何事か伝えた。

マックスは馬車のドアを自分で開けた。「十分間だけここにいる。必要なことをして身だしなみを整えてくれないか」彼はジェインを見た。「フレディとギル・ラドクリフが手を尽くして、ウェインフリートの裁判の前に予審を開いてもらえることになった――治安判事が関係者の証言を聞いて、貴族院にはかるべきか判断する。予審はもうはじまっている。急いで！」

一同は屋敷に駆けこむと、用をすませて十分とたたないうちに馬車に乗りこみ、往来をぬって予審が開かれている場所を目指した。

26

「自分の幸せを自覚しなさい。あなたに欠けているのは忍耐――もっと耳に心地いい言葉では希望と言ったほうがいいわね」

――ジェイン・オースティン『分別と多感』

「予審を開いてもらえることになって、ほんとうによかった」ギルの言うとおりだということは、ザックもわかっていた。ギルとフレディ・モンクトン゠クームズ――ザックは会ったことすらない――このふたりは、予審を開いてもらうためにあらゆる手を尽くしてくれた。従兄弟のジェラルドは全力でそれを阻止しようとしたが、フレディが関係各所に手をまわしたことと、訴追容疑に対するギルと弁護士の上申が功を奏して、予審の場を設けて関係者の証言を聞き、裁判にかけるべきか判断することになった。

予審は正式な法廷でなく、広々とした会議室で開かれた。ザックは片側にある小さなテーブルに、ギルと弁護士に挟まれて座った。向かい側のテーブルには、従兄弟のジェラルドと弁護士が座っている。ジェラルドは、故ウェインフリート伯爵の相続人として、殺害された伯爵夫人セシリーの代理人を務める権利を主張していた。

正面には、タカのように厳しい顔つきの年配の治安判事が座っていた。いかにも頭の切れそうな、そしてどことなく豪胆な感じのする男だ。彼ははじめに、みずからの犯した殺人罪から逃れられると思っているような――そして、そのために裏から手をまわすようなことをする貴族に割く時間はないと明言した。

これほど厳格な治安判事は、ロンドン広しといえども数えるほどしかいないはずだ。ザックはわが身の運の悪さを改めて思い知った。

ドアが開いて、意外なほど大勢の人々がどっとなだれこんできた。小さな事件だと思っていたが、どうやら違うらしい。

「ウェインフリートの人々だ」十人くらいの人々が最前列の席に陣取るのを見て、ギルはザックの耳にささやいた。ザックはうわの空でうなずいた――しばらくぶりに見る懐かしい顔がある。最近ウェインフリートを訪れたときに見た顔も。

「部下には事実を証言できる者だけを連れてくるように指示したんだが――部下が八人に絞ろうとしたところ、危うく乱闘騒ぎになりかけたそうだ」

「八人？　もっといるように見えるが」

ギルはうなずいた。「おかげでもう一台馬車を雇う羽目になった。セシリーを殺したのがきみであるはずはないと、だれもが証言したがっている」彼はザックをさっと見た。「あの土地の人々がきみのことをどう思っているかわかるか？　だれがなんと言おうと、きみは〝領主さま〟なんだ」

ザックは胸がいっぱいになるのを感じながらウェインフリートの人々を見つめた――わが

領民。ウィルクス夫妻のようによく知っている面々がいる。あれは猟場番人のブリッグズだろうか。父のお抱えだった御者のサイクスもいる。それから、名前を思い出せない顔がいくつか――メイドに従僕、庭師たち。その様子は、あたかもウェインフリートの使用人たちがそっくり移されたようだった。

「われわれは、彼らの証言はきわめて重要だと主張した。予審を遅らせるための方便だ」ギルは小声で言った。「彼らの証言が役に立つとはあまり思えないが、それでもきみのために全員が証言するつもりでいる」

ザックは領民たちの忠誠心に心の底から感謝した。「セシリーの手がかりは？」

ギルはかぶりを振った。

それからさらに、ほかの人々が入ってきた。驚いたことに、レディ・ベアトリスがいちばん前の席に腰をおろしている。彼女には三人の姪が付き添っていた――ジェインの姿はない。その隣には、すらりとした粋な男――ギルがフレディ・モンクトン＝クームズだと教えてくれた。この予審を開いてもらうために、関係各所に手をまわしてくれた男だ。ザックは彼らに会釈した。なぜ彼らまで来たんだろう？

そして、ジェインはどこにいる？

なぜ家族が来ているのに、ジェインがいないんだ？　病気ではない――病気ならおばや姉たちはここにいないはずだ。では……ジェインは怒っているのか？　取り乱しているのか？

ジェインの家族は、みな生真面目な顔をしていた。ウェインフリートの使用人たちと違って、こちらに笑顔も見せなければ、励ますようにうなずくこともない。彼らはザカリー・ブラックの破滅を見届けにきたのだろうか？　ジェインの人生を台なしにしたから？

それから、一分の隙もなく装った若い紳士の一団が入ってきて、後ろのほうに陣取った。だれもがザックに会釈をしている――そこで思い出した。学生時代の友人たちだ。十二年ぶりに見る彼らは、いまや立派な大人の男だった。ザックは喉の奥にこみあげるものを感じながら、懐かしい彼らに会釈を返した。

自分と関わりのある人々全員がこの場にいた。そして、だれもが――従兄弟のジェラルドを除いて――力になろうとしてくれている。いないのはただひとり、ジェインだけだ。

そう思うと、気持ちが沈んだ。だが、ジェインを責めることはできない。彼女を愚かにも突き放したのはこの自分だ。友人としか思っていないというあの言葉をジェインは信じただろう。だが、それならなぜキャンベリーとの婚約を解消した？　同じ疑問が、頭のなかを際限なくまわっている……。

予審がはじまった。まず、当時の検屍報告書の内容が確認された。それから、ウェインフリートの使用人たちがひとりずつ治安判事の質問に答えた。

猟場管理人のブリッグズはまず、あるじが今回の事件とはなんの関係もないと固く信じていることと、彼が善良な人間で、女性はもとより、男性や動物にも一切危害を加えなかったことを話した。それから、水草のなかに引っかかっている伯爵夫人の遺体を見つけたことを証言した。

治安判事は彼につぎつぎと質問を浴びせたが、ブリッグズはしっかりした口調で答えた。

「はい、あれはたしかに奥さまのご遺体でした。ご遺体が見つかる三日前から行方知れずになられて――」

「はい、アダムさまはそのときにはもういらっしゃいませんでしたが、そんなことをなさるはずは――」

「はい、奥さまは頭を殴られて、それから湖に投げこまれたんです。しかし、アダムさまは関係ありません。アダムさまがそんなことをなさるはずは――」

ブリッグズがよかれと思って話していることはわかったが、彼の証言はあるじに不利になるばかりだった。ザックは彼が座るときにねぎらうようにうなずいたが、ブリッグズは彼のほうに顔を向けることができなかった。

つぎに、ウェインフリート伯爵家に当時仕えていたメイドが進みでた。彼女もまた、遺体が間違いなく伯爵夫人のものであることを証言した――はい、たしかです。奥さまのことはよく存じあげておりましたので。入浴の際もお世話いたしました。ですが、わたくしもアダムさまがそんなことをなさるはずはないと思います。たしかに奥さまがいなくなられた夜にアダムさまも行方知れずになられましたが、アダムさまはいつもお優しくて、静かなお子さまでした。

彼女が席に戻ると、治安判事はその〝お優しくて、静かなお子さま〟である当人を、〝おまえのせいで時間が無駄になる〟とでも言いたげににじろりとにらみつけた。

使用人たちのなかには、ザックと父親がしばしば口論して、しまいには暴力で決着がついていたと証言する者もいた。暴力を振るうのはいつも先代の伯爵のほうだったと彼らは証言したが、治安判事はこの場に当人がいなくて抗弁できないことを指摘した。

ウェインフリートの人々がひとりずつ立ちあがって、信頼と忠誠心――そして愛を込めてあるじを守ろうとする姿を見守るうちに、ザックはふたたび胸が熱くなった。いまも領民だということを明確にしてくれる彼らを長年顧みないでいたことが悔やまれる。ウェインフリートを愛している――すべてを失いそうになったいま、ようやくわかった。それなのに自分は、そのウェインフリートの名に泥を塗ろうとしている。

だが、どうしようもない。あとは縛り首になるだけだ。ただ、できることなら……いいや、ジェインには二度と会わないほうがいい。監獄にいるならなおさらだ。裁判の場でもまずい。これまでのことは忘れて、結婚してもらったほうがいい――ほかのだれかと。

そのとき、会議室の後ろの立ち見用の場所で、かすかなざわめきが起こった。容疑者がこれから殺人犯として正式に起訴されようとしているときに、ちょうど到着した人間がいるらしい。

まったく、ジェインはなぜキャンベリーとの婚約を解消したんだ？　キャンベリーは退屈な男かもしれないが、少なくとも大事にしてくれるはずだ。

つぎは洗い場係のメイドが呼ばれることになっていたが、かわりに鹿革のブリーチズに丈長のブーツと、粋な服装をした長身の男が、強引に人混みをかき分けて前に出てきた。厳しい顔をした治安判事は、さらに眉をひそめた。「なんだね？　証拠があるなら、順番を待ちなさい」そして手を振って長身の男をさがらせようとした。

男は引かなかった。「わたしはデイヴナム卿です。殺人事件の被害者とされる方を健在な姿でお見せすることは、ほかのあらゆる証拠に優先されるべきと存じますが」人々がいっせいに息をのむなかで、彼はつづけた。「先のウェインフリート伯爵夫人、セシリー・アストン＝ブラックは死んでいません」

静かにきっぱりと口にされたその言葉は、大変な騒ぎを巻き起こした。

ザックは思わず立ちあがり、胸を高鳴らせて混み合う室内を見渡した。だが半分以上の傍聴人が立ちあがり、だれもが首を伸ばしてきょろきょろしているなかではなにもわからない。

その場で顔色ひとつ変えないでいるのは治安判事ただひとりだった。彼は静粛を求めると、デイヴナム卿に声をかけた。「その途方もない申し立てには、裏付けとなる証拠があるのだろうな？」

デイヴナム卿は頭を傾けた。「なによりも有効な証拠です――殺人事件の犠牲者とされているウェインフリート伯爵夫人、セシリー・アストン＝ブラック本人をお連れしました」

ザックはこぶしを握りしめた。喉がからからになり、心臓がやかましいほど脈打っている。まさか、ギルのいたずらでは？　ギルがセシリーに似ている女性を見つけたのなら、あるいはそういうことも……。

会議室の後ろにいた人々がざわめき、ひとりの女性がそろそろと前に進んだ。色白の顔が青ざめている。波打つ金髪に怯えた青い目の、美しい女性――セシリー！

セシリーは木の葉のように震えながら、人混みを抜けて治安判事の前に進みでた。だれもがひとことも口をきかずに、固唾をのんで見守っている。

ほんとうにセシリーだ！　ザックは止めていた息を吐きだした。長いあいだせき止められていた希望がじわじわと湧きあがり、やがて一気にほとばしった。セシリーが来た。助かったのだ。

治安判事の合図で、セシリーが座る椅子が運ばれてきた。判事は貴族嫌いかもしれないが、美人嫌いというわけではないらしい。

セシリーが腰をおろすと、ささやきがさざ波のように広がった。

ザックが最後に見てから十二年のあいだに、彼女は少し変わっていた。少しだけふくよかになって、昔より落ち着きが増しているが、ほんとうにセシリーだ。どこで、どうやって見つけたのだろう？　安堵に押し流されそうになる。

どうやってここに来たのかは関係ない――セシリーは見つかって、ちゃんとここにいる。デイヴナムには一生感謝しなくてはならない。

セシリーが両手を膝の上で組むと、室内は静かになった。

「あなたの名前は？」

「先のウェインフリート伯爵夫人、セシリー・アストン＝ブラックです」彼女がささやくように答えると、こだまのようなささやきが広がった。

「ここにいる人々のなかで、あなたが何者か証明してくれる人はいるかね？」

セシリーは不安そうに周囲に目をやった。そして、三列目にいる女性たちに目を留めて立ちあがった。「そこにいるのはジョーンかしら？　それからメリー？　そして……あなたは……メイベル？」

「そのジョーンとメリーとメイベルというのは？」治安判事が尋ねた。

名前を呼ばれた三人の女性が立ちあがった。「閣下、わたくしどもは奥さまがウェインフリートにいらしたときにメイドだった者です」

「では、この女性がだれかわかるのかね？」

三人は揃って勢いよくうなずいた。「間違いなく伯爵夫人です」ひとりが答えた。「なんとまあ奥さま！　わたくしどもはみな、奥さまが亡くなられたものとばかり……」彼女は感極まって涙を流した。

ザックには彼女の気持ちがわかった。

治安判事は長く骨張った人差し指を別のメイドに向けた。「あなたはほんの十分前に、全員の前で、湖から引きあげられた〝お気の毒な奥さまの水死体〟を見たと言った。あれは間違いなく伯爵夫人だったと」

そのメイドは、いまにも泣きだしそうな顔になった。「それはほんとうです、閣下。ですが――」彼女はセシリーを見た。「こちらにいらっしゃるのも、間違いなく奥さまです。わたくしにはわかりません。でもたしかに奥さまなんです」

ミセス・ウィルクスが立ちあがった。「わたしも証言します。こちらにおいでなのが伯爵夫人だということは、ここにわたしが立っているのと同じくらいたしかなことです。ありがたや！」

そしてひとりまたひとりと、ウェインフリートの使用人たち全員が立ちあがって証言したわけがわからないが、たしかにここにいるのはウェインフリート伯爵夫人のセシリーだ。間違いない。

治安判事は不機嫌そうに手を振って使用人たちを座らせた。そして苦虫を嚙みつぶしたような顔で彼らを見渡した。「では、ここにいるのがウェインフリート伯爵夫人なら、湖からあなたたちが引きあげた女性はだれだね？」彼は猟場管理人のブリッグズを見たが、ブリッグズは困りきってかぶりを振った。

「なぜ伯爵夫人だと思った？」

「遺体は、ここにいらっしゃる奥さまのように小柄で、色白で、金髪でした。それに奥さまは、少し前から行方知れずだったんです」

「もちろん、顔は見たんだろうな」治安判事は問い詰めた。

ブリッグズは申し訳なさそうに肩をすくめた。「湖のなかに三日沈んでいたら、顔はほとんどわかりません、閣下」

メイドのひとりが手をあげた。

「なんだね？」

「奥さまだと思ったのは服のせいです、閣下——伯爵夫人の服ですわ。奥さまは新しいドレスをお召しになっていました」彼女はセシリーに向きなおった。「憶えておいででしょう、奥さま。旦那さまが奥さまのために特別に買ってこられた、サテンのリボン付きの金色のドレスを」

セシリーは体を震わせた。「わたしはそのドレスが気に入らなくて——」ザックの父親はとりわけひどく荒れたあとで、高価な贈り物をすることがしばしばあった。「そのドレスを、翌日結婚することになっていたジーニーに——侍女のジーニー・カーにあげたんです。ジーニーはそのドレスをとても気に入っていました。わたしと背格好が——」彼女はそれが意味するところに気づいて、さっと両手で口をふさいだ。そして、震える声でささやいた。

「——背格好がそっくりだったものですから、結婚式に着てもらうつもりで……」

ひそひそとささやきが広がるなかで、別のメイドが言った。「わたしたちは、ジーニーがボビー・ルッカーを捨てたと思っていました。ボビーは教会で待ちぼうけを食わされて……でもそのころには、ジーニーはもう……」彼女はわっと泣きだした。

「水死体がジーニー・カーだとしても——」治安判事が言った。「犯人を突きとめなくてはならないことに変わりはない」

そのとき、ザックの父親のお抱え御者だったサイクスが、おもむろに立ちあがった。「ジーニーになにがあったか、わしなら説明できると思います。あれから何年ものあいだ、ときどき思い返していたんですが——」彼はきまり悪そうに頭を掻いた。「一からまたまぜっかえすのもどうかと思ったもんで……」

「いいからさっさと話しなさい」治安判事が先を促した。

「アダムさまが奥さまと一緒にいなくなったことを知った旦那さまは、それはもう大変なお怒りようで――もともと癇癪持ちでらっしゃいましたが、あれほど荒れくるった旦那さまを見たのはわしもはじめてでした。たくさん酒を召されて……」彼はつらそうにザックを見た。「そのころにはもうすっかり暗くなっていたんですが、二頭立て二輪馬車《カーリクル》でアダムさまを追いかけると言いだされたんです。それも、ご自分で手綱を取ると――そんなときの旦那さまがどんなふうになるか、アダムさまならご存じでしょう」

ザックはうなずいた。父は酔って怒りに駆られると、悪魔に取り憑かれたようになる。

サイクスは顔をゆがめてつづけた。「屋敷を出て橋に差しかかるすぐ手前で、なにかにぶつかりました。そのときは羊だと思ったんです、ほんとうに――羊が鳴くようなかぼそい声も聞こえて……。つぎの日の朝、屋敷に戻ったときにたしかめにいきました――動物を苦しませるのは気が引けたもんで……しかし、なにも見つかりませんでした。それから、そのことはろくに考えもせずに忘れていたんですが、いま思うと……ボビーに会いにいこうとしていたジーニーを旦那さまは轢《ひ》いてしまわれたんじゃないかと思うんです。いちばん上等な服を着ていたジーニーを……」

静まりかえった室内で、人々は喜びにあふれた花嫁を思い浮かべた。美しい金色のドレスを着て、花婿に会いにいこうとして敷地を横切ったばかりに、酔いどれの悪魔が駆っていたカーリクルに轢かれて……そして湖に落ちた娘を。

翌朝、花婿は教会の祭壇の前で花嫁を待った。時間が刻々と過ぎ、捨てられたのではないかという疑いがゆっくりと確信に変わっていく。そして、〝なぜ〟という問いの答えはけっしてわからなかった——今日になるまで。なんという悲劇だろう。

治安判事はなにごとかを書き留めると、きびきびと言った。「この場合、訴訟の論拠はないものと判断する。セシリー・アストン＝ブラックは健在で、メイドのジーニー・カーの死は事故死とみなされるが、馬車を操っていた本人がすでに永遠の眠りについている以上、本件についてはこれにて結審とする。ウェインフリート卿、あなたは自由に帰ってよろしい」

室内は波を打ったように静まりかえった。次の瞬間、どっと歓声があがり、ザックは幸運を信じられないのと、喜びがない交ぜになった気持ちで立ちあがった。自由——新しい人生をはじめる自由が手に入ったのだ。あとは、その人生をともに歩む娘を見つけるだけ……。

そのとき、部屋の後ろで美しい娘が立ちあがった。にこにこしている人々のなかで、彼女の笑顔がひときわまばゆい光を放って輝いている。

彼女はやはりいた。そして待っていてくれた。ジェインは来てくれたのだ。


ジェインは部屋の後ろで、ザックに直接お祝いを言おうとしている人々の波にもまれて身動きが取れなくなっていた。

部屋の向こうにいる彼と目が合った。銀緑色の瞳がきらめいている。ジェインは泣きそうになってほほえみ返した——うれし泣きだ。どうにか間に合った。セシリーを見つけロンドンに連れてきたことで、ウェインフリート卿であるザカリー・ブラックは——自分のなかではいつもザックだけれど——自由になった。

彼女の手に、小さな手が滑りこんだ。ウィニーの手だ。「もう大丈夫なんでしょう、ジェイン？　お兄さまは自由になったんでしょう？　お母さまがお話ししたおかげで？」

ジェインはウィニーを抱きしめた。「ええ、お兄さまは自由になったわ。あなたのお母さまのおかげよ」

セシリーはまだザックのそばにいた。注目を集めて怯えきっているようだが、そこはマックスがうまく気を配っているようだった。セシリーは彼にいずれ説明しなくてはならないだろうが、それはいまではない——いまはとにかくお祝いだ。

ザックが応援してくれた人々に囲まれ、笑顔で握手するのを見守っていると、ウィニーが安心したようにもたれてきた。はじめのうちはザックに似ているからかわいいと思ったけれど、馬車のなかで長い時間を過ごすうちに、ウィニーという少女がまるごと好きになっていた。

「ほら、あそこにいる背の高い素敵な男性が見える？」ジェインはウィニーに話しかけた。

「お兄さまのこと？」

「そう。あの人はまだ知らないけれど、わたしは彼と結婚するつもりなの」

ウィニーのほっそりした顔がぱっと輝いた。「ほんとう？」

「ええ、ほんとうよ。でも、だれにも話さないで――まだ秘密なの」

「約束する」ウィニーは瞳をきらめかせた。「結婚したら、あなたはお姉さまになるの?」

「ええ」ジェインはウィニーを抱きしめた。「ずっと妹がほしかった」

「わたしもお姉さまがほしかったの」ウィニーが言った。

「そうなったら、あなたのお姉さまは四人になるわ。わたしの姉もあなたの姉になるからよ。アビーにダマリス、そしてデイジー」ジェインは三人を指し示した。「そうなると、おばさまも増えるかもしれないわ――あの年配の女性が見えて? レディ・ベアトリスよ」

ウィニーはレディ・ベアトリスを見た。杖にもたれて、行く手をふさいでいる人々をにらみつけている。彼女はギル・ラドクリフの上着をつかんで、なにやら言いつけた。ギルはうなずき、人々に声をかけて老婦人の通る道を作った。

「ちょっと怖そうな人……」レディ・ベアトリスが不機嫌そうに杖をつきながらこちらに近づいてくるのを見て、ウィニーがささやいた。

「怖そうに見えるけど、あんなに優しい方はいないわ」ジェインは言った。「ほんとうよ」

「さあ、帰りますよ」レディ・ベアトリスが声をかけてきた。「こんな騒ぎはもうたくさん。フレディがダマリスとデイジーを乗せて、マックスがアビーを乗せて帰るそうよ」

「でも――」ジェインはザックと話したかった。

「ラドクリフにあとで連れてくるように言っておきましたからね。ふたりとも夕食には顔を出しますよ」彼女は眉をひそめてジェインを見た。「まさか、あんな野次馬が見ているところで親密な話ができると思ってるんじゃないでしょうね？　そういう話は居間ですればいいの。さあ、やきもきしないで——あの人は使用人たちにも義理があるでしょうけど、かならず来ますよ。疑いが晴れた以上、なにがあろうとあの人はあなたのところに戻ってきます」

ジェインはザックの視線をとらえ、レディ・ベアトリスのほうに目配せし、行かなくてはならないことを伝えた。ザックはうなずいて、「すぐに行く」と口の形で伝えた。ジェインが投げキスを送ると、ザックは燃えるようなまなざしで無言の約束を伝えた——口のなかが乾いて、胸がどきどきする。

レディ・ベアトリスはこのやりとりを見て鼻を鳴らすと、ジェインの腕にしがみついている少女に目を留めた。「あら、この子は？」

「ウィニー・ウィリアムズですわ、レディ・ベアトリス。レディ・ウェインフリートのお嬢さんで、ザックの腹違いの妹です。そして——」ジェインはウィニーを抱き寄せて言った。

「——ついさっき、新しいおばさまができるかもしれないとこの子に話したところです」

レディ・ベアトリスの目がきらりと光った。「あら！　新しい姪ができるの？　結構だこと。では行きましょうか、ウィニー。あなたのお母さまは、マックスの——わたしの甥の馬車に乗るから心配いりませんよ。いろいろありすぎて、喉が渇いたわ。あなたもケーキとレモネードをいただきたいでしょう？」

ウィニーはジェインの腕にしがみついたままこくりとうなずくと、レディ・ベアトリスのあとに従った。

ザックは、ウェインフリートの人々からしばらく逃れられそうもなかった。なによりもまずジェインのところに駆けつけたくてたまらなかったが、彼らをむげに追い払うわけにはいかない。

それに彼らは、ただあるじの力になりたいがために、ほとんどが経験したこともない長旅を経てわざわざロンドンまで来てくれた。その気持ちはうれしかったし、心の底から感動もしている。

そんなわけで、彼は通りの向かい側にあった居酒屋に全員を招待した。ウェインフリートの人々や、学生時代の友人たち、そのほかだれでも――従兄弟のジェラルドまでいる。彼はそれから二時間、みんなに飲み物をおごった。

最初に飲み物が行きわたったとき、ザックはみんなに挨拶し、味方になってくれたことと、忠誠心を示してくれたことに礼を述べた。学生時代の友人たちには、ギルの社交クラブで――すぐに自分も会員になる――夕食に招待することを約束し、ウェインフリートの人々には、館でふさわしいお祝いをすることを約束した――五月祭のときに、自分の帰国祝いとして。

「死者の国からのご帰還を祝して！」ひょうきん者のだれかが声をあげ、全員が笑った。

「そして、ウェインフリートの繁栄に向けた新しい門出と――」ザックは最後に締めくくった。「――未来のために！」その言葉を合図に、全員が乾杯した。

ザックは居酒屋のドアをちらりと見た。あと一時間はいないといけないだろう。彼は酒を片手に乾杯を重ね、冗談を飛ばし、よくしゃべりよく笑ったが、ほとんど酒は飲まなかった。いまほしいものはただひとつ。ジェインだけだ。

27

「その気持ちが芽生えたのが、いつ、どこで、どんな顔をして、どんな言葉を口にしていたときだったのか、はっきりとはわかりません。ずいぶん昔のことですから。そういう気持ちになったと気づいたときには、もうそのただなかにいたのです」

――ジェイン・オースティン『高慢と偏見』

バークレー・スクエアの屋敷ではジェインがそわそわしていた。みんなとの会話に加わって、つじつまの合うことを言っているつもりだったが、そのあいだもずっと、ひとつのことだけに気を取られていた――あの人の到着を知らせる呼び鈴の音はまだかしら。

とうとう玄関広間の呼び鈴が鳴る音がした。フェザビーが彼の到着を告げるのを待たずに、ジェインは飛びあがって駆けだし、広間で足を滑らせて止まった。

「わたしの妻――先代のウェインフリート伯爵夫人がこちらにお邪魔していると思うのですが……」地味な服装をした中背の男性が、帽子を手に玄関広間に立っていた。

「ウィリアムズ司祭さまでしょうか？」ジェインはすぐに気を取りなおして進みでた。「ジェイン・チャンスと申します――はじめまして。はい、セシリーはここにおいでです。それからウィニーも。いま、客間でお茶をいただいているところですわ。どうぞこちらに

──」

「お誘いはありがたいのですが、遠慮させていただきます」彼はいくぶん厳しい表情で言った。「差しつかえなければ、まず妻とふたりきりで話したいのですが。どこか適当なところがあれば……」彼は周囲を見まわした。

「もちろんかまいません」ジェインの気持ちは沈んだ。セシリーにとって、いい話ではなさそうだ。「フェザビー、ウィリアムズ司祭さまを表の居間に案内してもらえるかしら。わたしはセシリーを呼んでくるわ」

急いで客間に戻った。「セシリー、ご主人がお見えよ」

セシリーはぎょっとして、たちまち不安をあらわにした。だがウィニーは「お父さま！」と叫んで部屋を飛びだしていった。

ジェインとセシリーが居間に入ると、ウィニーがまだ父親に抱きついていた。マイケル・ウィリアムズがウィニーを愛し、ウィニーも彼を愛しているのがよくわかる。それを見て、ジェインはマイケルのことが少し好きになった。彼女はウィニーに声をかけると、青ざめて見るからにびくびくしているセシリーを夫の元に残して部屋を出た。たぶん、重婚のことを打ち明けることになる……。

セシリーはおどおどと夫を見て、ハンカチを揉み絞った。

「キスしてくれないのかい？」マイケルは静かに言った。

なんて優しい声──セシリーはわっと泣けるものなら泣きたかったが、いまは罪悪感のほうがまさっていた。彼女は夫にさっと近づくと、おずおずとキスをした。「どうしてここがわかったの？」

「ウェインフリート伯爵のことで予審があると知り、ロンドンに来ていたんだ。そして予審のあとで、きみと伯爵のあとを追いかけた」

「あの場にいたの？」セシリーは夫をまじまじと見た。「どうして？」

「実はウェインフリートに行って、伯爵夫人のことを人に聞いてまわっていた――湖で溺れたと言う人もいれば、息子と一緒に逃げたと言う人もいた。それから、去年亡くなった先代の伯爵についても――酒を飲むと暴力を振るう人で、だれかれなく殴っていたという話だった。亡くなったときも、大して悲しむ人はいなかったと」

セシリーは震える手で口を押さえた。「ああ、では……もう知っているの？」

マイケルはうなずいた。

「……重婚のことを？」

彼はもう一度うなずいた。

「でも、どうして？　そもそも、なぜウェインフリートに行こうと思ったの？」

「村に弁護士の使いの者が来ただろう――ウェインフリート伯爵夫人のことを聞いてまわっていた。きみとメリー・トマスはぴりぴりして、村じゅうの人にその男とウェールズ語でしか話さないように頼んでいた。わたしはその伯爵夫人とこの村になんの関わりがあるのだろうと思って、その男とひそかに話をした」

「ああ、マイケル……」セシリーの目は涙でいっぱいになった。

「その男の話では、伯爵夫人は十二年前に行方知れずになった。そしていま、ウェインフリート伯爵がロンドンで彼女を必要としている。伯爵夫人の名はセシリーだと」

セシリーはわっと泣きだした。「ああ、マイケル。ごめんなさい……ごめんなさい」

マイケルはハンカチを取りだして、妻の頬を拭った。「いいから……取り乱すんじゃない。もう過ぎたことだ」

「どうしてなにも言わなかったの？」

「いいかい、いとしい人《キャリアド》、わたしはきみがはじめてメリー・トマスのところに来たときのことを憶えている。びくびくして、怯えきって、まるで虐待された子犬のようだった」彼は手の甲でセシリーの頬を撫でた。「その様子を見たときに、きみがなにか悪いものから逃げてきたのだと思った――悪い人間から。きみが身を隠していることはわかっていた――なにかに怯えて、秘密を抱えて」彼はほほえんだ。「だが、神よ許したまえ――わたしはきみがほしかった」

「ああ、マイケル……わたしがあなたとの結婚を承諾したのがいけなかったの。重婚は……重罪だわ。あなたはいつだって真面目で、純粋な人だったのに……」

マイケルは笑った。「そんなに真面目で純粋だったら、きみを見た瞬間にほしいと思ったりしないはずだ。それはいまも変わらない」そして、彼はセシリーを抱き寄せてキスをした。

「……これからどうするつもり？」しばらくして、セシリーが尋ねた。

マイケルは後れ毛を妻の耳に掛けてやった。「きみの前夫はもう亡くなったのだから、わたしはもうきみの正式な夫といえる。その確認のために、教会で祝福がほしい」

「言っていることがよくわからないんだけれど……」

「ロンドンに知り合いの司祭がいる。彼のチャペルで祝福の儀式を受けよう。そこで夫婦の誓いを新たにしたいんだ。伯爵夫人と間違えられていた気の毒な侍女のためにも、心をこめてお祈りをしよう。そしてスランディドノに戻って、元どおりの生活をつづけるんだ」

「つまり、だれにも言わないということ？」

「そんなことをしてなんになる？　きみはわたしの妻だ。わたしは一度、神の前で誓った――重婚だろうがなんだろうが、正式な誓いだといまも思っている。たとえ真実がわからなくても、神がご存じだ。もしかしたら、ふたり目の子どもが生まれないのは、神がわたしたちをまだ祝福していないからかもしれない」

　セシリーは唇を嚙んだ。

「だが、わたしはウィニーがいるだけでも充分幸せだ。ときが来れば神の裁きを受けようじゃないか。わたしの気持ちは安らかだ」

　すべてを許し、包みこむような彼の言葉に、セシリーはさらに涙を流した。「マイケル・ウィリアムズ、あなたほど思いやりがあって寛大な人はいないわ。わたしには、とてももったいなくて……。でも、心からあなたを愛しているの」

「もういいんだ、いとしい人《キャリアド》。ここで祝福を受けることに同意してくれるだけでいい。そして、抱きしめてくれれば……」セシリーはマイケルの腕のなかに飛びこんだ。

セシリーが夫を客間に連れてきてみんなに紹介していたまさにそのとき、玄関の呼び鈴が鳴った。ジェインがことわりを入れて中座するよりも早く、フェザビーがザックを客間に通した。

歓声と祝福の声がいっせいにあがった。

「みなさん、ありがとう」ザックは言った。「今日のことをみなさんとお話ししたいのは山々なんですが——話はあとでたっぷりさせていただきます。わたしも夕食に招待されているんでしょう？」レディ・ベアトリスが優雅に頭を傾けるのを見て礼を言うと、彼はセシリーを見た。「そしてセシリー、あなたにも話があります。だがその前に——」彼はレディ・ベアトリスに向きなおった。「あなたの姪とふたりきりで話をしても？」

「もちろんかまいませんよ。どの姪かしら？　なにしろ五人いますからね」

ザックはにんまりして目を逸らそうとしたが、そこでふっと真顔に戻った。「五人？　四人だけだと思いましたが」

レディ・ベアトリスはほほえんだ。「新しい姪がひとり増えたの——あなたがまだ会ったことがない子。レディ・ウィニフレッド・アストン＝ブラック、ふだんはウィニー・ウィリアムズと名乗っている——あなたの妹ですよ」

「わたしの——」ザックの言葉が途切れた。それから、はじめてウィニーを見たときの彼の顔は見ものだった。ウィニーは椅子の端に小さなネズミのようにちょこんと腰掛け、兄を――堂々とした立派な兄を一心に見あげている。ジェインは息を止めた。どうかザックが急ぎすぎませんように……。

「わたしに妹が?」ザックは驚いたようにつぶやくと、ウィニーを見て、あのとろけるような笑みをゆっくりと浮かべた。「かわいい子じゃないか。どんなにわたしがうれしいか……きみには想像もつかないだろうな、ウィニー」そして、あのよく響く声で付けくわえた。「実は、ずっと妹がほしかったんだ」

ジェインは思った。こんな彼を見たら、だれだってまっさかさまに恋に落ちてしまう。それからザックは妹の両手を大きな手で包みこむと、左右の手を順番に持ちあげてキスした。まさに理想的だ。ウィニーは兄の優しさに触れて、ぱっと顔を輝かせた。

「わたしもお兄さまがほしいと思ってたの」ウィニーは恥ずかしそうに言った。

ザックは笑って、長い指で妹の頰を撫でた。「心していい兄になろう。だが、そのためにはたくさん練習しないとな。きみにウェインフリートを案内するのが楽しみだ。あそこの人たちも、きみに会ったら大喜びするだろう――ウェインフリートの新しいお嬢さまだと言って」

セシリーがくぐもった声を漏らしたので、ザックは彼女を振り向いた。「あなたはわたしの命を救って、今度は妹という貴重な贈り物までもたらしてくれた。いくら感謝しても足りないくらいだ」彼はセシリーの手にキスした。「心から礼を申しあげる」

セシリーはその手をさっと引っこめた。「娘を取らないで！　あの子は渡さない！」

ザックは状況をすぐにのみこんだ。「もちろん、あなたからウィニーを取りあげるものか。あなたと娘を引き離すつもりはまったくない――そんなことを考えるわけがないだろう？ウィニーはあなたの娘だ。いまも、これからもずっと」

セシリーがなおも疑わしげな顔をしていたので、ザックは安心させるようにうなずいた。「だが、ときどきウェインフリートに来てもらってもいいだろう？　つまり、あなたと一緒に」彼はセシリーの夫――まだ紹介されていない――にも目を向けた。「あなたたち家族全員で」

セシリーはたじろいだ。「それじゃ、わたしを許してくれるの？――隠れていたことを」

ザックはほほえんだ。「許すもなにもない。間抜けなことに、弁護士の使いの者がわたしの本名を出さずに〝ウェインフリート伯爵〟の使いだと言って、あなたにロンドンに来るように伝えたのだからな。死ぬほど怖かったはずだ」

セシリーはため息をついてうなずいた。「ええ、とても。わたしがばかだった――あなたを信じるべきだったわ」

ザックはマックスを見た。「セシリーを見つけてくれたことで、まだちゃんと礼を言っていなかった。どうやって見つけだしたのか知らないが――」

「わたしはなにもしていない」マックスはさえぎった。「ジェインが見つけたんだ」

ザックはあっけにとられてジェインを見た。「ジェインが？」

マックスはつづけた。「ジェインが駅馬車を雇って北ウェールズに行き、セシリーを見つけて説得した。わたしはただ、みんなを馬車に乗せてロンドンに戻っただけだ」

セシリーもうなずいた。

「しかし――」彼はいっとき目をつぶった。「まずは大事なことが先だ。レディ・ベアトリス、あなたの姪とふたりきりで話をしても？」彼はジェインの手を取った。「こちらの方です」

そして許可も待たずに、ジェインを出口にせき立てた。廊下に出た彼はあたりを見まわした。「どこなら――」

「ここにしましょう」ジェインは小さな居間のドアを開けて、彼の手を引いてなかに入った。

ザックはなかに入るなりドアを蹴って閉めると、ジェインを抱き寄せてキスをした。

そして砂漠で喉が渇いて死にかけていた男が泉を見つけたように唇を貪り、彼女の味を、感触をしゃにむに求め、彼女の体を包みこもうとした。

自分のものだと伝えるために。

「きみを失ってしまうと思った」ザックはつぶやいた。

「わたしもあなたを失うと思った」ジェインは彼をぎゅっと抱きしめた。

「わたしは大間抜けだった」

「あなたがくれた手紙――いやになるほど高潔で気取った……くだらない手紙だった。『わたしたちは友人だった』なんて」ジェインはくすくす笑って彼の額にかかる髪を押しやった。

彼はふたたび飢えたように唇を奪った。

「キャンベリーが婚約を解消したと聞いたときは――」

ジェインは目を見開いた。「なんですって？　わたしのほうからおことわりしたのよ」

ザックは眉をひそめた。「なぜ？」

ジェインはあきれた。「なぜだと思ってるの？」

「だが、わたしは監獄にいた。人殺しの容疑で」

ジェインは肩をすくめた。「あなたは無実だったもの」

「きみにはわからないはずだ」

「もちろんわかるわ」

「それから、ウェールズに行ったそうだな――はるばるあんなところまで。まったく、きみにはとてもかなわない。この埋め合わせは一生かけてさせてもらう」

「一生かけて？」ジェインは片眉をつりあげた。

ザックははっとして彼女を見た。「なんてことだ、忘れていた」彼はふたりがさっき座った長椅子から立ちあがると、片膝をついてジェインの手を取った。「いとしいジェイン・チャンス――チャントリー――シャンサロットでもなんでもいいが――きみは生涯の恋人だ。わたしはきみにふさわしくない男だが、たしかにきみを愛している。わたしと結婚してくれるなら一生をかけてきみを幸せにしよう。結婚してくれるか？」

ジェインは思案顔で彼を見た。「どうかしら。ロマの荷馬車で暮らせというの？」

「夏のあいだだけだ」ザックは急いで言った。「冬のあいだは干し草の山のなかで眠る。ぬくぬくして暖かいぞ、干し草のなかは。少しちくちくするときもあるが、居心地はいい」

ジェインは悲しそうにため息をついた。「ちゃんとした家はないの？」

「それが、古い大きな屋敷しかない」ザックはしょんぼりと答えたが、すぐに明るい声で付けくわえた。「だが、少し手を加えれば――そしてふさわしい人間が住めば、〝わが家〟になる」

「わたしはその〝ふさわしい人間〟かしら？」

「そうとも。さあ、結婚すると言ってくれないか。なぜならこんなふうに片膝をついているのは大変だし、言うまでもなくみっともない――そして早くそこの長椅子の上で、きみによからぬことをしたいからだ」

「そういうことなら喜んで結婚するわ、愛するザカリー・ブラック――そのほか、あなたがどんな名前だろうと」ジェインは長椅子から彼の腕のなかに滑りこんだ。


夕食はザックとジェインの婚約発表からはじまったが、レディ・ベアトリスが辛辣な指摘をしたことで、食事の開始が若干遅れることになった――彼は婚約者に指輪を用意していない。

でも、わたしなら問題を解決してやれますよ――レディ・ベアトリスは指をパチンと鳴らし、つねに用意のいいフェザビーがポケットから小さな革張りの箱を取りだした。「これまで結婚したふたりの姪には婚約指輪を用意していますからね。その伝統に則ってもいいでしょう――あなたになんの異存もなければ。どうです、ウェインフリート？」

そんなに鋭い目でにらまれたのでは、異存などあるわけがない。彼はフェザビーの差しだした小さな箱をありがたく受けとって開いた。小さなダイヤモンドに縁取られた、見事なルビーだ。彼はその指輪をジェインに見せた。

「まあ……きれい！」彼女は喜びの声をあげた。「はめてみて、ザック。早く！」ザックは指輪をはめてやると、契約のしるしにキスをした。

ジェインはもう片方の手で指輪を包みこむようにしながらレディ・ベアトリスにキスすると、姉たちに指輪を見せた。三人は歓声をあげて指輪をほめそやすと、全員で抱き合って婚約を祝福した。

ジェインはレディ・ベアトリスに言った。「キャンベリー卿と婚約したときは、こんな指輪があるなんてひとこともおっしゃいませんでした」

「もちろん言いませんよ」レディ・ベアトリスは当たり前のように応じた。「だってわたしがあなたたちにあげる指輪は、愛の証ですからね。アビーにはエメラルド、ダマリスにはサファイア、そしてあなたにはルビー。自分がもっている思いやりと愛情にあふれた心を否定しようとして――」彼女はザックに片目をつぶった。「――そして、素敵なロマのせいでしくじったあなたに」

それから、シャンパンが注がれた。幸せな集いには、レディ・ベアトリスとジェインの姉たち、マックスとフレディ、ギル、そしてセシリーとマイケルとウィニーが顔を揃えた。ウィニーは父親にせがんで、はじめてシャンパンを舐めるのを渋々許してもらった。この大まかな意味での家族の集いで、ただひとり見当たらないのはフリンひとりだ。彼は没落した伯爵の娘で、レディ・エリザベスとかいう女性の田舎の屋敷で数週間を過ごしている。ほどなく興味深い知らせがあるかもしれない。

一同はその日の出来事を何度もおさらいした。ザックはふたたびみんなに感謝し、ジェインはウェールズへの旅の話をして、それからセシリーとマイケルがもう一度祝福の儀式を受けると静かに宣言すると、さらにシャンパンが注がれた。

「記念に旅行をされてはどうでしょう？　新婚の気分で」ジェインが言った。

「そんな……」セシリーはそう言いながらも、マイケルに期待するようなまなざしを向けた。

「だめだ」マイケルは言った。「田舎の牧師のすることではないよ」

彼は経済的な余裕がないという意味で言ったのだが、セシリーはその思いつきが気に入ったようだった。ジェインがザックに目配せすると、彼は察しよく提案した。「マイケル、差しつかえなければ二、三週間、あなた方をブライトンにお連れしたいんだが。ささやかではあるが、わたしを縛り首から救ってくれたお礼がしたい。それから、ウェインフリートの領地のごく一部はセシリーのものだ。わたしが話があると言ったのはそのことだよ、セシリー――亡き父の妻だったあなたには、伯爵未亡人として遺産を受けとる権利がある」

「しかし――」マイケルが口を開いた。

「セシリーと父が結婚したときに、すべて夫婦財産契約に記載されたことなんです」ザックはきっぱり言った。「法的に拘束力がある取り決めで——選択の余地はありません。しかし、ブライトンへの旅行はわたしの感謝の気持ちです。あなたが受けとってくださるならですが」

マイケルとセシリーは顔を見合わせた。セシリーの瞳は潤んでいた。

「もしよろしければ——」ジェインが言った。「そのあいだ、ウィニーはわたしたちがお預かりしてもいいんですよ。ザックとわたしがロンドンを案内します。かまいませんね、レディ・ベアトリス？」

「それは楽しみだこと」レディ・ベアトリスは即座に応じた。「かわいい子ですものね。お気に入りの姪ですよ」

セシリーは娘を見た。「お父さまとわたしがしばらく旅行に出かけているあいだ、ここにお世話になるのは気が進まないかしら？」

「気が進まない？」ウィニーは目を丸くした。「ううん、ちっとも。だって、猫が三匹、犬が一匹、ふたりのお姉さまにおばさままでいて——おまけに、お兄さまがロンドンを案内してくださるのよ！」

一同はどっと笑った。「では、決まりだ」ザックが言った。

セシリーとマイケルが旅行に出かけているあいだ、バークレー・スクエアの屋敷はジェインとザックの結婚式の準備に入った。結婚式を挙げるのはハノーヴァー・スクエアのセントジョージ教会。メイフェアの教区教会で、上流階級の人々が結婚式を挙げるところだ。ただし、ジェインとザックの結婚に際して、結婚予告はされないことになった。

「この前までキャンベリー卿とわたしの結婚予告が読みあげられていたのに、今度はあなたとわたしの結婚予告が読みあげられるなんて、いくらなんでも恥ずかしすぎるわ」ジェインに言われて、ザックは笑った。

「いいだろう。だが、早く結婚できるならそれに越したことはない」そこで彼は、特別結婚許可証を取得した。式は二週間後――それならちょうどセシリーとマイケルも立ち会えるし、なによりウィニーも参列できる。

ウィニーと知り合ってまだ日は浅かったが、ふたりは妹のことが大好きになりつつあった。ウィニーは素直で引っこみ思案で、少しも欲がない。

両親がブライトンに出発した次の日、ウィニーは二階で、デイジーとジェインがウエディングドレスの仮縫いをするのを眺めていた。幸いデイジーはウエディングドレス作りに数週間前から取りかかっていて、花婿や式の日取りが変わったことを少しも気にしていない。

「ジェイン……」ウィニーが遠慮がちに言った。「その……子どもはふつう結婚式に呼ばれないそうだけど、でも……」

「ええ、そうね」ジェインは澄まして応じた。「あなたをお客さまとして招待する予定はないわ、ウィニー」

「そう……」ウィニーはしょんぼりしたが、すぐに笑顔を取り繕った。「いいの。わたしもそう思って――」

「あなたには、花嫁の介添人をお願いしようと思って」

いっとき間があって、ウィニーはぽかんと口を開けた。「わたしが?」声が裏返った。「わたしが、花嫁の介添人に?」

ジェインは妹を抱きしめた。「当たり前でしょう。もうあなたのドレス作りにも取りかかっているのよ。デイジーとあなたが花嫁介添人で、アビーとダマリスが花嫁介添役の既婚婦人。結婚式にはきょうだい全員に立ち会ってもらうつもりよ」

28

「きみはぼくの身も心も虜にした。愛している、愛している、愛している」
——映画『プライドと偏見』より

ザックは花婿介添人のギルと一緒に祭壇で待っていた。教会は春の花々で飾られ、その花と真鍮磨き、お香、そして蜜蠟のにおいが混ざり合ったなんともいえないにおいが満ちている。

「指輪は持ってきたか？」ギルが尋ねた。

「聞かれるのはこれで五十回目だ。ちゃんと持っている」

「遅いな」

「遅くない」

ふたりの後ろでは、ザックの義理の兄弟となるデイヴナムとフレディ・モンクトン＝クームズが悠然とかまえ、やれやれ無理もないと言わんばかりの表情を浮かべていた――これだから既婚の男は！　これほどどいても立ってもいられない気分なのが、このふたりにはわからないらしい。だがフリンはおなじくらいそわそわしているようだった。花嫁の介添人が四人いるので、花婿の介添人も四人いなくてはならない。そのうちのひとりにフリンはどうかと言ったのはジェインだ。ザックは結婚式にだれがいようとかまわなかった――ジェインがいるかぎりは。

ジェインはまだだろうか？　彼女が心変わりしたらどうする？

教会は満席だった。参列者はほとんどがジェインと姉たちの知り合いで、そのうち半分は文学同好会の常連だ。だがなかにはザックの親戚たちもいた。ほとんど憶えていない顔ばかりが、意外なことに、だれもが彼に会えて喜んでいるように見える。従兄弟のジェラルドのご臨席まで賜った――かならずしもご機嫌というわけではなかったが、彼との関係はこれからまた修復すればいいことだ。

それにしても、ジェインはどこにいるんだ？

十分ほど前から虫酸《むしず》の走るような音楽を奏でていたオルガン奏者が演奏をやめ、それから改めて――入場用の行進曲を弾きはじめた。

ザックは振り向いて、胸が熱くなった。真剣な表情を浮かべたやせっぽちの妹が、フリージアと白い花々をしっかりと握りしめて、ゆっくりと、慎重な足取りでこちらに進んでくる。妹の後ろにはデイジー、その後ろに――生涯の恋人がいた。

彼のほうに近づいてくるジェインは、シルクかサテンの白いドレスを着ていた。泡のようなレースが胸と肩を覆っていて――さながら波から生まれたアフロディーテだ。こんなに美しい眺めがあるだろうか？

いっとき、息ができなかった。

女神がほほえんでいる。心臓が爆発しそうだ。

わたしのジェイン。わが妻。わが命。

花嫁の左右には、杖をついたレディ・ベアトリスと、祖母のレディ・ダルリンプルが付き添っていた。

ジェインは持っていた花束をウィニーに渡した。デイジーとほかの姉たちがドレスの裾を整えているあいだも、花嫁は彼だけを見つめている。

外は曇っていたが、薄暗い教会のなかで、彼女の瞳はエーゲ海の空のように青く、愛に満ちて輝いていた。いまにも吸いこまれそうだ……。

「愛する兄弟姉妹よ、いまここに――」牧師が口を切った。

ザックはジェインと手をつなぎ、呼吸しようとした。

「この女を与える者は――」

「わたしたちです」レディ・ベアトリスとレディ・ダルリンプルが応えて後ろにさがった。

「ウェインフリート伯爵であるアダム・ジョージ・ザカリー・アストン＝ブラック、あなたはこの女を妻として――」

「誓います」

「そして、ジェイン・サラ・エリザベス・チャントリー、あなたはこの男を夫として――」

「誓います」

指輪を取りあげた手はあきれるほど震えていたが――なんでこんなに震えるんだ？――指

輪は花嫁の指に無事におさまった。ジェインが目をあげてほほえんでいる。

「花嫁に誓いのキスをしてよろしい」

ようやくこのときが来た。

ザックは花嫁の顔を両手で挟むと、彼女の瞳にもう一度無言の誓いをして、唇を重ねた。

家もなく、ひとりぼっちで十二年間放浪していた彼は、ようやくわが家に戻った。


新婚初夜のために、ザックはパルトニー・ホテルのスイートルームを予約していた。ジェインは大きなホテルに泊まったことがなかった。しかもパルトニーはロンドンでいちばん格が高くて豪華なホテルだ。数年前にはロシアの皇帝が泊まったこともある。

ザックはポーターに金貨を握らせると、花嫁が浮き浮きしながら部屋を探検するのを見守った。到着したときに開けられたシャンパンが、ふたつのグラスに注いである。ジェインは穏やかに泡立っているシャンパンのグラスを持ちあげると、ひと息に飲み干して身震いした。

「素敵ね！」彼女が振り向いた。「それで？」

「うん？」

「何週間も前に、あなたは『きみによからぬことをしたい』と言ったわ。それからずっと待ってるのよ。そろそろいいんじゃないかしら？」

「たしかに」ザックはさっと近づいて彼女を抱きあげた。

そして巨大なベッドに、笑いながらふたりで倒れこんだ。ジェインはザックと早く愛を交わしたかったが、不安もあった。姉たちは、心配はいらないと言っていた。最初は心地よくないかもしれないけれど、少し練習すればこのうえない喜びになると。

彼女は、仮面舞踏会に向かう馬車のなかで見たことを思い出した。あの夜、アビーとマックスは、傍目にもはっきりとわかるほど固い絆で結ばれていた。ダマリスとフレディも同じだ。その秘密が知りたかった。

ザックと一緒に、その秘密を知りたくてたまらない。

さっき抱きあげられてベッドに倒れこんだときは、彼が跳びかかってくるものと思っていた。結婚を承諾した日にそうしたように、欲望を剝きだしにしてくるものとばかり……。でも、彼は切ないくらい優しかった。

教会で交わしたキスを繰り返すように、彼は両手で顔を挟んだ。大切で、壊れやすいものを扱うように頰を包みこんでいる。急に熱くなった肌に、彼の指は冷たく感じた。彼は両手で挟んだ顔を、わずかに動かして斜めにした。

「愛している。どうしようもないほど」彼はつぶやくと、じりじりするほどゆっくりと唇を近づけた。

彼の唇は、かろうじてそれとわかるくらいに、かすかに触れただけだった。温かくて刺激的な香りのする薄絹が、ふわりと触れたよう。待ちきれなくて体を抱き寄せると、彼はほほえんで言った。

「『一緒に暮らそう、ぼくの恋人になって　あらゆる楽しみを分かち合おう』（クリストファー・マーロウ「恋する羊飼いの歌」より）」彼は静かに口ずさんだ。「楽しみを――あらゆる楽しみを分かち合おう」

ジェインはほほえんだ。「素敵ね」

「素敵なんてものじゃない……」彼の唇がまた近づいて、ジェインの唇とごく軽く触れ合った。ゆっくりと、じらすような動きで誘惑してくる。彼の唇のわずかな動きや、温かい息、ほのかな男性の味を感じとって、ジェインの体は震えた。その合間にも、低い声でずっと愛をささやいてくれる。

ジェインはため息をつき、目を閉じて、すべてを委ねた。

さっきまでのじらすような触れ合いは、ほどなくじっくりと味わうような熱いキスに変わり、ジェインの体は徐々に欲望のるつぼに変わっていった。まさに無上の喜びだ。彼の手はジェインの体を這いまわり、ジェインは彼のベストとシャツをもどかしげに引っ張った。

「たしかに、もう邪魔だな」彼はベッドからおりると、ジェインから目を離さずに上着とベストとシャツを脱ぎ、上半身をあらわにした。

それからベッドに腰をおろしてブーツを脱ぐと、立ちあがってブリーチズをおろし、蹴り脱いだ。振り向いた彼は、白い下着しか身につけていなかった。ジェインはベッドにぐったりと横たわったまま、彼の体に見とれた。男性の体はなんて美しいのだろう。彼はあの魅惑的な笑みをゆっくりと浮かべた。見るたびに、体の奥がきゅんと縮こまる。

「今度はきみだ」彼は手を差しのべて、ジェインを立ちあがらせた。

そこでまたキスをされて、膝から力が抜けてベッドに座りこんでしまった。

彼は含み笑いを漏らしながら、背中に手をまわしてボタンを外しはじめた。「百個くらいありそうだ」彼はボタンと悪戦苦闘しながらつぶやいた。「デイジーは意地悪で、わざわざ脱げないようにしたんじゃないか？」

「でも、美しいドレスよ」

「ドレスより、そのなかの美しい女性に興味がある」

ジェインは彼のたくましい胸を探索するのに夢中だった。男性の体はこんなふうになっているのだ。どこも硬くて、滑らかで、しなやかで力強い。そして彫像のように美しい。ジェインが顔を近づけて小さな硬い乳首を舐めると、彼は驚いて息をのんだ。

「このドレスが大事なら、そんなまねはしないことだ」彼は真顔で言った。

「大事よ。それなら、もう少し急いでもらえないかしら？」

彼は答えるかわりにジェインを引っ張って立たせると、ドレスを頭から脱がせて脇に放った。そして、今度はコルセットとペチコートとシュミーズを見て眉をひそめた。「ナイフを持ってくればよかった」ぶつぶつ言いながら、コルセットの紐を緩めにかかった。

ジェインは彼の下着のなかで起こっていることに興味があった。さっきまでと、なにかが違う。下着を引っ張りおろしてたしかめたかったが、そこまで図々しくするのは気が引けた――いまのところはまだ。もう少しシャンパンを飲んでおけばよかった。

ほどなくコルセットがはずれた。彼はそれを脇に放り、素早い動きでペチコートとシュミーズを頭から脱がせた。ジェインは裸になった。こうなったら恥ずかしがって、男性の熱いまなざしから控えめに体を隠すものなのだろう。でも、不思議と体が動かない。

彼はジェインの体を食い入るように眺めると、やにわに下着をおろした。ジェインは自分が裸になっていることを忘れた。

彼は堂々としていた。ジェインは彼の体の、恥ずかしげもなく誇らしげに立っている部分をじっと見つめて、触れたくてたまらなくなった。でも、彼がいやがるかもしれない。

彼の指の甲が乳房をかすめて、思わず声を漏らした。両の手の甲で乳房を撫でられるたびに小さなあえぎ声が漏れ、触れられたところが疼いていく。もっとしてほしくてじりじりした。

ベッドに押し倒されて、彼が隣に来た。キスをしながら、彼は両手で体じゅうを探った。肌がすっかり敏感になって、触れられるたびにぞくりとする。

彼にもっと近づきたくて身もだえした——美しくてたくましい体を探索したい。両手で撫でまわして、彼の体を学びたい。ふたりはたがいの体を探索しているあいだじゅう、絶え間なくキスをつづけた。もうなにも考えられない。ただ触れて、味わって、感じるだけ。

彼の口が乳房に動いて、はっとあえいで身震いした。さっき自分が同じことをしたときに彼がどんなふうに反応したか……思い出して、大きな体を押しやって彼の小さな乳首を甘噛みし、吸って、彼がうなって身震いするのを楽しんだ。

「まだ……わたしじゃない」彼はジェインの顔を持ちあげると、深々とキスして、唇を喉から胸へと滑らせた。熱い乳首を吸われて、ジェインは体を弓なりにして欲望に震えた。快楽と、欲望と……ほかのなにかで、体がどくどくと脈打っている。

彼の指が太腿のあいだに滑りこんで、戯れるように愛撫した。濡れているのが恥ずかしくてそう伝えると、彼は愛にあふれた声で大丈夫だと言った。「それでいいんだ。完璧だ、いとしい人」

彼が指を動かすと、さざ波のような快感が駆け抜けた。「きみは美しい。すべてが美しい」彼の巧みな指使いに、あらゆる認識や自意識がきれいに消え去った。その下にある欲望と、うねるような……切羽詰まったなにかがせりあがって……。

「ああ、お願い……」なにを頼んでいるのかわからずに懇願した。足が突っ張り、快感が高まる。

彼は唇をふさぎ、さらに愛撫した。そしてこれ以上もう耐えられないと思ったとき……無数の火花と共になにかが砕け散った。

ジェインがわれに返る前に、彼は上になってのしかかり、両脚のあいだに硬くて熱いものをあてがった。「楽にするんだ、いとしい人。楽にして……」彼がつぶやきながら愛撫すると、体のなかにふたたび圧力が高まった。

硬くなった男性の象徴を自分のなかにおさめたくて、腰を上に突きだしたちょうどそのとき、彼が滑らかな動きで一気に貫いた。一瞬鋭い痛みが走ったが、しばらくして彼が身じろぎすると、なかにあるものはしっくりおさまった。両腕と両脚を彼の体に巻きつけ、しっかりしがみつき、ふたりでひとつになって、体の奥底の原始的な部分だけが知っているリズムで動いた。

体のなかの圧力がふたたび高まるにつれ、彼にますますしがみついた。彼のものが体の奥深くで動いている。さっきより激しいうねりがせりあがって、快感の大きな渦にのみこまれた。世界はばらばらになって無数のきらきらしたかけらになり、彼は荒々しいうなり声をあげて砕け散った。しばらくはなにも考えられなかった。

ジェインが目を開けると、心配そうにのぞきこんでいた彼はほほえみ、優しくキスしてくれた。「フランス語で、〝小さな死《ラ・プティ・モル》〟というんだ。大丈夫かい？」

ジェインは伸びをしようとして、まだ彼に手足を巻きつけていることに気づいた。ザックは仰向けになり、ジェインは彼の体の上に寝そべった。この体勢がいい。「完璧だわ」つぶやいて、彼の胸にぼんやりとキスをした。「とにかく完璧。こんな喜びがあるなんて……」そして、彼の心臓に耳をつけたまま眠りに落ちた。

ザックは胸の上の大切な人を起こさないように、そっと上掛けを引っぱりあげた。

彼はそのまま、人生がこんなにも変わってしまったことを受け入れようとした。ロンドンに来たときはなにもなかった。名前も、未来も、家族も。それがいまは……。

この、愛情にあふれた美しい娘が与えてくれた……すべてを。こんなに幸運な男がいるだろうか。

彼は体をずらして、ジェインの下から抜けだそうとした。

「だめ……」ジェインがつぶやいた。両腕と両脚をますますしっかりと巻きつけてくる。「動かないで……ずっと」

翌朝、ザックが目覚めると、ジェインはショールを羽織っただけの姿で、窓から霧雨の降る灰色の景色を眺めていた。彼は裸のままベッドを抜けだすと、足音を立てずに近づいた。そして両腕を彼女の体に巻きつけ、うなじに熱いキスをした。

ジェインはぶるっと身震いすると、彼の腕のなかで振り向き、眠たそうな目で彼にキスした。「おはよう、あなた」彼女は伸びをした。「すごくいい気分。それじゃあれが、あなたが言っていた『あらゆる楽しみ』だったの？」

「いいや」彼はゆっくりとほほえんだ。「ゆうべはほんのはじまりだった。もっとよくなる」そして彼は、しわくちゃになった大きなベッドに、ふたたび彼女をいざなった。

エピローグ

「素晴らしすぎるわ！」彼女は付けくわえた。「ほんとうに素晴らしすぎるわ！　わたしはそこまでふさわしくないのに。ああ！　どうしてみんなわたしのように幸せじゃないのかしら？」

――ジェイン・オースティン『高慢と偏見』

ウェインフリートでの五月祭は大成功だった。祭りには、数マイル四方から人々が集まった――村人や小作人のほか、ウェインフリートに関わりのないあらゆる階級の人々まで。ジェインの家族も、新しく見つかった祖母も含めて全員が顔を揃えていたし、ザックの学生時代の友人たちや、文学同好会からも何人かが遊びに来たくらいだった。

ウィニーは〝五月の女王〟に選ばれて、大喜びでダンスの開始を宣言した。祭りではメイポール・ダンスやフォークダンス、そしてありとあらゆる種類のコンテストが催された――焼き菓子やパンのコンテストのほか、射撃や綱引き、レスリングのコンテストまである。さらに祝宴では、雄牛と羊数頭の丸焼きに、エールやサイダーの樽、焼き野菜、山盛りのパン、さらにありとあらゆる種類のケーキとパイが振る舞われた。

大かがり火は、ひと晩もつように薪が盛大に積みあげられた。暗くなると楽器を持ったロマたちが現れて、音楽やダンス、占いや、装身具の売り買いがはじまった。ザックは妻をローマの友人たちに紹介し、ウェインフリートならいつでも来てかまわないと伝えた。

次の日の夜、館の大食堂ではザックとジェイン、そして家族が大きなカシのテーブルを囲んでいた。いまはレディ・ベアトリスが、新しく家族になった面々にチャンス姉妹の経歴を話しているところだ——彼女がでっちあげた経歴を。

「チャントリー姉妹は、わたしの義理の妹、グリゼルダに引き取られて——」

「架空の妹だ」マックスはささやくように《ソット・ヴォーチェ》ザックに言った。「なにもかもでまかせだよ」

ザックはにやりとした。レディ・ベアトリスは憎めない人だ。彼女の悪ふざけの対象が自分だけでないとわかったのは収穫だった。

「グリゼルダはもちろん、アルフォンソ・ディ・シャンサロット侯爵と結婚して——」

「アンジェロですよ」マックスがそっけなく訂正した。

「もちろんそうですとも。イタリア人の名前にはいつも混乱してしまうの」

「ヴェネツィア人でしょう」

「ええ、そうね」レディ・ベアトリスは甥をじろりとにらみつけると、話をつづけた。「それで、未亡人になったアビーとジェインの母親がイタリアの療養所で亡くなると——」

「ヴェネツィアじゃなかったんですか？」マックスがしれっとして尋ねた。

「いいえ、スイスの山奥でしたよ——イタリア語を話す地域の」レディ・ベアトリスはマックスになにか言われる前に話をつづけた。「それで、グリゼルダと夫はふたりを引き取って実の娘として育てることにしたんです」

「ダマリスと一緒に」フレディが横から言った。

「いいえ、デイジーも」ダマリスがくすくす笑いながら付けくわえる。

「それからデイジーだけはあとから見つかったんですよ。悲しいことに」レディ・ベアトリスはデイジーのコックニー訛りになんとか説明をつけようとした。

「あたしはイタリアには一度も行ったことがありません」デイジーはレディ・ベアトリスが作り話をすることには反対だった。「ヴェネツィアもです」

「いつか連れていってあげるわ、デイジー」アビーが言った。「ぜひ行くべきよ。建物が水の上に立っていて、それは美しいの」

「そういう家に住んでいたことがあるけど、湿気がひどかったよ」

アビーは笑った。「いいえ、ヴェネツィアの建物は少しも湿気がないの。行けばわかるわ」

「それに、豚もいる」フレディが口を挟んだ。「有名な、〝新種の中国の豚〟が——うっ！」彼はダマリスから肘打ちされてうめいた。「いけないか？　父はその豚に恋をしていた」

「くだらない」ダマリスは言い返した。「お父さまはその豚を見たこともないのよ。当然だわ、現実に存在しないんだもの」

「だが、きっと夢で見ている」一同は笑った。

正式に跡を継いだ新しいウェインフリート伯爵は、妻の腰に腕をまわした。「さて、楽しい話の最中だが、妻とわたしはそろそろ……」

「庭園を散歩してきます」ジェインが言った。

「こんな夜に？」レディ・ベアトリスが言った。

ザックはほほえんだ。「今夜は満月ですから」

「そうね、それなら足下が明るいわ」レディ・ベアトリスはうなずいた。

満月と聞いて、アビーとマックス、フレディとダマリス、そしてセシリーとマイケルも、それぞれ庭園をそぞろ歩くことにした。

レディ・ベアトリスとレディ・ダルリンプルは、残ったデイジーとフリンを見た。レディ・ベアトリスが言った。「さあ、あなたたちは行くの、行かないの？」

「あたしはここにいます」デイジーが言った。「田舎の夜は気味が悪くて。だれかカードで遊びませんか？」

パトリック・フリンは素っ気なく立ちあがった。「おれは犬を散歩させて来ますよ。おい行くぞ、シーザーだかローズペタルだか知らないが。一緒に月に向かって吠えるとしよう」

ジェインとザックは数歩ごとにキスをしながら、庭園のなかをゆっくりと歩いた。バラやフリージア、ライラック、そのほか無数の春の花々の香りが夜の空気を満たしている。空にかかる丸々とした満月が、地上にいる者すべてを祝福していた。ふたりとも、〝わが家〟を手に入れたのだ。

「幸せかい？」ザックがつぶやいた。

ジェインは満足そうにため息をついた。「こんな幸せな日が来るなんて思わなかったくらい幸せよ」

「わたしもだ」ザックは腕のなかの女性をしっかりと抱きしめた——手が届かないと思っていた夢を叶えてくれた人。ふたりは月の光を浴びながらキスを交わした。

訳者あとがき

大変お待たせしました、〈チャンス姉妹シリーズ〉四部作の第三作をお送りします。

本編でも説明されていますが、まずはこれまでの経緯を簡単に。第一作『令嬢の秘密は秋の風に隠して』では、ジェインとアビー、ダマリス、デイジーの生まれも育ちも違う四人が、ある事件をきっかけに姉妹になることを誓い、レディ・デイヴナムという老婦人と一緒に暮らすようになるまでと、アビーとレディ・デイヴナムの甥マックスの恋が描かれています。第二作『不本意な婚約は冬の朝に』はダマリスが、マックスの親友フレディと恋に落ちるお話。そして本作ではジェインの恋が描かれます。

本作のヒロインであるジェインはアビーの実の妹で、四人のなかではいちばんの器量よし。若く美しい娘なら白馬の王子のようなりりしい若者との恋を夢見ていそうなものですが、成長したジェインはそんな浮わついたことは考えません。第一作で「父と母のように恋に落ちて後先考えずに結婚したりしない。貧乏暮らしで子どもたちが苦労しないように、申し分ない裕福な相手と結婚する」とずいぶん現実的な考えを口にしていましたが、それは本書でも変わらず。そんなふうに決意するようになった理由が、物語の序盤で徐々に明らかになります。

彼女より六つ年上の姉アビーは両親が心から愛し合っていたことをよく憶えていて、貧しいながらもふたりが結婚してとても幸せだったことを知っています。しかし両親が亡くなったとき、ジェインはわずか六歳。そのころのことで彼女が憶えているのは寒かったことと、おなかを空かせていたこと。そして、人買いにさらわれそうになって、死ぬほど恐ろしい思いをしたこと。そんな生活をする羽目になったのは、両親が貴族の地位を捨てて、後先考えずに駆け落ちしたから……。

幼いジェインにとって当時の記憶がトラウマとなり、その傷を成長しても引きずっていることが、回想の場面からひしひしと伝わってきます。そんな傷をもつジェインが、愛よりもまずは安定した生活をと考えるようになったのは無理もありません。

ヒーローのザックは十二年ぶりにイギリスに帰国して、爵位相続権を従兄弟に奪われそうになっていることと、父の後妻セシリーを殺した容疑が自分にかけられていることを知ります。表立って行動できないなかで、セシリー殺しの容疑をどうやって晴らすのか？　ロマ、あるいは平民にしか見えない彼が、安定した生活をなによりも優先するジェインをどうやって振り向かせるのか？

身分を明かしたいけれど明かせないザックと、裕福な貴族と婚約中の身でありながら、彼にどうしようもないほど惹かれていくジェイン。それぞれの葛藤と心境の変化はとても読みごたえがあります。

本書では、ジェインと寝室を共有しているデイジーも大きな役割を果たしています。前二作でもその片鱗《へんりん》は見受けられましたが、下層階級出身で、いろいろな人間を見てきているだけあって、彼女の人間観察力と機知は相当なもの。本書ではレディ・デイヴナムと同じくらい鋭い観察力を発揮し、ジェインにちょくちょく適切な助言をしてくれます。

次作 *The Summer Bride* ではそのデイジーが主人公。自分の店をもって自立するのが夢だという、現代のワーキングウーマンのような彼女にどんな未来が待ち受けているのか、いまから楽しみでなりません。

二〇一九年二月　　細田　利江子

突然の恋は春の嵐のように

2019年2月16日　初版第一刷発行

著 ……………………………… アン・グレイシー
訳 ……………………………… 細田利江子
カバーデザイン ………………… 小関加奈子
編集協力 ……………………… アトリエ・ロマンス

発行人 ……………………………… 後藤明信
発行所 ………………………… 株式会社竹書房
〒102-0072 東京都千代田区飯田橋2-7-3
電話：03-3264-1576（代表）
03-3234-6383（編集）
http://www.takeshobo.co.jp
印刷所 ………………………… 凸版印刷株式会社

ISBN978-4-8019-1771-2 C0197
Printed in Japan